悲欢离乱

李大钊

孙建华 著

陕西新华出版
太白文艺出版社·西安

图书在版编目（CIP）数据

悲欢离乱李太白 / 孙建华著. -- 西安：太白文艺出版社，2025.1. -- ISBN 978-7-5513-2632-2

Ⅰ．I247.5

中国国家版本馆CIP数据核字第2024ME1724号

悲欢离乱李太白
BEIHUAN LILUAN LI TAIBAI

作　　者	孙建华
责任编辑	赵甲思
封面设计	李　李
版式设计	宁　萌
出版发行	太白文艺出版社
经　　销	新华书店
印　　刷	四川科德彩色数码科技有限公司
开　　本	880mm×1230mm 1/32
字　　数	320千字
印　　张	13.75
版　　次	2025年1月第1版
印　　次	2025年1月第1次印刷
书　　号	ISBN 978-7-5513-2632-2
定　　价	89.00元

版权所有 翻印必究
如有印装质量问题，可寄出版社印制部调换
联系电话：029-81206800
出版社地址：西安市曲江新区登高路1388号（邮编：710061）
营销中心电话：029-87277748 029-87217872

目 录 CONTENTS

序　曲	……………………………………………	001
第 一 章	东鲁寻汶阳 ……………………………	005
第 二 章	兖州断讼 ………………………………	011
第 三 章	泗水访石门 ……………………………	022
第 四 章	灵光谈禅 ………………………………	033
第 五 章	明明如月 ………………………………	037
第 六 章	明月照彩云 ……………………………	045
第 七 章	与美同行 ………………………………	053
第 八 章	白雪任城 ………………………………	061
第 九 章	冤狱 ……………………………………	069
第 十 章	纠结 ……………………………………	079
第十一章	神仙术 …………………………………	086
第十二章	紫极宫 …………………………………	093
第十三章	竹溪六逸 ………………………………	102
第十四章	困顿 ……………………………………	113
第十五章	征召 ……………………………………	123

第十六章	长　安	130
第十七章	宫苑内外	138
第十八章	朝堂上下	148
第十九章	市井之间	161
第二十章	赐金放还	172
第二十一章	梁园吟	182
第二十二章	悲歌·剑道	193
第二十三章	双星耀泗水	203
第二十四章	岁漏之泽	212
第二十五章	梁园客	223
第二十六章	吴越游	236
第二十七章	漫　游	246
第二十八章	布衣交	258
第二十九章	叛乱之起	271
第三十章	战乱之殇	285
第三十一章	乱局巨变	297
第三十二章	两帝与永王	309
第三十三章	应征从军	320
第三十四章	下　狱	335
第三十五章	逃　亡	348
第三十六章	流　放	358
第三十七章	获　赦	370
第三十八章	外患内乱	383

第三十九章　陨　落 ·················· 397

尾　声 ·································· 413

后　记 ·································· 419

附　录　李白在泗水居游活动简考 ············ 421

序　曲

大唐开元十七年，公元729年。

金秋九月，凌晨五更一刻，西京长安依然夜色深沉。随着宫城承天门报晓鼓擂响，朱雀大街等六条主街的街鼓依次回应，城门及一百零八处街坊坊门先后开启。待击鼓近千通时，天色已微明，长安城三十余万户居民大多起床盥洗，路上行人车马渐次增多。

宽达十五丈的朱雀大街开阔宏壮，大街中间的御道两边遍植槐树。行道树外、坊墙之内两侧步道上的行人身着单衣短打或夹衣长袍，商铺的伙计和摊贩、匠人们忙着奔赴商肆、作坊，其他人则忙着售卖、购置物品等，或去做各类营生。路上时有轻轿或骏马通过，那是官员、佐吏去各衙门公干。天气已经转凉，西风吹过，穿着单薄的行人不禁紧了紧衣衫。数片黄叶随风飞舞，在空中悠然回旋，缓落轻扬，但人们大多行色匆匆，并未注意到绿叶转黄，黄叶飞落。

天上神仙府，人间宰相家。开国公宋璟于开元八年（720）被罢免相职后，今年又被皇帝李隆基复拜为右丞相、上柱国。皇帝还在长安城东春化门左近，赐宋相三进院落的府邸一处，倍加优渥。宋相向来简朴，众多门生故吏、远亲近友在他复相后即欲庆贺，均被婉拒，但这次以乔迁观览新府为名再欲庆贺，宋相亦不能免俗了。八月初五是皇帝李隆基的生日，群臣奏请以今上诞辰为千秋节，皇帝高兴，在今年重阳加恩休沐九日，以示万寿无极、普天同庆之意。宋府借此长假，索性开门纳客，宴请亲友庆贺。

宴席定于午时开始。辰时（七时至九时）刚到，各处前来庆贺的人们就络绎不绝，宋府前车马盈道，一众执事人员和佣仆安排车位、马桩，收点贺礼，应接宾客，大多忙到汗流浃背。直至午时宴席开始，仍然有外地宾客风尘仆仆地赶到，其中还有番邦使节以个人身份来庆，府前还是一派繁忙。

天高气爽，在正午的阳光照耀下凉意全无，宴席在别墅花园内沿甬道两侧排开数十席，甬道尽头假山上的敞轩设雅座，宋相居于主席，右为户部侍郎苏晋等文官，左为左金吾大将军裴旻等武将。细切鱼丝、炙烤全羊、烹煮牛肉，以及各类羹汤，并有诸色糕点、时令蔬果陈列满席。酒用剑南烧春，极芳洌，宋相与众宾不禁陶然。酒过三巡，丝竹管弦齐响，奏起今上刚谱的《霓裳羽衣曲》，伎人们身着羽衣在假山前预留的空地上翩翩起舞，忽而如风吹湖水波澜起伏，忽而穿插摇曳似惊鸿飞燕，间或回旋不止长袖飘飞，恍若仙子翩飞在梅树菊花中。

右首苏侍郎满饮一杯，捻须颔首道："方今天下承平，府库充盈，万民安居，皇上天纵奇才，这一曲悠扬动听，伎人齐舞尤添壮观，可称双美之至。"

左边大将军裴旻已然酒酣耳热，开口道："女伎乐舞虽有可观，毕竟柔弱，不能展我大唐气象。某不才，愿献剑舞，以博诸君一笑！"原来裴旻能武善剑，其击剑冠绝军中，蜚声中外，有"剑圣"之称。现在大将军年已四十开外，轻易不再作剑舞。大唐宴集，向有主人、宾客献舞风俗，今天酒酣之余将军心情大悦，也为宋相助兴，遂有此说。众人一听纷纷叫好，皆曰愿睹大将军风采。宋相亦抚掌称善，安排童仆去取献舞专用的未开刃剑器。

裴大将军除去外衣，持三尺长剑跃下假山，渊渟岳峙稳立于地，唯剑尖轻微颤动，一刹那间，时间仿佛停滞。突然，大将军左旋右削，长剑倏然刺出、回旋、斜拉，剑花缭乱眼目，光影中几不能见将军身形，周边树木枝叶飞舞如被风乱。大将军纵横返折、刺削劈砍多时，正在众人神迷目眩之际，突然静立，掷剑向上如电光激射，高十余丈，将军观其下落之势引手执鞘承之，落剑稳稳入鞘，而将军仍气定神闲，气息不乱。这一场剑舞，气势远远超出伎人的乐舞，众人几乎屏息观赏，此时满场轰然喝彩。

喝彩声渐息，有人却淡然道："剑舞诚然不错，但仅可观耳，接敌技击尚有不足。"声音虽不高，但中气十足，已被很多人听到。裴大将军面露怒色，见是靠近假山贵宾席上的一个青年所言，反斥道："年轻人休要轻狂，想某昔年随幽州都督孙佺北伐奚人，为奚人所围，某亦凭一剑战服奚人，佩剑亦曾饮血，非仅可观！"

青年人拱手站起，年约二十，面白，发微赤、稍鬈曲，高鼻深目，不类中原人士。他虽态度恭敬，语气平和，但并不退让："学生张元幼习剑术，略有小成，敢请大将军赐教，不胜荣幸。"

裴旻气极反笑："小子不自重，刀剑无情，虽未开刃，相府喜宴上亦恐有误伤啊。"张元接语道："大将军是吾之师长辈，吾不敢伤将军，如技艺不逮被伤，固不敢怨。"

旁边有人劝阻张元，也有人怂恿大将军教训一下他。宋相见大将军恼怒，亦对张元的唐突不满，遂道："宴席剑舞赏心悦目可也，无须过较。大将军可指导张元一二，张元虚心受教，但均须适度，不可误伤。"旁边的童仆又拿来一柄献舞剑器交与张元，张元离席，双手持剑，恭待大将军。

裴旻大将军缓步走向张元，在双方距离丈余时，大将军忽如鹰隼般跃起，从空中向张元疾刺数剑。在方近的人看来，将军手中的剑化作十余道光影，以迅雷之势刺向对手前后左右，已经让对手无可躲避。但张元并不为光影所动，身形左转横格一剑，铮的一声响起，火花迸发，大将军的剑被格出。将军顺势右转，剑做回旋，向张元横削而去，张元剑微上掠将来剑挑起。大将军再度跃起，双手持剑向张元刺去。此时，张元在数道光影中挑出己剑，并在两剑紧贴滑动中边后退边带动方向。突然，张元跃进一步，众人尚未看清，他的剑尖已然抵在刚落地的大将军胸前。

裴旻将军惊讶地看着距自己胸前不足一寸的剑尖，不敢置信地说："我输了！你赢了！"张元收剑行礼："学生利用大将军落地后旧力已尽之际，取巧一剑，实属侥幸，承让，承让。"

裴旻大将军纵横边塞，平生未逢敌手，今日落败，对手越是恭敬，他越是难受，面色灰白，垂头丧气。

宋相走下假山，到张元面前审视良久，问道："察君似非中原人士，敢问来自何方？"张元答曰："学生来自东南扶余国，今天与我国使一并前来为丞相贺，因素来喜剑，不禁技痒，唐突之处尚请见谅。"

宋相沉吟道："百年前有虬髯公张仲坚，人称张三者，后为扶余国主，与君可有渊源？"

张元拱手作答："大人所言张公乃是学生高祖。"

宋相回顾裴大将军，且扬声对众宾说："如是，则可解矣。我大唐开国前，卫国公李靖未显达时，逢虬髯客而获其馈赠，遂助太祖、太宗皇帝成就大业，立下不世功勋，图像凌烟阁上。

虬髯客张公者，剑术时称第一，仅逊于公孙大娘之祖师、世外高人白云尼，余者均非张公敌手。虬髯客不仅技击高超，亦有功于我大唐，后入东南扶余国为王，其剑术有传，我等应当欣慰。大将军无须耿耿，偶负于虬髯之后亦不坠盛名。"

裴大将军听后面色稍霁，但仍郁郁不欢。丞相归座后，大将军问起虬髯客与白云尼较剑故事。宋相告知：相传白云尼属越女剑一派，剑术超凡入圣，虬髯客平生仅服其一人而已；现剑舞名家公孙大娘系白云尼第四代传人；据传，公孙大娘之师清风尼现在东鲁汶阳一带立庵修行，早已不涉世事。大将军听后默然良久，宴席未终即匆匆离去。

大唐开元十七年（729）十月，左金吾大将军裴旻上奏称病，乞致仕休养，朝廷挽留未果准其奏，并谕大将军病愈后及时起复入朝。大将军遂携一童一仆离开长安，据闻是去山东访友。

第一章

东鲁寻汶阳

大唐开元二十四年（736）五月，隶于兖州的龚丘县（今山东宁阳）汶水边已是初夏胜景，两岸绿草蔓延如茵，红黄绿白的各色杂花点缀其间，空气中弥漫着花草的清香。田野中稀稀落落的几棵杨树，却是枝叶繁茂；岸边成行的柳树枝条翠绿，依依拂水，微风吹过轻轻摇曳，平静的水面被拂出道道波纹。靠水边的一棵高大的杨树旁，一个古稀老者身着布衣正在垂钓，虽满面皱纹，须发皆白，但面色红润，气质安详。水面无风自动，老者扬起钓竿，一尾挣扎不已的小鱼被带出水面。老人见鱼约有掌长，即从钓竿上取下，放回汶河，小鱼摇头摆尾慌忙潜入深水。

此时，有嘚嘚马蹄声传来，老人举首观望，见一人骑马从西面官道向河边而来。渐近，则见来者骑五花马、着白衣，年三十许，身长六尺余，虽风尘仆仆，但难掩其英朗秀资。其人面白微须，两道浓密黑眉斜飞如剑，双眸顾盼有神，举止沉稳有度，气质洒脱不凡。老人继续垂钓，来者将坐骑系于旁边柳树树干，马儿欢快地啃啮近旁青草。来人对老者拱手行礼，老人颔首致意，二人均未言语。老人继续专心垂钓，先后又钓上来两条小鱼，均被他放回水中。

来客在看到老人将第三条鱼放回水中后，不禁发问：“请问老丈，您为何钓而不获，反将鱼放回？是否志不在鱼？”

老人莞尔一笑，反问道：“君子何以认为我志不在鱼？"揭开鱼篓，两条大鱼在篓内摆动不已。老人说：“天生万物各有其用，水中之鱼亦生民之食，然渔亦有度，短于手掌的鱼儿尚能生长繁育，取之害生且不能果腹，可待秋后。故我取大放小是为实利，并非徒取钓趣。”

来人行礼：“老丈通达世情，佩服。”

老人再道：“观君子行色口音，应非本地人，敢问前程何去？”

来人道：“我本蜀人，出川游历多年，读书至今，却功名未成，今有意于剑术。剑圣裴旻大将军我素来敬重，听闻大将军七年前隐居东鲁汶阳，我欲投将军门下而不知其所在。老丈见识广博，请指教路径。”

老人审视来者，收竿缓言：“观君子神采不凡，定然是饱读诗书。世间正途，还是读书应试、出仕济世，武者非大道。如今天下太平，军阵立功既无机会兼且凶险，如意气斗殴，往往犯禁入罪，敢请君子仍以读书求进为是。"

来人并不为所动，依然恳请老人指引方向："深谢老丈美意，然大丈夫岂能囿于诗书，文武不可偏废，况裴大将军以军功显达，非普通武者。我仕途不遂，决意投于大将军门下，修习剑术及韬略，望老丈相助。"

老人仍不以为然："既然君意已决，我亦不再多言。但我多年居于乡野，对裴大将军隐居汶阳一事并无耳闻。本地虽有汶阳县，却是前隋名称，现改称泗水，由此沿官道向东南行五十余里可至，在泗水河北。"

改称泗水的汶阳历史悠久，曾为伏羲、虞舜渔猎耕垦之地，因在鲁国东部，向称东鲁汶阳。县治在泗河北岸，城内百业兴隆，贩夫走卒叫卖声不绝。县衙前东西大街北面汶阳酒店大厅内，一个白衣酒客对着一升酒和一盘牛肉、一盘青菜，正在自酌自饮，酒店门前拴着他的五色骏马。他就是后被誉为诗仙的李白。其祖上为避罪，于隋末迁至西域碎叶，至父李客潜回蜀中绵州，李白于唐武则天长安元年（701）出生于巴西郡昌隆县（今四川江油），因其母妊时梦太白金星入怀，故取名为白，字太白。李白自幼丧母，五岁起即由父亲李客教导攻读诸子百家，其诗文渐传诵于四方。性格豪迈放旷，行事洒脱不拘，更师从著名学者赵蕤研习纵横术，负才自许，常思佐君王、济天下、展抱负，且喜酒、慕道、好友、爱游。十五岁时父亲去世，二十岁时妹妹李月圆出嫁，因家中已无近亲，二十四岁时，李白告别读书的匡山去远游，兼携行卷干谒诸侯（以文章向高官展示才华，以图被荐举任官）寻找出仕机会，以达其经世致用、平步青云的志向。李白出巴蜀，先后游历了今湖北、湖南、江西、江苏、浙江、陕西、山西、河南多地，并在湖北安陆入赘故丞相许圉师之子家，与许相的孙女许氏婚配，又到长安求仕，然未果，先后酒隐安陆近十年。李白因多次干谒无效，听闻素来敬重的大将军裴旻隐居东鲁汶阳，自己少年时也曾习剑，但不精通，遂生投于裴大将军门下学剑之意，再寻机入仕，因此前来东鲁泗水。

正午，大厅内只有三席酒客，李白居西自饮，居中一席数人低声细语，东面一席七八人划拳行令，喧闹不止。李白连饮数杯，略带酒意，被喧闹得不耐烦，欲离开，见店小二从席前经过，乃拱手问道："请问店家，可曾听闻裴旻大将军来贵处之事？"小二弯腰带笑："我等草民，并不知官府的事情，东边居中吃酒的官爷可能知道，先生可问一下。"

此时，闻听东面酒客哄然大笑。一个陪客说："张爷紧一下手，犯人就受不了，开点恩他们的日子才能过，阖县的人谁不知道张爷的手段和威名！"坐在中间的一个二十四五岁的黑胖子应当就是"张爷"。他满面油光，乍看像是和气之人，但脸上的一双突眼、两道横肉显露出蛮横之态。"张爷"一挥手，说："国家让咱管犯人，就得让囚徒们知道法度。当然，明白人到哪里都好过些。"

李白见状，本不欲上前寻问，可入城后已问过数人，均不知裴旻大将军来汶阳之事，无奈，只好行至东席，拱手为礼："请问哪位是张兄？"黑胖子持杯慢饮，并不搭理，旁边一人指向他道："这位就是本县赫赫有名的典狱张爷。"张典狱抬眼看了看李白，见他衣饰不俗且器宇轩昂，才拱手答礼："本人张志，现为本县典狱，先生有何事？"

李白遂将寻访裴旻大将军之意告知。张志听后大笑，说："你问我就对了。裴大将军七年前确实来到本地，就隐居在我岳丈家附近，我曾多次拜访大将军，每次都交谈甚欢！大将军对咱很赏识！"

李白顿觉轻松，展颜一笑："那就烦请张典狱指教路径！"

张志答道："二十里路程。从北门出城，沿官道向北行不到十里，在第一个大路口西转，再行七八里，顺着去南陵村的小道再向北行三四里能到石门山，大将军就隐居在石门山西边的白龙凤凰山下。但只有石门山下南陵村的小路可通，需到南陵再向西。因为大将军在那里隐居多年，白龙凤凰山现都叫将军山了。"

李白谢过张志，即刻骑马沿官道向北西转，沿途又问过路人，一刻多钟就转向了通往南陵村的小路。刚转弯向北，连绵起伏的青山便扑面而来。但见东西平原青翠欲滴，而北面山峰秀起平野，峻拔耸峙，怪石嶙峋，树木苍翠，一道清溪如同白练由北向南蜿蜒流入泗河，界开葱葱绿野，令人心旷神怡。到山前高处回首一望，只见南面的泗河水波荡漾、雾气迷蒙，两岸杂树葱郁、野花绽放，李白心中不禁暗道：将军真会择地，此处依山傍水，山清水秀，距离县城不到半个时辰的路程，隐于山林而近于城市，静修出游两相便利。

再回首，绿树掩映中，山脚稀稀落落百余户人家的聚落清晰入目，山上一座庄严的寺庙在云雾缭绕中也依稀可见。道路稍崎岖，李白便下马牵行，至村口，见所立石碑已斑驳开裂，上书"南陵村"三个大字，背面书小字两行：

大唐兖州泗水节义汶阳乡中册社
以石门山阳存汉墓而名曰南陵村

时值午后较热，村中家家掩户，微闻机杼之声，李白欲问道而无人。正迟疑间，一家房舍整齐、门前植有两丛青竹的住户大门吱呀一声响，李白眼前一亮，一个发绾双鬟的少女推门而出，年近双十，肌肤莹洁，眼眸明慧，脚步轻盈。少女见到李白欲折身回家，李白忙拱手致意，问道："小妹妹，我途经贵处，想问一下到白龙凤凰山怎么走？"

少女浓密的睫毛下眼睛灵动，她看了看李白和他的骏马，反问道："白龙凤凰山？我们这里都叫龙凤山，我知道路。但先生似来自外乡，外地人常去的灵光寺在石门山上，长生观在石门山东边的饭颗山上，您确定是去龙凤山吗？"声音温软娇柔，非常悦耳。

李白笑答："我准备去拜会隐居在此山的裴旻大将军，小妹妹可曾听说？"

少女小心翼翼地靠近骏马，边看马边回答："是有位大将军隐居在龙凤山，现在都叫龙凤山将军山了。"她手指向东的小路，又道："顺这条路向西三里路到龙凤山，转过石桥后能看见三间木屋，那就是将军的住处。"

这段路尤为崎岖狭窄，有时仅容一马通过，到得山前，道路更为狭窄，李白又牵马前行百余步，转弯后看到宽丈许的溪水上修建有简易石桥，转过桥，数棵苍松后面是一片平地，平地上建有三间木屋，周围被修竹和篱笆围起一亩多的院子，从篱笆缝隙中可看到院内花树参差，花树间的甬道上铺有石片，但柴门紧闭，李白心知这就是大将军的居所了。叩门良久，无人应答，李白无奈扬声叫门。

此时从远处走来一个樵夫，见李白叩门，便放下背负的柴，上前说："先生是来访将军的吗？"李白喜道："您知道大将军去哪里了吗？"

樵夫答："将军离开此处半个多月了，我砍柴采药经常路过这里，一月前曾经听将军的老仆说，将军在此基本事了，又有个姓张的小官常来烦扰将军，将军不耐烦，准备到兖州拜会李都督后再决定去向。我有近二十天没有见到院中有人了，将军应是离开了。"

李白一听不禁有些丧气，但转念一想：现任兖州都督府李辅都督，原名李琬，后奉诏改名李辅，是自己的本家祖辈，自己来鲁理应前去拜见，也可能有所际遇。自己因急于寻找大将军，反而忽略了此事。既然大将军去了都督府，且兖州距此仅百余里路，骏马两个多时辰可至，去兖州拜亲访师岂非一举两得？他虑及此节不禁释然。

第二章

兖州断讼

兖州古来是重镇，为夏禹区划天下的九州之一，唐于高祖武德五年（622）置兖州，治所设于瑕丘，领有任城、瑕丘、平陆、龚丘、曲阜、邹县、泗水七县，州设刺史，与汉郡太守同，县设县令，均是全面管理本地行政、司法等事务的主官。贞观十四年（640）置兖州都督府，统领兖州、秦州、沂州三州的军务，但都督府不管理各州县的地方事务。

兖州都督府花厅内，都督李辅一身便服，正在与一个三十岁左右的青年人品茗交谈。青年人态度恭谨，童子分茶后，青年人双手捧起茶盏，躬身敬递给李辅："请都督先饮！"李辅抬手接过茶盏说："王县尉客气了，这是在我都督府花园，不是你的官厅，无须多礼。"那位王县尉恭敬道："都督统领三州军务，位至三品，爵封广武伯，品阶比本州刘刺史还高，且蒙陛下赐名，荣耀无比，下官区区瑕丘县尉，与您不啻云泥之别；您老与先父曾为同僚，谊比良朋，下官于公于私均应执子侄礼。"

李辅黯然道："想当年，我与裴大将军、你父亲转战南北，情同手足，不料你父亲英年早逝。你如此高才，现荫封九品，真有些委屈了。我们之间文武有别，都督府也不管领你们地方的钱粮民政，就无须讲究这些官场俗礼了。"

正说话间，门政在花厅门口请安，递上一个名刺说有晚辈求见。名刺上书：敬呈李都督大人启，蜀中家孙不肖男白字太白行十二叩拜。

都督大喜，对王县尉说："我家才子来也！此子博览群书，见识超拔，尤工诗赋文章，年轻时即声名远播，益州刺史马公一见许为奇才，称许'李白之文，清雄奔放，名章俊语，络绎间起，光明洞彻，句句动人'；前礼部尚书苏颋外任益州长史，见李白后对众人介绍'此子天才英丽，下笔不休，虽风力未成，且见专车之骨。若广之以学，可以相如比肩也'。李白虽是我远房孙辈，但我多地游宦尚未一见。今你在此，正好介绍你二人相识。"

李都督转首安排门政："快带来客到花厅相见。"

李白随门政来到花厅，李辅刚欲站起，李白即伏地长拜。李都督将李白拉起反复打量，掀髯大笑道："好，好，好一个我家儿郎，风采气度皆佳！你从何处来？可安住些时日？"

李白再度行礼："我在外游历多年，思有所定，欲投裴大将军门下修习剑术，到汶阳后听闻大将军来了都督府，故前来一并向祖父请安问讯。"

"大将军已经离开五日了。此事日后再说，我先给你介绍一下王安远王少府，现为兖州首县瑕丘县尉。"

李白与王安远相互致意后，互觉对方英姿勃发、谈吐不俗，顿生亲近之心。闲谈移时，李都督问李白："听说你在安陆入赘许相家，与其孙女婚配，家中情况如何？"

李白看了看王县尉，犹豫不言。王安远心知有所不便之言，遂以公务请退，并邀李白赴县衙一晤。因今日都督府家宴，遂定于明晚邀请几个好友相聚，为李白接风洗尘。

王安远走后，李白才说道："起初许家颇推举孙儿才华，故以女见召，但世家大户本来轻我家世，又因我入赘和徒有文名不能显达，遂渐生嫌弃之意。我与许女形同陌路，别居多年，亦无子女，已经和离。我隐居在安陆寿山，静极思动，故来山东。"

李都督讶道："汝之《大鹏赋》等诗赋传播甚广，我也读了些，你的诗文才高气雄、文采斐然。我朝主要以诗赋开科取士，以你大才考取进士当非难事，何以不应试科举，考取功名？"

李白长叹一声道："祖父是自家人，无须相瞒，我祖上在前隋因罪窜居西域，我五岁时随父回蜀中江油，虽时过境迁，官府不再追究，但十五岁时先父不幸见背，家中谱牒已失，宗族难续。我虽欲应试科举，奈何五代亲属亲供不清，且属漏籍，无从报名啊！"李白停顿了一下，又说："多年来，我游历各地，也是想顺便以诗文投献各地大员，希望能被举荐征召入仕，一展胸中抱负。此次拟拜于大将军门下，非徒为习剑术，亦为能获将军赏识举荐。"

李都督捻须道："我已知你意，但没想到亲供困住了你。各地大员虽有举荐人才之责，但一来名额有限，二来朝臣又反复筛选，其间的关节人情也不能避免，即便上达天听也要靠圣意定夺。举荐就很难，被圣上赏识、征召拜官就更难了！"

李白黯然道："我自觉有些文韬武略，埋没于世此心难甘，又科举应试无望，举荐之路虽难，也只能靠此了。"

见李白面露失望，李都督又温言道："郎君勿忧，本都督忝列三品，奏章可以直达天听。待元旦贺岁时，我附奏一本，向朝廷举荐人才，举贤不避亲嘛！"

李白听后大喜，俯身再拜。李都督又说："对了，裴大将军前些时日来我处，叙及因七年前在相府比剑，负于虬髯客之玄孙而不甘，来泗水白云庵向公孙大娘之师清风尼再习剑术，与清风尼师学习切磋六载，学有所成，自觉已能胜虬髯客。加之当地小吏拜请大将军向兖州刺史关说，意欲借将军之力升迁，大将军不假辞色者数次，均不能使其知难而退。张姓小吏因其岳父给大将军治好了旧伤，仍借此多次上门打扰。大将军为避此人，先游览名山胜川，拟明年春天返回长安。届时如扶余国王子仍在长安，再较高下，然后决定是否再返泗。"

李白有些着急，忙问："大将军可说到何处游览？"

"大将军此行随心所欲，观山川形胜以开阔胸襟，并提升剑术境界，居行无定止，是否回鲁亦不确定。此时离元旦还有半年多，奏章往返亦需时日，你可宽心在兖州等处居游，等候举荐结果和将军行踪消息。且此间我家亲属居官者不少，你六父李琦现任任城县尉，其子幼成跟随，你三兄在汶上中都任县令，族弟李凝在单父县为主簿，你从祖李随在济南齐州任刺史，领管全州。你可逐一探望，如费用不敷，我亦可少助。"

李白拱手作答："汶上中都我已去过，与三兄团聚多日。

我离开中都时，礼房小吏逄七朗携斗酒双鱼至馆舍畅饮惜别，从中都到泗水又逢垂钓野老，亦谈吐不俗。鲁地确乎民风淳厚、儒风蔚然。"说罢又谢道："我离家时携金不少，囊中尚有数十金，不敢劳祖父见赐。"

"我自有计较，你临行时再说。"李都督大手一挥不让李白再说，并唤管家来安排李白的饮食住处。

次日一早，李白起来无事，想起与王安远县尉之约，就步行到瑕丘县衙。县衙门口两个衙役正在闲谈，见李白来到，其中年轻些的衙役白眼一翻，扬声道："何人？止步！没看到衙门吗？"

李白一笑："我应王安远县尉之约前来，望通报。"

另一个年龄大些的听后满脸堆欢："王老爷一早安排过了，说是有位李先生来访，请即迎接，先生可是？"

李白笑说："正是本人。"

年轻的衙役忙躬身请安："俺知道了，您是李都督的族亲，刚才多有得罪，您老别与俺一般见识，小的送您前去寻县尉。"

衙役引李白至大堂前西厢房第一间，这里就是县尉公所。王安远推开案上卷牍迎接李白，称歉"不知李兄光临，有失远迎"，并指着展开的卷宗说："本县五月初一放告，收准一状，县尊周令前几天已经发出火票，传齐原被两造和干证等，定于二十日——就是今天巳时初刻堂审，不料县尊昨日染恙，委我代审此案，恐不能向李兄请教诗文了，抱歉之至！"

王安远又一想，拊掌道："早就听闻先生大才，不仅善于诗赋，亦通诸子百家，精于经济韬谋之策，您的老师赵蕤赵征君名动朝野，圣上屡次征召不就。名师出高徒，请先生陪审听讼已经屈才，望勿推辞。"

李白因王安远坚邀，到门口一看，朝阳从东方升高，已约辰时（上午七至九时），还有半个时辰才到巳时（九至十一时）堂审之时，尚有推敲案情时间，遂微笑答道："弟有命，兄不敢辞，先看一下案卷再说吧。"

王安远双手递过卷宗，李白先展开状纸细阅：

告为图赖借款事：人有缓急，财通有无，欠债还钱，诚信首义。乡邻张忠者，貌厚而不忠，心诈则图财。本年三月张父病亡，丧葬乏费，求告无门，彼经中人李六哀告，因思葬父者人伦大事，遂出银六十两，约十日为期，逾期以张宅院抵银。不料狼子贼心，期后百般图赖，伏求责张追捕。上告。

具状人赵大全泣书。附借约一纸、干证三人。

又看借约上书：

立借约人赵大全、张忠，兹因张不幸亡亲，葬父乏资，经中人说合借恩兄赵银六十两，葬父后十日还讫，两相自愿，并无他说，逾期以现住房屋五间、宅院二亩抵还。口说无凭，立此为据。大唐开元二十三年三月六日。中人李五、见证人李六、执笔人赵山。

借约上四人均签名画押，指印清晰。李白反复查看借约，先是皱眉思索，后又轻轻点头。王安远见状问道："兄怎么看？"李白思索一番，问道："有没有答辩的诉纸？"

王安远说："迄今尚未收到诉纸，我看此案借约清楚，事由合理，唯可虑者是金额大些。一般人家丧葬费资不过银二十两左右，本案翻倍有余，但借款时留有余地亦不出情理。"

"我亦虑及此节，但家财不同、丧仪有差，丧葬费亦无定数，堂审再定夺为宜。"李白一边说一边再审看借约，又到门外对着阳光反复照看。王安远随李白出去，迟疑问道："兄看出什么纰漏否？"

李白指着"大唐开元"之后的"二十三年三月六日"对王安远说："贤弟看此八个字与其他有不同否？"

王安远细看一番，不觉点头道："这八个字粗看无论墨色、字体均与他字无异，但仔细体察，笔意略有不同，不仅稍不连贯，且'三''六'二字与上下间距过宽，似非连续书写。"

李白颔首说："正对阳光，还可见这几个字墨色稍新，我疑为后加。"

正说话间，伺候茶水的衙役看过日晷，回报说："请县尉示，快到巳时了，是否准备堂审？"

二人步入大堂，王安远纱帽绣服于公案前端坐，东置一椅，请李白坐上座，数名皂隶持水火棍分列东西，堂前放着笞、杖、索、链等刑具。皂隶先将原被两造传上，令其跪在堂前候审。

原来州县衙门有皂、快、壮三班衙役：皂班司护卫开道，堂审时站堂，押送罪犯，执行刑讯；快班则司缉捕，传唤原被两造及干证，侦缉罪犯，搜寻证据；壮班主做力差，负责把守城门、衙门、仓库、监狱等，巡逻街道。其他有验伤仵作、巡夜更夫、看管仓库的斗级库丁等勤杂人员。以上人员统称为衙役。

王安远先问过原告，与状纸所写无异，遂问被告："张忠，欠债还钱乃天经地义，为何推脱，你怎么说？"

只见张忠衣衫不整，俯首答道："官爷，我不是不知理，果真借银岂能不还？就是抵房也无怨言。这其中另有隐情，我有诉答呈堂。"

王安远一拍公案："既有诉答何不早呈？你这厮是临堂起意，造词诡辩吗？"

张忠叩头不已："大老爷，不是这样。我因家贫，变卖薄产得银十多两，多次找中人说和，想以此赎回借约，直到昨日赵家仍不松口，我昨日下午才费三百钱写的诉答，还没有来得及呈交。"

"既如此，由官差收缴。"

衙役将张忠的诉答跪呈王安远，王安远细阅后转递给李白。李白展开一看，诉答辩称：

诉为诈赌谋夺事：念士农工商各安其业，设局诈赌，律法严禁。今乡邻赵大全赌骗为业，罔视法度，欺忠无知，与李五、李六串谋诈欺，始骗忠千钱，复诱忠借银十两，名为赌赢忠银六十，实则三人串通局骗，迫忠立借约，图谋忠房，因忠父在不能转契，期以忠父亡后十日交割。忠知局骗，欲废约赎约均不成，赵严期迫交，恶人反告，伏请明察。哀哀上诉。

李白看后对王安远耳语："可从日期究问。"王安远遂喝问原告："赵大全，张忠说这六十两银子不是借款，是你设局赌骗，你从实招供！"

赵大全并不惧怕，辩道："张忠不疯不傻，借约白纸黑字，借银葬父明明白白，签字按印清楚，早知道他这么欺心赖账，半两银子也不该借给他！小人还有见证，请大老爷明断。"

"好生伶牙俐齿！也罢，被告你听清否，如何解释？即便如你所诉，父在而书葬父借银，伦常何在？这一条就该打，从实招来！"

张忠抖作一团，叩头见血："大老爷，是我一时糊涂，虽赌债确实，小人也错了。我现有银二十两，情愿输与原告赎回借约，望原告撤诉。"

"小人不愿意，六十两原银一两不能少！"赵大全插话道。

王安远微怒："公堂岂是你们的戏耍之所？被告你据实陈说，本官自有公断。"

"实是去年冬天我与赵大全、李五兄弟赌输后妄图翻本，赵当场借银十两与我助赌，不想我反输给赵五十两银子，加原银共六十两。当时我无力偿还，赵说我父年老多病，一旦亡故，亲友吊唁定有礼金，让我立葬父后十日偿还的借约，并说如葬父后余银不足六十两，也不追要，少些无妨，是为督促我还款才让我写了逾期抵房，并不是真要房子。"张忠说到此处见王安远没有言语，又继续说，"先父不幸于今年三月初六病故，不料葬父后剩钱不多，我又卖了些家具细软，凑了二十两银子，想着以此赎回借约。怎奈赵反悔，咬定要六十两，并逼迫我交房。我现在明白是他三人串通，绝不能将家中祖宅输与他，苦求不成又成了被告，官爷为我做主啊！"

见李白一直静听不语，王安远向李白耳语道："李兄发现的日期疑问，你来讯问此节吧。"

李白喝问原告："赵大全，我问你几个问题，你要如实回答，如有妄言，刑法不饶！"

说完堂中一片静默，气氛压抑。

"你操何业？哪里来的六十两白银？须知，一般人家每年获银十余两也难，吃穿用度之外基本上没有剩余！"

"小人世代务农，家中有田产五十多亩，多年累积有六十多两银子。"

"既然以房屋宅院为抵，为何没有呈交房契？"

赵大全一时不知如何回答，转动眼珠想了一会儿，迟疑答道："当时小人要过，但张忠没找到，他家中丧事忙乱，就没有让他再找。"

"强词夺理！六十两银子几为农人终生积蓄，借约无息无保，抵押没有房契，你会这么轻率吗？"

"老爷明察，因是乡邻，葬父又是正事，我一时好心。张忠的房屋宅院虽然也就值五十多两，抵房我情愿倒与他十两租房，这样行吗？"

"房契的事你说不出道理。我再问你，借约是一次书成的吗，有无添改？"

这一问令赵大全更加慌乱，回答的声音不觉低了些："借约是当着双方的面书立的，全部由赵山一人执笔，并没有窜改。"

李白对王县尉说："讯问已毕，请传证人纠问。"

三个干证先后上堂，说辞基本与赵大全一致。王县尉突然喝问赵山："赵山，你知罪吗？"

赵山一哆嗦："小人无罪啊！"

"你知书达理，却伪造借约、窜改日期，看来不用刑罚你不想招供哪！"

"借约内容我问过双方，实是均无异议才写，没有强迫欺瞒，都是我一人所写。"

"睁开你的狗眼，看一下日期的间距和墨色的新旧。本官给你个机会，现在说实话可对你从轻发落，如审出虚假，定然严责不饶，你好好想一下！"

此时李白离座，将借约的日期间距和墨色新旧仔细展示给赵山看，并对赵山说："可知人情似铁，官法如炉，雕虫小技能瞒过官府吗？"

赵山细看借约后面色苍白，抬首看向赵大全，赵大全微微摇头。李白连忙挡住赵山的视线，目光灼灼地看着赵山道："不要心存侥幸，一错再错！"王安远也厉声呵斥："再当堂串通定打不饶，都放老实些！"

在李白凌厉的目光逼视和王安远的高声训斥下，赵山满头大汗，瘫倒在地："大全，你害了我！"遂将去年岁末立约空出日期，约以张父亡故后十日归还，在今年三月填日期的事情逐一供述，但坚称写约时双方并无异议，他不知是借银还是赌债。

赵山供毕，不待王县尉行刑，李五、李六先后供出是赌博款项，张忠先借本银十两，又输五十两，因为赵大全房宅与张忠相邻，赵意图赢占张宅并为一家，料张忠不能按期还款，故怂恿张忠逾期以宅抵款。张忠父亲虽年迈多病，但预料其将坚阻，才约定张父去世后十日为期，此时张忠继承财产即可履约。二人供称，赌时有配合赵大全的情形，但没有其他诈伪局骗。

赵大全垂头丧气，俯地不语。王县尉冷笑问道："赵大全，你这厮还怎么说？"

"青天老爷，干证说的属实，我无话可说，请老爷开恩，我情愿废约。"

王安远与李白稍一商议，提笔判道："赵大全罔顾乡谊，欺心设赌，先谋邻产，继改文书，复欺官上告，法不能贷，本应杖责六十，念经讯吐实，且张忠亦不合参赌，减为笞责五十。赵山知书而窜约，经官且伪证，比首犯减半，应杖三十，念首供知悔，且未参赌，减为笞责三十。李五、李六参赌伪证，虽局骗无凭，然串通有之，合应笞责二十。而张忠不务正业，参赌败家，父在而期以亲亡偿债，人伦何在，杖责何辞？念有诱骗情形，亦笞二十，以为后者戒。其借约由赌而成，且存欺诱，废之无疑。取供存案，各如拟行。"①

判后，王县尉问道："你们五人可服本官所判？"

张忠泣道："服判，服判，小人是该打。"其他四人也磕头服判。

王县尉审结此案已近午时，稍觉疲惫，邀李白中午在县衙共餐，李白辞曰："来前都督大人嘱咐回府用饭，此时通报不及，还是不打扰了。"王安远舒展了下手臂说："也好，我午后亦有公务，还请君务赴晚宴，我已约了三个好友。"

第三章

泗水访石门

晚宴在酉时中开始，此时太阳已经不再刺眼，徐徐下落，余晖四射，半个天空像在缓缓燃烧，晚霞似烧化的金子，在天边流布。时有清风拂过，李、王边观赏美景边饮酒闲谈。

王安远向朋友介绍了李白，向李白介绍了同来的县丞（县令佐官）张文、主簿（主管文书、簿籍和印鉴）李长之和巡

---

① 唐时刑罚分为笞（以小荆条或小竹板打腿臀，十至五十）、杖（以大荆条或大竹板打腿臀背，六十至百）、徒（戴钳或枷劳作，一年至三年）、流（流放二千里至三千里）、死（绞、斩）。上述五刑，除谋反、谋大逆、谋叛、恶逆、不道、大不敬、不孝、不睦、不义、内乱十恶不赦的罪行外，均准以钱赎罪，赎金从铜一斤至一百二十斤不等。故杖责为重，笞刑轻之。

检（负责抓捕盗贼和设卡盘查）周友，与李白同来的都督府长史唐川则与各人相熟。六人分宾主入席致问后，相互祝酒，渐渐随意，各人都对李白的游历深感兴趣。李白向大家介绍了蜀地的山川名胜，特别是在重峦叠翠中一泻千里的三峡风光，让各人神往不已，王安远等人也分别谈到自己故乡的名胜，宾主相谈甚欢。李白豪爽好饮，王安远等人劝酒，白也不推辞，共饮三巡后，又分别与每人豪饮满樽，大家酒酣耳热，话题渐转到诗赋辞章上。

李主簿叹道："李兄之《蜀道难》气势磅礴，格局宏伟，吾所仅见耳，兄诚大才、雄才也！"他击案吟咏：

尔来四万八千岁，不与秦塞通人烟。
西当太白有鸟道，可以横绝峨眉巅。
地崩山摧壮士死，然后天梯石栈相钩连。
上有六龙回日之高标，下有冲波逆折之回川。
黄鹤之飞尚不得过，猿猱欲度愁攀援。
青泥何盘盘，百步九折萦岩峦……

"'可以横绝峨眉巅'几可为李兄自况。但李兄亦有超远之词，如'孤帆远影碧空尽，唯见长江天际流'的送友之句，当称全才，我素所敬重。"王安远补充道。

"两位过誉了，白不曾效力于政府，徒有文名啊！然诗赋我敬服者亦不多，今人所欣赏者唯杜甫、孟浩然、王昌龄二三子而已。尤其杜子美之诗，有我不及之处。"

唐长史插话："李兄勿过谦。杜子美沉郁开阔，李兄雄奇壮伟，各有千秋，可称双绝，但李兄尤为洒脱。"

王安远拍手道："此论至公，且同饮一杯。"

李白大笑，与众人一饮而尽，众人又从诗赋谈及仕途，张县丞称李白不应科举实为明珠遗尘，李白笑而不答，却被勾起心事。

李白与王安远等人连饮数日，自觉赴鲁初心未遂有所不安，仅觥筹交错、高谈阔论不能济事。因念及自己寻大将军习剑，大将军又向清风尼师习剑，何不直接求教于清风尼师本人？想至此，急于返石门求访清风尼师，看能否向其学剑，兼游山水、观风俗。李白将此意禀告李都督，李都督再三挽留，李白答应元旦前再来拜见。李都督即给泗水令何永修书一封，问候何令并请其关照李白，又取黄金四十两赠白以助旅费，李白辞谢道："祖父相赠过重！白不敢受。"都督佯怒，李白长拜敬领，告辞都督。

前番去石门，行程匆忙，李白无心观赏风景。这次到了石门山前，信马缓行，见眼前青山葱葱郁郁，遍野绿草如茵，山岭下、山坡上满是桃树，花虽凋谢，但枝头绿叶中夹杂着粒粒小桃，被覆茸毛，生机盎然；山腰以上稀稀落落的梅树枝干虬曲，参差错落的苍松翠柏生长在嶙峋岩石上。两道主峰相对，犹如门户，云雾从峰间涌出，飘散弥漫在峰峦山岭；时有团团缕缕的云雾，或掩映在岩石间，或笼罩在树头，或缭绕于枝干，飘曳流动不已。从西峰蜿蜒而下的涧溪淙淙流淌，清澈见底，水中各色鱼儿和接近透明的小虾畅游嬉戏。绿树掩映和云气蒸腾中，南陵村散落的房舍朦胧缥缈，让人疑为仙境。

山腰上，一座红墙黄瓦的寺庙有三进院落，因地势所限，并不太宽，但殿阁楼台整齐，因山势峭拔，颇觉雄伟。李白记起前次那个明慧少女之言，这应当就是灵光寺了。

山坡前，一座两层的木楼，东西两边各数株新植桃树，枝叶茂盛，房顶上一面蓝白双色旗帜飞扬，上书一个大大的黑色"酒"字。时近中午，李白一路赶来，颇觉饥渴，看到酒旗后不禁拍马疾行，到店拴马入内。

店内尚无他客，李白一边浅酌慢饮，一边与年约三十的掌柜闲谈："此处并非市镇，村亦不太大，贵店的生意如何？"

掌柜边安排小二擦拭桌面，边笑答："这个村庄虽不太大，也不是市镇，但此处的龙门灵雾是一大胜景，山上的灵光寺信众很多，常有客人登山游览、进香礼佛，且我村的刘医师远近闻名，附近州县的不少人前来求医，石门山上的白云庵、饭颗山里的长生观也偶有来客，客人们多光顾本店，因此小店的生意还过得去。唯东家年事已高，少东家在任城坐地经商，东家准备转手或歇业，不知还能做多长时间。"

李白听后陷入思索：此地风光宜人，离城又近，动静两宜。裴大将军可能返还，清风尼师亦驻此，又有寺庙道观，暂居此可以向尼师学剑，兼可修养身心，闲时可寻僧人、道长谈经论道。若外出，陆路顺畅，水路也可沿泗河舟行鲁西南及吴地，偶有疾患还有名医，更有酒店，居此岂不便利？

"里正大叔里边请，您老又来照顾小店的生意？"掌柜的迎客声将李白从沉思中唤醒。一个年过花甲的皂衣老者缓步走入酒店，笑道："滑嘴小王，不吃酒就不能来吗？你也不说请大叔吃酒！"

王掌柜弯腰前迎："大叔说笑了，我想请您老还请不来呢！要不就今日？"

里正敲了一下掌柜的头说："小子，我是看到你门前的五花马神骏，来看一下是哪里的贵客光临！"

李白闻声，起身长揖："里正大叔，马是我的，就是普通的坐骑。"

"我昔年曾从军，对骏马略有所知，也很喜爱。此马头方目明，颈长脊壮，蹄厚尾长，毛五色，顾盼有神，是骏马无疑。虽不能说千金难购，也得值三四百两银子吧！"里正边赞赏地看着门外的骏马，边点评说。

"是朋友相赠，我还真不知其值。敢问里正大叔尊姓高名？可否请您共饮？还有些事情请教。"李白拱手相邀。

"也好，骏马配豪杰，我就不客气了。本人张云，排行第六，在南陵村方近说话还管用。"里正未再客气，欣然就坐。李白又让店家添置酒菜，二人推杯换盏，相谈甚欢。

饮酒多时，里正问道："先生刚才说有事要问，请讲。"

李白说："我见贵地风光宜人，民风淳朴，欲在此暂居些时日，里正大叔可知有无闲房外租？"

里正道："本村虽有几处闲宅，怎奈狭小破旧，贵客恐难住用。"他又饮一杯后捻须说："我倒忘记小刘的房子了。我村小刘医术高明，颇积了些钱银，因旧宅只一进院落，行医不便，前年又购地五亩，建了东西两院，他的原宅也很齐整，现今闲着，偶有外地前来求医的暂住而已，饭后我们可问他外租否。"

餐毕，里正在引李白去刘医师家的路上，简单介绍了刘医师家的情况：刘医师五十余岁，早年一直读书，但科举不成，遂立志学医，拜本州名医叶尊苦学三年，又去各地拜访名医游学、行医二年，治好的疑难杂症着实不少，名气很大。家中有两个女儿，由妻子照顾，五年前长女明珠到了结婚年龄，刘医师回乡嫁女，后即居家行医，现雇了本村的一个唤作王小五的半大小子帮工。因旧宅仅一个院落，行医不便，又建新宅，分内外两院，西院医师夫妇和次女明月居住，东院行医待客，家口不多，因此旧宅闲置。李白又问白云庵事，里正说确有清风尼师携一女童在此修行，但与其来往不多，不知其近况。

到了刘宅，进大门后见院内宽敞整洁，植有各类药草花木，分东西两院。东院入户，院内正房三间，居中一间贴着"诊所"二字，东西两间分别写有"药房""疗室"，西厢房两间不知何用。东西院间有一人多高的石墙相隔，西院角门关闭，只可看到也有起脊正房三间，与东院西厢房共墙的同制东厢房两间。

西院内明月帮母亲做完午饭，见已过午时父亲仍未吃饭，担心父亲饥饿，便将午饭热过，从西院角门出来，到东院请父亲用餐。刚接近正房门口，就听到里正爷的说话声。进门后见里正爷正与父亲攀谈，一个三十多岁、英气勃发的清逸男子陪坐一侧，一双眼睛深不可测又神光湛然。他对明月微微一笑，明月觉得此人面熟，想起他即是前几天的问路人，也微笑致意，并向里正问安。明月笑靥如花，似春风送暖，又如阳光般灿烂，李白感觉一身烦劳尽去。

里正介绍了李白的情况和租房想法。刘医师听完问道："您就是字太白、号青莲居士的李白？"李白颔首称是。刘医师高兴地说："我在各地游医，常闻先生大名，也看过您的诗赋文章。先生高人雅士，旧宅闲着无用，先生欲住一段时间无须论价，我正可以向先生请教。"

李白忙回答："深谢美意。房租必须支付，且看过房子再议。"

"明月你来得正好，取旧宅钥匙让小五陪同看房。"刘医师对女儿说完，又转向里正："张兄，我先去午食，就不相陪了，烦请您帮忙一二。"李白听到少女名叫明月，想起了自己的妹妹月圆，不禁又看了明月两眼，更觉亲切。

王小五只有十岁露头，拿钥匙领里正和李白去刘家旧宅。旧宅离新宅不过百余步，转过一个胡同即到。一路上均铺设碎石板，石板缝隙间生长着青苔和小草，并没有尘土杂物。宅院旁依沟壑一道，杂树、野花、绿草遍生沟壑两旁，沟底则有一条清溪潺缓流淌，数块平整的石块斜斜立在水中供人渡溪，观赏、洗濯两便。打开院门，院落一亩有余，东面山茶、梅树各两株；西面翠竹一片、兰花数丛，草树皆青翠可喜；北面是石头垒砌、泥灰勾缝的正房三间；南面连门配房两间。室内家什基本齐全，只是放了些平素不用的杂物。李白喜道："此宅整洁，正合我意！"李白决意先安顿好行李和坐骑，再去白云庵寻访清风尼师。

三人回到刘家新宅，刘医师去西院用餐未回，李白才翻看室内的《伤寒杂病论》数页，刘医师匆匆返回，但不肯出价，李白也不知行情，两人请里正酌定。张里正欣然道："小刘是个大气的人，我看李先生也不计较，我就托大居中了。"他又取过算盘边拨边说："刘医师的旧宅连同家什值银约六十两，长租市价每年总价二十取一，年合租价三两，短租翻倍，年折租金六两，不知李先生欲租多少时日？"

正说话间，一主一仆叩门求医。刘医师抱歉，李白和里正均说待诊病后再立约。

病人手按头部右侧，对刘医师说："我是泗河之南的皋里村人，这头痛已有数年，痛起来寝食难安，连同眉眼都酸痛，寻医问药多年，都没治好，听闻刘医师医术高明，请您费心为我诊治。"

刘医师细察病人体貌，又扪脉良久，观察病人舌象，问道："贵恙的疼痛部位是何处？平素可劳作走动？"病人答道："右耳上边为主，连同头右侧及额头、双目都痛得厉害，痛如针扎，跳痛不已，其他地方还好。我本来不好动，有了这个病后更不大动了。"

刘医师思索片刻，说道："您的头右侧痛如锥刺，范围固定，而面色无华，舌质紫暗有瘀斑，脉象细涩，观您体胖，恐平素少动，系瘀血内停，阻塞脉络，气血不畅，故面色晦暗，舌暗脉涩，当为气滞血瘀所致。方用血府逐瘀汤加味，以活血化瘀、通络止痛。方中当归、生地养血活血；红花、赤芍、川芎活血化瘀、通络止痛；柴胡、枳实、桔梗、甘草理气调中；牛膝祛瘀而通血脉；全蝎、蜈蚣等通络止痛。"刘医师又问众人："诸位以为当否？"

众人皆说："我们不懂医道，还请医师定夺。"

刘医师遂提笔开方，嘱王小五取药并告知病人每天两服，又拿出一块如掌大的石片，颜色褐黄，石面上遍布红色花纹，对病人说："此为砭石，用于疏通经络疗效极佳，每日睡前您可照此刮头颈，有助于活血化瘀、疏通经络。我先示范一下。"

刘医师对病人施术并传授刮痧手法、部位后，又取石针数枚，在病人头部、手部取穴施针，良久方拔下。病人喜道："好，头已然不痛了，高明啊！"

刘医师让小五用沸水煮石针，对病人说："先生勿以砭石、砭针材质不贵而轻之。针砭之术载于《黄帝内经》，'泗滨浮石'见于《尚书·禹贡》，此石自古为医家之宝，用于针砭胜于金银制器，只在泗河两岸可寻，有温助阳气、养筋荣脉、疏通经络、祛瘀止痛、潜阳纳气、镇惊安神等功效，疗先生之病极佳。虑您过河来诊不便，今取二十日用药，将砭针十枚送您，请就近寻医，隔日行针一次，并每日刮痧，药石并用，头痛二十日有望痊愈。"

病人万分感激，让医师取酬，刘医师收诊金药费六两，写下行针的风池、太阳、头维、合谷、太冲诸穴，并嘱病人两个旬日后如不愈，再来复诊调方。

病人高高兴兴地离开后，里正又说起租期问题。李白考虑都督庆贺元旦的奏章，往返至少应至明年三四月，遂定租一年，立约后取银六两，刘医师要减些，李白说还要王小五帮忙收拾打扫，一并作谢。李白又出银二两，托里正寻人帮搭马棚一处，并购些生活用品、菜粮等。

房院收拾完毕，李白当晚即入住，晚饭后取赵师所著的《长短经》阅读，但总觉心神不定，似有所牵挂。次日上午在村中闲行游览，不觉又走到刘医师新宅门口。李白想到医师家中一访，又有些迟疑，直到有个病人来求诊，才一同进了刘家，对刘医师说："昨日观君诊疗，见识不少，原来诊病也与易理相同，我闲暇无事又来打扰，想从中学习处世之道，请先生见谅。"

这次的病人五十开外，衣着破旧，说自己是邻县曲阜人，少受风寒或劳作后即四肢疼痛，久治无效，因此病家中境况更差，听闻医师大名，前来求诊。病人欲取原先诊疗的方子让刘医师过目，刘医师摇手制止，说先诊断再查对。

刘医师细察病人的指、腕，见关节肿大且筋肉稍萎，大拇指关节背侧已呈暗褐色且表皮厚硬。详问病人，病人诉年轻时即起病，现已二十余年，开始时两手麻木、红肿热痛，后来发展到活动不便。求医开方或求土方、偏方，服药无数，但并无显效。自觉气短乏力，胃口极差，畏寒肢冷，腰膝酸软。刘医师看病人面色无华，两目干涩，指甲枯槁，皮肤干燥，扪脉后说："您的脉弦，主痛、主风，再结合体征和主诉，应属热痹即类风湿之症。热痹又纳差畏寒脉细，伴有虚症，此病较难愈，但尚可治疗。血虚者，脉道干涩，血行不利，病邪、瘀血难除，故治疗时须先养血。因肝主筋，肾主骨，肝肾亏虚，风寒湿邪侵入内客筋骨，使经络痹阻、气血不通，致筋骨关节疼痛、变形而成热痹。此病诊疗应当养血化瘀、祛风除湿，待我细思。"

在病人焦急希冀的眼神注视下，刘医师取过病人带来的原方查看，沉吟良久，另外开出一方。李白上前观看，刘医师解释道："此方以全蝎为君药，疏通经络，解毒止痛；藏红花、当归、川芎、三七、元胡、郁金活血化瘀，助全蝎通络，为臣药；麻黄、防风祛外风，天麻息内风，威灵仙、秦艽祛风除湿，怀牛膝、杜仲、山萸肉、巴戟天、益智仁、龟板补益肝肾、强筋壮骨，共为佐药；甘草缓急止痛、调和诸药，为使药。君臣佐使诸药合施，达疏通经络、祛风除湿、活血化瘀、补益肝肾之功，服用月余后当有显效，即使不能治愈亦可大为缓解，防止复发加重。"

刘医师又在病人的手足腕膝腰背多处施针，写下十余个腧穴让病人每日针灸，病人病痛当即减轻，感谢异常，取出怀里的布包，嗫嗫嚅嚅地问："不知道需要多少酬金？"刘医师看了看病人，说："诊疗费就免了，您付药费本银一两吧。"明月此时正好过来，对刘医师说："我看这位老人家颇为困苦，父亲何不免收？"医师一想说："也罢，救人救到底，这次药费也免了吧。"病人更喜出望外，再三感谢说："医师看得太好了，这也是我拿药最多、费钱最少的一次，一两银子我还有，一定要付。"刘医师一挥手："留着钱在农忙时雇人帮干些活计，您就别付了，您的病不能过劳。"

病人离开后，刘医师对小五说："如有疾病，一般不可持前方而询后医，后医也不宜先研前方再诊病。中医以阴阳学说为基，整体上讲求阴阳平衡，治疗方案为辨证阴阳寒热虚实表里，以治本为主，标本兼治。但病情复杂，有时虚症实表或者表寒里热，须详细望闻问切和反向思察。有些医师为逞能，不加细察一味推翻前方，或者被前方误导，因循加减药物而已，往往贻误病情，故形成诊断后再看前方推论辨证最宜。如这次，病人应为热痹症，但病人所带前方，是按风寒性关节病以寒痹症治疗的，并不对症，因此病人迁延不愈。"

停了一下，刘医师又对明月说："虽然说穷人吃药、富人出钱，诊费不能固定，但疗病收费也有基准。今日病人境况困苦，正常收费应为二两多银子，减收至一两实际是药本。如分文不取，恐病人不安，而且我们也要维持生计和持续行医，境况好的正常收费或稍高点，境况差的也应保本为宜，医不叩门，有时候不收费反而不能取信于病人。"

这时，王小五插话道："师父给穷人看病已经只保本了，明月姐姐心太软了，药材可都是真金白银买来的！"

刘医师对小五轻叱道："困苦异常的，或者亲友近邻，酌情减免或分文不取是应当的，不能一概而论，明月说得也对，但也不能看到稍微困顿的就免。"

明月姑娘一身淡黄的衣裙飘飘，如黛双眉下的眼睛亮如星辰，顾盼间像宝石一般熠熠生辉，听到父亲给自己争理，对小五挥了挥拳头。李白看着明月想到自己的妹子，一时失神，忘记移开目光。明月见李白注视自己，有些羞涩，转身回了西院。李白自觉稍有失态，见刘医师在书写刚才的医案，也连忙告辞。

第四章

灵光谈禅

李白在刘医师旧宅安顿下来，问询村民明月庵，原来此庵即在灵光寺东南侧，被寺院和树石遮挡，因此在村中看不到，其实并不远。到得明月庵，却见柴扉紧闭，院落安静，石基泥墙、茅草覆顶的五间房屋门户紧闭。李白敲门喊人均无应答，不禁感觉焦躁：初寻大将军不遇，再访清风尼无人，这是怎么了？

闲暇无事，李白就往西北上行去山寺观瞻。渐行渐近，山寺周围建有高大红墙，占地十余亩，山门"灵光寺"三个字已然斑驳，门口有一个留发的佣工看门。进门后，前院松柏两行，高大苍翠，皆为百年古树，并新植桂树数棵，凿有广约半亩的水池一处，引入山泉活水经池流出寺外。池中种莲，莲叶舒展在水面，亭亭如盖，叶上不少莲花或含苞或绽放，粉白嫣红煞是可爱。红色的鲤鱼在水中结群游动，见人来则迅速游至远处或潜入水底。前殿巍峨，有三大间，中塑佛像端坐于莲花台上，宝相庄严，菩萨、罗汉塑像侍立两旁，迦叶尊者正拈花微笑。大殿中知客僧问讯李白，李白取银一两做香资。知客僧连忙引李白到后院厢房，引见与方丈。

后院有后殿，塑护法天王，厢房为会客谈经之所。本寺方丈法号慧明，年已古稀，白眉飘垂，见李白风度洒脱，谈吐不俗，命知客僧道："烹山泉茶饮待客。"

李白问方丈："慧明师，您可知白云庵清风尼师行止？我刚去寻访，庵内并无人。"

方丈答道："清风尼在此潜修多年，前几日说要出游一番，看是否有机缘收徒，走前告知了我，说这次出游时间不定，一切随缘。"

李白听后面露失望之色，喟然低首。慧明禅师见状道："施主郁郁不欢，有什么疑惑？"

李白遂将自己功名不成、学剑初寻将军不遇、再访尼师无果的情况告知慧明，言语间颇为怏怏。慧明开导道："佛说世间万法皆空，执则意乱，施主因所求不遂而苦恼，其实无须至此。不是老僧聒噪，施主来此即有缘，我且为施主说法。"

慧明见李白认真倾听，正色道："世间烦恼，俗人盖因贪嗔痴妄所致，能不贪心、不怨怒、不痴迷、不妄求，则远离苦恼。即使高士，也难免于'求不得'三字，往往过执于一念、一事，不遂所愿即不免苦恼，望施主明鉴。"

李白答道："佛说世间苦恼有怨憎会、爱别离、求不得，我也知道。但人生一世，若无喜怒哀乐也缺少趣味，大丈夫亦不能超然于物外，而不思建功立业。"

慧明遂说："施主不是出世之人，百工均不可废，立业济世也是修习。但不可有执念，须知无挂碍方无恐怖，远离颠倒梦想、一切是非。我处现有《般若波罗蜜多心经》可奉施主诵读，可以静心悟禅。"

小沙弥上前，取陶杯放入一撮翠绿的叶芽，以沸水冲泡，杯中香气散发，绿芽在水中舒展浮沉。李白问道："这是何物芽叶？"慧明道："请先饮。"

李白举杯啜饮，觉入口稍苦，但回味甘甜，齿颊生香，有醇厚清远之感，与平日常饮的茶团相类，但滋味鲜醇则远胜之。于是迟疑问道："莫非是做茶饼的原叶？"

慧明答道："正是茶芽冲泡。俗世饮茶将茶叶压饼，饮时再碾碎为末，复加各种佐料，不惟烦劳，且失其真味。老僧取山上茶树嫩芽晒干冲泡，其味甚佳，请先生细饮品鉴。"

李白连饮两杯，顿觉精神爽朗、心胸开阔，连赞道："好茶，好茶！今后还要叨扰大师。"此时，后殿响起清悠响亮的磬声，音质非木非金。李白又问："此是什么声音？"

慧明答道："此乃以泗滨砭石所制木鱼，诵经说法时敲击，也是本地特有好物。"

李白问道："昨日在刘医师处，听闻砭石用于针灸疗疾效果极佳，莫非还能做乐器？"

慧明禅师微笑："观君饱读诗书，不闻《尚书·禹贡》记载乎？海、岱贡峄阳孤桐、泗滨浮磬。泗滨浮磬即泗滨浮石，石色褐黄间有花纹，质类玉，做磬音质悠扬，自大禹时即为贡品。"

李白恍然大悟："这不就是诗人庾信的《周五声调曲·羽调曲四》所吟咏的泗滨鸣石吗？"兴之所至，他接口吟道："定律零陵玉管，调钟始平铜尺。龙门之下孤桐，泗水之滨鸣石。"

"是也。听闻饭颗山长生观制有一套完整的砭石编磬，鸣奏效果独特，非金玉竹木可比，施主有闲可去观瞻。"

李白又问："饭颗山之名也怪，有何来历？"

慧明答道："老僧驻此四十余年，初时亦不解。后去游览问询土著，方知此山官名蟠龙伏虎山，主峰圆突，形似伏虎，又像盛满冒尖的饭碗，以蟠龙伏虎转音拟形就叫成饭颗山了。"

李白与慧明又谈起戒定慧等佛理，两人对持戒、禅定、修慧三学的重要次序有不同意见。慧明认为，首先要持戒、持定，以修行精进；李白则认为戒、定为术，获得开解和智慧方为道，故修慧为主，持戒、禅定则不重要。

慧明反驳道："智慧不等，不是人人都能开悟。首先应当持戒，严格遵守信徒规则，培育修行习惯，方能养成慈悲善良之道；不做损人利己甚或伤天害理之事，从而达到不害人、不受谴，得心安然，断除烦恼的目的。虽然比丘戒较多，但平常的居士信众，只要坚持不杀生、不窃盗、不邪行、不妄语、不饮酒即可，其实不难。"

作为好酒嗜饮之人，李白对不饮酒尤其反对："酒能解忧忘烦，寒苦困顿，无酒何以解之？况酒能活血通脉疗疾，善莫大焉。断绝饮酒与悟道明慧并无关系。"

"施主此言，仍是借外物逃避烦恼。当知闭目不见树，睁眼树还在。且酒最乱性，不仅妨碍清修，还往往因之诳语妄行，种下种种业根，带来诸多烦恼。设若配药疗疾，则不在戒律之内，已非酒，而是药。"

"陶然之乐是众生之趣，设无醇酒，何以度此有涯之生？"李白露出了酒徒面目。

慧明不禁莞尔："施主不是我等比丘，酌情饮酒亦可，望适量、有度，酒多伤身，醉酒误事。正行守信，不妄言妄作，广行善事即是持戒、行戒。无事时，可以禅定静修，领悟无我无人无色无相之境，得窥大道至法，求得解脱。"

李白坚持只要认识通透、智慧圆满，戒、定可修可不修。慧明则以众生贤愚不一，应当持戒、禅定以修慧，并诘问李白不行五十何以达百里？两人辩论不休，互相不能说服，不觉已近中午。慧明笑道："我与施主争论，其实是着相了，请施主静思吧。"他请李白在寺中用斋饭，李白不愿打扰，遂告辞，并相约今后再谈。

李白到酒肆浅饮两杯，午后回住处时从刘医师住处经过，听到琴声铮铮，如清泉流涧，似松间风过，不禁心旷神怡，即移步刘医师家中。医师家中恰无病人，刘医师正在翻看医书诊案。李白赞道："如此悠扬琴曲，真能洗心忘俗，不知是何人雅奏？"

"小女从白云庵清风尼师学过操琴，虽琴艺不佳，但琴用峄山之下古桐请名匠制成，音质极佳，听起来尚可。"刘医师笑道。

"恰巧我也带有朋友崔宗之所赠古琴，据传是汉代所制，音质似尚不如此琴，峄山古桐果然名不虚传。"

李白边听琴边与刘医师晤谈，约一刻钟后琴声渐息，明月来找父亲。原来唐时男女之间禁防不如后世严格，虽少有近距离单独接触，但并不禁止女子外出或辅助从事各业。明月每天除帮母亲做家务外，上午、下午各有一个时辰随父学医。

第五章

明明如月

李白与慧明晤谈之后心胸稍开阔，索性随遇而安，暂住南陵静待各方消息。他以酒肆伙计为向导游览石门风景后，每日除了整理诗文旧作外，或潜心读书，或到山寺寻慧明谈禅，或到刘医师处观看诊病兼谈古论今。刘医师精研《易经》，常读《大学》《中庸》等典籍，李白好读老庄，两人交谈甚欢，颇不寂寞。明月喜欢庄子之洒脱放达，推崇陶潜之恬淡自然，正与李白的喜好合拍，因此明月在静听父亲与李白谈论时，有时也发表自己的见解，李白颇有得遇知音之感。刘医师认为，诗词应当格律工整，属对严谨，认为女儿写的诗词多不合律，常不以为意。明月不是很服气，说："言为心声，只要摹写贴切、言之有物即可，不宜为形式上的格律所锢。"李白恰好喜欢旷达自由，亦不愿受格律束缚，他说："刻舟而求剑，不知舟之行也；执古而匡今，应知古已变也。格律亦渐成渐变，不是自古垂范不能变更。当然，符合格律又不害意趣为佳，若强求适格而害文意则不可取。应是意境文采为先，格律次之。徒以格律束缚内容，岂非削足适履？诗三百篇格律何在？依然垂为典范！"

明月拍手道："先生是大诗人，说得应当没错。"并拿出自己写的一首《白菊》求教。诗曰："圆月照地如水洗，窗前数枝开白菊。枝叶摇曳微风过，花瓣舒展无声息。淡雅清香似可辨，晶莹玉色何透剔。心中空明若有悟，月照菊开却无奇。"

明月说："这首诗是我见到窗前白菊绽放，明月如水，月菊相映，晶莹剔透，心中明静喜乐，随意而写，但多不合平仄。"她又提笔改写了一下："圆月照天霜万里，窗前静静开白菊。细枝摇曳微风过，花瓣卷舒无声息。淡雅幽香似可辨，晶莹玉色何明剔。心中有悟若空灵，月照菊开却不奇。"她放下笔说："这样倒是符合格律了，但我觉得意味尚不如前，先生如何看？"

明月兰心蕙质，李白大为赞赏，连说："还是前面那首写得好，意境自然，不加修饰，末一句更恬淡深远。改过的虽合律，却有些生硬。"明月笑靥如花，得意地问父亲："女儿还行吧？"刘医师见女儿诗作获得大诗人首肯，也很欣慰，说："小孩子不要骄傲，需学习的地方太多了。"

这天下午，李白微醉后又去访刘医师，见刘医师正与女儿围棋手谈。明月执黑，坚守实地步步为营，虽大势稍弱，但实空不少；医师执白，外势雄壮，但中间一条大龙被黑棋围困，苦苦求活，如这块棋被吃掉，白棋实地不足，明显落败。双方围绕这条白龙展开屠龙和求活激战。李白大喜，他亦好围棋，但已一年多未有对手开战。开始时他静观不语，见刘医师十余子的棋筋被困，岌岌可危，刘医师苦思无解。李白一时技痒，不禁开口提示："刘先生，您还有劫活余地。"他指着黑角一处大劫让医师看。刘医师细看之后松了口气，落子开劫道："当局者迷啊！"结果，双方提劫、消劫，往复不已，成了循环之势，以和棋终局。局后，明月噘着嘴嗔道："观棋不语，有人违规啊！"并要与李白对弈。实际上三人棋艺相差不大，谁开局占优或者下得仔细些，谁就能赢，正好棋逢对手。

此后，李白又多了个去刘医师处的缘由，谈诗论文兼对弈消遣。刘医师最起码表面上能做到胜负不形于外，但明月胜出则欣喜不已，输棋即闷闷不乐。她欢笑时眉眼生动，如鲜花绽放，放射出明亮的光辉，如阴云忽开，阳光灿烂。她有时静思不语，好像脱离了尘世，神游到了另一个世界，宁静的面容如无云碧空中的明月，无比皎洁，让李白感到远离尘嚣，心中一片宁静。李白与明月偶尔对视时，她眼眸中闪耀的光辉让李白沉醉。明月既帮母亲料理家务又随父学医，勤劳聪慧，这些都让李白尊重和疼惜。刘医师家逐渐成了李白最向往的去处，李白喜欢看到明月的笑颜，愿意让明月高兴，经常刻意输棋。这段李白一生中少有的快乐时光，不知不觉过了一个多月，他才突然想起李都督写给泗水县令何永的书信已经在自己手里压了三十余天，再不拜投有些失礼，即到县城去访何县令。

何县令拆阅书信，见李都督谆谆拜托，且李白博学多闻、谈吐不俗，也久闻李白才名，故非常热情，连续留李白宴饮三日，县衙各佐官辅吏基本陪饮了一遍，其中就有他前次问路遇到的典狱张志。张志一改前次不冷不热的态度，对李白殷勤问候，当得知李白租住的是刘医师的旧宅时，张志更是亲热："我们有缘啊，刘医师正是我岳丈，我们不同于别人，更加亲近些。"他坚邀李白到家中做客，李白苦辞不得，只得应允了。

张志回到县城家中，安排家人采购上好食材。张妻明珠哂道："不就是个没官身的文人吗，值当如此破费？我看你平常还精明，这次是糊涂了。"

张志摇头说："这你就有所不知了。这个李白名气大、文才好，且县令老爷也很推重，他还是李都督的本家孙子，很多亲戚都在兖州府各县任官，了不得呢。别说他本人当官不难，就是李都督方面，跟他搞好关系，让他为我美言几句，经都督一推荐，咱升官那就是一句话的事！"

明珠听后欣然安排酒饭。李白在张志家受到了盛情款待，但总有一个身影苗条、面容秀丽的人不时在脑海浮现。他归心似箭，辞别张志后快马奔回南陵。

接近南陵村时，李白反而下马缓慢步行起来，他既盼望马上见到明月，又感觉心中惶恐，不知道见到明月后说什么、怎么说。正在村口迟疑间，一个女孩从村口树林中走出，微风吹拂着她的长发，轻轻飘扬，树上的白色花瓣飘落在她身上，美得好似天上的仙子，此人正是明月。李白感觉如在梦中，如同幻境，一时呆住了。明月看到李白后招呼了一声："先生回来了？"

李白接道"回来了"，仍眼神迷离地看着明月。直到明月走出很远，一回头看到李白还呆立在原地。

好一会儿，李白才缓过神来。初见的清新，相处的欢喜，离别的思念，重逢的美丽，他知道自己喜欢上了这个秀外慧中的女孩。李白不禁陷入忐忑之中，明月年仅二十，而自己已然三十有六，大明月十六岁，又是外乡人，长期漂泊不定，没有功名和产业，明月会接受自己吗？虽然这一段时间相处还好，但毕竟是半朋友、半邻居，自己该怎么办呢？

李白回到住处纠结良久，在希冀和不安中又到刘医师处拜访，并带去从县城购置的宣州名笔、良纸送给刘医师。刘医师爱不释手，回赠李白陶砚一方。只见陶砚澄泥为质，烧制而成，黑红二色杂糅，纹理古朴，砚盖阴雕梅竹，砚体首尾阳刻菊兰，观之沉静坚韧，抚之温润生晕，叩之金声玉响。刘医师抚摸着陶砚上的兰纹，对李白说："此砚由内人家乡柘沟社烧制，我还存有数方。太史公《史记·五帝本纪》载大舜耕历山，渔雷泽，陶河滨，作什器于寿丘。历山、雷泽在本邑泉林社。柘沟社与此处中册社均属汶阳乡，柘沟在东，有五色陶土，泥质细腻，匠人取之贮布袋中就河滨冲洗，用其精华做坯制成砚模，建窑火烧多日方成。砚名鲁柘砚，又称澄泥砚，含津益墨、发墨如油且不损毫，用一匙之水储墨数日不涸，夏日积墨经旬不腐，冬日历寒不冰，呵气可研，自汉时即为贡品，确是佳砚。"

李白辞谢不受，刘医师道："此砚较石质等为轻，出行携带便利，正好赠君，勿再推辞。"李白谢领后，刘医师又说：

"柘沟社窑作已久，还出产各类器玩、甏罐家什，如有闲可往一观。"

李白这天没有见到明月，心神不定，若有所失，回到住处见东窗下山茶花（俗名"海石榴"）盛开，青翠的绿叶中，艳红如霞、粉白似雪的花朵重瓣吐蕊，散发着缕缕清香。李白想到明月的如花笑靥、秋水明眸，不禁提笔写了一首《咏邻女东窗海石榴》，抒发自己的仰慕之情。次日上午，李白在刘医师家见到明月，犹豫再三，乘无人注意之时，将诗稿递给明月，见明月放入袖内才稍觉安心。但此后数日再见到明月，她虽然若无其事，但明显与李白保持着距离，不再与他单独交谈，更躲避李白的目光。

李白觉出明月淡淡疏远，心中惶恐、纠结、痛苦、五味杂陈。他想到自己自二十四岁去乡出游，至今已经十二载，远离家人，虽然游历各地都能结交到朋友，但朋友间意气相许、诗文相交，并不能消除内心的孤独，也无从诉说自己不能一展胸中抱负的痛苦和软弱；在安陆入赘，也被冷遇和轻视。他这一生没有感受过真正的家庭温暖，更未遇到过明月这样秀外慧中的女子，与明月的相识给了他从来没有过的欢喜、安宁，但明月却与他日渐疏离。他一时觉得天地虽大，却找不到自己真正的安身之处、温暖所在，幸福看得到，却得不到。夜间风起雨落，李白辗转难眠，忧怆满怀，又披衣起身，绕院独行，吟道：

风吹衣袂，微雨如尘。天高地远，忧怆摧人。回首往事，无可追寻。唯有冷暖，历历在心。风刀霜剑，谁见伤痕？克难越险，谁问苦辛？高山流水，谁解知音？千古心事，谁付流云？

星移斗转，恍如一梦。时日紧迫，功名未成。四顾茫然，去路难定。中有挂碍，不得从容。瞻前顾后，如履薄冰。何以破障，重获空明？彩云照月，松涧流风。物我两忘，大道希成。

翌日，李白即觉高烧不止且热寒交作，头痛欲裂，咽喉肿痛，全身酸软，起身后头重脚轻，不愿行动。挨到中午，他勉强起来吃了几口干粮，迷迷糊糊挣扎着去明月家求医。到了明月家，刘医师父女皆大惊，问李白昨日还好好的，怎么突然患了病。李白说了夜间冒雨临风的事。刘医师望诊完毕，又号脉后道："先生情志不畅，时值酷暑，受热邪，夜间又受湿气风邪，脉浮数，发热重，恶寒轻，汗出不畅，口干而渴，咽痛咳嗽，属于热伤风受寒，以银翘散加六一散可疗，再加鲜藿香化浊解表更佳。明月仔细，我让她取药熬制。"刘医师转头对小五说："村后桃林边上有藿香，拣色浓叶茂香重的去采一些。"

明月忙说："路程不远，还是我去采上好的野生藿香吧，小五不一定认得准。"

半个多时辰后，小五陪同明月携煎好的汤药来到李白的住处。明月让小五服侍李白服了药，又取干净的布巾用冷水浸过，挤出余水，擦拭李白的头面手足，再浸洗后敷在李白的额头，一直等李白安睡后才离开。

下午在迷迷糊糊中，有脚步声和清香气息传来，李白好像看到一个白衣仙女飘然走来，轻抚了一下他的额头。李白感到像是被春风拂过，又好像幼时母亲温柔的触抚，他心里温暖平和，定睛一看，原来是明月。明月说："且喜热已降了，只比平素热一点，我来给先生送药和饭食。"

李白服药饮食时，明月忙着给李白收拾屋子、擦拭家具物品。此时，微风从窗外吹来，院内花草气息也涌进来，几只小鸟在枝头鸣叫，室内安静，夕阳斜照进来，光照中一些微尘在飘浮。李白欹枕，看着明月忙碌着，间或微笑，觉得一片温馨宁静，好似一家人的平静生活，觉得自己病得太好了，唯愿此情此景永续。明月收拾完后，又给李白用湿布巾擦拭降温，李白劝不住，索性静静听从。明月俯身为李白擦拭额头，几丝长发轻拂在他脸上，李白看着明月沉静美丽的面容，感到一阵暖流在心中涌动，他鼓起勇气轻轻握住明月的手。明月一愣，缓慢、轻柔但坚定地抽出自己的手，对李白说："先生还发烧呢，不要乱动。"然后收拾餐具清洗，忙完这一切，明月才匆匆回家。

连续三天，明月有时候和小五一起过来，有时候独自过来，照顾李白的汤药饮食。李白终于痊愈了，但明月也不再来了。李白回想着明月的细心照料，不禁微笑；连续两天未见到明月，又觉惶然。病愈后到刘医师处道谢，再见到明月，她又恢复了李白病前的淡然态度，不复他病时的温柔相待。李白情思百转，觉明月还是与自己保持着距离，心结郁郁，难以开解。

病愈数日后，李白茫然出行，不知不觉走到灵光寺。方丈接见李白时，见他神色萎靡，也未多问。主客静饮清茶多时，李白对慧明说："我闻禅宗慧能大师作偈曰'菩提本无树，明镜亦非台。本来无一物，何处惹尘埃'，世间本有物，怎能不见，如何忘怀？"

慧明放下茶盏，徐徐说道："施主不闻慧能大师另一公案：风吹幡动，不是风动，不是幡动，是吾心动。只要心定，既无风吹也无幡。"

李白沉默了一会儿，又说："明明风吹，明明幡动，闭目不见，睁眼还动。"

"风幡皆外境，智慧在心中，心不随物转，烦恼即不生。"

"风过幡定，幡仍曾动，何况幡即不动，心中还有幡动！"

"施主之言，明明心有挂碍，不是风动，不是幡动，只是心动！此事非他人所能开解，只要你心定，风幡皆不动。"

"禅师所言虽是，但世间风霜雪雨、花开花落，身在其中，怎能脱离？风已来，幡安得不动？"

"风从哪里来，还向哪里去，无风幡自定。施主如有挂碍，自己系铃还须自己解。"

第六章

明月照彩云

李白倒是记住了慧明最后说的解铃还须系铃人，然明月到底是何心意，李白欲寻机问个准信，又担心明月烦恼，自己遭拒绝。他惶恐不安，每日都去刘医师家中以学医谈文为名拜访，只为见到明月。明月的一句话、一个笑容，都能让李白回味一整天，但他不敢再有唐突之举。

这一日，李白想到石门山深处一游，消解一下心中苦闷，刚走到村北头，就见一户人家前有十余人在围观议论。一个须发眉毛皆白的道长正在作法，他手持桃木剑念念有词，向前一挥，木剑上冒出烟气，这户人家的门口突然燃起一团火，道长连忙在黄表纸上写下符箓，让跟随的道童取来一个瓷罐，在火光闪现处继续作法。稍顷，道长满脸是汗，用符箓将瓷罐密封，李白隐隐听到瓷罐中似有哭泣之声。道长说："好了，怨鬼已经被我用五雷正法捉拿，待我回观在天尊前作法，消弭怨气，可保不再寻怨。"道长焚化了另一张符箓，将灰烬撒入盛满清水的碗中，对主家说："让你儿子喝了这碗符水，安定三天后再带他到长生观求取符水。怨鬼已去，今后不会再有疯癫之举了。"

李白从众人口中得知，此户人家近二十岁的儿子已疯多年，动辄打人砸物，多处求医诊疗无效。听说长生观的道长法术高明，便请道长来作法驱邪。法术还真灵验，道长在这家房内作完法事将怨鬼驱除，在院门写完符箓，疯的人就不闹了，喝下符水稍顷即安静入睡了。

看那道长须眉全白，应有七八十岁，但双目清明，脸上并无一丝皱纹，像是才三十岁，应当是修道有术。李白一直慕道羡仙，理想即是先辅助君王建功立业，然后功成身退，隐居修道。见道士法术灵验，李白上前施礼，问询道长法号、年寿。

道长稽首说："贫道云中子，年已逾一百三十岁，云游各地一百余年，行法驱邪修炼外功，因蟠龙伏虎山左右来龙、中峰伏虎、藏风聚气，风水绝佳，现驻此观炼丹修道。"

李白不禁脱口而出："我自少年时即向往道术，道长能否教我，救我脱离尘世？"

这时驱邪的家人前来跪谢道长，问道长需要多少酬金。道长淡然道："祖师赤松子开宗立派以来，我昆仑派转真气、炼金丹、济世人，三功圆满，可以永葆真形，再修机缘可以飞升成仙。驱魔济世是我辈应行之道，分文不取，勿提酬金！"又对李白说："修道需要心坚志定，先生如坚心向道，可择时去长生观一晤。"言毕，携道童飘然而去。

李白随云中子走了两步，觉得唐突，便止步，决定以后再去道观专程拜访。

云中子带着道童回蟠龙伏虎山，行至无人之处，道童埋怨道："师父，我们忙了多半天，又费了不少药水，装神弄鬼为了什么？至少也得弄他十两银子，怎的不要钱，搭工费料白忙活？"

云中子微笑道："小孩子懂什么！师父是放长线钓大鱼。你看刚想学修道的那位，他衣着华贵，气质不凡，只要上了咱的套，至少能弄他几百两银子，十两八两还叫事吗？那是钓饵！不然何以让人尊信？"他又说道："何况主家三天后还要来求符水，我们就说酬神敬献需要十两银子。你回去在符水里再加点药，就是那个孩子吃糊涂了也没事，只要不再疯。"

当天下午李白又去刘医师家中，因明月对自己不再像从前那样，李白不禁心中苦闷。在明月要回西院做饭时，李白跟出去鼓足勇气喊住明月，艰难地说："明月妹子，前次的诗稿是有些唐突，我心意已决，但不知你意下如何？"

明月沉默了一会儿，说："谢君美意，我一直将先生视作师长，恐怕要辜负您的这番心意了。"说罢，明月慌忙走回西院。

李白虽然设想过这个结果，但仍然抱有幻想，此时闻言，如五雷轰顶，心中一片空白，呆立良久，不知何时及如何回的住处。连续三天，李白心中苦闷，饭食也难以下咽，勉强吃几口，总觉得有什么东西堵在心口。他这几天既没有去刘医师处，也未到灵光寺去。他既想见到明月，又怕见到明月，不知如何面对。明月的一颦一笑如此美好，就像黑暗中的一束柔光，照亮了自己黯淡的过去，也让自己看到了未来。他既想离开这个伤心之地，又留恋这里美好的一切。

几天后的一个上午，明月到村后山林采集常用的药草。刚走进去，就听到一阵阵凄厉之声在树林深处回荡，似受伤的野狼在哀嚎，如怨鬼凄厉地号叫，又像一个绝望的人在痛哭。明月因害怕而止步，又好奇地慢行上前察看，远远看到李白在一阵阵地号啕痛哭，时而止住哭声，在林中空地上写几行字，写过再哭，哭过复写。明月躲在一块巨石后，直到半个多时辰后李白离开，她才走上前去，只见地上凌乱地写道：

嗟夫，哭者是谁人，痛者为何事？我之欲离去也，中心实不忍相割。

汶阳虽好非吾乡，石门虽好无我舍。明明如月不可掇，去去眷眷意如何？

尔自他乡来，托身暂为客。此地无知者，临别无从别。嘉树芝草非君有，胡不归去空踌躇。一离此地非此身，再看今朝已成昨。欲行又回首，南陵从此诀。

明月伫立良久，回到家中也心思百转，当夜辗转反侧，难以入眠。

第二天中午，李白正百无聊赖地在住处闲坐，突然传来敲门声。李白走出房门，看到明月和王小五提着个食盒站在院门外。李白赶紧疾行几步，打开院门邀请二人进来。明月摇手说："数日不见先生，父亲让我带些饭食送与先生，我们就不进家了。"

李白取食盒打开，见有米粥一碗、荤素菜肴两碟、蒸饼数个，旁边还有一卷白纸。他无心吃饭，展开纸卷，看到上面用娟秀的字体写着：

明月居于山野，所见唯乡村俗夫，谋衣食、计丰歉，不知诗书为何物。知音难寻，松柏无托，既见君子，云胡不喜？前者虑君才华高超、意向远大，非山村可拘，况父渐年高，不忍相别，故不敢受君美意。然感君深意，实不能无动于衷，设君能以此为乡，使父女不远离，可托冰人执柯，妾唯父母之命是从。如私相授受，则断不能听。仓促致意，望能始终，万勿中道捐弃。

李白看后，顿觉云开雾散，幸福突然降临，头有些眩晕，心中暖意洋洋，欢喜布满了全身每个毛孔。他无心吃饭，匆匆去找里正。

张里正听了李白的托请，笑道："明月确是好女子，山村乡野也真无她的佳偶，先生与她正是绝配，这是好事。"他略一停顿，又摇首说："也有难处。恕我直言，刘医师对明月爱如掌上明珠，断不愿女儿远嫁。你是外乡人，总要离开，且又年岁大了些，恐刘医师难以同意啊！"

听里正之言，李白心弦紧绷，情绪忽起忽落。里正说完，李白坚持道："我决意在石门安家，即使将来出仕，也可带明月和她父亲一同去赴任，一旦功成名就即退隐石门安居，烦请大叔执柯作伐，将我的诚意告知对方。"

"如此，先生可先回住处静候佳音，待我斟酌说与刘医师。"

"万望里正大叔美言，有消息请及时告知我！"

李白回到住处坐立不安，盼望里正回信，又担心刘医师回绝。半个多时辰后，终于盼到了张里正上门。李白见里正面色不豫，心里先凉了一半。果然，里正告诉他：刘医师一听，虽然没有发火,也很不高兴,并未与妻子商议,即说对李先生以兄弟相待,李先生不应有此想法,医师夫妇与明月相依为命,不欲明月远嫁,李先生非池中之物,早晚要远走高飞,医师夫妻担心女儿远离,不允此事。

李白听后虽然苦闷,但已知明月心意,反而较前心安,脑海只是晃动着明月的倩影,想见到明月,又因事情说破,难以再去她家中探访。只是每天隔墙听明月抚琴,琴声悠扬,有高山流水之境,有风云际会之意,有寻求知音之情。李白从琴声中体会到了明月的深意,再次去找里正做媒。里正摇手说:"我去不成了,刘医师很固执,我也要面子。"

李白急中生智,突然想到典狱张志与刘医师是翁婿关系,且张志对自己尚可,遂赶到县城携礼物找到张志,扭捏说明了自己托请作伐的来意。张志听后大喜,说道:"好事,佳偶!包在我身上,今后咱们就是至近的亲戚了!"李白听后放了一多半心,先回南陵。张志到衙门告假后,与妻子明珠收拾了几样礼物,也回南陵探亲。

刘医师夫妻安排饮食招待女儿女婿,饭后待明月回西院后,张志对刘医师说起李白托请之事,并说:"岳父您想,明月冰雪聪明,饱读诗书,若嫁与本地不知诗书的农夫,岂不是屈了她?"他略一停顿又说:"李先生的才华人所共知,他的亲属又在本州各处任主官,他今后定然能发达,明月嫁与他是极好的结果。"

刘医师迟疑地说:"我也不愿明月所托非人,李白诚然才华横溢,不同凡俗,然我们对他不知根底,他又有过婚史,若明月嫁给他,可能远离,万一有变怎么收场?"

这时明珠插话道:"读书人知书达理,我看李先生不至于亏待明月。李白父母双亡,已经离家十多年,张志说这里离蜀中昌隆有三千里，他再回老家的可能性不大；只要他应允定居在我们这里，这事也成。"

刘医师又迟疑道："你妹妹年方二十，李白已经三十六岁了，年龄不般配啊，岂不委屈了明月？你母亲虑及此节，亦不情愿。"

张志笑道："十多岁的差距不算大。岳丈行医应没少见，人有青壮年而病弱早衰需人照料者，亦有年过花甲身强体健者，怎能只看年龄？李白还练过剑术，身体极好，比经常操劳的二十余岁的农夫商贩还显年轻，况且年貌相配的佳偶一时难寻，妹子的年龄也不小了，当下来看，李白还是不错的，只要妹子同意，这事可成。岳母那里让明珠去说说。"

在张志、明珠反复劝说下，刘医师长叹一声："也罢！明珠去给你娘说说，再问问你妹子的想法。"

明珠到了西院，母亲与明月正忙着整治菜肴。一听明珠为李白说合，明月含羞不语，母亲则训斥明珠："你莫非糊涂了？你妹妹能嫁给一个不知根底，又比她大十六岁的外乡人？"

明珠对母亲说："您先别急，且静下心听我说完，我能害妹子吗？我让张志打听过了，也和他反复商议过。一来，李白不是不知根底的一般人，他才高名大，家族亲戚都是高官，将来一定能出人头地，根本不是一般人能比的，他的状况并不委屈妹子；二来，李白年龄虽然大些，但他习武练剑，身体极好，且男人大个一二十岁也很常见；三来，明月妹子也不小了，与她同年的大多已经婚嫁，因她能识文断字，对一般人也看不上眼，虽提亲的不少，且都是殷实的农商之家，但明月并不情愿，因此耽搁了。我和张志反复考虑，只要妹子愿意，这门亲事可成。"

母亲想了一会儿，道："这么说，这门亲事也有成的道理，年龄、才能都相当的也不好寻。但是李白将来远走高飞怎么办？"

明珠道："李白如果外出做官，可以带上家眷。除了做官，让他保证在这里生活，岂不两全？"

母亲听后，对明月道："明月，你是什么意思？"

明月含羞道："我看李先生人不错，但凭爹娘做主吧！"

明珠喜气洋洋地返回，对父亲说："母亲那边说通了，就看您的意思了。"刘医师便也点头同意了。

张志连忙到李白住处将喜讯告知李白，让李白仍然托请里正做媒，先行六礼之首纳采。里正欣然应允，李白拿出珍藏的白璧一双，并求购大雁一对，由里正代执求婚。

随后，又行问名之礼。求取明月的名字和生辰，取银一两经长生观道长卜卦纳得吉兆，备礼通知明月家，商定缔结婚姻。婚事议定后，李白以黄金、白银各二十两行纳征之礼，礼帖上亲书："死生契阔，与子成说；执子之手，与子偕老。"回帖字体娟秀，明显是明月亲书："弋言加之，与子宜之；宜言饮酒，与子偕老。"

时令已近七月，天气酷热，李白虽然心急，然经里正两方问询请期后，拟定中秋节前八月初六成婚。李白这才清醒，购买西邻闲地三亩，辟作西园，种植花草树木及蔬菜，购置各类生活物品，并考虑请族人代表男方亲迎观礼。因其他在本地的族人均为官身，不能擅离职守，李白修书一封，托人送至任城县衙，请随叔父在任城的本家族弟李幼成代表男家来亲迎观礼。幼成十五弟带来叔父的贺信和绸缎两匹等贺礼，在八月初三与张志一并来到南陵，何县令托张志捎来书信和白银酒具一套为贺。

婚礼当天，李白着彩衣披红缎与幼成前去迎亲，和明月叩拜天地尊亲完毕，在西园排开喜宴，招待亲友邻居，请酒肆厨师烹制丰盛的饮食，里正大叔带来珍藏多年的美酒，王小五从山上采来时鲜的冰梨等水果。西园水池中荷花萎谢，莲蓬亭亭玉立，兰花绽放，一派生机盎然。

喧闹的喜宴渐次结束，众人笑闹着将李白送到原刘医师旧宅——现在的新房。李白揭开明月的红盖头，恍如梦中。李白笑对明月道："明月妹妹，今后你就是我最亲之人，就如《诗经·王风·大车》所言：'榖则异室，死则同穴；谓予不信，有如皦日。'"明月羞不可抑，低声对李白说："《诗经·卫风·氓》有云：'总角之宴，言笑晏晏；信誓旦旦，不思其反。'望君万勿反是不思！"

婚礼后的次日，李幼成与张志等作别而去。堂弟幼成告知李白，其父李璿在元正（唐时春节）后将任满回长安，拟致仕休官回川。李白与幼成相约元正前去拜见叔父，送十五弟至官道而别。

第七章

与美同行

婚后，李白与明月或谈诗论文，或莳花漫步，或手谈弈棋。有时明月抚自家孤桐所制之琴，李白则弹宗之所赠古琴，两人联奏《阳春白雪》。明月所弹《阳春》生意盎然、煦风和畅，李白所奏《白雪》清洁凛然、意境悠远，端的是珠联璧合、琴瑟和谐。明月除每天到刘医师处学习医术，也帮助李白整理过去的诗文，誊录成卷。明月精于饮馔，整治的各类饮食精洁可口。她还将李白的衣物浆洗得干净清爽。李白一生漂泊，此时身心俱安，意气风发，像换了一个人。一天，明月抚琴弹奏《高山流水》，意境高雅悠远，荡荡乎流水，巍巍乎高山，如松涛阵阵，似流水潺潺，李白神游其境，深感琴声悦耳、高洁出尘，曲终在琴背以刃微刻《琴赞》曰：

峄阳孤桐，石笋天骨。
根老冰泉，叶苦霜月。
斫为绿绮，徽声粲发。
秋风入松，万古奇绝。

李白告诉明月，自己自幼失去母亲，五岁时随父亲返回故乡，二十四岁时又去乡远游，漂泊十余年，历尽风霜，现在总算有了真正的家。

明月则笑问："一个多月前，有人在桃林痛哭，哭者所为何事？"

李白有些脸红，摇头道："你如何知道？那次我有些矫情了，只觉一生飘零孤苦，好不容易有了心仪之人，又不被接受，自己留在这里徒然伤心，离开又依依不舍，去留两难，悲不可抑，恐被人听到笑话，只好到桃林深处痛哭。不过哭过确实好些了。"

"我去采药时听到的。我本来犹疑不定，既慕君风采，又不愿远离父亲，有些惶恐。亏你一哭，感君深意，我才下了决心，愿相随始终。"明月边轻抚李白的脸庞，边对李白坚定地说。

幸福的时光不觉匆匆，转眼成婚已经一月，按当地风俗，明月应与李白到自己的外祖家拜亲认亲。幸喜中册社与柘沟社相邻，南陵村距明月外祖家柘沟社凤仙庄仅十余里路，二人准备停当各色礼物，李白驾岳丈出诊用的牛车载着明月，沿山前近道不紧不慢，边观赏风景边前行。

行至中册、柘沟分界处的一个坡道，看到两个人分别拉着装满瓮甏的平板木车，正在吃力上坡。两人弓着身躯，肩背上套着挽绳，如牛马一般，上半身奋力前倾，几与路面平行，双腿努力蹬地，双臂青筋暴起，尽力拉着车把，一步步艰难地向坡顶缓行。虽已深秋，两人仍然满头大汗、气喘吁吁。

李白问："这是做什么营生的？"明月说："这是柘沟独有的苦力，唤作'出门'，李郎先去帮忙推下车，我再给你细讲。"

李白驻车，迎着两人紧走一段，先帮忙推前车，并对后车说："请驻车稍候，我随后来帮你。"李白搭手后，前面的车夫顿觉轻松，连声致谢。上到坡顶，前面的车夫与李白一左一右又帮后车上了坡顶。到坡顶后两人稍休息，车夫再次对李白表示感谢，并说："一般我们是两人一车，合伙上坡；这次觉得这个坡不陡，这段路最近又不太平，就分别上坡了。要不是先生帮忙，就把我们累坏了。"又叮嘱李白："听说这段路最近有几个劫道的，请先生仔细。"

李白与明月别过车夫再前行，明月告诉李白，柘沟社自古制陶，陶制的瓮甏盆罐可以储存粮食、油料，经冬历夏不霉不腐，并可做脸盆、炊具等。本地青壮年劳力，在农闲时多购买陶具，装满一车拉到附近州县乡村兜售，瓮甏圆大，里面还套着小一点的瓶罐，因此一车极重，须两人以上搭伙照应上路。一车陶制家什本钱约千钱，走村过乡一般得数天到十余天，卖光后能获五成到一倍的利钱，不到千钱。出门的人极其辛苦，带些干粮应急，平常就与乞丐一般讨饭，睡在土地庙或住家大门檐下。他们若进酒肆饭铺或住店，则售卖款所剩无几；如翻车或打坏家什，就血本无归了。李白听后摇头叹道："屈大夫之哀民生之多艰，千古未易啊！"

两人正说话间，从路边树林突然跳出四个二三十岁的壮汉，手持棍棒乱挥且呐喊道："你二人且停下，将银钱细软交与爷们，才放你们过去！"

这几个人衣衫破旧不整，但气势汹汹，围住牛车。明月吓得全身发抖，李白轻拍明月说："没事。"他跳下牛车，笑道："你们不知道大唐律法吗？强盗重罪，要远流甚至杀头的！"

为首的一人喊道："啰唆什么！乖乖的，爷们不伤人，别要钱不要命！"另外一人说："大哥，这小子不服啊，须给他些苦头吃！"说完，这人持棍向李白肩膀打来。李白见来人脚步轻浮，袒露胸腹，并无防范，略一转身避过木棍，右手抽出带鞘的长剑挑起那人的左腿，只一勾就将他带倒在地。其他三人见同伴吃亏，挥舞着棍棒一拥而上，围攻李白。但他们毫无章法，李白先退后进，出剑三次即将三人先后击倒在地。四个人见不妙，爬起来一哄而散。李白追上最后一人，将他踢倒按住，其他三人又跑回来围着李白磕头："我们都是穷苦人，没办法才走此下道，求大爷放过！"

李白说："我问你等几个问题，听完再说。"

"大爷但讲，我们一定实话实说。"

"你们劫道多长时间了，劫得多少财物？"

"我们结伙有四五天，劫了五六次，多数是穷人，都放过了，只有一次得了二两银子，都给小四的娘亲治病用了。"

"刚才有两个车夫过去，你们怎么没动手？"

"这两个人一看就是下苦力的，和我们差不多，因此没有动手。"

"你们三个已经跑了，为何又回来了？"

"大爷困住了小四，我们不能单跑。"

李白颔首说："念你们也是因为穷苦，即使动手也避开了要害，以恐吓为主。我可以放过你们，但你们要发誓今后安分务农，不会再犯，律法重治强盗，不可不知！"

四人连忙磕头、发誓，保证今后安分守己。李白挥手道："去吧！"他们如闻大赦，边行礼边慌忙离开。

突然，明月扬声说："且慢！"四人一愣，又转回身惶恐作揖求饶。明月说："郎君，我看他们也是困苦，索性送他们二两银子，万不可让他们再为非作歹了。"

为首的一人连忙磕头："这可万万不敢，我们这就千恩万谢了。"说完，带着其他三个人滚滚而逃。

到了明月外祖家，明月的姥姥左右端详李白，笑得合不拢嘴："真是个好孩子，和我们明月真般配！"明月的舅舅王大中张罗饭食招待二人后，因是窑匠，要去出工。李白好奇，随舅舅一道前往观看。窑作场在村南三里处的柘沟社北，未到地方就能看到一道浓烟滚滚飘向上空，在五丈高处才随风四散。李白走近一看，冒烟的是一个圆形的土窑，广约三间，高达两丈，顶端收口并有烟道。土窑正前开门，较一般人家门户略窄，正有人向里抛送木段烧窑。王大中介绍说，此窑以土坯砌成，里外以草泥糊缝封皮，中空之处堆放阴干后的陶泥瓮瓷盆罐，门口送材烧火并以土墙隔焰，只以热力周流烘烤陶器，火烧十日，去除窑口封墙后待其降温，总计十五日可以成器出窑。冬日出窑后，余温十余日不散，是农人取暖闲谈的好去处。

王大中边走边说，又引李白到近旁一个广约一间、高不足一丈的小窑处，说："这是细器窑，烧制砚台、笔筒、花瓶、摆件等器玩物件，用料上乘、制作精细、烧制缓慢，需要慢火烤制二十日。"恰好小窑已经出窑，李白从仅容一人进出的开口进去，顿觉里面热气腾腾，脚下是松软的灰土，窑体坚硬，已经被烧成暗红色。他在汗水欲出时赶紧"逃"出，随王大中前往窑作场。

窑作场的三间正房，其中两间用于大匠制作瓮罂等粗器，一间用于细匠制作精器。院内有澄泥池三处，土料场一片。王大中边领李白参观，边介绍："粗工先将柘沟特有的青赤黄白黑五色陶泥，分颜色用水溶化、过滤杂质，精陶尚需以布袋囊土就水冲洗，将其精华冲进澄泥池，静置数日，待泥水分离后放水取泥。此时正值取泥，粗工将泥块取出再晾放。待晾放至坯体湿软但无水沥出时，即可送到匠作室制器。"李白先到大匠室观看，只见匠人将泥块搓成泥条、摊为泥饼、抟为泥块。在房屋正中地面上有个径约六尺的木轮安于向下挖的圆洞中，木轮下当有转轴，一个粗工站立以脚蹬木轮使之飞转。大匠先用泥饼做底，再以泥条堆砌，泥条在匠人灵动双手的挤压揉按下迅速变成瓮罂的圆边，匠人再逐渐加宽、收口，一刻多钟，一个陶泥大罂已然成形。其间，匠人不断变换手法、角度、力度对陶器整形，或以泥水涂抹黏结。木轮停转，泥块、泥条变成了泥罂，匠人反复端详修整，以木刀、木针为泥罂外表挑、剔、刻、镂各类花草祥云花纹，或以泥块捏制动物造型粘在陶器上，一个美观实用的器物初成，只待阴干后经火成器了。

细器间木轮有二，一个约为粗器间一半大的也设在地面上，一个径约二尺的则设在木台上，另外还有个大木案，上面放置着各类器玩粗胎。七八个细作匠人正在工作，有的以手旋转木轮，有的捏制各类粗胎，更多的则在以各种工具对胎体精雕细刻。看到王大中进来，匠人们纷纷打招呼道："王师傅来了，还有贵客。"但无人停止工作。王大中也脱去外衣，对徒弟递过来的砚台进行雕刻，寥寥数笔，一座远山就出现在砚体上，旁边又雕出疏疏落落的杂树，并捏制了惟妙惟肖的扁舟粘在树旁，勾画数道水纹，顿出水波荡漾之意，让李白不禁赞叹。王大中又让他的徒弟领李白去参观厢房和敞棚，原来陶器烧制前还需阴干，防止经火烧裂。厢房中的各类砚瓶钵洗琳琅满目，敞棚中瓮甏罐盆林林总总，李白叹为观止，也了解到陶器成器不易，须经采土、澄泥、制坯、雕刻、阴干、烧制诸道工序。出窑后，大甏等粗器需简单打磨方可用；而砚台、笔洗等细器，则需使用细砂、软木、布巾反复擦洗打磨，直至手感柔顺、光泽可鉴方才成器。

　　王大中对主事人说要带李白去拜谒明月祖父的坟茔，次日就不来上工了，主事人应允。离开前，王大中又带李白参观了成品区。只见室外高约半人至一人不等、一人环抱有余到两人方可环抱的各类甏瓮排列满地，场地边角和中间空隙则堆着盆罐之类。一间厢房内，四五列两人多高的木架上陈列着砚瓶洗钵各类用具器玩，多以五色陶泥杂糅而成，各种花纹杂乱似天成，但优美和谐，如水波荡漾，似流云飘飞，像寒山远林，以手触之，则光滑柔腻如婴儿肌肤。另外木架上还有捏塑得栩栩如生的人物、动物、陶屋、山水摆件，精致清雅。李白选购了十方砚台、四个花瓶作为收藏或馈赠之物。

　　第二天一早，王大中带李白夫妻去凤仙山的祖林，叩拜明月去世多年的外祖父。上香叩拜完毕，见明月心情抑郁，王大中就领二人登山遣怀。一路上山势雄奇峭拔、重岩叠嶂，抬头是悬崖峭壁、危岩耸立，转目是奇石竞秀、嶙峋剔透，俯首是树木葱茏、谷深壑幽，时有淙淙清溪，随山势蜿蜒而下。

登山时似被峰峦挡住去路，至近前又峰回路转，曲径通幽。虽至深秋，但松柏苍翠，与澄澈透碧的蓝天、缭绕岩林的白云相映衬，尤显清幽高远。王大中介绍说，凤仙山是泗邑最高峰，此山势险、石奇、洞幽、泉清、树古、花繁，素有"小泰山"之称，为泗水十景之一"凤仙叠翠"。王大中领二人来到一块巨石旁，转过巨石，在悬崖峭壁上出现一洞口，洞中有泉水流出，他说："此为朝阳洞，上通崖顶，深达十里，据传可通往龙门山，但险峻难入。"登上峰顶，北望徂徕群山连绵；东窥大海气雾茫茫；南眺山下，碧野连绵中泗河蜿蜒如带，云气蒸腾里房舍缥缈。轻风吹过，衣袂飘飘，松涛阵阵，三人均觉襟怀大开，心旷神怡。

　　李白对明月说："此情此景，可有诗句？"明月答道："愿与大诗人联句。"李白让明月先出句，明月不肯，让李白先出，李白道："已有一句，但很平常：凤仙奇秀多奇岭，险峻缓急各不同。这样也好接续。"

　　明月略一思索，道："平淡开始，也不错。我的接句是：步转景移无穷变，层林掩映白云中。"

　　李白说："需要一句诗眼，容我想一想……有了：千岩叠翠黛涂碧，万木竞苍绿染风。"

　　明月连忙拍手："这句好，有气势，但不好接了。"她想了一会儿，说："溪涧清泉石隙过，潺缓流向远山红。"

　　联诗毕，李白与明月相视而笑，立在山巅，携手四望，互觉心意相通；丝丝缕缕的云雾在二人身边游动，俨然神仙眷侣。

第八章

白雪任城

　　二人从柘沟返家时，明珠、张志夫妻也到了南陵，正在与父亲刘医师闲话。张志见到二人，忙起身长揖，笑道："太白弟，你虽年长，结亲后也须叫我兄长了！"李白忙还礼："张兄，我们已是一家人，明珠是姐，您是姐夫，我自当以兄长事之。"明月和明珠携手笑谈，刘医师捻须微笑，家中一片和乐。

　　接近黄昏时，小五回了自己家中，明月姊妹做完饭，全家聚餐。刘医师取出珍藏多年的两坛清酒，说："我们家已经多年没有这么热闹了，今天我们一醉方休，明珠你姊妹也少饮些。"

　　饮至中途，张志给自己倒满，举杯对李白说："我有一事，还需太白弟助力，我满饮此杯！"

　　李白忙抬手止住张志："张兄视我为兄弟，我岂能无义？张兄但说无妨，只要弟能做到的，定然无辞。我先饮为敬！"说罢，李白也倒满自己的酒杯，双手举杯，一饮而尽。

　　张志哈哈大笑，也满饮一杯，道："太白弟痛快，我也不遮掩了。"他叹了口气说："哥哥我虽然担任典狱有些小权，奈何尚无品秩并不入流，若能升，就是不做八品的县丞，升个九品县尉也好，也能扬眉吐气支撑家业，万望妹夫帮我！"

　　李白有些愕然："张兄，须知我并未入仕，您的托请我有心无力啊！"

张志拉着李白的手说："太白弟过谦了。州县属官升降，按惯例都是刺史直接向朝廷推举，朝廷一般都不批驳。李都督是你本家，又对你赏识，他在咱兖州那是半边天，与刘刺史分制军民，听闻两人关系也极好。只要李都督给刘刺史修书一封打声招呼，属官佐吏提升一两级，那真不叫事儿！"

李白一听也有道理，即拍胸脯应允："张兄有命固不敢辞，此事包在李某身上。我元正时去兖州拜见祖父，就去办理！"

刘医师也插话说："太白，如果不为难，就替你姐夫多美言几句，我们是一家人。"

李白又满饮一杯，慨然道："决不食言，定不负兄长所托。"

明珠、明月一听，也都很欢喜。在欢乐的气氛中，每个人都有些醉意，李白更是烂醉如泥，明月与张志将他扶回家中，安顿饮水休息。

转眼临近元正，李白带着鲁柘砚、砭石器玩和其他泗水土仪礼品，分成两份，先到兖州拜见李都督。李都督告诉李白，已经在贺岁奏章中对李白进行了举荐，望朝廷征召录用。李白大喜，又给裴旻大将军修书一封，言明对大将军的仰慕之意，愿意投到将军门下，拟在泗水南陵等待将军一段时间，如将军返泗，望能拜见。他托请李都督将书信捎到将军在长安的家中。

数事言毕，李白有些扭捏地对李都督说："祖父，我还有一个不情之请，您看可行否？"

李都督道："自家人，扭捏什么！说来听听。"李白遂将与张志的关系、张志托请一事禀告都督。李都督道："我与刘刺史公务配合、私人交情均尚可，提升个典狱一两级也不太难，就怕品德或才干不足，所任非人，扰乱地方，也坏了我和刘刺史的名声。你可了解张志的为人？"

李白说："我到泗水时间不长，虽对他了解得不太深入，但看他的能力还行，也没有什么不好的官声，应当可以。况孙儿与张志现是连襟，谊为亲属，我的婚事亏他美言方成，他的托请孙儿实不好推却。"

李都督颔首道："既如此，我在元正贺岁时与刘刺史说一下，如张志平素的考评尚可，先举荐升一级吧。"

李白听后如释重负，拜谢道："烦劳祖父了。我听说任城六父将任满，准备今日即去任城拜见，祖父可有交代？"

李都督有些黯然："你六父仪表才华均出众，才为官两任，屈居县尉。本来想我们李氏家族相邻为宦，声气相通，可互相照应，不料你六父任满后无意宦途，执意回乡。我有官身，离府不便，你代我挽留他，如果挽留不住，让他帮我捎封家书给族长——我已二十多年未回乡了。"

说罢，李都督口授、李白敬录家书一封，李都督拜托原籍本房修建祠堂祖坟事宜，并嘱以家中田产所收租米付费。李白携都督家书和捎带的礼物，当天即去任城县衙拜访六叔。

任城县衙刚修缮完毕，县令贺铸、主簿卢潜、县尉李琇正在签押房商议如何撰写壁记，门子进来禀告，说李县尉侄子李白来访。李县尉听后白眉舒展，对贺县令道："我家侄子李白文采尚可，由他执笔，此事可定！"贺县令也抚掌道："李太白？我知他文采斐然，作此壁记最佳。"转首对门子道："还不快请进来。"

李白与众官见礼后，李县尉说了请李白撰写壁记之事。县令贺公系本朝秘书监、太子宾客贺知章从弟，贺知章的品行、文名素为李白推重，且叔父为贺县令佐官，李白欣然应允，只是索要了任城的县志作为参考，并要求登高观览一下任城形胜。

贺县令派礼房老王取最新县志交与李白，并让李县尉与幼成同领李白到城边贺兰氏酒楼边饮酒边撰文。

贺兰氏酒楼建在故城墙之上，虽仅两层，但高七丈有余，重檐斗拱颇有凌云飞出之势。登上第二层，楼南的大运河浩浩汤汤，河上船只辐集，帆张桨摇，来往不绝；城中房屋宅院星罗棋布，树木丛生，绿意盎然；城外平野开阔，一望无际，村舍依稀可见。李白连饮数杯，取笔挥毫，开宗明义写道："风姓之后，国为任城，盖古之秦县也。"然后介绍了任城的地望、沿革，盛赞"鲁境七百里，郡有十一县，任城其冲要"，民风则"土俗古远，风流清高，贤良间生，掩映天下"，地理则"地博厚，川疏明"，城市则"城池爽垲，邑屋丰润。香阁倚日，凌丹霄而欲飞；石桥横波，惊彩虹而不去"，市井则"万商往来，四海绵历"，县宰则"温恭克修，俨实有立"，治理则"一之岁肃而教之，二之岁惠而安之，三之岁富而乐之"，教化则"物不知化，陶然自春。权豪锄纵暴之心，黠吏返淳和之性。行者让于道路，任者并于轻重"。结尾写出李白"探奇东蒙，窃听舆论，辄记于壁，垂之将来。俾后贤之操刀，知贺公之绝迹者也"。

李白边饮酒边写文，并不思索停顿，两刻多钟，洋洋洒洒五百余字华章即成。李幼成不禁赞叹："十二兄大才，有此一文，任城人文地理、风土人情历历可见，贺公令名且将永播也！"

李白笑道："是六父美酒助力了，我写文章需要五分酒才流畅，诗赋则需七分酒。"他又问李县尉："李都督颇有挽留叔父继任、推举升迁之意，六父意下如何？"

李琇悠悠说道："我生性疲惫疏懒，官场往来我既拙于应付，且治狱捕盗让人头痛。盗贼触犯律法当依律惩治，但许多盗贼实是穷苦百姓，生计无望，铤而走险，也让人可怜。不治，失职犯法；治之，心下难安。即或升任令、丞，我也难做此等事。"

他一停顿，与李白对饮一杯后说："我不适合做官，家中尚有良田百亩，且此身已有功名，此生不乏稻粱，何不效陶令渊明，优游于林泉之间，读书种田度此余生？"

李白沉默良久，叹息道："六父通达，我也思功成名就后优游四海，纵情大化。然我自幼苦学，除诗赋文章外，我师赵蕤且将毕生学问著成《长短经》授我，有匡时之学而埋没于世，心中不甘啊！"

言毕，李白从随身行囊中取出《长短经》呈交李县尉阅览。李县尉展开卷轴，看目次有九卷六十四篇，粗略翻看，书中囊括知人识人、量才用人、察相论士、理乱适变、游说息辩、霸图韬略、治政行军诸方面。李县尉细细翻阅《知人第五》，书中有言："知此士者而有术焉。微察问之，以观其辞；穷之以辞，以观其变；与之间谋，以观其诚；明白显问，以观其德；远使以财，以观其廉；试之以色，以观其贞；告之以难，以观其勇；醉之以酒，以观其态。"然后又有观形、听气、察色、考志、恻隐、问行、揆德诸术。

李县尉叹道："无怪朝廷征召赵蕤，确有奇才，惜乎其不赴征召，人称赵征君。此真奇书也，杂糅儒、道、法、兵、杂、阴阳诸家之说，而又有生发和洞见，论国家兴亡、王霸政治、权变谋略、知人善任诸术。我拙于察人，今日方窥门径，设早观此书，确能利于政事。从细处微察其情，驳问穷辞，以观其变，直追根本，显其德才，以财帛试廉洁，以美色看操守，以危难看勇猛，试醉酒现真形，诸法并用当获全豹。然此为上位者察人任人之术，且营营于观人，岂不劳心乎？我之生也有涯，纵情适意可也，诚不愿以花甲之年再轻掷光阴。"

他停顿了片刻，轻捋长须，对幼成和李白道："此为我垂暮之人所见，尔等年富力强，不宜颓废如我，还须进取，能够建功立业最好，不可庸庸碌碌。但我儒还是以格物、致知、诚意、正心、修身、齐家为本，《长短经》因时因人因事用之可也，而不可宗之，立身处世还要堂堂正正，你二人切须谨记。"

下午，李县尉将壁记交与贺县令。贺公看后大喜，说道："雄文可观，只是贤侄对我浮夸了，老夫有些汗颜。"立即安排书法最好的书手，将壁记誊录在县厅墙壁上。贺公又对李县尉说："令侄高才，往者仅闻大名，今见其人飘逸洒脱，又观其文气势不凡，此君定非池中物，当致青云。惜乎李琇贤弟将任满回京，不能长聚相交，今日且不醉不归！"遂安排酒食，县衙令、丞、尉、主簿、教谕、典吏各官吏齐聚，兼为李县尉送行。说话间，原本彤云密布的天空，鹅毛一般的雪花飘洒而下。半个时辰的光景，皑皑白雪将大地覆盖，平地、房舍、树株似为白玉装裹，别有一番风味。

酒宴在窦公酒楼举行，二楼燃起火炉，大家颇觉温暖，索性打开窗户，饮酒赏雪。北风吹过，雪花在空中飘舞不定，窗下一株蜡梅已然绽放，寒风白雪中数点嫣红，好似火焰在跳动燃烧，给白茫茫一片抹上生动的颜色。因故人将远去，酒宴气氛稍显沉闷，贺公遂对李白道："君诗才敏捷，令叔将行，可有见赠？"

李白道："且取纸笔来，容我满饮三杯。"三杯酒后，李白提笔作《对雪奉饯任城六父秩满归京》：

龙虎谢鞭策，鹓鸾不司晨。

君看海上鹤，何似笼中鹑。
独用天地心，浮云乃吾身。
虽将簪组狎，若与烟霞亲。
李父有英风，白眉超常伦。
一官即梦寐，脱屣归西秦。
窦公敞华筵，墨客尽来臻。
燕歌落胡雁，郢曲回阳春。
征马百度嘶，游车动行尘。
踟蹰未忍去，恋此四座人。
饯离驻高驾，惜别空殷勤。
何时竹林下，更与步兵邻。

众人传看后，不禁击案赞叹。卢主簿更盛赞李白才思敏捷，诗意清远，契合此情此景，既惋惜李县尉挂冠远去，又羡慕他归隐故里。各官均与李县尉敬酒作别，酒宴在依依惜别中结束。

次日雪晴，李幼成对李白讲："此处有风味小吃，特别美味，我带兄去品尝一下，也算是走前纪念吧。"

李白问："是何吃食？"李幼成回答："去后自知。"

幼成带李白来到城南一处草棚，进去后李白笑了："这不就是我在泗水柘沟所见大瓮嘛！"

草棚中以砖石砌火台，上置半人高、可一人环抱陶瓮两口，瓮下木炭慢烤，瓮口热气腾腾，香气诱人。幼成介绍说："这叫瓮菜，以带皮、肥瘦兼半的大块猪肉为主材，杂以各类豆制品、时令蔬菜、干青菜，放入骨汤，文火慢熬数日方成。其肉酥软透香，肥而不腻，软而不柴，入口即化；其菜清香中杂肉香，各香杂陈，回味无穷。用于佐食各类面饼、米饭，真乃上佳之品！"

食铺主人持长柄铁夹，按客人要求从鬻中夹取食材，幼成要了两大块肉、两碗加肉馅的豆皮包和些许青菜。唐人以食牛羊肉为主，猪肉虽有但不流行，李白所食亦少，但看到肉皮金黄、肉脂雪白、瘦肉微黄的肉块，也不禁食指大动。肉块上有棕线缠绕，据说是为防止肉块熬碎。李白解开缠线，一口咬下小半块，顿觉满口酥软，肉块化作馨香弥漫开来，顺喉而下，三五口吃完一块，意犹未尽，幼成忙又向店家要了一块。李白以肉菜佐餐，连吃两大碗米饭，脸上微微出汗，放箸拍肚说："痛快！多年未吃如此饱了。"幼成又要了一份肉菜，带回给父亲品尝。

　　临近元正，李县尉和幼成虽然元正后方起行，但李白挂念明月，着急回南陵，遂与六父、堂弟依依惜别，并给妹妹李月圆捎去一封家书，告知自己已在泗水南陵成婚定居，等待李都督荐举后朝廷回复消息，兼待裴旻大将军或清风尼师修习剑术的情形。李县尉叹道："你父亲经商致富，但壮年早逝，你十五岁时即失去双亲，能够自强求进，如此高才，确属难得。"

　　临别时，李县尉嘱咐李白，说李氏始祖为大舜佐臣皋陶，皋陶及后代，历经虞、夏、商二十六世均为理官，任司法之职，后人遂以官名为姓，故李、理姓均为皋陶后代。皋陶故里在泗水县治南高里村，现析为东高里、西高里两村，皋陶祠在东高里村，要李白择时去拜谒先祖。

第九章

冤　狱

　　从任城返回后已临近年关，李白和岳丈一家过罢元正，已是开元二十五年(737)。正月初三，明珠与张志回南陵拜见父母。张志夫妻听闻李都督应允向刘刺史推荐张志，高兴异常。张志更是抱住李白说："你我真如亲兄弟一样，我们要互相关照。"

　　转眼到了三月底，村后山坡上的桃树陆续开花，明月带着李白去踏青赏花。在苍翠的山峰下，在溪水潺潺的幽壑旁，数十亩的山坡上遍植桃树，横斜虬曲的枝干上长出或娇黄或嫩绿的叶芽，一丛丛舒展着生机；粉白、浅红、嫣红的各色花，或怒放，或含苞欲放，或含蕊半开。举目四望，漫山遍野皆是花海，风吹之下，花朵摇曳如波浪起伏，空中弥漫着青草和桃花的清香。明月像轻盈的蝴蝶在花海中穿行欢呼，并对李白说："李郎，我们共作一首诗如何？"

　　李白上前抱住明月，像抱着自己生命中最重要的美好，低声吟道：

　　　　问余何意栖碧山，
　　　　笑而不答心自闲。
　　　　桃花流水窅然去，

别有天地非人间。

明月娇羞地说:"你先放开我,这是外面,让人看到笑话。这首诗写到此恰到好处,我不能再续了,另作一首吧。"

明月思索一番,说:"只能凑一首四言的了。"于是,折一细枝在沙土上写道:

> 桃之夭夭,映我家乡。
> 遍野接天,其华灿煌。
> 连绵起伏,势也茫茫。
> 逸枝曲虬,芽叶舒扬。
> 白粉嫣红,含蕊嫩黄。
> 锦绣灿烂,溢彩流光。
> 云蒸霞蔚,仙境天堂。
> 花海涌潮,草木散香。
> 如洗晴空,襟怀畅旷。
> 清风徐来,悄送芬芬。
> 鱼跃深溪,鸟飞远翔。
> 千岩尽翠,万木皆苍。
> 根深叶茂,情定古庄。
> 与子携手,不负韶光。

从桃林返回未几日,明月渐觉身疲神倦,喜酸好辣,离了原先不爱吃的茱萸、黄姜便不愿吃饭。李白忙让刘医师号脉,刘医师察色号脉完毕大笑不止道:"小子,你要当父亲了!这是喜脉,当是弄瓦之喜。"

李白先是愕然,忽然明白,狂喜中夹杂着惶然:"明月这是有喜了？我要为人之父了？"然后大笑不止，笑完又感到从未有过的压力。

明月欢喜中有些羞怯、紧张，拉着李白的手对父亲说："爹爹，我有身孕了，要留意些什么？"

刘医师交代了两人饮食起居需留意的事情，开了些补药让小五煎给女儿吃，又交代明月找母亲讨教，让李白去县城找明珠，唤她回家一趟。

李白晕晕乎乎地安顿好明月，交代明月有任何不适赶紧去找父亲。次日他就去了县城，路上想到六父的嘱咐，自己又将为人父，决定先去西高里村拜谢先祖。

泗水县城临近泗河，出城南门后不远即是渡口，渡口上有两艘可容六七人的小船往来渡客。但河面上还有五六个精壮汉子，分别泗水推着半人多高的大氅往来渡河，大氅中有人扶着边沿站立。李白奇怪地问待客的艄公："氅中何以有人？"

艄公告诉李白，船价十文一客，穷苦人难以承受，遂有水性好的壮汉以大氅载客渡河，大人两文、儿童一文。最后，艄公摇首叹道："我们的船本钱大，十文不能再减。泗水的汉子不易啊，虽然冬天结冰不渡，但春秋两季亦水性寒凉，他们穿着皮裤，也有不少患风湿风寒的。客人也有危险，突起风浪倾翻的也有。幸亏大氅不易进水，壮汉们水性也好，我们也会帮忙，虽罕见淹死人，亦难免受一场惊吓，每年都有几个出小事故的。穷人命苦身贱，不值钱啊！"

李白听后黯然良久，乘船渡河，虽然河水波光粼粼，两岸杨柳依依，也无心观赏。

一路询问，到了东高里村，村中李姓人家已经不多，多为杨姓。皋陶祠在村北，祠仅三楹，已然破败，屋顶有洞，墙面开裂。不过祠中先祖皋陶塑像戴梁冠、着长袍、持笏板，仍显庄严。李白恭敬叩拜，诚意进香。拜谒完毕，他找到本村里正，取白银十两托里正对祠庙予以简单整修。

李白回去时专门乘筏，觉得晃晃悠悠确实不稳，只能尽力抓住筏口，随歪斜之势调整身形。到岸后，李白照船价支付十文钱，泗夫感激收下。进城后已到午时未，李白正觉饥肠辘辘，突然闻到一阵面、肉、菜混合的香气。原来路旁有一草棚，挂着"林家火烧"木匾，正以火炉烧烤面饼，旁边散放着十余个低几、数十个矮凳，有七八人分坐在四五处，四五个矮几上皆有以草纸半包的长方形面饼，其中一个矮几上还有两盘豆腐干，已被烟熏为金黄至深黄色。食客们每人手持热气腾腾的面饼，有的不顾热气狼吞虎咽，有的缓慢进食。

食铺看似家庭营生，两个妇人在轧薄的面皮上摊上调好的肉馅或豆腐、青菜馅料，灵活的双手翻飞，转眼间包成面饼。一个童子用托盘将包好的面饼递给烧制的中年男子，男子将十余个面饼贴在平板铁铲的正反面，将铁铲送入火炉，火炉中缓缓燃烧的木材跳跃着微焰，在焰火炙烤下，面饼逐渐发黄、起泡，间或有油滴漏，火焰一时升腾，旋即恢复。火炉旁，另有火盆熏烤着放置在铁网上的豆腐干。饼烤至表面发黄，中年人取下，复由童子送给各位食客。

食铺主人见李白驻足，叫卖道："泗水名吃，林家火烧，皮薄馅满，味美管饱。客官请品尝，不好吃我退钱。"

"这个面饼怎么叫火烧？"李白问完，又指着豆腐干问，"此物又是何名目？"

中年男子搔头道："俺也不知道怎么唤作火烧，老辈儿传下的名字，应是以火烧成之意吧。火烧不同于水煮汽蒸，馅料隔面皮受火炙烤，滋味鲜美，客官一尝便知。"他又指着豆腐干说:"这是用果木烟熏的,唤作熏豆腐,里外两种风味,也是俺们这里的名吃,客官要一盘尝尝?"

李白正肚饥,遂要了不同馅料的火烧各一个,熏豆腐一盘。试吃之,火烧面皮焦脆、里层绵软、柔中带韧,火烤后的麦香独特。肉馅似烤如烧,鲜美异常,汤汁直欲流出;豆腐馅则软嫩清香,与火烤面饼相得益彰;青菜馅原汁原味,清香可口,与肉馅混吃风味独特,入口汤汁流溢,诸香混杂,让人欲罢不能。又取熏豆腐,其表皮略似油炸而口感坚韧,且混杂果木香气,内里仍然酥软,豆香中两种口感混合,蘸以佐料颇能解腻下饭。李白食毕,意犹未尽,记起正事,赶紧去县衙寻张志,兼拜访何县令,向其致谢。

县衙门口镌刻对联"门外四时春和风甘雨;案内三尺法烈日严霜",门东一块圆石上站着一个五十余岁的妇人,在料峭春寒中瑟瑟发抖,手扶拐杖,站立不稳。李白遍经州县,知道此石俗称站冤石,有冤案,当事人立此石上不眠不休三天,守、令必须重审原案。县衙门西还有鸣屈鼓,有奇冤,当事人可随时击鼓鸣冤,主官必须立即审理,但须先打喊冤人二十大板,往往皮开肉绽、鲜血淋漓,且审后如所诉不实,据案情另有重责判罚。故非有奇冤难申,无人站冤、击鼓。站冤石、鸣屈鼓专为身负奇冤,甘历苦楚,不惜身命,决意申冤者设。不知妇人有何冤情,竟决意站冤。李白不欲多事,径请门口衙役通报张志典狱。

张志听闻李白到访,忙迎出县衙大门,拉着李白的手臂领他进去。县衙按照左文右武布局,武备库、监狱和狱吏所均在右边西南院。在去狱吏所途中,张志听李白说明月怀孕后,连拍李白肩臂笑道:"太好了!双喜临门啊,前两天何县尊告知我,刘刺史大人来书,让县尊举荐我,看来升迁指日可待了，多亏你美言，多亏你美言！明日我就安排明珠回家看望妹子。"

张志安排茶饮招待李白，又对他说："县尊还说如你前来，定然一晤，了解下都督大人近况，谈谈诗文。我们去拜会一下何县尊？"李白难却盛情，即同张志到二堂去见何县令了。

何县令见到李白，推开卷牍公文，问过李都督情形后，与李白谈天说地、讲诗论文，并谈及李白在兖州帮助王县尉断案，大为赞叹，说李白不仅文采斐然，且明于断案，可称奇才。正谈话间，隐约听到有鼓声传来，县令闻声大惊："此鼓常年不鸣，何人有何大事竟击此鼓？"

稍顷，一个衙役气喘吁吁跑进来："报县尊，在门口站冤的牛李氏击鼓，鸣冤喊屈！"张志听后面色微变。何县令道："这个牛李氏不知国法啊，击鼓鸣屈要先打二十大板的！她能受得住？"

张志说："牛李氏真是贱民，不惜身命，她丈夫以贱殴良，县尊已经从轻发落了，还来扰乱，岂不是自寻苦恼！"

何县令道："牛李氏昨日站冤，我又寻案卷细看了一遍。此案有伤有证，苦主指控，干证证实，伤痕俱在，人犯牛三保且已招供，牛李氏先是站冤，现又击鼓，确实扰乱治安。且按律例覆讯，鸣冤不实再予惩处吧。正好李先生在此，也请一并观审助讯。"

李白推辞道："先站冤，又击鼓，看来案情重大，我不知详情，还请县尊定夺。"

何县令拱手对李白说："还要借重先生高才！"于是，命差役将牛李氏带至大堂候审，传原告和干证到案，让刑房吏目找出案卷让李白看，并介绍案情：

牛三保，扎棚匠人，杂户贱民，官府有迎来送往、庆贺典礼等事则服官役，无役时听其自为民间婚丧嫁娶扎棚事。上年腊月十日，本县缙绅周远山（曾任外地县令，现致仕归乡）府上账房先生胡常飞因周府夫人过寿，与仆人周大、周二去牛匠人处说扎彩棚庆寿事。因言语不合，牛三保持扎棚用的木棍殴胡，致胡背部两处受伤出血。事由胡常飞指控，有周大周二、胡背部伤痕、行凶木棍等人证物证；经讯，牛三保先辩胡常飞构陷，用刑后供认。依律，以贱殴良者加平人一等，持械致伤者视情形徒二至三年，致伤重者或流或绞。因虑牛三保原无过犯，从轻判处徒二年。

卷中胡常飞口供：扎彩棚，牛三保索价一两白银，胡让其减半，不允，叱其不给面子，牛暴起，持棍殴伤胡背部。

牛三保口供：因胡账房对其叱骂，一时气愤，用木棍殴其背部数下。

周大、周二干证：双方议价争执，胡账房训斥牛三保有眼无珠不给面子，牛起身持棍殴伤胡账房。

左右两邻证：听闻吵闹声，未见殴斗情形。

伤格：伤者胡常飞，年三十二，体长五尺，体胖、肤白、微须，背部、肩下左右各有新殴斜行伤痕一道，左长二寸三分、右长二寸，均径五分许，痕红肿，略隆起，微出血，边青紫，下重上轻，余未见明显伤痕。

物单：行凶木棍，杨木质，圆形，无枝丫凸起，长四尺许，径二寸许，附。

李白详听细看，本案有伤有证有供，似可定案，但尚有疑点须当堂核实，遂对何县令道："请县尊过堂覆讯，参详定夺吧。"

半个时辰后，衙役来报："原告、干证、左右两邻均传到候审，是否提人犯覆审？"何县令命提牛犯至大堂，干证、原告分列堂前东西两廊，先讯牛李氏。在去大堂途中，张志一扯李白的衣袖，附耳对李白说："此案被告与周府作对，周府二公子与兄交好，请弟弟心中有数，不要听信被告妄言。"李白听后未语，但心中愈加疑惑。

升堂后，何县令请李白侧坐陪审，并先喝问牛李氏："你夫牛三保以贱殴良，本县已从轻发落，你为何又击鼓？你可知按照法度，击鼓者须先杖二十大板，然后讯案？如你撤控，本官可不再杖责。你可细思！"

牛李氏抖成一团："大老爷，民妇知道击鼓须受刑，奈何周府公子勾结本县典狱，陷害我丈夫。"

张志也在堂下，闻言大怒："你这妇人不要血口喷人，我就是典狱，与你家并无瓜葛！"

何县令道："先让她说，本县令自有主张。"

牛李氏继续说道："民妇怕受刑不过，先在站冤石上站了一天半，头昏眼花，怕是站不了三天就会送命，无奈才击鼓惊动县爷的，为了申冤甘愿受刑。"

何县令道："念你已经站冤一天半，兼体弱，且以站冤至半抵杖一半。皂隶行刑，先将牛李氏杖责十板，以尊律法。"

两个值堂皂隶将牛李氏按倒在地，李白看到张志微不可察地点了下头，其中一人举起讯囚杖对牛李氏痛击，只听杖击声沉闷如中败革，而牛李氏应声哀叫。李白连忙挥手道："且慢，不要这样重责，此妇人恐受不住！望县尊指示轻责。"

皂隶行杖实有讲究，高举轻落，声音脆响，其实力轻痛小；而重责声音沉闷，其实力大杖沉，往往数下即致皮开肉绽。皂隶日常多有练习轻重行杖之术，其"艺精"者行重杖，能够将火纸或棉絮包裹的青砖击为齑粉而纸絮无损，听音则轻；行轻杖，声音响亮，纸絮破损，里面的砖石则无损。狡猾皂隶往往受托请或贿赂,左右其手。

何县令闻言,遂道:"此非重罪,放轻些。"言罢,杖击声高了些,牛李氏虽也喊痛,但不似前番哀号。十大板打过,牛李氏已然瘫倒在地。何县令待牛李氏气息稍匀,问道:"牛李氏,现在本堂覆审你夫殴人一案,你在判后击鼓鸣屈,可将冤情如实讲来。如申诉不实,将按诬告反坐之罪对你判罚,你可明白?"

牛李氏有气无力地说:"当日我未在现场,本来不知实情。前几日探监,丈夫对我哭诉在狱中戴重枷着实苦楚。狱中每五日录囚,张典狱都责打他一次,他恐怕挺不过两年,让我一定喊冤。"

"胡说,这是捏造!"张志一听又大声呵斥。

"张典狱,牛李氏已受杖,让她说。如你再插话,请先退出!"何县令不满地对张志道。

"我丈夫说,事发前几日胡账房向他贺喜,说周府二公子看上了我家女儿,想纳为第五房妾室。这个事丈夫也曾给我说过,因为听说二公子不定性,正妻又厉害,前几房妾室嫁过去没两年就被折磨得或病或残或亡。我们夫妻中年得女,百般爱惜,不愿让女儿受到摧残,确实不敢高攀,就回绝了胡账房。胡账房又来过一次,说听从他有白银五十两做聘礼,不听从就将我丈夫送进大狱,丈夫还是不愿。事发当日,胡账房带周府的两个仆人来我家,没说几句话突然大喊大叫,说我丈夫打人,并将他扭送官府。我丈夫确未打人,也不敢打周府的贵人。"

"没有动手,胡常飞的伤从何来?"

"这个着实不知,我们连胡账房的衣角都没碰过,冤枉啊!"

何县令听后捻须沉吟一番,道:"耳闻不如目见,目见不如身经,牛李氏先讯问至此。带牛三保上堂覆讯!"

稍顷,铁链响动,一个颈戴木枷、脚锁铁链、形容憔悴的男子步履蹒跚地被皂隶带上大堂,此人即是牛三保。何县令命皂隶给犯人去枷，喝道："牛犯三保，你唆使妻子喊冤鸣屈，该当何罪？"

牛三保看到张志在场，脸色惨白，哆嗦道："大老爷，小人冤屈！张志爷在这里，小人不敢讲。"

张志刚要开口，何县令对张志说："张典狱，你且退下。"

张志退下后，牛三保泣不成声，何县令焦躁道："你这厮再哭，本县就不覆审了。"

牛三保止住哭泣，磕了两个响头，陈述冤情，大概与牛李氏所言相同，并说在狱中受张典狱虐待，张典狱还是让他应承女儿亲事，说听从后二公子就以铜赎刑将他赎出，不然早晚让他死在狱中。何县令听后问道："牛三保，既然你未动手，为何供认殴打胡常飞？"

"大老爷，先前我不招供，不仅堂上被打，回监后也被虐打，张典狱说我不招供就打死我，我熬刑不过说了假话，没想到招供被屈判后，周家和张典狱还不放过我。大老爷可责罚我假供，但我确未碰过胡账房一指头。"

"即便我信你所言，又如何解释胡常飞的伤情？你供称未殴打，也未见他人殴打，你等闹纠纷后直接扭到县衙，胡的伤从何而来？"

"那是他们设计构陷，我确实不知。"

何县令转向李白："李先生有何高见？"

李白道："此事当从胡常飞身上解开。"

第十章

纠　结

　　皂隶将胡常飞传上大堂，胡跪在地上，一双眼睛在堂上来回顾盼。李白对何县令道："容学生代问胡常飞几个问题。"何县令点头："堂上众人，一切听从李先生，如实回答，否则重责！"

　　李白问道："胡常飞，据卷宗记录，你说你坐在矮凳上正与牛三保对面争讲，一时口误叱骂了牛三保，牛三保起身即用木棍殴打你，是否如此？"

　　"正是如此，确实无疑。"

　　"根据伤格，你背部伤痕下重上轻，而牛三保站立殴打，按理应当由上而下，伤痕上重下轻才对，如何相反？"

　　胡账房眼珠骨碌碌乱转，思索一番道："事起突然，牛三保怎么打的我没有看清，这样应是反手由下而上殴伤，因此下重上轻。"

　　"狡辩！你们对面站立，牛三保不在你身后或侧面，如何能反手打到你的背部？！"

　　胡账房一时语塞，强辩道："反正是牛三保一人行凶，伤痕、木棍是物证，周大、周二是人证，或许他是转到我身后打的！"

　　李白对何县令耳语道："请县尊发令，用在案木棍先打胡常飞数下,案情可明。"

何县令喝道:"胡常飞,你想蒙蔽官府,制造假案吗?你不说实话,本县就先打你!"

"就是把小人打死,也是这样说。"

"来人,就用这根杨木棍,先打胡常飞五棍!"

皂隶按倒胡常飞就打,但举手高、落棍轻。李白见此,心中了然,又对何县令耳语道:"打得太轻,不能吐实,还要重责。"

何县令并不言语,待打完五棍,问胡常飞道:"现在说实话否?还想招打吗?"

胡常飞磕头不已:"我没有二话,是牛三保突然行凶,将我打伤。"

何县令命皂隶将干证周大、周二传至大堂,喝道:"你等构陷他人,如不说实话,一并重责。"又对皂隶道:"给我再将胡常飞重打十棍,尔等不要卖放人情,如再像方才徇情不用力,本县就对尔等用刑!"

皂隶闻言,不敢再徇私,着实用力打了胡常飞十下,打得胡常飞叫痛不已。两名干证见胡账房被责,均面色大变,很是恐慌。何县令道:"请李先生继续讯问。"

李白即对跪在胡常飞身旁年龄较小的干证道:"你叫什么?当日你是否见到殴打情形?"

这个干证道:"小人周二,牛三保持棍打伤胡账房时,小人在旁亲见。"

"牛三保殴伤胡常飞时,他们是面对面还是斜对面?"

"禀告堂上,是斜对面。"

"用何器械殴打?"

"就是刚才行刑用的这种木棍。"

李白一拍案道:"你也想招打?为何说谎?"

"小人没有说谎，确实亲见。"

"来人，将胡常飞的衣裤褪下，查看伤痕！"

皂隶将胡常飞衣裤褪下，袒露出背臀，众人看到胡常飞背臀上棍痕交错，不解李白之意。

李白走到胡常飞身旁，指着棍痕道："胡现被棍伤，诸人亲见，其伤痕为两条血带，而中间苍白无血，此为竹打中空，为棍棒伤痕。"

李白回到案前，展卷朗读："本案伤格如下：痕红肿，略隆起，微出血，边青紫，下重上轻。这是棍伤吗？请看胡常飞现在的棍伤有红肿隆起吗？胡常飞的原伤哪有竹打中空之征？显非棍棒所伤，诬告之情可明。"

何县令听后对胡常飞及周大、周二呵斥道："尔等刁民，竟敢无视国法，构陷他人，欺瞒官司，我都被你们骗了，一定严惩不贷！"

胡常飞还想嘴硬："许是仵作没看准，或记错了。"

何县令气极反笑："你这厮真是嘴硬，你的伤情本官当日亲见，与今日棍伤截然不同。说，伤从何来？"

胡常飞低头不语，何县令喝道："你三人都该打！来人，现将周大重责二十大板！"

皂隶见县尊发怒，立马将周大掀翻在地，重责二十大板。打毕，周大已经衣衫破裂、皮开肉绽、鲜血淋漓，哀号不已，但他还是不说。周二见此，瑟瑟发抖，欲言又止。何县令察言观色，又喝道："人是苦虫，不打不招啊！不说实话，轮番打到吐实为止。再给我重责周二！"

皂隶将周二按倒，才打两下，周二即喊叫不止："大老爷，别打了，我说！"

何县令道："且暂止，不说实话再打。"

周二磕头至流血："大老爷，我说了怕回府被打死啊！"

何县令道："你不说，现在就打死你。你实话实说，本县令给你做主，谁因此事处置你，就是跟官法作对，本县就处置他！说！"

周二转头对胡常飞道："胡账房，事情对不上了，不说不行啊，我说了！"胡常飞不敢搭话。

何县令道："周二，你但说无妨，不然再打！"

在何县令的威吓下，周二吓得瑟瑟发抖，无奈供述如下：确是本府二公子看上了牛匠人的女儿，命胡账房说合。但牛三保不识抬举，二公子对胡账房很不满意。于是，胡账房他们三人就商议设计逼迫牛三保应允，以讨公子欢心。胡账房提出自伤后诬陷牛三保，牛三保应允亲事就撤诉或赎刑，不应允就让他服刑。因周大、周二是周府奴仆，被牛三保殴伤不加罪，就由周大用长凳将胡账房背部砸伤至见血，出血才能重判。然后胡账房忍痛急到牛三保家，交谈数语即高喊被打，周大、周二干证，两邻旁证。本以为有伤有证，天衣无缝，没想到牛家并无长凳之类物品，也没细想，随手就拿了牛匠人扎棚用的木棍，说是凶器。现在被青天大老爷识破，愿受责罚，无话可说。

何县令复问胡常飞、周大，二人也无话可说，俯首供认。牛三保夫妻听到此处，皆放声大哭。何县令喝止后，复问胡常飞、周大、周二："周公子、张典狱是否参与此事？"三人坚称全部是他们设计，与公子和典狱无关，也不敢胡乱攀扯。何县令其实心中仍有疑问，但已经洗刷牛三保冤情，也不愿为一个贱户牵连周府之人和本县吏员，就未再深究。李白更是心中有数，对张志行径非常气恼，但见何县令不欲深究，便未再多言。

何县令最后判决如下：胡常飞诬陷他人，依诬告反坐之律，当徒二年，以良诬贱，减徒为一年半；周大帮凶伪证，徒一年；

周二伪证，但先供，杖六十；牛三保开释归家。

判后回到二堂，何县令喊来张志，道："张典狱，牛三保和牛李氏都指称你参与此案，刑虐牛三保，迫其允亲，有无此事本官不再深究，大家留些体面。但其一，今后不得再有类似情形；其二，你不得因此对牛三保有报复行为。我等食朝廷俸禄，上应为君分忧，下应为民解困，更当遵守法度。此事若传到刺史府，你的升迁也就无望了！慎之，慎之！切记！"

张志满头大汗："县尊教训得极是，牛三保所称下官虐打不实，因牛三保在狱中不守监规，我曾教训过他，可能过了。今后我定然注意，请大人放心。"

李白辞别何县令，张志送李白出县衙，途中见李白面色不悦，遂对李白说："牛三保一个贱民，与我等天上地下，弟弟不要放在心上，更不要给李都督或刘刺史说，免生误会。"

李白正色道："你所言差矣，升斗小民谋食不易，匠人杂户还要常服官役，更是困顿，损及穷困之人，剥极复剥，心下何安？劝兄守正义、遵法度，在公门中尽量行善，不可虐待囚犯，更不能颠倒是非，出入罪犯。"

张志闻言，觉得李白不留情面，也不高兴，道："为一贱民，你言重了。我们是至亲，我对你一片赤诚，勿因外人影响我们的情谊，我今后注意就是了。"

两人不欢而散，李白回到家中闷闷不乐。明月奇怪，问道："我们有了孩子是喜事，为何看你不高兴？"

李白遂将张志所作所为说给明月，最后说："我受他蒙蔽，托请李都督向刘刺史关说，据何县令讲，刺史府已经准备擢升他了。但以张志的人品，官越大害越重，这样岂不是危害民间，影响都督、刺史的官声？如何是好？不行，我要去兖州陈说，阻止此事。"

明月为难地说:"总是一家人,我们还是规劝姐夫吧。况且明珠和姐夫对我家、对你我都极好,我们的亲事也亏了他俩。既然刺史府要升迁姐夫,我们总不能破坏吧?"

李白默然良久,总觉心中不安,对明月说:"论私谊,我与张志是亲戚,他对我也不错,能够升迁我当高兴。论公义,他不守官箴和法度,酷虐囚犯,交通豪强,构陷平民,别说升迁,罢官都是应当的。公私无法两全,总不能因私废公,助纣为虐啊!"

明月急了:"姐夫张志一心要升官,我们作为亲属不帮忙还罢了,设若阻止,今后如何相见?夫君万万不可再去破坏此事!"

李白见明月着急,不再言语,但绕室来回踱步,心中公义私情交战,纠结难断。夜间,天上的明月在碧空中静静放射着光辉,倾泻在大地上如霜似水、如梦似幻,妻子明月静静地熟睡,美丽的面庞在柔和的月光下如此安静。望着天上地下的明月,世间如此安好,不容破坏,李白心中渐有决断:张志妄行,断不可因自己说情让其升迁,这是助纣为虐,为害更重;至于对其过错进行责罚,自己并无考评监察之责,亲属相隐也罢,顾念私交也罢,就不再多说了。李白决定次日一早即去兖州都督府,寻个风评不佳的模糊理由,坚请撤回对张志的升迁。

翌日一早,因担心明月阻止,在她未醒时李白即悄悄起身,留书一封说自己外出访友,骑马赶赴兖州都督府。

明月起床后看到留书,疑心李白到兖州去阻止姐夫张志升迁之事。论理李白这样做不错,论亲讲情则不可如此,又不知如何处理,心中异常烦恼,坐立不安,遂到父亲处帮忙。接近中午,明珠带着大包小包各色礼品和一个童仆,前来探望明月。得知李白外出,明珠也闷闷不乐,担心李白做出对张志不利之事。明珠对明月说："你姐夫一心为了我们的小家和两边的大家，俸禄虽低，也足够我们吃用。他是想着让我和孩子将来无忧，再照顾下两边的家庭，因此与大户有些交往，趁些银钱帮补，也没做什么恶事。这个李白真是不明白，又这般多事。若坏了你姐夫的事，我就不认他了，连点亲戚味、朋友情都不讲，有这样的人吗？"

明月让明珠先别着急，说："我已告诉李郎，牛三保的事并无凭据，且我们是一家人，姐姐和姐夫对李郎和家里又这么好，对这件事最好不再过问，他应不至于去告发姐夫。"停顿了一下，她又说："如果牛三保说的是实话，姐夫也不宜这样，毕竟做人要以厚道良善为本，以法度律例为据，若真出了事也有处分，论公论私均不可违法。"

明珠一听很不高兴："我们心中有数，你姐夫也不会做恶事，不用你来教训！"姊妹二人言语不合，明珠气冲冲地回了县城，明月更加烦闷。

李白到了兖州见到李都督，致礼寒暄后谈及张志之事，李白惴惴不安地对李都督道："这段时间我在泗水，听闻张志风评较差，不能恪尽职守，前次托请祖父擢升他官职一事，太唐突了，还望祖父请刺史收回成命，个中疏忽请祖父责怪我吧！"

李都督捻须颔首道："虽则欠老刘点人情，也非多大事，若荐举失察就不好了。你能发现问题前来补救，我不怪你。这个张志有什么错失？"

"错失倒未听闻，只是民间风评较差，擢升恐不能服众。"张志上下其手并无实据，李白也不欲深谈，仅对李都督说到此处，因挂念明月，即匆匆告辞。

回到家中，李白见明月躺在床上闷闷不乐，知道明月为自己去兖州向都督陈说之事苦恼。他温言劝慰多时，明月只是长吁短叹，流泪道："夫君考虑大义，也不能说错，可我们怎么面对明珠姐姐？她听说你外出，也怀疑你去兖州了，因此生气回家了。姐夫或有过错，我们也不该举报，你做此事根本没有考虑过我和今后。"

李白再三赔礼，最后说："事情已然做下了，我也未多说其余，只说张志的风评较差，不宜擢升，还不致让他受到黜罚。明珠如果深明大义，应能开解；张志也该收敛改正，不然后果难料。我觉得自己并没做错，公私不能两全。如张志能改正，今后再设法弥补吧，你别再因此事气闷了。"

第十一章

神仙术

虽经李白百般开解，明月仍心中烦闷，加之孕期心情烦躁，因此对李白爱搭不理。十余日下来李白也觉疲累，这天想着出去转一转散散心，突然想去长生观拜访道长。

饭颗山长生观内，道童了凡正在给白发如雪的观主云中子梳头。道童边梳边说："哎呀，师父的黑发根长出许多了，若不染，恐被人看破。"

云中子道："可恨这发须不白，常需染白，甚是烦人。你可取药来染一下。"了凡闻声欲去，云中子又唤道："且慢，你再去后山巨石旁，看一下幻菇是否生发，若有，采些晒干碾粉，到齐州送给你高天师道爷，他好和合丹药，引人服仙丹、受道箓。"

不为了这片幻菇,本道也不必在此穷乡僻野蛰伏。"原来云中子年仅三十,用药将须发染白,对人说年已逾一百三十,以鹤发童颜愚弄信众。他师从齐州紫极宫道号忘机子的高如贵,学习以磷、矾、芒硝和合药物变幻焰火烟云,以药水隐显符箓,装神弄鬼,骗取财物。他师徒以金银药石炼丹为名,偷偷换掉金银,在金丹中混入致幻药物,让人服用后一时强健,且见神见鬼,以为有奇效,不觉信从而受箓拜师。受道箓需出银百两外加十两金环一对,金环道观留一退一,作为供奉和信物,个别富有之人还额外供奉,师徒以此敛财。云中子受命云游四方,寻找价廉效强的致幻物,偶至长生观,见观后一块巨石旁杂生红褐色、触手转青的蘑菇,误食后易让人产生种种幻象,此菇唤作牛肝菇,多生于南方烟瘴之地,北方少见。云中子识得此物,如获至宝,遂托请总管兖州的道官威仪任长生观监院,收罗门徒,密以此菇掺和丹药,以饵信众。

　　道童了凡尚未返回,另一道童了尘来报:有贵客来访,正在三清殿参拜。云中子移步三清殿一看,依稀记得是前次在南陵村所见不凡之人,正分别参拜原始天尊、灵宝天尊、道德天尊。云中子轻咳一声,道:"不知贵客来访,有失远迎!"

　　李白见是前次所见仙风道骨的道长,稽首道:"不敢劳道长大驾,弟子李白素慕道术,早应前来参拜,无奈俗务羁绊。"

　　云中子参拜过三清道祖,又随李白先后往文昌殿、财神殿、玉皇殿参拜,最后移步客堂闲话。客堂中悬挂石质编磬一组,颜色褐中泛红白,纹路斑驳天成,质地润泽。李白问道:"此为石磬乎?我在灵光寺曾听慧明大师谈及。"

　　云中子颔首道:"然也。泗滨浮磬见于《尚书》,贫道驻此后,专从泗水滨寻找原石,又雇精巧匠人雕琢为此组编磬,功课完毕清赏一番,也是修身养性。"

李白道："愿闻雅乐。"此时道童了凡正手提一布袋返回，云中子让了尘将布袋送到后厨整治，对了凡道："你稍通乐理，可击磬让贵客指正。"

了凡沐手静心，敲击编磬，双手翻飞，虽然手法娴熟，宫商角徵羽五音皆中，音质清远，但明显不如明月所弹奏乐曲悠扬回旋、动人心魄。李白暗想：奏者非人，实是亵渎了如此精美的乐器。

一曲奏罢，余音袅袅，云中子又对李白道："先生莅临，有何见教？"

李白道："前次在南陵村见道长仙风道骨，法术高超，不胜向往。弟子素慕仙道，敢请道长教以修行之术。"

云中子道："世外有太清仙境，太上老君居之，为道德天尊，化身道祖李聃，著《老子》五千言，示世人以大道，后又西出函谷化胡为佛，今释氏亦我道家分流。贵客李氏正与我道有缘，观先生根器不凡，飘飘然有出世之风，先生如坚心向道，定能有所成。"

李白道："我常思浩宇茫茫，千百万劫而有此身，但人生苦短、光阴易逝，未近大道而肉身已颓，颇为烦恼。我数到名山大川寻仙问道，也曾修炼丹药，但迄今一无所成，其中缘故何在？道长年已百三而貌若青壮，定然修道有成，望能教我。"

云中子捻须微笑："吾师忘机子生于晋末，俗名高如贵，因慕道避乱入泰山修道，《齐州府志》记载凿凿。后吾师诚心感化，得赤松子祖师授法，修道有成，年已三百二十岁，而望之如中年之人，现于齐州华不注山紫极宫修道炼丹。道者一也，一生二，二生三，三生万物，无物不体道，人亦秉道而生。人生欲免其身病老残死，须返璞归真，然后悟道成仙，除本人根器外，一者须坚心向道，二者须道师接引，三者须内外兼修、外丹辅佐，缺一不可。道法玄妙，机缘亦重。"

李白大喜："听道长高论，顿觉云开雾散，不知弟子可有机缘？"

"众生不一，禀赋有差，先生根器极佳，你我相逢，如先生坚心向道，机缘已到。只是先生未得法门，在尘世经历风霜雪雨、喜怒哀乐，已然损耗真元，受到尘染，需先强根基、补真元、涤外邪，然后循序渐进，大道可成。"

"何以强根基、补真元？"

"此需以真水真火锻炼一转以上的外丹补之，待身轻体健后再以锻炼二转以上的丹药强之，待外邪尽涤、神清意定后再以锻炼三转以上的小成丹升之，有缘者即可入道见仙。至此，再服用锻炼六转以上的中成丹，然后行内外之功，待缘法至。至于能够成仙的大成丹，需要药、鼎、法、缘修习圆满，然后可成。吾师今也只炼至八转金丹，九转大成丹尚未圆满，正待缘法。"

李白听后觉得修道有望，稽首道："弟子坚心向道，还求法师超拔，我自有赘见，请道长勿以轻微。"

云中子面露不悦，道："大道至公，非吾私物，道传有缘人，不须赘见。然法不轻传，还需供奉三清祖师，以示诚意。"云中子思索一番，又道："这样吧，君虽骨骼清奇、根器极佳，但有缘无缘也无定准。我这里有试缘丹，赠君一粒试服，若有效即有缘，若无效则无缘。"说罢，云中子命了凡："去丹房取锻炼一月的试缘丹一丸，赠李先生试服。"

稍顷，了凡取一楠木雕刻的小木匣到客堂，打开后内有白绢，展开白绢，见有三颗色微黄的丹丸，大如鸽卵，香气扑鼻。云中子又取符水一盏，请李白再到三清殿礼拜后，服用一丸。

李白服用丹丸后约有刻时，即觉身强意清，神采奕奕，试走数步，腿脚异常轻盈，身轻如燕，矫健无比。李白不禁拜倒在地："道长仙丹奇效，与我正有缘法，乞道长度我，收我为徒，再赐金丹。"

云中子正色道："如是，则先生与吾道有缘，可入门墙。然我道行尚浅，不可收徒。此试缘丹，可一不可再。如先生坚心诚意，可择时供奉三清祖师，然后可用初成丹补元祛邪；如有效有缘，再到齐州拜吾师忘机子受道箓，入道门，受进阶丹，循序修道，可望有成。"

李白几次欲付道长赘见礼银，均被云中子婉拒。云中子道："先生可在三日后戒食、沐浴，诚心前来敬献祖师，可求一初成丹。"

李白又与云中子谈道求法多时，云中子告知李白，金丹烧炼不易，先寻抱天一之质的黑铅取真银，再选感太阳之气的朱砂取纯汞，复配天材地宝各类药材，择藏风纳气之地，置之三层丹炉，日中取真火，月中取真水，锻炼数月至数年甚至十余年。以龙虎居坎离之位，离上坎下为水火未济，坎上离下则水火既济，水火交合方能成丹。小成丹可防病健体，中成丹可轻身延年，九转大成丹方可入道成仙。其中，选材、择地、取时、施法、用人、遇缘、道心，缺一不可，故锻炼丹药者虽多，能成金丹者则寡。如李白原烧炼丹药不得材、地、法，故不能成。云中子因道行低，且此地灵气不足，仅能烧炼试缘丹和初成丹，两转以上的进阶丹只有其师父忘机子能炼成。

李白听后，明白了自己多处访道求仙但未入门径之故，对云中子更加信服。回家路上，他健步如飞，神清气爽。回到家中，见明月仍然不高兴，忙扫除这几日的积尘，又取长剑为明月献舞，做好晚饭请明月用餐，如此一番忙碌，明月终于露出笑容，李白也觉心中欢喜。但第二天，李白感觉又恢复常态，不复有前一日身轻体健之感，他怀想前一日的状态，求道之意更坚。

三日后，李白断食一整天，明月见李白两餐不食，即问缘故。李白告诉明月，他准备次日去长生观敬献求丹，并讲了试缘丹的奇效。

明月听后劝阻道："我随父亲习医，粗知医理，人之生、长、壮、衰、绝，天道也。遵自然，顺四时，调和阴阳，饮食举动不逆天时地理，不伤情志，动静相宜，可以祛病强身，可享天年。服食丹药是以外攻内，我觉得不是正道。至于得道成仙，从未见过，既不可知，就不能信。"

李白反驳道："修道成仙者史志斑斑，古人诚不我欺，《道德经》称之为圣人，《庄子》称之为至人、真人、神人。古来得道成仙者多矣，不说黄帝、彭祖，即是平民亦有白石生、黄山君、皇初平、华子期、魏伯阳、陈安世、黄卢子、阴长生、张道陵、葛玄、左慈、河上公、董奉、李意期、封君达等，历代皆有。此番我若能入窥门径，略有小成，再与你共同修行，即使不能成仙，修得体健寿长，携手此生，亦然上佳。"

明月不以为然："夫子有曰，敬鬼神而远之，可谓知矣。仙道之事，茫茫不可知，我劝郎君还是读书习剑，下可修身养性，上可建业报国。"

明月的劝阻像一盆冷水泼灭了李白的兴奋与高兴。明月所言虽无不当，也不能消减李白向道之心，李白稍觉不快，自嘲道："此事你我'道'不同，不须再争执，总以结果为凭，看效果再说。"

次日，李白沐浴更衣，取白银二十两到长生观供奉求丹。

明月因李白不听劝阻，颇觉不快，但见他心意坚决，也未再多说。道童通报李白到观后，云中子引领李白再到三清殿虔诚礼拜。李白缓步走上石阶，进入大殿后凝神静气先瞻仰三清祖师。玉清元始天尊居中，左手拈一圆球、右手虚托，喻天地未形、阴阳未分之状；上清灵宝天尊居左，捧一太极图，喻天地生成、阴阳分化之态；太清道德天尊居右，手执宝扇，喻天地交泰、阴阳相融之态，以此喻三生万物。李白先后对三清道祖行叩拜之礼，并在天尊神像前敬献白银二十两，以为供奉之礼。

供奉礼毕，云中子又领李白到静室，传授李白初步的吐纳导引之术，让李白每日子时、午时虚心静气，意守丹田，气息绵绵，为将来高天师授予外丹筑基。传授完毕，云中子命道童取来初成丹。初成丹较试缘丹颜色更黄、香气更浓。李白沐手服下后一刻多时，复有前次神清体壮之感，且更明显，行走间似乎失去了重量，异常轻快敏捷，李白喜不自胜，又对云中子行礼致谢。云中子拉住李白道："先生不可对我行此大礼，若入我师门，贫道忝为师兄，我二人是道友和师兄弟，你将来的成就还可能超过我呢！"

李白忘记了来前的不快，兴冲冲回到家中，多般逗引明月发笑。因李白高兴，明月也转颜欢笑，两人又到后山山坡游玩。但初成丹效力有限，服用后一日内颇觉有奇效，此后渐渐平复，李白每隔四五日即去长生观谈道求丹，也问及此事。云中子解释说，大道难成，金丹难致，初成丹仅是未入道门的世俗之人的导引之丹，欲修正果，还需机缘，受道箓后方能服进阶丹，然后循序渐进逐步修习，导引吐纳修炼内丹，具备基础后服用小成丹可望有成。李白多次欲到齐州华不注山紫极宫拜云中子之师忘机子高如贵为师，进阶求道。因时令已至炎夏，明月身孕也愈加明显，需人照料，且明月一听到李白外出求道即闷闷不乐，李白一直迟疑未能成行。转眼到了初秋，酷暑消退，李白静极思动，在南陵村托张里正寻了一个勤谨的五十余岁的妇人张刘氏，讲定每月价银一两。张刘氏上午来帮忙采买物品、代做家务、照顾明月，每日做午饭一餐，晚间回自家。李白决心去齐州拜师受箓，并去拜见本家从祖齐州刺史李随。问过云中子拜师礼仪后，李白请他修书一封引见自己拜师，取出李都督赠金中的二十两折银百两作为拜师贽见礼，十两到泗水城打造金环两对作为入道信物，又另带二十两散碎银子作为路途花费，于初秋吉日清晨乘马去齐州行拜师之礼。明月劝阻不住，且李白又为自己找了帮佣，也只能由李白自去，但总觉怏怏不快。

第十二章

紫极宫

由泗水去齐州，从石门山西沿徂徕山、泰山有一官道向北可达。李白骑马疾行至徂徕山西南时，朝阳已然高升。突然，他听到有人在不远处长啸，其声清亮悠远，又隐含激越之情。李白驻马倾听良久，前声未歇，复有一人长啸和之，其声深沉浑厚，又寓苍凉之感，两种啸声高低相和，如风行旷野，令李白心中激荡不已。

啸声方住，前方恰有一老翁闲步而来，李白下马拱手询问长啸者为何人。老翁笑道:"先生可是来寻竹溪五逸?他们就隐居在乳山竹溪,向东三里可到,看到一大片竹林就是了。"

李白没听说过,便问道:"竹溪五逸?他们是做什么的?"老翁道:"看来先生不是本地人,我们这里的名士孔巢父、韩准等五人,隐居在竹溪五逸草堂,经常在一起饮酒、弹琴、下棋、作画,神仙一般,好不自在!"

李白听从弟京兆府参军李令谈过孔巢父文名,知其精于文史、足智多谋,但素未谋面,此时得知孔巢父与众友隐居于此处,不禁心痒难耐,渴欲一见。但合计一下路程,下午方可到华不注山紫极宫,如匆匆拜访,既不能尽兴,也耽搁路程,于是考虑返程时拜访,便上马疾行向北。近午时,一座巍峨雄壮的高山在平原上突起,直插云天,雄视天下,李白心知此即秦汉封禅的五岳之首泰山了。李白选了前方路边一处可看到山景的饭铺,边饮食边观赏山景。连绵起伏、雄奇壮阔的山势,郁郁葱葱、生机盎然的林木,让李白胸襟大开,只可惜行路不宜饮酒、受道箓不许饮酒,否则当此美景,佐以美酒,会更加完满。

饭后,李白稍带遗憾继续赶路,终于在夕阳衔山之际赶到华不注山紫极宫。此道观设在州城近郊,为一州首观,建在华不注山脚,规模较长生观宏大开阔许多。华不注山虽山势不高,但秀拔而起,草树葱郁繁茂,三面环湖,水波荡漾,远观犹如一朵含苞莲花浮于湖水中。观此山水,李白想起了《诗经·小雅·常棣》中的"常棣之华,鄂不韡韡"。华不注山下的湖水异常清澈,粼粼碧波倒映着青山,正如花跗之注于水中。通过山前石牌坊,有石阶山道可容四五人并行,一人一马上山毫无阻碍,阶旁涧溪由上而下川流不息,清风吹过松林,风声、水声入耳,仿佛天籁。紫极宫依山就势而建，高低错落，占地近百亩。门首所悬匾额书"紫极宫"三字，黑底金字，刚劲有力，颜色鲜明。进入大门，首进院落宽阔平坦，除甬道铺以青石外，院中遍植松柏，皆枝干虬曲、苍劲青翠，望之均有百年以上。首进院落中主殿玉皇殿，供奉玉皇大帝及雷部诸神，玉皇大帝塑像前立"昊天金阙无上至尊自然妙有弥罗至真玉皇上帝"牌位。玉帝身着九章法服，头戴珠冠冕旒，宝相庄严，旁侍立金童玉女。李白叩拜完毕，退至殿外，从东侧甬道进入二门。第二进院落较前院更加宽敞，主殿天尊殿设置略同长生观，但规模宏大，雕梁画栋，斗拱飞檐，房檐上装饰有各类瑞兽祥云，更显庄严堂皇。殿内专供太清道德天尊老子神像。李白参拜完道德天尊，告知殿中道童要求见监院住持忘机子道长，道童引李白到后院。

后院规模略小，最后面的财神殿依山而建，供奉文武财神。东西两侧的厢房为道士们修炼、居住、待客之所。道童引李白到财神殿西侧，推开一个角门，另有一整洁小院，松竹奇石点缀院中，茅屋三间，正是忘机子住处。屋内瓶鼎香炉罗列，古朴精雅，均似秦汉古物。忘机子须发雪白而面色红润，双手平摊，闭目端坐于蒲团之上，呼吸微弱，并无动静，李白与道童不敢打扰，跪坐于侧。良久，忘机子睁目吐气，李白赶紧行礼，并欲将云中子书信呈上。

忘机子微微摆手道："适才吾神游归墟之岱舆神山，遇吾师赤松子，获赠珠玕神树之种。"他转首对道童说："了缘，财神殿后有山泉，你可小心种下，精心管护，待为师择日作法祝之，如有缘，数十年结实，你等皆有造化。这位先生与我道有缘法，为师为他解说一番。"说着，忘机子一翻手，右掌中赫然出现两粒晶莹通红的种子。了缘叩首取过，出去种植。

李白惊道："莫非这就是食之可不老不死的珠玕神树之种？"道教相传，渤海之东亿万里外，有无底之谷，天上地下之水无不注之，而此谷不增不减，是名归墟。归墟中神山有五——岱舆、员峤、方壶、瀛洲、蓬莱，各相去七万里，山上台观皆金玉之质，仙禽神兽色纯白，珠玕之树丛生，所结华实食之令人不老不死，居神山者皆往古仙圣，飞翔往来。李白亦闻此说，故有此问。

忘机子微笑道："然也。"李白又要自报家门，忘机子复道："先生勿言，待我卜算一下缘法。"他遂微微闭目，右手五指掐诀，口中喃喃，微不可辨，稍顷，即睁目笑言："先生祖裔为我教太清道德天尊老聃，当为李姓，身具仙根道气，心慕道术仙法，此番前来必有其故。"

李白不禁敬服，将云中子书信恭谨呈上。忘机子略一展看，道："先生坚心向道且有根器，道传有缘人，我亦不可藏私。然道不可轻传，想我于晋末避乱入泰山，也是历经千辛万难，方感神天而遇吾师传道，修炼至今已三百余年，尚待飞升。求道不易，修道更难，望君三思而定。"言毕，忘机子从身后取出古籍一卷展开。李白见卷轴发黄，卷首书"齐州郡志"四字，旁注"大隋大业五年齐郡太守王同撰"。忘机子将卷轴展至后部，让李白看《隐逸仙道传》中的《高如贵传》。

李白展卷拜读：

高如贵者，齐州历城县人，生于晋末，年月不可考。因时局动荡，战乱频仍，如贵乃避乱入泰山中，坚心求道，发愿非悟道不出。初于深山洞居，饥则餐野草松实，渴则饮山涧泉溪，逢严冬水凝则啮冰雪，或食枯草，几至冻馁不能存，而高师静修不辍，如是者十年许。冬大寒，如贵敝衣枵腹，仅存松实数十以备紧急。偶遇一乞者困顿不起，如贵乃以松实之半馈之，自亦赖其半度数日。冻馁至极，如贵奄奄待毙，有狼循迹而至，将食如贵。如贵无力回避，饿狼已啮其一腿，筋肉将尽。如贵痛楚欲绝，思不可生。前乞者突至，挥手毙狼，出金丹一粒，如贵服之，伤腿筋肉皆复如初，且冻馁尽去，神清体健。如贵知遇仙人，乃长拜求之。乞者乃曰：吾赤松子也，念君意诚，今劫难满、缘法至，可授汝修炼之道。言毕，乞者变为星冠华衣羽士，授如贵古卷，上载内外养气炼丹之术，约三百年后复见。如贵服丹后不畏寒暑，不知饥渴，乃据书修炼。越十年，有小成。时乱后齐州瘟疫大作，人民病死者近半，如贵乃出山以丹药疗疫，百姓获救者众矣，遂以"天师"称之。州宰闻其名，遣官召之，欲学其仙术，如无术则诛之。如贵知其意，差官至，如贵逝。百姓敛其体而葬，额之曰"天师墓"。后州宰去，樵猎者复在深山见如贵，颜色如常。州人设有紧急，诚心祝告，如贵或临，往往救苦救难。州人以此谓如贵已成仙矣，有好事者发其茔求之，则仅存衣冠，体已化去矣。

史志凿凿，李白看完高如贵的经历，更加敬服："吾师已羽化飞升乎？"

忘机子笑道："羽化飞升不是这等容易的。我是感当时齐州刺史心术不正，亦不愿与其交涉，故小施幻术，此非正道，只是临时应急。今次神遇吾师赤松子，已告我还需百年修炼方望能入仙籍，路漫漫其修远兮，吾仍将求索。我示君此传，乃是想让你明白道之难求。你欲拜吾为师,时机未到,但可先授你道箓,做吾俗家记名弟子,授你两转进阶丹,此后观你精进如何,再做定夺。"

李白高兴中略带失望,便下拜央求道:"李白拜谢吾师,还求师父再赐高阶金丹为盼!"

忘机子摇首道:"妄图速成,亦求道之障,须知修道有道,根基不固,机缘未至,九转金丹亦不能度人。即使入门授以道箓和两转进阶丹,亦需沐浴后诚心进献天尊道祖,再断食七日,其间只可饮用符水,然后服之方有效用。因你前番已获初成丹,只可减为断食两日,其他如律,你能持律否?"

李白忙道:"弟子定能依律而行。"说着解开行囊,取出敬献用的黄金、金环。

"此物只是谢神表意,需沐浴后贡奉天尊道祖,你先收存。既然你决心入门受箓,我先将本门、本观来历告知于你。"忘机子止住李白,并告诉他:本门昆仑派,为上古仙人赤松子所创立。赤松子为神农时雨师,服水玉,以教神农,常至昆仑山上,随风雨上下。后受道德天尊五千文隐注秘诀,勤行大道,以内外兼修成仙。每三百年游历尘世,择向道且有缘者度之。故本门择徒严苛,入门者极少。紫极宫原名华阳宫,为晋长白山道人元阳子所建,元阳子于秦博士伏生墓中得《金碧潜通》一书,以之修真于华阳宫,但仅获二百年寿考,未能升仙。因本朝自太宗皇帝始,尊道德天尊李耳为祖先,高宗皇帝诏令各州营建紫极宫,供奉道德天尊,当今玄宗皇帝并上老子尊号为'大圣祖玄元皇帝'。齐州即以华阳宫改为紫极宫,并寻有道之士掌院。数年前,忘机子高天师出泰山游历至此,因是故乡,且华不注山灵气极佳,遂经道众延请,由朝廷宗正寺崇玄署道门威仪授为掌院观主,忘机子即在此专心修炼金丹。

忘机子介绍完毕，命道童请来执事道长，将受箓所需敬献物品列出清单，计有饼果、鹿脯、鱼脯、清酒若干，以及表文玉牒一道，李白出白银十两采买物品。

次日，李白沐浴后更换道袍，在净室中拜读《老子》，忏悔以往过愆。因是洁斋，禁食两日，其间仅饮净水。第三日朝阳初升时，天尊殿香烟缭绕、烛火辉煌，李白跪于天尊殿神像前，先向天尊敬献黄金十两、金环一对。忘机子道冠袍服侧立于天尊像前，两名执事道长敬捧道箓于忘机子身后，两名道童跪坐缓击玉磬，其余道众均于天尊殿门外静立观礼。在烟气磬声中，忘机子神情肃穆，念念有词，先授李白《五千文箓》，复授《三洞箓》，再授《上清箓》，箓符似篆文、如图画，以朱墨写于白绢之上，多数不可识辨，仅有阴阳太极、河图洛书、九宫八卦诸图及天官功曹之名可识。李白将道箓仔细贴身收藏。忘机子又在神像前焚化牒文一道，授予李白青绮冠帔一副，并为李白戴偃月冠。李白对忘机子行过叩拜之礼，忘机子将金环之一留作信物，另一退还李白作为信物，至此礼成。

授道箓完毕已近中午，忘机子取出颜色金黄的丹丸一粒，晶莹光洁，但无香气，让李白随道童了缘到静室，服丹后静心悟道。静室内门窗紧闭，光线昏暗，一片安静。李白服下金丹后，了缘击玉磬，声音轻缓，李白按道长要求凝神静气，意守丹田，全身放松，不着一念。久之，李白渐觉身轻如燕，恍惚中似入太虚仙境。一阵轻风吹来，李白只觉冉冉浮上半空，自己竟然可以飞翔！李白心中异常欣喜。李白在空中滑翔，俯视着广袤大地，忽前忽后，忽左忽右，时而停顿，时而转折，无不随心所欲，耳边风声轻柔，身体轻盈舒缓，如同飞鸟游鱼，如此滑翔不知几时。更高的天空，一个高冠长袍博袖的白发道长也在飞翔，李白心知是赤松子，欲飞高追寻，突然看到明月出现在自己前方，她站在飘浮的莲花台上，手持杨柳枝正在挥洒甘露。明月看到李白飞到她身边，牵着李白向上飞翔。李白飞上了更高的天空，但突然找不到明月了，他非常着急，似从空中坠下，一下子惊醒过来。

李白满身大汗，睁开眼发现自己仍然身处静室中，斜躺在几案旁，身体酸痛。此时天色已经昏黑，了缘昏昏欲睡，磬声微不可闻。李白追忆前景，如梦如醉，不知真耶幻耶，只是非常忆恋飞翔之感。

李白斋戒已满，受箓礼成。当晚，紫极宫内开列宴席，庆祝李白获授道箓。忘机子又授李白进阶丹一丸，告诉李白三月后服食，并授李白吐纳静修之术，如李白修道有缘法进阶，可在两月后再到长生观取金丹，忘机子将命道童提前送去。李白合计日程，原以为斋戒七日，现为两日，还有五日的空闲，意欲到齐州拜访从祖李随刺史。

次日一早，忘机子进山采药，李白欲到齐州访亲。李白与道众在山门相别，并目送忘机子携道童入山。忘机子渐行渐远，脚下升起缕缕紫色烟雾，逐渐将师徒二人的身影淹没。

华不注山在齐州府东北向十余里，李白骑马刻时多即进城。拜见刺史李随后，李白转达了李辅都督的问候，李随问询李白的行踪，得知李白已在泗水南陵成家，非常高兴。他告诉李白，自己刚接到部文，官阶已由从四品升为正四品，是一喜；见到本家后起之秀，又是一喜。今日双喜临门，要大开宴席进行庆祝。李白修道有望，从祖热情招待，也酒兴大发，开怀畅饮，不觉沉醉至下午。

晚饭时，李随邀李白泛舟济南城北的鹊山湖，这里水面辽阔浩渺。一行十余人，李刺史携李白与辅佐官员数人乘一舟，刺史之孙李膺等家人亲眷乘一舟，各载酒食，缓橹慢桨，边饮酒边观赏湖光山色。遥望西面，一个平顶圆山草木葱茏，相传汉末扁鹊曾在此山采药炼丹，故名鹊山。山虽不高，但静立于湖面上，倒映于荡漾碧波中，好似随水而动，如游虚空。鹊山东南约二十里，另一峭拔山峰与鹊山遥遥相对，即华不注山。李白看见华不注山，想起昨日从忘机子受道箓，即问李刺史《齐州郡志》中的高如贵天师是否在紫极宫任住持一事。李刺史边随着琴声击节，边道："方志载有高如贵天师事迹，但年代久远，已不可考。忘机子道长自称为晋末高如贵，既无旁证，亦无反证，更不可考。本朝尊崇道教和羽士，既然紫极宫道众公认忘机子为高如贵并推举其为掌院，且经朝廷主管道务的道录任命，地方上即无必要亦无能力详查此事，只能不宣扬、不反对。"李白听后默然有时，才又与各官推杯换盏。众人一直饮到明月从鹊山湖西升起，方尽兴登岸返府。

　　李白记挂明月和徂徕山下众位隐士，急欲返回，遂于次日一早告辞。李刺史赠送金杯一对、绢缎两匹作为李白结婚贺礼，李白辞别从祖后匆匆行路，下午方到达徂徕山附近。

第十三章

竹溪六逸

徂徕山西南麓峰峦叠起，谷深壑幽，松柏青翠。山上溪流清澈晶莹，沿涧沟潺湲而下。山前路旁一块巨石突起，石上天然花纹犹如疏密相间的竹叶。转过巨石，一座陡峭山峰拔地而起，沿山坡有数十亩竹林，如同茫茫绿海。竹林深处，有草堂五间，门上匾额书"五逸堂"三个遒逸大字。草堂内设施简陋，仅有木质案、几、榻等，但四壁上遍悬字画，多无题款。居中草堂宽大些，应是聚会主室，设有乡村罕见的胡床两列，可供坐卧，整个北墙悬挂一巨幅行草《将进酒》：

君不见江河滚滚昼夜流，不曾为帝王将相稍停息。君不见日升月落天地转，何曾管兴衰存亡人间事。休说功与业，青山转眼化云烟，沧海一念变桑田。

将进酒，心忧怆，悲夫花易凋谢云易散。屈子太息犹在耳，苍茫浩叹越千年。汨罗水底人不见，江畔渔父已万千。宁怀瑾握瑜赴清流兮，抑随流扬波而与世推移？

将进酒，意沉吟，常忆当时少年人。意气风发轻万物，慷慨激昂论古今。岂料世事消磨英雄志，俗务偷换豪杰心。当年风华今何在，壮志未酬头先白。百年逆旅无归客，韶华易逝不重来。黄粱梦未醒，白驹忽过隙。电光石火里，蜗角寄此身。应长歌而当泣啸，可浩叹以抒胸襟。呼良朋，唤好友，倾美酒，举金樽。不负满天星斗一轮月，不负徐来清风吹白云。

这首《将进酒》未注撰者、书者，字体龙飞凤舞，笔墨纵横飘逸，气韵洒脱。此时，室内四人，一人弹琴，一人作画，一人挥毫狂草，一人打谱下棋。鼓琴者陶沔，山东单父人，年龄三十开外，中等身材，面貌古朴敦厚，琴声雅正，神情闲适。作画者韩准，年约三十，亦中等身材，徂徕山当地人，也是此间主人。他挥毫点染，一幅秋山远景图逐渐呈现眼前，山高水远，意境悠长。狂草者裴政，兖州人，年近四十，身高而瘦削。他悬腕泼墨，笔走龙蛇，笔迹缭乱，锋芒直如枪戟，但乱而有章法，整体布局错落有致。正在研究棋局的张叔明年龄最大，有四十多岁，体矮而壮，面黑须长，喜爱吟诗弈棋，是龚丘县凤凰岭人。

门外，一个年约二十，身长八尺，着高冠，宽衣博带，面容清奇之人，即是前日清啸者孔巢父，河北冀州人，因与其他四人意气相投，共同隐居于此。孔巢父正在草堂外，安排一个老年帮佣准备饮食。今天有从猎户处新购的鹿、兔肉，已经炙烤得颜色金黄、香气四溢。帮佣在室内摆上杯盘盏箸，将烤肉切割成块，又上了几碗山蔬野菜。因有佳肴，五人特地开了一坛已藏十余年、酒色金黄的兰陵酒。闻到酒肉之香，众人停止弹琴、作画、打谱，与孔巢父在食案旁随意入座。

此时，裴政写完犹如金钩铁划的最后一笔，将毛笔一掷，喊道："痛快！近日郁闷一扫而光！"起身长啸，啸声厚重沧桑，俨然是前日后来啸吟之人。啸声方住，门外进入一人，剑眉斜飞，双眼神光四射，气质飘逸若仙，对众人拱手道："高人雅聚，远客闻啸吟而至，可获一醉乎？"

众人并不起身，韩准举手相邀道："君子有意，但饮无妨。"裴政却道："但饮无妨，可有入门之词？"来客看到白瓷碗内所盛放的兰陵酒，随口吟道："兰陵美酒郁金香，玉碗盛来琥珀光。但使主人能醉客，不知何处是他乡。"众人轰然叫好，腾出空位。裴政道："有此佳句，当浮一大白！"

来客也不客气，与五人推杯换盏，一坛美酒很快饮罄，又连开两坛。众人兴高采烈，开怀畅饮，纵论古今，畅谈山林隐逸之乐，席间并未问询姓氏等。约过了一个时辰，六人均酒足饭饱，来客约定元正后来访，即长揖而去。

来客去后，陶沔道："此人风雅可交，惜乎未通姓名，不知何方人士。"孔巢父笑道："来即有缘，去亦无碍，来去两便。此君飘然出尘，我辈中人也，总会再见。"

李白探访竹溪五逸，见五人均洒脱不俗，鼓琴、弈棋、作画、书帖、作诗、饮酒，啸傲山林，日与风云泉溪相亲，不禁微笑，想起了自己少年时与道士东严子在蜀中岷山南麓的首次隐居生活。其时李白正在研读《列子》，心羡《列子·黄帝》篇所载周宣王时牧正梁鸯。他养野禽兽于庭园内，无不柔驯。周宣王问其道，梁鸯对曰："顺之则喜，逆之则怒，此有血气者之性也……今吾心无逆顺者也，则鸟兽之视吾，犹其侪也。"李白与东严子巢居深山幽谷，远离人烟两年多，研读道教典籍，忘却俗务机心。山林中飞鸟奇禽成百上千，他经常撒粮喂食，熟悉到身处鸟群而禽鸟不受惊扰，照常嬉戏啄食；伸掌撮唇一呼，群鸟就掌取食。时广汉刺史闻而异之，到场目睹了李白与群鸟相聚了无惊猜，向朝廷推荐李白为修术有成的道士。李白不欲以道士身份出仕，因而推辞。在山中隐居两年，读书、赏景、习剑，常伴清风白云，听百鸟啼啭，观山林泉溪，是李白遇到明月前最快乐的一段时光。若非妻子怀孕，李白真想在竹溪多待几天，与诸隐士痛饮畅谈，或者干脆也长居于此。想到此节，李白突然想起自己光忙于饮酒纵论了，尚未与五人互通姓名。

李白匆匆回到家中，已是深夜。明月开门后见他醉意未消，微觉生气和委屈，冲淡了这几日的思念和见到李白时的欣喜。明月嗔道："你夜间赶路，还饮这许多酒！？"李白轻轻抱住明月："吾遇良朋，不得不饮，虽稍醉，亦欣然。"

明月轻轻挣脱，说："满身酒气，让人厌烦，今后不可喝成这个样子。"李白忙作揖道："今后不敢这样了。"李白问询明月近况，得知明月只是身倦行缓，食欲不佳，尚属正常，也就放心了。他告诉明月，自己已获授道箓，身入道门。明月虽不以为然，但因朝廷重道教，将其置于儒释道三教之首，士人官吏修道者众多，也就置之不理了。

转眼间到了开元二十五年（737）十一月冬至节，明月在当天诞下一女，李白高兴异常，经与明月商议，给女儿取名平阳，其意为一生平安，且冬至为一阳初生，又有蓬勃生长之意。平阳满月，亲友近邻均来庆贺，明珠亦闻讯前来，但张志托故不至。明珠虽来，但不冷不热，在亲朋好友喜气洋洋的庆贺中，稍煞风景。李白不以为意，明月则觉得美中不足，又埋怨了李白一番。

孩子幼弱娇嫩，不识昼夜，时常哭闹，明月惯于早睡早起，不习晚睡，李白夜读成习能晚睡，明月即在白天照看孩子，李白则于晚间照看。初为父母，平阳有时哭闹不止，两人均手忙脚乱，李白抱着女儿于室内绕行，明月则翩翩起舞逗引孩子。

平阳偶尔发烧，刘医师会开些温和药物给孩子服下，李白整夜不眠，时时查看孩子是否退热，谛听其呼吸是否顺畅，握着其娇嫩的小手，既欢喜又忧心。刘医师告诉李白，幼儿体弱，外邪易侵，发烧很常见，平时须多注意饮食，身体不适由他亲自诊看，无须整夜照看。李白这才放心去睡。

自从有了孩子，忙碌中时间过得分外迅速，不觉元正又过，天气转暖后冰雪消融，东风吹来，已经不觉寒凉，春天到了。平阳三个多月大了，身体逐渐变得结实，不再像前两月那般哭闹，明亮清澈的大眼睛好奇地看着身边的一切，似已识得帮佣张刘氏，也让她抱看。李白屡次想再到徂徕山探访竹溪五逸，见眼下天气晴暖，草木生长，即对明月说与山后竹溪朋友有约，去聚谈几日。明月不欲李白外出，但也不愿扫其兴，遂勉强同意。

因距离并不远，李白从南陵酒楼购买了八百文一坛的上好泗水春陈酒三十坛，店主收银二十四两，并安顿一辆牛车载酒，将李白送至石门山北的徂徕山。李白到后，竹溪五逸堂却宁静无声，只有帮佣在洒扫，问之，答曰众人皆去山谷踏青，采摘新鲜野蔬去了，距此七八里。卸酒让牛车返回后，李白一时兴起，撮唇长啸，声如金玉相激，又似龙吟凤鸣。长啸移时，远处三五啸声隐约相和，李白心知是众隐知悉，遂在堂前木墩安坐等待。

刻时许，五逸从远方迤逦而来，木杖芒鞋，肩携竹筐，俨然农圃之人。双方相互问讯，李白刚通报完姓名，裴政即上前抱住他，喜道："好个李白，竟是李白！"转头对孔巢父道："我说前番来客清雅不俗，却是弟弟多次说过的太白先生，喜煞我也！"

孔巢父微笑道："太白兄，我与贵族弟令问兄相熟，多次将听闻的你的故事说与大家，我们都渴欲与君相交，不意在此结缘。"随后，孔巢父等请李白入室饮茶，并一一介绍了各人的情况。

饮茶间，孔巢父向李白道："令问常对我讲，吾兄李白心肝等五脏，皆锦绣所成，不然，何以开口吐纳珠玑，挥笔云开雾散，此言可确？"李白抚掌大笑："此虽是兄弟笑语，我亦当之无愧。"

陶沔问道："李兄雄文大才，还在其次，我最敬服的是君轻财好义，听说你十余年前在维扬一带游览，不到一年即将三十余万钱耗尽，多用于周济落魄文人，可有此事？"李白答道："吾意以为，千金散尽还复来。不过区区三百余两银钱，此事不足为道。"

裴政插话道："有酒同饮，有金共用，此事尚不足奇。我所敬服者，乃太白兄千里负骨、营葬友人吴指南一事，原来只是道听途说，现请兄给我等细讲一番。"

李白听裴政说后有些黯然，答道："吴指南是我蜀中友人，十余年前我们同游楚地，遇孟浩然、王昌龄二兄，四人结为好友。后浩然兄往游扬州，昌龄兄赴河陇、出玉门、游边塞，我与指南淹留楚地，指南不幸病亡于洞庭湖，除我外并无其他亲友，何其惨恻。当时我如丧至亲，伏尸恸哭欲绝，行路之人听到悉皆伤心。因是炎夏，无奈临时厝葬于洞庭湖侧，未葬时旁有猛虎窥视，我为护尸岿然不动。虎去后安葬指南，我即去了金陵。数年后迁葬指南时只余尸骨，当时我银钱耗尽，只能以布囊裹骨，背着徒步而行。依照我们蜀地风俗，迁葬过程中尸骨不可落地，无论衣食住行我都背着，从来不曾置地。走到鄂州城东一处山林，因故乡路遥，身无分文，见此处山水极佳，我向人告贷才以蜀礼营葬了指南。现思及此事，心中亦感凄恻，指南英年早逝，真不幸也！"

众人听后叹息不已。陶沔取出古琴，轻挑激拨。琴声开始时舒缓优雅，如一叶扁舟泛于浩浩江湖，青山渺渺而白云悠悠；突然转为激越昂扬，如长风万里来自苍茫天际，使黄沙漫卷、寒云飞扬；而后琴声渐微，几不可闻，似流水渐远渐无。一曲弹罢，众人如梦方醒。李白赞道："听弟鼓琴，如饮美酒，顿忘烦忧。内人明月弹琴亦颇不俗，但无沔弟激昂之韵，听此曲，当满饮一杯。"

五逸安排山蔬野味，打开李白所带的泗水春陈酿，六人边畅饮美酒，边谈古论今，渐次谈到诗文。李白喜好乐府民歌，推崇建安七子、陶渊明、大小二谢，尤其喜爱谢朓的清新自然。孔巢父推崇屈原的雄奇瑰丽，陶沔则爱其祖陶潜之冲淡质朴，裴政喜欢阮籍的慷慨激昂，韩准亦喜乐府，张叔明则是《诗三百》不离左右。六人性情相近，均承刘勰、钟嵘之说，推重本朝陈子昂之论，对南朝以来内容空洞、兴寄全无、堆砌辞藻的绮靡之风不以为然，反对徒然雕琢格律音韵，愿以《诗经》及乐府诗的风雅兴寄和汉魏风骨为典范，言之有情、有意、有境、有物。眼看六坛酒将尽，众人饮得酒酣耳热，兴致勃发，裴政提议道："吾等雅聚，久闻太白弟诗才敏捷，愿以琴棋书画茶酒为题，每人拈题出句，聚此风雅六物之章，岂不快哉？"

孔巢父道："久闻太白兄隐于美酒，深得酒趣，请太白兄以酒压阵，我等各自拈题，可乎？"李白微笑道："诸友有命，吾不敢不从。"

韩准兴致勃勃地裁纸五幅，五逸分取，孔巢父为琴，陶沔为棋，韩准为书，裴政为画，张叔明为茶，各人或停酒思索，或持杯考量，或观看堂壁上悬挂的书画拟想。

不一时，孔巢父道："我以陶沔兄刚才所弹奏《广陵散》为意，先抛一砖，引你等众玉。"他取纸笔写道：

泠泠起松风，清流幽且淙。
嘈嘈乱我怀，忽做云天空。
慷慨无穷意，依依难尽情。
音高绝响处，水远渐微声。

李白道："巢父此诗摹写琴意，写出慷慨深情，当浮一大白。"孔巢父喜上眉梢："得太白兄褒扬，何其幸也！我满饮此杯。"

陶沔道："我还有两句，请稍等。"他又思索一番，从孔巢父手中接过笔，写道：

弈道至深有至理，棋如世事事如棋。
明于取舍抢先手，常向盘中看大局。
高处着眼争要点，平心静气固根基。
因形导势观流水，潇洒行路勿拘泥。

孔巢父颔首道："诗文非陶沔兄所长，但此诗也道出了弈棋之道。"李白道："然也。"

正品论间，韩准已观看完壁上一幅行草，提笔写道：

龙在九天势矫健，忽为凤舞姿蹁跹。
轻如飘絮欲飞出，重若磐石不可撼。
笔墨纵横意境大，勾画飘洒气韵全。
神形俱妙洗尘心，风骨无须借古砚。

李白看后，笑道："恕我直言，此诗前四句截作绝句尚佳，后四句拘束些。"孔巢父也笑道："然也，然也。"

说话间，裴政上前抢过笔，龙飞凤舞写道：

危岩耸峙高天近，波浪滔滔水渺茫。
沧海珠明耀暗夜，昆仑玉碎悲凤凰。
遍发芳草逐风绿，独秀寒梅履雪霜。
唯见江河滚滚去，青山依旧照斜阳。

李白鼓掌道："此诗意境高远，深得画意，又写出画外之意，佳作！"韩准亦拊掌道："此诗意境，我所不及也。"

张叔明也上前来取笔，边写边道："我的诗题在后，毕竟有些取巧。"李白哂道："按兄之言，我的诗题殿后，又将如何？此是题序之故，无关敏捷。"

张叔明写的是：

大道觉相近，参禅甘苦中。
一壶煮往事，三盏话平生。
洗去执着意，饮来明了情。
芬芳风雨后，万物本从容。

李白道："果然，此诗文意俱佳，与我所想的酒竟然有些相似，在后的亦有被限之处啊！"众人均围住李白，纷纷道："轮到太白了，快让我等一睹为快！"

李白笔走龙蛇，写道：

愿有千杯酒，尽浇块垒中。
可知两忘处，物我皆从容。
振翅决浮云，冲天御浩风。
刘伶不得意，世上笑狂生。

众人观后鼓掌大笑，孔巢父道："此诗有趣，自然大气，足为我等酒徒一辩。"韩准则道："太白兄不但诗思敏捷，书法亦纵放自如，笔力雄健流畅，苍劲挺秀，意态万千，布局参差跌宕，奇趣无穷。我临书多年，尚不及兄，于今是敬服了。"

李白拱手道："前有珠玉，此不过游戏之作，大家评论过高；书法还是韩准弟更胜一筹，切勿过谦。"

众人哄然大笑，重又收拾盏盘，一直饮至红日西沉，众皆大醉，东倒西歪在厅堂内酣睡。

李白与五逸除每日酣饮畅谈外，或进山采摘野菜药草，或在五逸堂旁弈棋、弹琴、舞剑。李白棋力稍逊于张叔明，但差距极小。他下棋不假思索，多营外势，如天马行空，往往有出人意料的奇招；张叔明则以实空为基，精于计算，步步为营，往往破入李白大空，双方厮杀得难解难分，惊险迭出。一日下来，往往张叔明能赢两三局，李白赢一两局，多是疏忽者败北，而李白不耐长考，疏忽得多些，因此二人互不服气，可以对弈半日之久。韩准兴之所至，将五逸堂的挂匾换成了六逸堂。李白在六逸堂如鱼得水，不觉过了五日，才想起家人，约定数日后再来，匆匆告辞还家。

李白回到家中，只见屋舍不如先前齐整洁净，原来平阳又感风寒发烧，啼哭不止。明月一片忙乱，埋怨李白一走多日，不顾家人，李白默然无语。

平阳病愈后，李白每日陪伴明月母女，早晚按忘机子高如贵所授方法静息吐纳。仲春的一天上午，李白算算日期，距受道箓已三月有余，即取出进阶丹服食。服丹后，李白又感到进入缥缈仙境，飞翔于石门山周围，且依稀滑翔至徂徕山竹溪处，看到天上有仙人招引，但不得再向上飞升。李白逐渐从缥缈中醒来，发觉自己躺在床上，明月一脸关切，连岳丈刘医师也在自己家中。李白惊奇问道："你们都在这里，所为何事？"

明月道："你服丹后即昏睡，时而谵语，我无奈喊来父亲，让他看一下是怎么回事。"

刘医师道："贤婿，你有谵妄之证，脉象紊乱宏大，可知所服丹药致人情志迷乱，应有致幻药物在内，你可有幻象？"

李白搔头道："我只是觉得自己在飞翔，并无他碍，应是金丹有效，不会是药物所致吧？"

刘医师摇手道："世间金石草木含迷幻之毒者众多，看你的脉象和外症，此丹大有问题，应是掺有迷幻毒物，切不可再入歧途，不仅耗费银钱，还大伤身体！"

明月与刘医师苦苦相劝，李白半信半疑，总觉得忘机子仙风道骨，不能也不愿相信他在捣鬼骗人。但明月坚决不让李白再去长生观或紫极宫，李白遂听从明月和岳丈的劝告，不再去长生观访道求丹。幸喜还有竹溪五友，他即隔三岔五前去徂徕山竹溪六逸堂，与五友酣饮纵论，忘情于山水之间。

第十四章

困 顿

冬去春来，夏尽秋至，日升月落，光阴荏苒，从开元二十四年（736）夏到开元二十九年（741）冬，李白来山东已经五年半。女儿平阳已经四岁；明月又于开元二十八年（740）秋诞下一子，起名伯禽，小名唤作明月奴，已经开始牙牙学语，煞是可爱。

李白心中挂念都督举荐之事，基本上每到年终岁尾都到兖州拜见李都督一次，顺便周游任城、金乡、单父、汶上等地，探亲访友，与兖州、任城等地官吏和亲友饮酒宴集、诗文唱酬，往往出行一次长达月余。平素除了读书、习剑、作诗，陪伴明月和孩子外，他每月多半时间都去徂徕竹溪与韩准、裴政、孔巢父、张叔明、陶沔五人琴棋诗酒相交，啸傲于竹溪山林，结伴游徂徕、登泰山，名动远近，时人称几人为"竹溪六逸"。

近年来，李白基本上长住竹溪，间或回家，明月本来就不高兴，每次李白去竹溪时都数落一番。但李白一静坐家中，就想起自己满腹才华却不能经世致用，心中烦乱；只有在竹溪与众友酣饮畅谈，才觉内心宽松。李白经常购酒带去竹溪，在南陵也常去酒楼饮酒，逐渐将原来的存银和都督赠金花得所剩无几。明月本就不愿李白饮酒度日，见此心里更加焦躁，常劝李白说:"我们已然有了两个孩子,又未置田产,将银钱耗费在酒食上,将来如何生活?"

李白虽不以为意,每以"钱财身外累赘物""千金散尽还复来"等语应对,但也觉得如此聚饮不妥,加之金银耗尽,于是决心安于家中,有一个多月未去竹溪。

这一天寒风呼啸,一个十余岁的童子捎来一封书信,李白展开见是韩准的字体,信中寥寥数语:"天寒酒暖,新获一鹿,画初成,棋已具,诗相待,故人胡不来?"

李白见召,心痒难耐,也顾不上明月不高兴,即于次日前去竹溪,纵饮放谈数日方返。冬日严寒,李白身着狐裘去竹溪,数日后却穿葛布絮衣而返,冻得瑟瑟发抖。明月大惊,问道:"你的狐裘到哪儿去了?莫非遇到了强盗?"

李白满面通红:"这次我前去徂徕未曾携酒,竹溪存酒无几,我用狐裘换了酒与众人相饮。"

明月气得直掉泪:"天寒地冻,你怎的以酒为命?你的那些朋友也同意你用狐裘换酒?"

李白知道自己鲁莽,忙解释道:"他们也曾阻我换酒,是我执意如此。这次我是有些不妥,不过以葛麻挡寒亦是众人常态,狐裘非我所固有,弃之无碍。"

明月这次真的生气了,数日不与李白说话。李白见明月如此,既心疼,也有些怨明月不能理解自己。两人多日不说话,李白为了赔礼,写了一首《赠内》诗给明月:"三百六十日,日日醉如泥;虽为李白妇,何异太常妻。"太常为掌管礼乐祭祀等事务之官。东汉周泽任太常,克己奉公,全年斋戒在斋宫,基本上不回家,众人揶揄道:"生世不谐,作太常妻;一岁三百六十日,三百五十九日斋。"更有人戏谑:"一日不斋醉如泥。"李白以此向明月赔礼,并说今后尽量少饮酒。明月对李白日常饮食照料如常，只是仍有些闷气，不与李白多说话。

　　李白闷坐家中，平阳拉着他要听故事。李白手揽平阳，讲起自己幼时故事，明月抱着伯禽也在旁静听。

　　"话说有个李白，小时候自以为聪明，调皮贪玩，整天爬树、上山、游水、抓鱼，就是不喜读书，先生一念书上的之乎者也，他就不爱听，偷偷跑出学堂去玩，结果该背的书都背不下来，被先生打手心也不改。有一天，李白偷跑到学堂旁边的小溪去捉鱼虾，看见一位白发苍苍的老婆婆坐在一块巨石下，反复在石头上磨着一根铁棒。"说到这里，李白抚着平阳的手臂比画了一下说，"就是像你的手臂这么粗的铁棒。"

　　平阳惊道："这么粗的铁棒，老婆婆磨它做什么呢？"伯禽则睁着圆圆的大眼睛看着父亲和姐姐，并不吵闹。李白继续讲道：

　　"就是啊。李白看了好久，好奇问道：'婆婆，您磨铁棒做什么？'

　　"'我绣花要用针，我要将此铁棒磨成针。'婆婆一边磨铁棒一边回答。

　　"'铁棒磨成针？这么粗的铁棒磨成像头发丝一样细的绣花针？这能行吗？'李白脱口而出。这时老婆婆停了下来，指着一块石头上的圆孔说：'孩子，你看这个圆孔是怎么穿透的？'

　　"李白仔细察看，只见石头上面有水一滴一滴地落入圆孔，他思索良久，恍然大悟道：'莫非是水滴在石头上穿出的孔洞？'

　　"老婆婆笑道：'水滴是天下最柔弱的事物，石头比水滴不知坚硬多少，但一滴滴水长年累月落到石头上，就能在硬石上穿出孔洞。滴水能穿石，铁棒就不能磨成针吗？'"

"李白听完，心想：滴水穿石，铁棒成针，读书不比这容易得多吗？只要天天读书，时时长进，定然能学到本领。从此，李白开始刻苦读书，终于有了学问，现在他的名气很大，一定会做很大的官去施展本领，辅佐朝廷治理国家。"

明月听到此处，不禁展颜一笑。平阳又问："这个李白现在干什么呢？"李白笑道："李白就是我，这个故事是我小时候的事情。"平阳又问："那个老婆婆磨成针了吗？"李白答道："后来我又去溪边，再没见到老婆婆，当时我以为有神仙帮她将铁棒磨成了针。后来我才知道，这是你祖父找的人，专门来教育我的。"

李白讲完，平阳仍然缠着他要求再讲，李白问平阳："你喜欢小鸟吗？"

平阳睁着乌溜溜的眼睛说："小鸟喳喳叫，太可爱了，就是不愿和我玩，我一走近它们就飞走了。"

李白道："我们东面很远的地方有大海，大海连天接地，无边无际，深不可测，人们乘坐木船到大海里游玩、捕鱼。海上有很多翱翔的海鸥，见了人也会飞走。但在古时候，有一个人叫张三，他把海鸥当成朋友，把自己当成海鸥，时间长了，海鸥也将他当成朋友，围绕在他身边，落在他身上，吃他手里的东西。"

平阳拍手道："我也要和小鸟玩。"

明月道："别打岔，让你爹爹讲完。"

李白爱怜地摸了摸平阳的头，继续讲道："后来，张三的父亲听说了此事，就让张三捉两只海鸥拿回家玩，张三也应允了。岂料等他再到海上，海鸥们都离他远远的，再不跟他玩了。"

平阳问："为什么呢？"

"张三有了捕捉海鸥的机心,海鸥们能感觉到,就远离他了。"李白接着又说,"我十八岁时与人在蜀中深山隐居,山林中飞鸟成百上千,开始时也躲着我,后来我经常撒粮喂食,把自己当成鸟,慢慢地鸟也让我接近了。后来我身处鸟群中,鸟照常嬉戏,有的还落在我身上;我伸掌呼唤,很多鸟都飞到我手上啄食。"

"我也去喂小鸟,它们会跟我玩吗?"

"向你爹爹学习,坚持做一件事,早晚能成。"明月答道。经过此事,明月与李白渐渐开始说话,两人基本和好如初。

元正后,皇帝以四海升平、物华天宝,在开元二十九年(741)底改元天宝,即以开元三十年为天宝元年(742)。循例,为庆祝改元当有大赦、擢升、征辟等,李白又去兖州,除与兖州诸友饮酒、论文外,主要是询问李都督荐举之事。都督告诉李白,荐举书由中书省转呈皇帝,留中不发,至今没有回音。今上推崇道教,现已诏两京诸州各置玄元皇帝(老子)庙并崇玄学,令生徒习《老子》《庄子》《列子》等经典,每年准以明经例保举;又大赦天下,改侍中为左相、中书令为右相,改州为郡、刺史为太守、兖州为鲁郡。听闻要征辟正一派道长吴筠问道,并欲收录遗才逸士,诏"前资官及白身人有儒学博通、文辞秀逸及军谋武艺者,所在具以名荐",鲁郡已然荐举李白。

李白听后雄心顿起,又想起昔年在金陵与吴筠道长交好,曾经道友元丹丘介绍从吴筠修习道籍,近年来吴筠在河南镇平县依帝山隐居。李白拟托人致意吴道长,托请他一旦进身,择机在御前为自己进言。他离开都督府准备返回南陵,正愁闷如何寻找吴筠之际,远远看到对面一位高冠长袍的道士与一位微须儒服、身长七尺的三十许壮年人走来。近前一看,李白高喝一声:"老元何来?"

道士举目一看，疾步上前抱住李白："太白兄，想煞弟弟也！"此人正是吴筠道长的弟子元丹丘，李白二十岁时即与他交好，二人曾在蜀中峨眉山、颍阳嵩山隐居，又同游洛阳等地，后又同到随州从胡紫阳道长修炼，因意气相投，结为好友。元丹丘放开李白，对同来的中年人介绍说："此即我多次说与你的大才子李白。"又向李白介绍道："这位南阳岑勋先生，与君辈中诗人岑参同宗，族祖岑文本为太宗皇帝时丞相。岑勋弟精研儒学，教习为业，磊落豪爽，是我好友，素仰太白兄大名，今日在此相逢，当不醉不归也！"

李白哈哈大笑，与岑勋相互致意后道："我刚念及元弟，你即乘风而至，且携好友，畅饮一场是免不了的。"

三人同去兖州望河酒楼，寻得一雅座，李白让店家只管将最好的酒食安排上，李白居中，元、岑二人左右相陪而坐。李白与元丹丘数年未见，两人把酒言欢，谈论起在蜀中的相识初交及同在河南颍阳嵩山的隐居生活。元丹丘对岑勋道："昔年吾与太白兄、元演弟同去随州拜访胡紫阳道长，汉东太守同宴，太白大醉，覆太守锦衣、枕太守之股而眠，一时传为佳话。"

李白答道："紫阳道长真得道之士，常辟谷十余日不食，所营苦竹院修竹数千，所建餐霞楼可远观万松，皆清幽可喜。道长玉笛悠扬如仙乐，太守翩然起舞，能不醉乎？谈及天下名胜，道长盛赞仙城山高远耸立，层峦叠嶂，烟雾缭绕，是修道福地。元演弟径于次日去仙城山隐居学道，亦达人也，我等皆不及也。"

三人皆大笑，不觉两斗酒饮尽。李白唤小二再送两斗酒来，小二道："客官方才所饮乃本店仅剩的上佳清酒，价千钱一斗，能否换成次些的酒？"

李白瞪眼道："你却聒噪，店家还能无酒？是怕我等付不起账？"边说边向袖中取银子，但仅掏出不到一两散碎银子。李白有些吃惊，才想起来府城前所携银钱这几日吃酒已基本耗尽。

小二边看李白取出的银子，边赔笑道："本店北边酒肆倒是有，只是需现银，客官可与小人几串钱，或二两银子，小的这就去为各位代买。"

李白面皮有些发热，幸喜酒后本来脸红，元丹丘与岑勋也翻寻身上，所携银两均不太多，三人才凑了三两多银子，尚不知是否够此前酒食费用。元丹丘劝道："太白兄，我二人银两均存在客寓，今日幸会，畅饮已足，来日方长，不如就此结账，到我们的客寓再谈？"

李白道："酒须酣饮，中途半端让人难受，我自有计较。"他转头对小二道："店门所系五花马，价值四百两银子以上，我情愿三百一十两卖掉，烦请店家帮忙处置，我自取三百两，另十两除付账外，均作为酬金相谢。"

元丹丘大惊，忙道："不可，断断不可！不可因我等饮食致君售卖爱马。"岑勋亦道："如此，我尽快回客寓取银，往返半个时辰即可。"

李白摆手道："一者，我请两位，不能反主为客；二者，我还有他事用银，无须多言。"

一盏茶的工夫，一个身着狐裘貂领的肥胖中年人进来，拱手道："哪位客官要转卖坐骑？"

李白道："是我要卖门口骏马，尊驾可是买家？"

中年人答道："我是此间主人，骏马卖与识货人，一事不烦二主。我刚才看过马匹，确乎神骏，两百多银子是值的，我即出三百两留下，尊驾意下如何？"

"还需加些。"岑勋回道。

店主人道："这样吧，此番酒食无须付账，算我请了，再送贵客美酒两坛，中人酬金也由我出，大概与贵客出价相孚，如此可否？"

李白道："如此倒也痛快，就这么定了，取纸笔来，写约即可转手。"

小二呈上纸笔，店家取来两包银子过秤，岑勋书约，银、马交割完毕，店家又送上精美小菜和两坛美酒，李白三人重又推杯换盏。元丹丘道："太白兄卖马，不知还有何事，请告知我二人，不然心中总觉不安。"

李白大笑道："丹丘生，你还是小气了，区区小事，何足挂心？"

李白给元、岑二人倒满酒，正色道："非兄自诩，我攻读诸子百家，文韬武略皆有所成，诗赋亦有些薄名，奈何命运多舛，一身才华却不为世所用。本处李都督已然向朝廷举荐我，然至今杳无音讯。"他自己满饮一杯，又道："今上尊崇道教，听闻已然征辟吴筠道长入京。吴道长是丹丘的师尊，我结识道长亦拜丹丘引荐。我因在本地安家生子，难以入京拜见道长。丹丘是山野闲逸，烦请丹丘入京，将吾意转达道长，这些银两可做路途花费之用。"

元丹丘忙道："我随意周游各地，东也行，西亦可，入京寻道长，沿途道观皆可就食，无须太白兄赠银。"

李白重重地拍了拍元丹丘的肩头说："好兄弟！但如此还是小气，哥哥给你银子，你就拿着。此程近两千里，多备些银两路途方便些，且到京后总要备些薄礼才好见道长，勿再推辞。"

两人好一番推让，最后各取一包银子。三人分别，李白返回南陵，元丹丘向西京而去，岑勋由兖州归家。

李白乘舟沿泗河回家，在南陵村南的泗河北岸下船，步行至家。明月见李白没有骑回骏马,问清事由后不禁气急,埋怨道:"前次到竹溪,你卖了狐裘换酒;今番到府城,你又卖了骏马饮酒。衣服差些无妨,你需随时外出,没有坐骑怎么成?酒是你的命吗?你想过孩子和我的生计吗?"

李白听闻明月谈及生计,猛然想起张叔明所言,在竹溪近处、汶水之南、石门山后有龟阴之田,相传是春秋时齐国侵鲁之地,鲁定公十年(前500)夏,齐鲁会于夹谷,齐景公因孔子(时摄鲁相)斥驳齐无礼之举而感愧,"于是齐侯乃归所侵鲁之郓、汶阳、龟阴之田以谢过"。此处田产连绵百亩,因系山阴贫瘠之地,早年为张氏以不到十贯钱一亩的价格购得,后引山水灌之,出产尚可。李白也曾问过张里正,知南陵村附近居民安土重迁,尤重田产,轻易不转售土地,转售卖价也多在每亩二十多贯钱。之前因李白银钱有限,又多用于交游宴饮,故未能置产。于是李白对明月说:"我售马所得除去元丹丘路费外,尚有百余两余银,家中还有数十两,我取二百两银子,托张叔明在南陵山后购些田地,以作长远之计,也是备急之策。"

明月听李白此说是正事,也觉宽慰,即将家中金银收拾齐整,恰有二百余两,均付与李白,让他到竹溪寻张叔明购置田产。李白到了竹溪,讲明购田之事,大家均觉惊奇。裴政道:"不料太白兄转性置产,此也是生计正事,叔明定要帮忙一二。"

张叔明道:"此处是我族叔田产,虽原价不到十贯一亩,但耕种多年已成熟地,且修建灌渠,恐族叔起价。"

孔巢父道:"贵族叔是远近皆知的富豪,田产何止数百亩,叔明定要将我等情谊细说,总能以亲故见惠。"

张叔明即领李白去凤凰岭见其族叔,行至泗水、龚丘边界,见一牌坊巍然耸立,上书"故谢城"。张叔明道:"相传此处方近即齐归龟阴之田,因处石门山阴和汶水之南,地形如龟,故名龟阴田。此处西北,即郓之地;东南,即汶阳之地。春秋时为鲁地,曾被齐侵,均以夫子之力而返鲁,故鲁在此筑城以旌孔子之功。惜乎谢城已久废,后人立牌坊以纪之。"

张叔明的族叔倒也爽快,对李白道:"此地每亩市价应为十五贯钱左右,久闻先生大名,且与叔明交好,我以每亩十贯原价转君一些也无妨。"张叔明又从中说合,终以二百两银子转石门山后的二十三亩地,以每亩不到十贯钱成交,双方勘界立契。因李白不善农事,张叔明又帮他将田产暂租给别人耕种八年,与租户讲定,每亩什中取四收租,按亩产两石定产,每亩交粟八斗或折钱百六十文,秋收后应送南陵村十八石又四斗粟米或折钱三千六百八十文。如此忙活了两日多,方办理完毕。李白回到南陵村,将地契租约交与明月,算来田产租与他人,收租仅够全家糊口,自种却又无力,幸喜尚属恒产,明月稍安心,李白也算了了一桩小小心愿。

经此一举,李白家中银钱消耗殆尽,今岁已过半,明年方能收租,李白又每日不离酒,陆续将李刺史所赠金杯、绢缎等细软售卖一空,除田地外几无余产,帮佣张刘氏也早已辞去。家中四口坐吃山空,至此李白方知生计重要,幸有刘医师接济方能如常。虽然明月并无言语,刘医师也照常礼遇李白,但明珠时而来探亲,往往讽刺李白功不成名不就,明珠的母亲也偶尔流露不满。李白受此闷气,常闷闷不乐,见明月接受明珠接济更加气恼,不复此前神采飞扬、意气风发之态。

第十五章

征 召

　　初夏的一天，李白从南陵酒楼饮酒后回到家中。明月见他闷闷不乐，就对他道："听明珠说何县令要升迁他处，你与县令有交情，何不到县城探望一番？既是故人之谊，也可散散心，解一下烦闷。"

　　明月所言正中李白下怀，他收拾几样土仪作为礼物，于第二日前去泗城。见到何县令后，李白方知他升迁为青州司马，辅助太守管理郡务，只等新令到任交接后即赴州城履职。何司马见到李白异常高兴，兼因不日离职，遂邀县丞、主簿、县尉、教谕诸佐官宴集。何司马与李白分宾主落座，诸官相陪，张志因与李白是亲属，也忝列末座。诸人安坐后，方见一个白发苍苍的老者，年六十许，头戴方巾，脚着革履，手持书卷，边吟边缓步而来。何司马介绍说此老为本县教谕，已然任职多年。

　　李白因近期郁郁不欢，何司马殷勤相劝，不觉多饮了几杯，微醺之下高谈阔论。教谕本来对李白以一介布衣却高踞上座不满，又听李白谈古论今，益加反感，在李白讲到战国时期合纵连横之事时，插话道："暴秦失德，虽得天下，亦旋即失之，此严刑峻法不能立国故也。汉能罢黜百家、独尊儒术，所以享国四百年。当其盛时，东并高丽，南括安南，西逾葱岭，北达蒙兀，此儒术之功也。我大唐以明经、进士为主开科取士，亦崇儒学，疆域广阔，太平盛世前所未有。李生所谈，其实谬误。"

李白摇首道："不然。秦以西北弱国，不用商君之术，不废世禄、行严法、奖军功、去井田、改郡县、编户籍，无以强国混一。至二世而亡，此用人之故，非法之不善也。"

王教谕有些气恼："可知商鞅变法，车裂待之；晁错削藩，腰斩何辞？变乱祖制者，往往死于非命，且摇动根基，动荡天下。立国之本，总在以《诗》《书》《礼》《乐》教化天下。须知，不学《诗》，无以言；不学《礼》，无以立；不知《易》，不足以为君子；不知《春秋》，何以知兴替得失！"

何司马道："王教谕有些偏执了，我朝尊崇道教，治大国若烹小鲜，与民休息亦理政之要也。"

李白接话道："我非抑儒，世事变迁不能执一，应因时、因事、因势而论。以水譬之，水无定体，随势赋形，无处不在亦无处不可在，以其变也，故能周流天下。故前秦积弱，当变法图强；汉有天下，民经战乱，又以休养生息为务。我朝富有天下，四海升平，既是平定四夷武功所致，亦有均田万民、轻徭薄赋之治。譬之以治水，则当疏浚、当堵塞、当改道，应察往来之势据地而定，不可执于或疏或堵，偏于一术。"

王教谕高声抗言："天不变，道亦不变，万事不离其宗，圣贤之言可垂之千秋。《诗》以达意，《书》以道事，《礼》以节人，《易》以神化，《乐》以发和，《春秋》以义。学《诗》，可使民去愚昧；知《书》，可使民知正道；修《礼》，可使人恭敬；研《易》，可使人明智；习《乐》，可使人朴厚；《春秋》，可比事而不乱。子曰：'《礼》之敬文也，《乐》之中和也，《诗》《书》之博也，《春秋》之微也，在天地之间者毕矣。'吾儒家五经，可以治天下、垂万古，此不变之理。"

李白叹道："《诗》《书》教化诚然可淳朴民风，然设若外敌来犯，或有乱臣贼子，能以《诗》《书》御之乎？"

王教谕驳道："孟子曰：'域民不以封疆之界，固国不以山溪之险，威天下不以兵革之利。得道者多助，失道者寡助。寡助之至，亲戚畔之；多助之至，天下顺之。以天下之所顺，攻亲戚之所畔，故君子有不战，战必胜矣。'总之，以德服人，仁者无敌，《诗》《书》《礼》《乐》行之，自然万邦来朝，何患之有？"

李白冷笑道："战阵之时，《诗》《书》道义恐当不得弓矢，此且不提。即便以理政而论，施政吏治何以清正严明？刑名断狱何以见微知著？农商百业何以利民兴国？战阵用兵何以奇正争胜？均应杂用百家诸术，非仅教化可也。"

王教谕满面通红，厉声道："这些均是细枝末节，总以《诗》《书》《礼》《乐》为宗！"

李白哂道："我不欲多言，有诗相赠。请取纸笔来。"伺候酒食的衙役呈上纸笔，李白写下《嘲鲁儒》：

鲁叟谈五经，白发死章句。
问以经济策，茫如坠烟雾。
足著远游履，首戴方山巾。
缓步从直道，未行先起尘。
秦家丞相府，不重褒衣人。
君非叔孙通，与我本殊伦。
时事且未达，归耕汶水滨。

王教谕看罢，气得浑身发抖，拂袖而去。何司马道："酒宴戏言，太白弟此诗刺人稍过，当罚一杯。"

张志也插言道："王教谕年事最高，太白弟过了，大家都不好看。"

经此之争，酒宴不欢而散。李白回到南陵不几日，明珠回家将此事告知明月，埋怨李白对王教谕不留情面，使得张志也难堪。明月埋怨李白，李白道："王教谕大言空论，着实迂腐，刺他几句又何妨？"两人因此争吵一番，互生闷气。李白各方不顺，每日逃于醉乡，明月劝阻不了，就少与李白说话。李白在家中无人说话，且为躲避岳母闲话和明珠暗讽，又常去竹溪与友相聚，每月在家仅数日而已。

从初夏至初秋，李白有三个月时间长住竹溪，虽酣饮吟啸时常忘却烦恼，但总觉心下不安，郁郁累累。这一日，李白从徂徕山回家，却见刘医师、张里正都在家中，全家喜气洋洋。李白奇道："岳丈大人、里正大叔都在此，所为何事？"

张里正掀髯大笑："喜事啊，喜事，真正是喜从天降！"刘医师捻须微笑不语。

李白又奇道："我已至此，还有何喜？"明月听到后从内室出来，笑道："郎君不知，昨日新任尤县令亲到，圣上已然下旨征召你进京面圣，你的夙愿将成，岂非大喜？"

李白听后半信半疑，道："都督是曾举荐过我，但六年并无音讯，恐是讹传。"

刘医师道："贤婿，你可沐手亲观敕旨。"明月又捧出一盘黄金，道："皇上还赐黄金百两做路途费用！"

李白草草洗过手脸，恭恭敬敬地从张里正手中接过出于中书、黄麻纸所制的敕旨展阅。

朕获承天序，治理万民，寤寐求贤，以资治道。今天下承平，宜收录遗才。山东李白者，虽布衣而才名久著，举于朕者非一人也，其才可知也。着李白速进京面奏，以孚朕望。沿途州县礼遇之，主者施行。

另附有沿途路引一份，注明由各驿站供应食宿马匹。

李白看罢仰首长笑，道："长风破浪会有时，我终于等到这一天！"明月也边笑边流泪道："郎君壮志得酬，不要忘了南陵村的亲人。" 刘医师道："幸喜你今日返回，我们正商议让小五去徂徕竹溪寻你呢。"

张里正道："我一见李先生，即觉他非凡品，终是贵人，我看人从未走过眼！我那里有新酿的酒，已然滤清，让小五取两坛来，即在这里扰个东道，我们不醉不休！"

刘医师安排小五去取酒，并杀了两只肥大的黄鸡，整治几样菜蔬，全家人及张里正欢声笑语，把酒言欢。席间谈起李白此次赴征不知多长时间，亦不知将授何职，明月又有些凄惶。

李白道："前次困窘，用卖马余银收购二十余亩地，收租仅够全家饱食。这次百金可换五百银，可再寻些收入家用，我也能安心。"

"家中诸事有我，贤婿无须挂虑，皇上赐金稍留些，总以路途花费为要。"

"不是这样说。我沿途有官驿供应，其实用钱不多。此去京城路途遥远，往返耗时，虽岳丈美意，然家事还应我来了，设有缓急再请岳丈援手。"

张里正一拍几案，道："有了。我村酒楼生意尚可，每月入账也十贯钱左右；东家张天是我族兄，想到任城县与我大侄子团聚，几番欲转酒楼，因无接手之人而作罢。此酒楼前后占地两亩余，三间两层，从山上伐木而构，连带家什用具，其费约二百两，张天兄喊价三百两，有我薄面，又卖与李官人，想来二百余两银子可成。再有百多两银子做底，储备食材酒浆，不到五百两银子，一个酒楼能妥妥开起来，兼且掌柜、小二都是现成的熟手，也没什么管头。这事可行否？"

李白抚掌大笑："我本酒徒，开间酒楼是我夙愿，每月十两银子，足够全家花销，吾此去无忧也！"

刘医师夫妇和明月听后也很赞成。李白见诸事顺遂，与家人和张里正推杯换盏，从中午一直饮至夕阳衔山，除明月外众人皆陶然大醉，张里正跳起军阵舞，李白亦高歌起舞，明月则鼓琴助兴。孩子们跑来跑去，时而跟随大人跳舞，时而牵着李白等人的衣襟嬉闹。全家一片欢乐，邻居们均来庆贺。

次日，经张里正做中，李白以黄金六十六两折三百三十两银子购得南陵酒楼，继续留用王掌柜和小二，只将店名改为"太白酒楼"，商定刘医师夫妇或明月每日去一两次，处理杂务并盘账，余事由王掌柜料理。李白处理了些琐事，重新宴请了张里正、岳丈和四邻，托请张里正等人诸事关照。第三日，李白去竹溪与五逸话别，畅饮一日，孔巢父、陶沔皆曾被举荐，见李白受征召亦动出仕之意。第四日，李白带着路引并携黄金十两作为应急之费，与明月、孩子、岳丈等人依依惜别，又去县城与尤县令辞别，再到州城拜会李都督，然后向西京进发，县令、都督各有馈赠不提。经沿途驿站供应，陆路骑马、水路乘舟，快马轻舟一路高兴而去。

一个多月后，天宝元年（742）仲秋后数日，李白一路风尘仆仆，终于到达长安城南。望着高达两丈的厚重城墙和巍峨雄壮的明德门箭楼，他百感交集，不禁想起了十二年前自己初入长安时的情形。

那一年李白刚满三十岁，听闻左相张说乃一代文宗，且礼贤下士，遂于暮春从鄂中安陆出发，取道南阳、商洛西入长安，拟向张相投献诗文，以图荐举。不意仲夏到长安后，丞相张说患病已不能上朝，皇帝也是每日派中使前去看望兼问询国事，并曾亲为张相开具药方疗疾。李白无奈，只好静等，经吴筠道长书信引见，借住于欲入道籍的皇帝胞妹玉真公主别居。时玉真公主游东都洛阳，别居闲置，且公主慕道修仙，并不理会俗务。别居在终南山北麓，无人打理，蓬草满园、蛛网结室、厨灶积灰、刀几生藓，李白独坐苦闷，遂整日漫游京城内外，醉酒后斗鸡走犬，银钱渐将耗尽，以至典卖裘衣等方得盘费。是年秋，张相病渐不起，李白又向张相次子、尚宁亲公主的卫尉卿张垍投诗求汲引，张垍置之不理。李白见此行无望，因从弟李昭任郐州长史，遂转游郐州后返回安陆。

前番李白年轻气盛，自负才华，乘兴而来，自以为博取功名易如反掌，岂料遍谒公卿，未获举荐，败兴而归；本次奉诏应征，名器已是囊中之物，料来定能一展抱负。

明德门宽阔高宏，五个城门各宽近两丈，正中三门关闭，车马行人遵左入右出之例，络绎不绝地从西门进入、东门外出，李白亦随人流缓步入城。

第十六章
长 安

天宝元年（742）仲秋后的某日午时，长安东市旁紫极宫，李白一袭布衣，风尘之色不能掩盖其翩然风姿。他观览完毕道观，正要外出，此时，一个须眉皆白、紫衣乌纱、年约八十的老者带着一名防阁（警卫），正好经过紫极宫门口，与李白对视一眼，李白微微一笑，颔首致意。老者行十余步后，又折返回来，径向李白走来，略一拱手道："先生一人闲步，能请老夫饮一杯乎？"

李白亦拱手答礼："小子正欲独酌，前辈雅兴，敢不欣然相从？"

老者边端详李白，边哈哈大笑道："吾观先生风采出尘，飘然似仙，眼眸如电，举动潇洒，果是达人，敢问姓氏行止？"

李白道："小子姓李名白字太白，蜀中人士，现居山东，今——"

不待李白说完，老者抓住李白的手喊道："青莲居士，果然出群拔萃，望之如仙人谪尘，不似我等俗人。听闻圣上征召，今日方得睹君之风采。老夫四明狂客，太白小弟可知？你是何时到京？"

李白听后，赶紧躬身行礼："却是贺监老前辈，您老诗书双绝,名满天下,我素所仰慕。我今日才到,方才闲游紫极宫访道。"

老者正是现任太子宾客、银青光禄大夫兼正授秘书监的三品大员贺知章,年已八十有三,性格狂放旷达,诙谐善谈,当时贤达皆倾慕之。贺监精于隶草,书法与草圣张旭齐名,被评价为"落笔精绝""如春林之绚彩";其边塞诗雄壮激昂,田园诗隐逸恬淡,情景交融,开一代文风。

贺监听李白说"您老"后,捋着花白长须佯装不悦道:"我老吗?你我兄弟,哪有前辈!听闻你吃酒后诗才敏捷,我还要与你比酒哩!今日已然退朝,小弟初至,我却要做个东道,我们且到附近万年酒楼畅饮,不醉不休!"

贺李二人神交已久,一见如故,携手同至万年酒楼,要一雅座,上数色精致菜肴,杯觥交错,对酒欢言,不觉饮罄两坛醇酒。席间李白以《蜀道难》呈与贺监,贺监阅后赞叹不已,道:"君自非人世间人,莫非太白星精下凡耶?"

李白听后亦觉高兴,又问了裴大将军消息。贺监告诉李白,大将军离开长安后始终未返还。两人谈及李白受征召一事,贺监道:"向圣上举荐太白弟的,非止李辅都督一人,尚有吴筠道长、玉真公主,圣上听得多了,才于改元后予以征召。按例,被征召之士应由吏部呈报中书省,择时觐见。如今李林甫右相兼吏部尚书,进贤总是不痛快,不然前两年太白弟即获征召了——唉,不说也罢!"贺监连连摇头,又说:"如此,我明日禀奏陛下,须早日让小弟觐见,不能再淹留了。"

二人饮至八九分醉,李白又要店家上酒,贺监止住道:"今日初会,暂饮至此。我有六七好友,均善饮酒。待你事了,我邀集诸君再畅饮。久闻老弟酒后诗才敏捷,如今可否一歌?"

李白忆起此前与元丹丘相别情形,乃吟《凤笙篇》一首:

仙人十五爱吹笙，学得昆丘彩凤鸣。
始闻炼气餐金液，复道朝天赴玉京。
玉京迢迢几千里，凤笙去去无穷已。
欲叹离声发绛唇，更嗟别调流纤指。
此时惜别讵堪闻，此地相看未忍分。
重吟真曲和清吹，却奏仙歌响绿云。
绿云紫气向函关，访道应寻缑氏山。
莫学吹笙王子晋，一遇浮丘断不还。

贺监听后大喜，鼓掌道："此非俗人能作，君真谪仙人也；有此才情，天下可任君行也！此酒此歌此人可称圆满，今日就以此诗终席吧。"

李白探囊取银，贺监佯怒道："你我初会，君远途初至，我忝为东道，自当我请。"贺监探手取金，摸索一番大笑道："呵呵，我二人须是走不得了，我今日却忘记携银了。"贺监即命随行防阁："取钱来！"

防阁急道："老爷出门时未让我带银钱，我今日换了衣服，也无银钱，这就回府取钱。"

贺监狂笑不止，直到笑出眼泪："妙啊，妙啊！没带银钱，却吃这等美酒佳肴！"他解下身上所系金龟："无妨，尚有此物可值十数两，抵此酒食有余。"

李白见状道："岂能以贺监金龟换酒？今次我敬请贺监，来日贺监再做东道。"掌柜也赶紧行礼："贵客无须如此，客官但走无妨，小店不敢留大人信物。"

贺监对掌柜瞪眼道："让你留下你就留下，吾有此物不为多，去之亦不为少，折今日酒食有余，他日亦可由庶仆持银赎回。"

贺监佯怒,掌柜不敢多言,唯唯而已,李白亦一笑了之。

贺监携李白到家中住下,安排李白汤沐更衣。次日一早,贺监到兴庆宫求见皇帝,不到午时即回来告诉李白,圣上听闻李白已到长安,定于明日巳时在兴庆宫召见李白。

次日一早,李白梳洗妥当,换上精洁衣饰,由贺监引领去觐见皇帝。兴庆宫原为皇帝做临淄王时与兄弟所居隆庆坊潜邸,今上登极后改建为离宫,后修建宫墙,与大明宫、太极宫相通,成为大内皇宫。从开元十六年(728)起,皇帝即从大明宫移居兴庆宫。

兴庆宫勤政务本楼殿厅,一个年约六十的老者,着赤黄龙纹袍,戴褐色折上巾,围九环玉带,面容清癯,不怒自威,即是当今天子了。他今日召见李白,由掌内侍省的大宦官高力士旁侍。高力士在今上就藩时即倾心侍奉,深获恩宠。今上即位后,高力士参与诛杀萧至忠、岑羲等人有功,授官银青光禄大夫,开元初年即任右监门卫将军,领内侍省事务,以太监位列三品将军。皇帝尝言:"力士上直,吾寝则安。"故高力士多留禁中,罕至外第。四方表奏皆先呈力士,然后奏御,事小者力士即决之。他在皇帝前却始终小心谨慎,恭敬忠心。因此,高力士为帝深宠,权倾中外。

辰时末,值殿太监来报,宣李白觐见。李白从殿门进入,神清气朗,风华照人,一袭白衣飘然若仙。李白正要山呼舞拜,皇帝心神为李白气度所夺,一时忘九五至尊之贵,茫然中走下御座,举手止住李白道:"卿乃布衣,而名闻天下,且为朕知,非素负高才道义何能至此!且免去舞拜。"

李白乃躬身行礼道:"圣上有命,不敢不从。"

皇帝归座后,温言问道:"朕登极以来,国富民安,四海升平，故改元称贺。然我大唐疆域宏广，各地风土不一，穷富有差，朕亦励精求治，先生可有富民强国良策？"并赐李白辇下侧坐。

高力士见皇帝优待礼遇李白，遂亲自为李白搬凳，并向李白颔首致意，一者投好于帝，二者示好于白。李白本不以高力士为意，又思皇帝垂问长治之策，对高力士取凳、颔首视若无睹，并未答礼致意。高力士多年来未受此冷遇，暗生怒气，退在一旁默然不语。

李白略一思索，拱手答道："圣上垂问，敢不竭诚尽力？臣今有长治三策，望陛下采纳。"

"快说来，朕当静听。"

"一者，丁亩两分。国朝均田之制，使耕者有其田，超迈历代，可垂为万世良法，此安民之本也。然乡有宽狭，狭乡地少者仅授宽乡一半之田，且各家男丁不一，情形各异，而以每丁为纳粟定租之准，亦以每丁为纳绢布定调之准，租税与田亩往往不符，男丁少、地亩多者租税反低，豪富之家土地千百倍于小民，而国家不能获粟绢之利。设核查地亩，区分等级，以田定租，使田多者多输，贫弱者得休息，男丁只为徭役之据，则国有财帛人力足用。

"二者，兴百工，宽贸易。今对百工设匠籍，无籍者难入，有籍者难脱，子弟世袭，固有世代相传、精益求精之利，然人之天性不一，在籍者不能佳其业、不在籍者难以入其行，无益于技艺翻新，且匠籍为杂户，视同部曲，低于良民，用其能而贱其人，实无益于技艺精进；又对商贸者列市籍，难入难出，且亦贱视之，匠商杂户俱不准应试出仕，干犯律法者亦从严加等治，商难大兴，则物不能畅通有无，民难获其物产之利，官难获流通之税。设除匠商杂户之籍，官用诸物亦平价购之，而视其物与平民用益相切远近，征什一至什伍之税，如日常所用以什一税之，奢靡之物视其值加之，则匠有其人、百工兴盛，商逐其利、物产流转，国家税赋亦源源不断。

"三者，广开贤路，重于考课及军功。圣朝开科举出仕之路，又有州郡牧守荐良举贤之途，诚善法良策，然仍拘于出身家世，且荐士无定规，时有贤良遗才在野者，或举者非人；虽有德、清、公、勤四善及各职考评之准，亦因考官各异或徇私而不能彻行。若除出身家世之限，纯以文学、策论、经略考士之才华，先经县初考，复经州郡优录，终以部考定员，视才除官，以品行、才干、政事定其奖罚升黜，则人得其才，官得其人，政得其治；再从县令起举荐遗才，以各县每年举一人，而州郡从属县荐士中择什一贡于朝廷，有司再从州郡贡士中考核择半举于陛下，终由陛下圣裁酌用，而严于察举，举得其才者奖之，举非其人者罚之。今天下道十五，州府三百二十八，县一千五百二十八，乡一万六千余，户八百五十万余，口约四千九百万，如是年录遗才七十有差，可起隐逸于乡野，国无遗才，人得其用。另今虽太平盛世，然北夷窥边、南蛮叛降相继，亦应居安思危，行强军精兵之策，重武举，设为常科，并试之以兵法谋略，从中选拔将佐；增储两京各卫及各折冲府常备之军，免军卒租庸调并酌给其家钱粮，常习演练岁考，优异者及军阵立功者超拔为校尉将佐。如是，国家文治武备并兴，吏治清明，外可御敌，内可安民，此为长治久安之道也。"

李白侃侃而谈，高力士在旁微微冷笑，皇帝边听边时而点头。李白谈完，皇帝对内侍道："宣李林甫觐见，朕要与右相商讨下李卿所奏之策。"

皇帝又问询李白沿途风土和近期诗文，李白恭敬作答，并呈上自己之前所作两千余言的《明堂赋》。赋中称颂圣朝文治武功，明堂宏壮高矗，结构辉煌，地理形胜，壮丽锦粲，庄严堂正，圣主夕惕若厉，飞聪驰明，治民人和时康，"此真所谓我大君登明堂之政化也"，作辞曰："四门启兮万国来，考休征兮进贤才。俨若皇居而作固，穷千祀兮悠哉！"

该赋实是堆砌辞藻，唯歌功颂德，皇帝略一观览，虽文采可观，但无新意，也就未放在心上，即对李白道："卿且退下，暂休数日，待朕与右相商议，再授卿官职。"

李白退出殿厅，站在石阶上举目观望，只见南面终南山郁郁苍苍，似锦绣屏障；东望骊山，连绵起伏，云气蒸腾；西望高原，五陵松柏苍翠，天高云淡。由远及近，长安郭城由宽阔的朱雀大街分为东西两区，郭城内南北十一条大街、东西十四条大街平直如画，界出齐整的一百零八坊，街道如棋盘，坊区如棋子，星罗棋布，又似一畦畦园圃，井然有序；城东南之芙蓉园树株繁茂、一派浓绿，曲江池澄明如镜、依稀可见。近处宫城内南北七街、东西五街，更加宽阔，宫城十二街中楼宇殿阁富丽堂皇、气势恢宏，园池亭台错落有致。李白胸襟大开，意气风发，大步走下石阶。

行至宫门，一个年近六十的紫袍高官正由庶仆们侍奉着下马。此人鹰鼻突目，三缕长须，昂首高步，意态骄人。他看见李白从宫内健步而出，并未停步礼让，问道："汝是何人，怎的面生？"

左右仆从喝道："宰相垂问，却不赶紧行礼作答？"

李白心知其为右相李林甫，素有奸佞之名且闭塞贤路，见其气势汹汹毫无礼数，遂平淡答道："沧海钓鳌客李白。"

李林甫冷笑道："汝临沧海钓巨鳌，以何为钩线？"

"吾将以风浪逸其情，以乾坤纵其志，以虹霓为丝线，以明月为钓钩。"

"那将以何为饵？"

"以天下无义丈夫、奸佞小人为饵！"

李林甫听后面色不善，拂袖而去。

兴庆宫勤政务本楼内，皇帝与李林甫、高力士谈及李白文才策论。皇帝道："李白文采斐然，兼策论得当，朕意暂授以中书舍人之职，观其才干再议擢升。"

高力士摇首道："在老奴看来，此李白面相穷苦，眼神外泄，徒然空谈大论，不宜委以重职。"

"右相如何看？"皇帝又问李林甫。

"以白之三策而论，一者以田亩论租赋，此变易祖宗法度，我朝均田之制即以丁授田、以丁论租，已行百余年，为盛世之基，骤然变动当扰乱天下，此策不可行也；二者脱免杂户匠籍，广开贸易，此亦动摇国本，农为百业之首、国家根本，不抑诸工及贸易，示以重农之意，恐人逞奇巧、逐末利，而不务生产，此策亦不可行也；唯有其三，开贤路、考官吏似可斟酌采之，然圣朝进贤进能、野无遗才，'四善''二十七最'考评则行之有效，此策实无新意；此太平盛世而建言增加武备，徒耗天下钱粮，实为扰民也。要之，白之献策大言无当，用之有害，其人亦无可用，莫如放还吧。"李林甫对李白不恭之举不满，遂将其指摘贬抑一番。

皇帝听后有些不悦，道："朕下旨征召，方才已面许授官，今若放还，恐失士人之望，非求贤之道。"

高力士揣摩圣意，出主意道："老奴却有一见。李白有些文名，何不置其于翰林院待诏？圣上精于音律，需新鲜辞章时可用其文采。"

唐代置中书舍人六名，对应六部，位列五品，任起草制诰、参议表章、裁决政务及侍从、宣旨、慰劳等事，且接纳上奏文表，兼管中书省事务，开元后期又以中书舍人权知贡举，主持科考，系文士之极任，朝廷之盛选，非他官可比。由中书舍人出任台省长官，乃至拜相者亦不鲜见。而翰林待诏，系以文学、经术、僧道、书画、琴棋、阴阳等各技艺听候君主召见，虽偶有起草诏命、参与机务者，但因不属三省六部，仅为皇帝侍从，有官无职，亦难以进身台省，有六品品级和俸禄（年俸米九十五石、银二十八两八钱）而不授职田，难以比拟中书舍人。

高力士进言授予李白闲官，既阻重用李白，又暗合圣意。皇帝听后道："也罢，且授李白翰林待诏，视其才干再定进退。"

第十七章

宫苑内外

李白在贺监家暂住候旨。贺监虽年高，仍每日进宫备询，不能常伴李白，恐李白烦闷，对李白道："我有小友崔成辅，字宗之，系前相崔日用之子，出身博陵崔氏第三房，虽年轻却放逸潇洒，亦吾酒友，现任尚书省五品左司郎中。其人风姿翩然，玉树临风，你若闲坐无聊，可由小厮带你到崔宅一晤。"

李白听后大笑道："贺监却不知崔宗之亦是我友！我去东鲁前，听闻邓州南阳县有菊潭，水边丛生芳菊，为流水浸润，潭水甘香，饮之令人轻身长寿。恰遇宗之，遂游独山、泛菊潭多日，常饮菊潭之水，未觉效用而返。彼时宗之年方弱冠，刚袭封齐国公，尚无实职，才七年多即已位至郎中，主管一司，虽有世家望族之力，亦是宗之质美才高所致。我以为其已归河北故里，既在长安，不可不见。"

翌日午后，贺监家小厮引领李白到兴化坊崔宅造访。崔宗之正在家中，听闻山东李白来访，不及更衣着冠履，便服亲迎，把臂引李白到花厅品茗交谈。

花厅设在小花园，内遍植草木，时已深秋，多数枯黄凋零，唯松竹仍青翠可喜，深红、金黄、雪白数本菊花正傲然绽放，凉风吹过，草木枝叶飒飒作响。崔宗之身长八尺，较李白要高出一头，且白皙俊朗，谈吐风雅。两人先叙旧日交游和别后情形，渐谈起东方朔诙谐于朝廷间数事，如：建章宫后阁重栎中出如麇之物，众不能识，汉武帝问之于东方朔，东方朔先后索帝赐酒食及公田鱼池，然后方告帝此物为远方归降之表征驺牙，二人抵掌大笑。崔宗之道："李兄青眼东方氏之佯狂避世，讽喻人主。吾则最喜齐之淳于髡，其既能用三年不飞不鸣之鸟说威王；又以仰天大笑增益齐馈赵之金玉车马，而借赵兵拒楚；复以酒极则乱、乐极生悲罢齐王长夜之宴；使楚献鹄，失鹄却携空笼见楚王，而以饮鹄致飞为仁、买而代之为不信、欲自罪恐陷王于不义之辞，说服楚王取信义而重来使。淳于髡者，亦千古奇人也。"

李白道："如东方朔、淳于髡者，实负才具而以滑稽为表，说道义于人主，虽可叹也，亦不足为大奇。而童子聪慧之语，往往令人思之失笑。孔文举年方十岁，在宾客间应对得体有据，人皆奇之。太中大夫陈韪否之曰'小时了了，大未必佳'，而文举遽以'想君小时，必当了了'讽之，其聪敏如此！"

崔宗之听后笑作一团，边笑边说："此孔融十岁之语。《世说新语》还载九岁杨氏子故事：太子舍人孔君平诣杨家，其父外出而杨氏子为具杨梅等果品，孔君平指杨梅曰'此是你家之果实'，杨氏子应声答道'未闻孔雀乃君家禽鸟'。"

李白亦大笑不止，二人笑倒在地。宗之道："我们不要再谈诙谐故事，不然笑得腹痛。"

二人又谈起古之游侠，均首推鲁之朱家为千古一人，慕其赈人困苦、趋人之急、家无余财、衣不设彩，暗脱季布将军之厄而终身不见的慨然风采。崔宗之道："季布为楚将，数窘汉高祖，霸王败灭后高祖以千金赏捕季布，匿者罪及三族。然朱家不惟知季布而匿之，且善待之，并潜说于汝阴侯滕公，暗脱季布之罪，当季布富贵后朱家终身不复相见，其施恩不予人知、救厄不图后报，此真侠客也！"

由此渐言及草莽英豪，李白道："吾推想陈胜者起于佣耕，出于戍卒，当其辍耕垄上，发'苟富贵，无相忘'之语时，谁能信之？而一旦奋发而起，斩木为兵，揭竿为旗，号令万众，数月之间，立国张楚，虽不幸殒命于御者之手，然所遣王侯将相竟至亡秦。项籍之起江东，亦矫称陈王之令而渡江。王侯将相宁有种乎？燕雀安知鸿鹄之志哉！"

崔宗之道："初，项羽见始皇帝渡浙江，对其叔父项梁言彼可取而代也，其志向气度亦可见也。秦失其政，陈涉首难，豪杰群起，相与并争者不可胜数。而项羽起陇亩之中，三年即率五方诸侯灭秦，分裂天下，封王爵侯，政由羽出，号为霸王，位虽不终，近古以来未尝有也。惜乎有背约之名，杀义帝之负，而鸿门之宴项庄舞剑，未能一击，纵沛公走脱，卒败于汉，自刎乌江，诚千古慨叹也。"

李白摇首道："鸿门宴纵脱汉高祖，乃偶然之事，非王霸成败之根本。以吾见之，项王神勇盖世，可当千军，然不能任贤用将，特匹夫之勇耳；项王待人恭敬慈爱，或有疾病则涕泣分食饮，此所谓妇人之仁也。然人有功当封爵者，却宝爵位而不忍与之，于人之功无所记，于人之罪无所忘，战胜而不得其赏，拔城而不得其封，积财而不能赏。天下叛之，贤才怨之，王有一范增而不能用，是以陈平之徒皆亡归高祖。故天下归于汉，非偶然也。"

崔宗之辩道："秦失其鹿，豪杰竞逐，终成楚汉争霸之势。假令项羽既拒项伯之邪说，斩沛公于鸿门，都咸阳以号令诸侯，则天下无敌矣。而羽自谓霸王之业已定，都彭城，恐锦衣夜行而还故乡，此盖世俗小儿女之情，终不能成大业也。"

李白道："不然。此盈彼亏，大势可知也。高祖刘邦出身农家，以柔待民，济以宽仁，使人攻城略地，所降者均予之以将帅，与天下同利，善用张良、萧何、韩信诸人，成大业可知也。入关中封固宫室，约法三章，杀人者死，盗及伤人者抵罪而已，去秦严刑苛法，得民拥戴。而项王坑杀秦降卒二十万余，入咸阳、杀子婴、掠财宝、焚宫室，徒以杀人烧掠立威，而不能惠及将士人民，其失天下亦可知也。"

"此言有理。即高祖亦自言：'夫运筹帷幄之中，决胜千里之外，吾不如子房；镇国家，抚百姓，给馈饷，不绝粮道，吾不如萧何；连百万之众，战必胜，攻必取，吾不如韩信。三者皆人杰，吾能用之，此吾所以取天下者也。项羽有一范增而不能用，此所以为我禽也。'汉高祖善于知人用人，亦其战胜之道也。"

二人谈得高兴，不觉红日西沉，仆佣在花厅内排上酒食，宗之又急邀住处邻近的两位朋友周南、史钦陪饮。酒至大醉之际，宗之取琴弹奏古曲《酒狂》，相传为晋名士阮籍所作，狂放中寓沉郁之气。阮籍的旷放风采向为李白推崇，琴声转至跌宕激越之处，李白抽剑起舞，高歌阮步兵《咏怀》其三十八：

……
弯弓挂扶桑，长剑倚天外。
泰山成砥砺，黄河为裳带。
视彼庄周子，荣枯何足赖。
……

琴声跌宕起伏，剑光纵横回旋，秋风吹动，木叶飘飞，众人饮至夜色阑珊，均陶然大醉。宗之送李白时道："吾家在嵩山之南置有别业，松竹森森，兰桂绚烂，何时与兄畅游嵩山，抵足长谈？"李白笑而应之。

李白在贺府候旨，唯日与贺监饮酒，间与崔宗之等聚饮。时吴筠道长待诏翰林院，李白还数次到翰林院探访吴道长。吴道长告诉李白，元丹丘去岁初夏天时到京，经玉真公主举荐，被任命为长安大昭成观威仪，总管该道观，有上坐辅佐，元丹丘不耐烦，将观务委于上坐，自去华山隐居。元道长已向圣上推举李白，这次征召应是多人推举所致。

李白进京将及一月时，朝廷下旨任其为翰林待诏，秩同六品。贺监稍知李林甫、高力士沮重用李白之事，今见其果然，不禁摇首叹息。李白也觉中途半端，仍希冀于所进策言为帝所用，且喜翰林院中有故旧吴道长可清谈，也暂安心待诏。贺监代李白在尚书省东与东市相近的崇仁坊租一小院安住，方便进宫。李白虽蒙皇帝召见数次，但总是为帝新谱乐曲填词或应景献诗，奉诏先后作《宫中行乐词》《侍从宜春苑奉诏赋龙池柳色初青听新莺百啭歌》《鼓吹入朝曲》《阳春歌》等，皇帝亦有宫锦袍、白玉鞭等赏赐,并曾赐天龙厩御马由李白骑行,唯不见垂询政事,颇觉不足。

时间不觉到了天宝二年(743)暮春,兴庆宫龙池东北沉香亭前,木芍药(牡丹)花开。是时,皇帝最重杨妃,即十八子寿王李瑁原王妃杨玉环。杨妃天生丽质,姿容绰约,肌态丰艳,妩媚可人,晓音律,性警颖,善承迎人意。开元二十五年(737),皇帝宠爱的武惠妃去世,皇帝因此郁郁寡欢,后宫无可意者,有人进言杨妃"姿质天挺,宜充掖廷",皇帝遂将杨氏召入后宫,对其一见钟情。皇帝召见杨妃时,令乐工奏《霓裳羽衣曲》,赐杨氏以金钗钿合,并亲自插在杨氏鬓发上,对宫人道:"朕得杨妃,如得至宝也。"开元二十八年(740)十月,敕书杨氏出家为女道士,道号"太真",从此在宫中以修行为名,伴宿君王,集三千宠爱于一身。虽未册立名号,然帝已面许贵妃(仅次于后)之号,许领后宫,自皇帝至太监宫女,无不以贵妃目之。时无皇后,杨妃实有皇后之势。

杨妃最喜牡丹,以其富丽堂皇可与己比肩。沉香亭前,数百株牡丹开出四样正色、四样异色,正色者鲜红似火、深紫似晶、浅红似玉、透白似雪,异色者粉红如朝霞之灿者名之曰"晨纯赤",浓绿如正午之荫者名之曰"午浓绿",深黄如夕阳者名之曰"夕黄",粉白如月下者名之曰"夜白",花瓣富丽堂皇,各色错落,一派富贵喜庆景象。杨妃心情大好,央天子召乐工奏乐,赏花饮酒。皇帝道:"对美人,赏名花,新花安用旧曲?"遂命梨园乐工长李龟年谱清平调新曲,又命内侍召李白填写新词。

李白到得沉香亭前拜见皇帝,皇帝道:"朕今日同爱妃赏名花,不可无新词,所以召卿,可作清平调词数章。"

李白未及饮酒才思不畅,且此等内宫宴乐亦非己所喜,皇帝有命，就应付写了三首《清平调词》。

其一

云想衣裳花想容，春风拂槛露华浓。
若非群玉山头见，会向瑶台月下逢。

其二

一枝红艳露凝香，云雨巫山枉断肠。
借问汉宫谁得似，可怜飞燕倚新妆。

其三

名花倾国两相欢，长得君王带笑看。
解释春风无限恨，沉香亭北倚阑干。

皇帝观览新词，大喜，即命李龟年依曲吹觱篥，梨园众子弟齐奏丝竹管弦，帝自吹玉笛和之，杨妃亲歌此三章新词，歌声悠扬婉转。歌毕，杨妃称谢皇帝。皇帝道："李翰林填词摹写传神，可赐美酒。"杨妃命宫女持琉璃杯，亲酌西域所贡葡萄美酒，赐李白饮之。

此后宫中有内宴，李白每每被召，杨妃亦推重李白。一日，杨妃重吟李白前所作三首《清平调词》，恰被高力士听见。力士见四下无人，乘机挑拨道："老奴初意娘娘闻李白此诗，当生怨怼，为何反珍视之？"

杨妃不解，道："此三诗将我比作牡丹名花、瑶台仙子，且名妃赵飞燕亦须妆饰后方可与我比拟，有何可怨？"

高力士道："娘娘有所不知，此诗实暗藏讥讽诅咒。'可怜飞燕倚新妆'，赵飞燕乃汉成帝之后，体态纤瘦轻盈，而娘娘丰腴，此暗讽也。后飞燕匿外人燕赤凤于宫中，成帝入其宫，闻壁衣内咳嗽声，搜得赤凤杀之；帝欲废赵后，赖其妹合德力救，遂终身不入正宫。今李白以飞燕比娘娘，亦暗含诅咒，望娘娘细思之。"

高力士之言正刺中杨妃心事。杨妃高如常人而重一百三十余斤，丰腴超于常人，虽帝以丰为美，时人亦如此，而杨妃常暗怨体肥多肉。赵飞燕系与燕赤凤相通，匿于复壁之中，为成帝发觉后冷遇之；杨妃亦以胡人边帅安禄山为养子，说皇帝在朱雀大街东崇仁坊为安禄山建宅院，居近宫室，许其随时出入宫禁，事涉暧昧。杨妃听高力士所言，信李白诗中暗含讽刺之语，心下衔恨，只不好明言，每于皇帝前说李白轻狂任酒，殊非人臣之礼。皇帝因杨妃不喜李白，此后很少召见，渐渐对其冷落。

李白渐知被高力士、李林甫中伤，令杨妃生怨、皇帝疏远，自己辅君王、理政务的愿望难以实现，仅偶以诗词见召，心中忧闷。除在翰林院值朝结识文学待诏贾至，时相往来，并与吴筠道长谈玄论道外，余皆闲暇无事。经崔宗之引见，李白与裴隐侍御、新晋进士张谓补阙、独孤判官及吏部员外郎裴周南、史钦等官员结交；又经贺监介绍，结识日本国原遣唐使、现任秘书晁衡，著作郎韦子春，校书郎卢象。裴隐激赏李白之才，张谓、卢象则诗作雅正可观，史钦与瑕丘王安远少府相识，另有崔诤侍御是李白老友，李白与以上诸人时或相谈聚饮，虽不寂寞，奈何裴侍御诸人皆不善饮酒，总不能尽兴。

一日，李白去翰林院取阅道教典籍，见到吴筠道长，乃询其既已被下旨征辟，何以到京后仅授待诏之职。

吴道长微笑道："大道至简，圣上初意我有玄妙道法，觐见后即问我道法之要。我对奏曰：'道法之要，首在《老子》

五千言，其精妙俱存矣，其他皆旁支，不足为典。'帝复问我神仙修炼之术，我又对奏曰：'此为野人之事，且当以岁月累积功德修行求之，非人主所宜注意。'圣上以我无高深道法，遂置于翰林院待诏。"

李白道："道长其实道术精深，修炼有成，何不向圣上陈说，而自令见轻耶？"

吴道长道："修道之人不具经济之才，其实无益于政事，本就不应位列朝廷。因圣上征辟，不得固辞。我来此一遭，三两年内还要请辞还山。至于修道望仙，须摒弃俗务，静息返真，而人主身系天下万民，须励精求治，神仙之道殊非帝王所宜，故我仅以名教事理说帝，不欲导之以虚无之道。"

李白又请教自己服丹未获进阶一事，吴道长说："道者一，天得一自然清，地得一自然宁，长而久也；人亦秉一气而生，具宇宙之象，奈何俗人有神而不能守之，得气而不能采之，具精而不能返之，而自泻损，何以入道成仙？人得一气而不能与天地齐寿，多为动心摇神、嗜欲过重所致，修道者首须泰然忘情，任其自然，以至静为宗，精思为用，斋戒为务，慈惠为先，然后吐纳以炼藏，导引以和体，则气液通畅，形神合一，气全则神全，神全则道全，气灵则形超，形超则性彻，性彻则返覆流通，与道为一。可使有为无，可使虚为实，吾将与造物者为俦，岂死生所能累乎？不必金丹玉芝亦俟全真升仙矣。若汲汲于炉火，孜孜于草木，以药饵为事、杂术为利，可谓舍本逐末，知养形不知宝神也。要之，总以摄生为务，虚凝淡泊怡其性，吐故纳新和其神，良药仅为匡补之用，循序渐进，月积年累，视根骨积十余年乃至数十年之功，而后达表里兼济、形神俱超，即可挥翼于丹霄之上。"

李白听后，自觉怀抱济世之才未获施展，尚不能专于静息修道，遂暂将修道念头按下。闲暇无事，他先游了城中的乐游原，站在乐游原上看到城南的樊川曲折流淌、逶迤如带，又出城到樊川观赏园池，游终南山时遇斛斯山人，置酒留宿，复至城东的霸桥吊古怀今，再登城西骊山游玩。

在城外游玩一遍后，闲时即在内城各坊游览佛寺、道观、街坊。春末一日，李白到玄都观赏千株桃花，见桃花渐次凋零，不禁想起南陵山坡的灿烂桃花和明月、孩子，黯然神伤，遂到对面大慈恩寺寻高僧说法。到了晋昌坊内的大慈恩寺，见大雁塔高三十丈许，高耸入云，塔下自中宗神龙年间进士张莒后，进士题名累累，独自己未能科举题名，意兴阑珊，也未再寻僧问法。虽大慈恩寺中有杂耍艺人表演诸般戏法杂技，亦无心观赏，怏怏而归。

贺监、崔宗之见李白心情抑郁，又先后引见李白与左相李适之、汝阳王李琎、户部侍郎苏晋、金吾长史张旭、布衣焦遂相交，八人意气相投，均善于饮酒，每三五日或齐聚或分头，纵饮于长安街头，醉后往往吟啸呼喊，旁若无人，时人呼之为"饮中八仙"。

饮中八仙之首，即太子宾客、银青光禄大夫兼正授秘书监贺知章，吴中越州人，时年已八十有四，最长。八仙之二，汝阳王李琎乃今上之侄，年三十许，能饮酒三斗不醉，自称"酿部尚书"，姿容俊逸明莹，号为宗室第一美男，雅好音乐，善击羯鼓。今上精通音律，好谱鼓曲，李琎击鼓尽传其神，深得皇帝喜爱。八仙之三，左相李适之，今上之弟，年近五十，天宝元年（742）方从刑部尚书拜为左相兼领兵部尚书，封开国公，性豪爽耿介，不务琐细，饮酒一斗不醉，尚可为文作诗，因官居从一品，俸禄丰厚，轻钱财而好为东道，动辄出数十两银子为酒食之费。八仙之四即崔宗之，年二十七，最少。八仙之五，户部侍郎苏晋，年六十许，喜浮屠之说，平素能持斋向佛，唯见不得酒，每大醉违戒，自解之曰"半居士"，不吃酒时自诩为"佛弟子"，醉时则暂做俗人。八仙之六，李白是也，时年四十有二。八仙之七，金吾长史张旭，年与苏侍郎相近，与贺知章、张若虚、包融并称"吴中四士"，为人洒脱不羁，豁达狂放，乃草书大师，时人称之为"草圣"。其醉后往往呼号狂走，索笔狂草，笔不及时、不如意时辄以衣角蘸墨书之，或以头濡墨以发代笔。其书法落笔千钧，狂而有致，气势奔放纵逸，有如神来。八仙之末，布衣焦遂，年四十许，在东市开有四海酒楼，善饮健谈，通晓江湖之事，且擅占物卜事之术，广交三教九流。贺监等人因常去其酒楼聚饮，如有迟疑之事，随心指一物由焦遂占之，往往切中有效，久之结为酒友。

第十八章

朝堂上下

　　李白待诏翰林院，每三五日即与贺监、宗之等七友酣饮畅谈，不觉将近半年。仲夏一日，其他诸友各自有事，李白与张旭结伴游览东西两市。两市各有商肆二百余家。二人先去东市，东市除售卖各种古玩字画、金银珠宝外，多为粮店、肉铺、绢布店、纸笔店、铁器店、陶瓷店、乐器店、书肆、毕罗店、酒肆、饭馆等，人来人往，市声鼎沸，叫卖声、谈价声不绝于耳，两人各自购些纸笔，又转去西市。

西市兴盛尤甚于东市，且多高鼻深目的西域胡商，所售卖物品除大体同东市外，更有各种珍宝器玩、绢缎绸绒、香料药物，人流如织，以至于摩肩接踵，亦多衣着鲜亮的贵客富豪。商肆中陈列玛瑙、玳瑁、蜜蜡、珍珠等珍宝，琳琅满目，让人目不暇接。胡商所售杯盘壶瓶至有镶嵌宝石金玉者，且有胡商弹奏乐器，身着艳丽胡服的胡姬跳胡旋舞，回旋抖动，拍手踢脚，彩衣飘飘，招徕客人。尤其香药街，天竺之乳香，伽毗之郁金香，大食之龙脑香，奚人之麝香，交趾之沉香，波斯之没药、安息香，东海之丁香，昆仑之苏合香，罗列于店肆，诸香混杂，气息馥郁，馨香扑鼻，沁人心脾，以至于衣襟染香。

在西市十字街平准署南广场上，有两处在表演杂耍：一为汉人杂技，年约四十的汉子手擎七丈长竿，有十余岁女童捷如猿猴攀爬而上，立在竿顶，先后做金鸡独立、童子拜佛、倒立、回旋状，观者均提心吊胆，李白与张旭均屏息静观，不禁出汗。另一处胡人杂耍，每两人披皮毛各扮作一兽，翻滚跳跃，厮扑啃咬，宛若狮虎相搏。围观者拥挤异常，李白遂退出人群。却见平准署前，十余人围观一赤嘴鸟，鸟向人点头低鸣，似求乞之状，有人向地上抛掷一文铜钱，赤嘴鸟即衔回平准署，稍顷，又飞回求乞如故，众人大笑。知者解说道，此鸟为市丞所养，以此能日衔数百钱归署，时人称为"市丞鸟"。

午时，李白邀张旭在西市胡姬酒楼吃酒，因张旭午后有事，二人微醺即止。李白遂招手让店家结账，探手从衣袖中取金，袖中却空空如也，不禁着急出汗，酒也醒了几分。张旭指着李白衣袖的割口大笑："你被剪绺了，如非遇我，吃完酒却不得脱身！还说请我饮酒！"

张旭付完账，拤着李白的手臂，边向外走边道："小弟无须烦恼，京城长安、万年两县均有贼总目，别人不知，却瞒不了我金吾长史。你被窃之物总落在长安县身上，分毫少不了。"

李白奇道："贼总目，是何官职？"

张旭大笑道："哈哈，此非官，而是贼。京城人口百万，汉夷、三教九流杂处，虽有御史台、左右金吾卫、京兆府、武候铺等巡查缉拿，剪绺失窃仍不能免。故万年、长安两县均有一名查访到的积年窃首，不治其罪而令其具保，设有皇亲贵戚、官员外使被窃，或被盗情重财多，不能破案的，均着落于贼总目身上，限时由他起赃。贼总目熟悉贼情，多数均能寻获；即有不能起赃者，也由贼总目包赔。至于一般小偷小摸，则不在此列。你被窃之物，三天内包管退还。"

张旭引李白到长安县衙，县令与张旭、李白见礼后道："些许小事，却烦劳两位亲临，让人知会一声即可，明日即命差役将失物或折银奉至府上。"

第二天不到午时，长安县差役即将李白所失数两黄金送还，李白方知盗亦有首，官则追赃有术，失而复得以为意外所获，且与诸友多日未齐聚，即飞帖遍邀诸友，到东南隅曲江池畔聚饮。

曲江池因水流曲折得名，秦在此建离宫宜春院，汉为皇家宜春苑，隋始称芙蓉园，今上复曲江池之称。自城外引水经黄渠南来注入曲江，池广近两千亩，且在池西南岸芙蓉园增建楼阁，辟为禁苑，从兴庆宫修夹城至芙蓉园，可随时游览。曲江池西有杏园一处，万株杏树花开时如雪海银浪，亦一时胜景。与杏园相邻者即为大慈恩寺，其中殿阁林立，高塔耸峙。该地除芙蓉园禁人出入外，余者均为游览胜地，游人仕女不绝，尤以每年三月三日上巳节、九月九日重阳节为胜，野炊者几至岸边，帐帷遍布。

酉初太阳开始西斜时，曲江池北岸芙蕖酒家二楼一间宽广的雅室内，李白及贺知章等八友齐聚，开窗面水，畅饮笑谈。窗外曲江池烟波浩渺、碧波荡漾，水面上片片莲叶亭亭如盖，红白两色荷花点缀其间；近岸芦苇荻草丛生，郁郁葱葱；两岸杨柳枝条青翠，依依拂水，时有鸟雀回旋飞落，啼鸣婉转。

店小二正好送来刚采摘的杏桃等时鲜果品，崔宗之取黄杏品尝道："曲江杏园亦文人雅聚之地。每年举人赴京应试，常科春闱考毕中试的进士们，均在曲江设宴相庆，推同榜少年二人在杏园探采杏花，称'探花使'，簪花饮酒，称'探花宴'，然后齐聚大慈恩寺大雁塔下题名，以显荣耀，亦一时盛事也。"

李白笑道："我等风流人物齐聚曲江，亦不让于杏园雅聚，可尽兴饮酒。"诸人饮至半酣，张旭谈起李白游东西两市被窃之事。贺监听后哈哈大笑，道："不意小李在东西市上丢了'东西'。"

李白奇道："何谓'东西'？"众人听后哈哈大笑。

焦遂接道："你有所不知，因东西两市售卖百色物件，长安人嘴滑了，不论买什么，均以买'东西'代称，久之，便以'东西'代指各类物品，不复思南北也！"

崔宗之道："言及'东西'，焦兄亦奇人也，无论取持什么'东西'，均能卜物预事，此何理也？"

焦遂道："卜术法天地之道，象四时之理，问者若心中有惑，随心举物，触发玄机，卜者须精通易数，以阴阳五行推解之，庶几可近于事理。如刻意为之，则失机矣，不能中之。故虽随心指一物，其实心神动之，易理存之，事机关之，故可解惑。"

张旭喊道："我却拿酒杯让你老焦说一下我欲问何事。"

焦遂笑道："方才说完卜蓍，不可执意为之，张兄即违，此非卜，而是戏，不可为也。"

贺监瞪了张旭一眼道："伯高不要捣乱，我们且吃酒，同饮一杯，小张须罚三杯。"

张旭听贺监要罚酒，急道："贺监处置不当啊，我等酒量宏大的是汝阳王和左相，您却罚不善饮的我多饮！听闻左相曾豪饮三斗后面圣，醉在圣上面前动弹不得，圣上命侍从扶掖方得行走，可有此事？"

李适之微笑道："确有此事，当时我只是眼花腿软，不能行走，面圣失仪，头脑尚明白，对圣上说'臣以三斗壮胆不觉至此'，圣上也一笑了之，宽宏可感。论酒量，当推我贤侄为首，我饮三斗即动弹不得，李琎三斗俨然无事，我不能及也。琎之酒量、姿容均称宗室之首，音律亦仅次于圣上，实为宗室中佼佼者。"

贺监笑道："闻汝阳封王后，路逢曲料之车，闻酒香不觉流涎，即对人言欲移封酒泉以尽情饮酒。惜乎，酒泉却不涌酒啊！"

汝阳王李琎将满杯酒一饮而尽，徐徐道："酒泉出者确乎是水，然酿酒醇美，是以吾恨不能移封酒泉也，不然何以做酿部尚书？"

焦遂道："酒后趣事，饮者谁能无之？去年夏天我等豪饮，贺监醉后骑马不稳，摇落水池中仍乘醉酣睡，呼之不起，此事我等却学不来。"

众皆大笑，渐次谈及近时朝政。李适之道："今年正月，新任平卢节度使安禄山入朝贺岁，对圣上奏言：去秋营州蝗虫食禾苗，臣焚香祝天云'臣若操心不正，事君不忠，愿使虫食臣心；若不负神祇，愿使虫散'。祷毕，即有群鸟从北来，食虫立尽，请宣付史官。其巧言若此，圣上以其忠憨宠待甚厚，谒见无时。我与贺监虽进言安禄山之言不可尽信，然右相却说忠诚格天者往往应之，圣上听其言竟命史官记之。"

贺监摇首道："今右相李林甫堵塞言路，我等虽有进言，往往为右相所沮，不为帝用。八十老人已不宜恋栈，我虽请辞数次，奈何圣上不允。今吾意已决，将择时固辞。"

左相李适之叹道："休说你等，我亦被李林甫局骗中伤，渐失帝心，亦有挂冠之意。"

李白想起李林甫的骄人意态及沮己受职中书舍人，接道："愿闻其详。"

李适之道："我拜相后，李林甫即告知我华山下有金矿，采之足以富国，惜乎圣上不知，左相为宗室，可对圣上言之。我即在一日面圣时奏知圣上。岂料圣上再问李林甫，这小人却说自己早已知华山下有金矿，因乙酉年圣诞，利在西方，五行属金，华山为西岳亦属金，乃是圣上本命山，王脉所在，不宜开凿，故未敢提及；李林甫且奏请对进言于华山采金者，以大不敬之罪予以罢黜、下狱。圣上虽未治罪，但以李林甫忠心，责我虑事不周，谕我奏事先与李林甫商议，勿得轻率。现我渐被疏远，言不为用，不敢轻言还不能不言，进退失据，不如归去啊！"

贺监接道："李林甫善揣上意，每有奏请，必先馈请圣上随侍中官，至御厨宫女亦厚待之，伺察微旨，逢迎圣意，圣上动静所欲其全得之，故深获圣心。且素有'肉腰刀'之名，妒贤嫉能，对下骄横，单独面圣时往往构陷他人，被内侍渐渐传出。他还惯以甘言蜜语刺人之私、诱人犯过，然后潜谮于帝，现朝中皆知其甘言如蜜、腹中怀剑，惜乎圣上受其蒙蔽，左相亦被其构陷。"

李白听后喟然长叹，贺监以拳擂案，李琎摇头不止，苏晋合掌道："诳语陷人者将坠苦海也"，焦遂取酒给诸位斟满，崔宗之满饮一杯后抬眼望天，沉默不语。张旭道："不说这些烦恼事，且满饮三杯！"

张旭满饮三杯，酒意上涌，大呼道："取笔墨来！"店家拿来笔墨纸砚，方进门即被张旭抢过来，将酒案上的杯盏推开，把宣纸铺上，持笔饱蘸浓墨在纸上狂草，时而力运千钧笔墨沉重，时而如狂风骤雨笔墨酣畅，时而如轻风流云潇洒纵横。众人辨认，写的是《古诗十九首》中的《东城高且长》：

东城高且长，逶迤自相属。
回风动地起，秋草萋已绿。
四时更变化，岁暮一何速。
晨风怀苦心，蟋蟀伤局促。
荡涤放情志，何为自结束。
燕赵多佳人，美者颜如玉。
被服罗裳衣，当户理清曲。
音响一何悲，弦急知柱促。
驰情整中带，沉吟聊踯躅。
思为双飞燕，衔泥巢君屋。

写罢，张旭大叫一声，掷笔在地，几至脱力，坐在案前喘气不已。李白细赏张旭书法，只见笔画刚柔相济，笔意连绵不断，运笔遒劲、豪放俊逸，行笔出神入化、仪态万千，通篇疏密错落有致，神采飘逸，勃勃生气呼之欲出。李白赞叹道："张兄法书纵横开阖，神采夺人，已然超越古人，'草圣'之称名副其实也！"

张旭哈哈大笑，道："写完此书方解些闷气。说起书法，贺监是大家，贺监的隶书远超于我。小篆大家李阳冰教我以风骨，后我在邺县观公孙大娘舞剑，得其洒脱气势，虽隶书仍然不及贺监，草书却能过得去。"

贺监赞道："小张勿要过谦。吴中有一美谈，言小张有近邻家贫，听闻小张在京做官，寄书向他求助。诸君知小张如何处置？他竟草草回书一封，附《清溪泛舟》五绝二十字'旅人倚征棹，薄暮起劳歌。笑揽清溪月，清辉不厌多'，并题款押印，嘱邻人但言此字为张旭所书，鬻与他人，可得百金。邻人将信将疑，到县城鬻售，不仅售得百金，连同回信亦得售五十金，邻人竟因此小康。小张，可有此事？"

张旭掀髯大笑道："此事不假，也是我不轻易与人写字之故，不然也是粮多贱价伤农，书多抑值伤我！"

李白接道："李公阳冰乃我同宗族叔，这样讲来伯高兄与我亦有渊源。"

经此一闹，众人开解胸怀，重列杯盏，不觉饮到红日西沉，除汝阳王李琎外七人皆大醉。忽听暮鼓声声，崔宗之道："暮鼓响而城门闭，我等虽在城内，暮鼓四百通后将关闭坊门，再六百通后将禁绝行人。虽汝阳王、左相、贺监、苏尚书位列三品以上，例允府宅向街开门，可不受宵禁所限；张旭兄位列金吾长史，亦无妨；但我三人品秩不到，半个时辰内将关闭坊门，不得其入，一个时辰后犯禁者将被金吾处罚。我等且散了吧，改日再聚。"

贺监道："今日诸友齐聚，我们饮得开怀些，宵禁的事无须过虑。若过时，你们随我回家安歇即可，想老夫还有些薄面。况且我还有正事问太白弟。"

李白已经醉得难以睁眼，闭目道："贺监何事，且明日再说。"

贺监道："先说一下吧。太白弟奇才磊落，我所素知，不知可识得番文？"

李白父亲曾在西域经商，归蜀后亦与番邦贸易，故李白自幼也学过番话，遂答道："我倒识得西域两国番话，不知贺监所言是哪一番邦？"

贺监道："却不是西域番邦，而是东北渤海郡番文。渤海粟末靺鞨原附于高句丽，我朝灭高句丽后，靺鞨首领大祚荣建震国，高丽、靺鞨之人渐归之，地方二千里，口十余万，兵数万员。开元元年（713）为示羁縻，朝廷封大祚荣为左骁卫员外大将军、渤海郡王，统辖忽汗州，加授忽汗州都督，归附我朝。后其子大武艺继位，私设年号，越占土地，铁利、拂涅、越喜、虞娄等东北诸夷皆服之，因其邻黑水靺鞨于开元十四年（726）归顺我朝，朝廷设黑水都督府，大武艺怀怨欲征讨黑水靺鞨，为其弟大门艺所阻。后大武艺东通倭国，结盟契丹，曾于开元二十年（732）叛犯我朝。经我朝乌承玼、盖福诸将抗击，新罗、黑水靺鞨、室韦亦发兵相助，大武艺见不能取胜，遣使赴天朝谢罪请和，圣上为息弭战乱下敕予以赦免。

"开元二十六年（738），大武艺病逝，其子大钦茂继位，十余年来平安无事，亦多次遣使朝拜贡献，我朝也有赏赐。听闻其现与契丹、高句丽残部勾结，渐有叛乱之意。前两日，渤海来使，意态扬扬，有不臣之意，且呈其王来书，虽杂有大唐文字，其余字体却类鸟兽之迹，中书省译语人皆不能识。鸿胪寺虽有一译语人识得渤海文字，然上月其父亡故，已丁忧回籍。现满朝无人辨识文书，既不能解其意，更无法回复之，大失天朝体面，圣上非常不悦，我等亦无法分忧。"

李白恰因父亲做皮毛贸易，与渤海部客商多有往来，识得渤海国文字兼能交谈，遂冷笑道："小小番邦亦思撼我大唐，惜乎满朝文武无人辩驳。吾虽不才，识此粗陋番书、驳此蕞而小邦尚不费力，倚马可待也！"

贺监大喜："此不仅是吾弟施展才华，亦非仅为圣上解忧，其实关乎我大唐体面及消弭祸乱，我明日即面圣禀奏，弟勿忽视。"

谈罢正事，众人俱带醉而归，时已宵禁，路遇金吾卫盘查，贺监以论答番书解之，李白、崔宗之、焦遂在贺监家客房住下，本欲彻夜长谈，不料三人酒意上涌，均酣然大睡。

第二日一早，贺监即面圣禀奏，午间未回。李白则与崔宗之、焦遂在东市酒楼饮酒至醉，仍归贺监家。午后，内侍到贺监家急召李白觐见，解读番书，见李白已然醉倒在榻，呼之不应。内侍无奈，只得以冷水将李白泼醒，但他仍神志不清，且行走不得。内侍遂与贺监家人将李白扶掖上马，带至宫城东北含元殿后宣政殿前，又扶掖李白下马，从宣政殿东上阁门，到紫宸殿觐见。

原来皇帝虽日常于兴庆宫接见大臣、商议政事，但当有重大国事或朔望朝参，仍然移于大明宫内进行。大明宫含元殿为外朝殿堂，一般在举行典礼等大朝会或外邦来使朝见时启用。宣政殿在含元殿正北，为皇帝常朝听政处，群臣朝见、朝会论政、科举殿试均在此殿。因今上多在宣政殿后之紫宸殿召见重臣、商议枢密机要，而入紫宸殿须经宣政殿东西阁门进入，故丞相、尚书等参与枢密者进入，俗称入阁。因本次事涉番邦重情，圣上特移驾紫宸殿，宣召左右相、三省六部长官并召见李白，共同议事。

进宫前贺监家人即止行。两名内侍将李白扶掖至紫宸殿内时，李白双眸半睁半闭，仍未清醒。皇帝情急之下走下御座，见李白口角流有涎沫，不禁苦笑，亲以衣袖擦拭。高力士奏道：

"李翰林酒醉未醒，兴庆池南岸有醒酒草，解酒有奇效，醉者嗅之可醒，可命人速速采来。"内侍得命，从殿后驰马而去，不到一盏茶工夫，手持一束紫草气喘吁吁赶到。此草紫叶红心，香气浓郁，似麝如兰，兼有药香。内侍持草束放在李白面前，且以手搓之使气发散。稍顷，李白即渐清醒，挣扎着行礼。皇帝见李白面带酒容，两眼兀自有蒙眬之意，即吩咐内侍让御厨做醒酒鲜鱼羹。稍顷，内侍持鱼羹一碗来献。皇帝见鱼羹热气腾腾，亲手取牙箸调之使稍凉，赐与李白，李白食毕，觉酒意顿去。

皇帝见李白酒意已除，吩咐道："李卿可速速将番书译出。"并命内侍将番书交与李白。

李白展阅片刻，对皇帝奏道："此书臣能识得，然言语无礼至极，诚可气也！"

皇帝道："你可按原文宣读，诸位大臣可共听同议。"

李白即朗读番书译文：

渤海国大可毒书达唐朝官家：

自你占了高丽，与俺国逼近，边兵屡屡侵犯吾界，且封俺世敌黑水靺鞨，想都出自官家之意。俺如今不可耐者，差官来讲，可将高丽一百七十六城，让与俺国，许俺自立，俺还有好物事相送。太白山之菟，南海之昆布，栅城之豉，扶余之鹿，鄚颉之豕，率宾之马，沃州之绵，湄沱湖之鲫，九都之李，乐游之梨，你官家都有份儿。若还不肯，俺起兵来厮杀，且看哪家胜败！

李白读罢，大殿内一片静默，皇帝眉头紧锁，问道："大可毒何意也？"李白奏道："可毒者，首领之意也；大可毒则大首领之意。渤海风俗，称其首领曰'大可毒'，犹回纥称'可汗'，吐蕃称'赞普'，南诏称'诏'，各从其俗。"皇帝又向众臣沉声问道："诸卿如何看，此事如何办？"

众官听毕暗自考虑，如允之不仅大失天朝体统，且丧权失地，养痈遗患，断断不可；如拒之恐起边叛，一旦用兵震动不安，若战事连绵则劳民伤财，更恐结果难测。因此一时难以决断，均沉吟不语。皇帝见此，面色更加阴沉。

贺知章见状，出班启奏道："自我太宗皇帝三征高丽，军卒死伤者无数，府库几为之虚耗。渤海大武艺于开元二十年（732）叛乱，水路犯我山东登州，陆路犯我河北马都山，虽经我朝乌承玼、盖福诸将抗击，大小数十战亦未完胜，后以战迫和，亦大耗钱粮，士卒人民伤亡者众矣。倘起边叛，复动干戈，一时难保必胜，兵连祸结，诚非上策。以愚臣之意，似可先以堂正之辞批驳晓谕之，设能一书而达聊城之功，消弭祸乱，则苍生幸矣；若晓谕无果，再思讨伐，望陛下明鉴圣裁！"

皇帝点头道："卿言甚合朕意，然似此如何答他？"

贺知章道："李白深通文辞韬略，且识番文，臣敢推举李白草拟答书，再经众臣商议，陛下宸断。"

众官无言，皇帝即问李白可否辩驳，李白禀奏道："禀奏陛下，此番邦不自量力而蠢蠢欲动，我天朝可九分严驳示之威武，一分抚慰导其臣服，臣可当来使之面以番文回书，并以番语当面晓谕，谅能使其知难而退，拱手称臣。"

皇帝问道："如此，几时能回书？"

李白应声而答："刻时可成，现即能书。"

皇帝喜动颜开，即命内侍取歙州龙月砚、宣城紫毫笔、松烟麝香墨、五色金花笺，排列停当，赐李白在御座锦墩草拟答书。内侍磨好浓墨，高力士亲自捧过去，李白并不见礼，提起紫毫笔饱蘸浓墨，略一思索即在五色金花笺上疾书番文，果真刻时许写毕，因他人不识，皇帝即命李白诵之。李白就御座前高声朗诵一遍。

大唐皇帝诏谕渤海可毒：

向者卵不敌石，蛇不斗龙。本朝应运开天，抚有四海，诸夷臣服，万方来朝，州县两千，甲兵千万，将勇卒精，甲坚兵锐。颉利背盟而被擒，弄赞铸鹅而纳誓。新罗奏织锦之颂，天竺致能言之鸟，波斯献捕鼠之蛇，拂菻进曳马之狗，白鹦鹉来自诃陵，夜光珠贡于林邑，骨利干有名马之纳，泥婆罗有良酢之献。无非畏威怀德，买静求安。高丽拒命，天讨再加，传世九百，一朝殄灭，岂非逆天之咎徵，衡大之明鉴欤？况尔海外小邦，原附高丽，士卒数万，比之中国，不过一郡，千不及一。若螳臂当车，蚍蜉撼树，天兵一临，雷霆震怒，万弩齐发，千里流血，主同颉利之俘，邦为高丽之续，则悔之无及。方今圣度汪洋，念汝化外，恕尔狂悖，急宜悔祸，勤修岁事，勿再思反，自取诛伐，否则亡邦灭种，噬脐莫及。尔其三思哉！此谕。

回书辞雄气壮，先驳后抚，堂皇严正，众官听罢纷纷赞同，均无异言。皇帝亦颔首称善，着中书省誊写副本，定于明日在京正五品以上文武官员于含元殿朝会，召渤海来使，由李白代宣诏书。

第十九章

市井之间

次日五鼓刚过，文武百官已齐聚含元殿前，均朝服冠带按品级分班侍立。左右金吾将军率左右卫六十人，按槊、持钺肃立大殿两侧；内外诸门由左右武卫挟门队持各类长枪森然护卫；左右领军卫、折冲都尉率左右厢各十二部黄麾仗整齐列队，分持长戟、仪锽、刀盾、短戟、弓箭、小槊、大铤等，各着黄、赤、紫、白、皂、青等色彩鲜明衣甲，威风凛凛；通道则由夹阶校尉率排道人横刀立杖排列两旁。

大殿之上陈设黼扆、属车、舆辇、团扇、蹑席、熏炉、香案。监察御史验看诸官仪卫就绪，侍中奏"外办"，一时钟鼓齐鸣，御香缥缈，左右金吾大将军引领中郎将、郎将各一人恭迎御驾，皇帝缓步入殿，升御座，千牛、备身执御刀携弓箭列御座左右护卫。金吾将军奏"左右厢内外平安"。皇帝口谕宣番使觐见，由内侍至护卫一传二再十传百，到殿外已然数百人齐喝，声若洪钟。

番使从夹阶排道侍卫刀丛枪林中穿过，拜见皇帝后，立在殿中茫然失措。皇帝谕李白代宣回书。李白绿衣纱帽，仪态威严，扬声对番使道："小邦失礼，圣上圣度如天，置而不较，有诏批答，汝宜静听！"即持昨日所拟回书立于殿柱旁，以番语宣读且解之，铿锵有力，气势如虹，番使听后微微发抖，面色灰白，不禁再拜谢罪："小邦无知，得罪天朝，今知圣朝威严，望天可汗宽恕俺等！我为吾主之侄，愿回去说服吾主，岁岁朝贡，永为藩屏。"

番使归渤海后，即向其主大钦茂详细禀告了唐朝疆域之广、钱粮之富、甲兵之壮、礼仪之盛。渤海主看过回书，与唐朝为敌的雄心顿失，遂写请和谢罪之书，并派人赴长安抄写《唐礼》《三国志》《晋书》等典籍，遣留学生，每年朝贡虎豹、貂皮、骏马、海东青、人参等，朝廷视其值赏赐帛、绢、铁等物。后安史之乱叛军虽欲勾连，渤海仍坚守其境，并未附乱。宝应元年（762）朝廷下诏升渤海为国，册封大钦茂为渤海国王，加授正一品检校太尉，作为褒奖。此后终唐之世一百四十余年，渤海国虽盛极一时，称海东盛国，却始终臣服于唐朝，未再有叛乱之举，此是后话。

李白代草诏书批驳番使且奏其功，皇帝亦口谕褒奖，满望能委以机要重任。岂料日复一日，除偶尔陪侍宴饮外，并不见加封重用。原来杨妃深恨李白讽己；高力士因在李白草诏时亲捧墨又未见答礼，亦深嫌李白傲慢；李林甫曾示意李白到其府拜见，欲将李白收入门中，但李白置之不理。此三人均对李白不满，皇帝数次欲擢升李白，此三人均以李白傲慢、好酒等谗言相阻。李白苦闷，多与贺监等友聚饮排解。

这一日正是三伏天正午，酷暑难耐，李白与张旭、崔宗之、焦遂在东市焦遂所开四海酒楼畅饮西域葡萄美酒，饮酒间李白想起焦遂善卜之事，因心中茫然，即指腰上所悬玉佩让焦遂推测前程。

焦遂移近取佩观看有时，道："玉质坚贞，色白如雪，纯净无瑕，其人光明磊落，不与俗同；然过刚易折，还须韬光养晦，进退之间留心注意，勿立危墙之下。佩者，超拔流俗，文质彬彬，清贵之物也，当文采斐然，荣身显名，超越万众，不与草木血肉之物同化，可久久流传；然此佩悬于腰间，不上不下，且佩以鹏鸟之形羁于人身，不得展翅高飞，其有淹滞之意乎？白属金，金生水，而金能碎玉，玉入水则沉，当注意刀兵水患。此外之事，则不可解矣。"

李白听后，觉焦遂虽"言之有据"，然终为"望文生义"，未放在心上。炎夏日长无事，李白不觉多饮数杯，大醉不醒，即睡在酒楼中，张旭、崔宗之归家，焦遂留在酒楼打理生意。正在李白熟睡间，两个内侍气喘吁吁赶到酒楼，对焦遂说，一路问询，方知李翰林在四海酒楼饮酒，天子与杨妃娘娘现在曲江芙蓉园楼船上，见荷花盛开，莲叶如盖，急宣李白上舟填写新词。李白沉睡不醒，焦遂与内侍无奈，只得取井水试着将其泼醒。李白被冷水一激，睁开眼，仍然半醉半醒，听闻皇帝宣召他去芙蓉园楼船填词，举手摇头道："你二人且归去，对圣上说臣是酒中之仙，今我入醉乡而登仙，不能上船也！"

焦遂劝之无效，内侍欲挟持李白而不敢，只得悻悻归去，以原话复命。杨妃气愤难耐，对皇帝道："这李白殊无人臣之礼，圣上应予责罚！"皇帝道："这厮是酒后作怪，因我二人游玩而责罚臣子，亦不能服众，不理他也罢。"由此，皇帝亦对李白不满，与其日渐疏远。

转眼到了秋天，西风渐起，草叶转黄，李白触景生情，思念起明月和孩子。恰吏部有文发兖州郡，李白托官差稍家书一封，稍谈近况，言若明年仍待诏翰林，拟请辞还乡，并附《感兴》（其三）诗道：

裂素持作书，将寄万里怀。
眷眷待远信，竟岁无人来。
征鸿务随阳，又不为我栖。
委之在深箧，蠹鱼坏其题。
何如投水中，流落他人开。
不惜他人开，但恐生是非。

一直等到临近元正，吏部官差方从兖州返回，带来了明月的回书和李都督书信。李都督说自己年老体弱，已经奏请告老还乡，只待朝廷批复。明月回书千余言，告知家中一切安好，并诉相思之苦，想让李白归家或到泗水附近任官，盼望团聚。

李白看罢回书和李都督书信，更觉思乡情浓、官场意淡，归心更切，即书奏章请辞翰林待诏，但皇帝置之不理，留中不发。

元正过后，元宵期间（正月十五至十七）金吾不禁，许官吏平民彻夜游玩。京城中到处以各类花灯装点树株，一派火树银花的景象，行人彻夜往来不绝。朝廷于宫城西门安福门外装点灯轮，贺监因感风寒不能外出，李白遂与崔宗之、焦遂等同去游玩。灯轮以巨木安设，高达二十丈，锦绮覆盖，绚丽灿烂，以金珠宝玉点缀其间，光彩四射，上燃五万盏十二生肖及亭台楼阁、莲花、仙人状花灯，望之花团锦簇，蔚为壮观。在执戟金吾看护下，有千余名宫女和千余名民间少妇，身着罗绮锦绣，首插珠翠金玉，浓妆敷面，分作两队彻夜歌舞，争奇斗艳。旁边舞龙、斗狮、杂耍、叫卖诸般吃食玩物者络绎不绝。虽熙熙攘攘，欢声笑语不绝。面对此景，李白却只觉思乡情切，意兴阑珊。崔宗之年少喜闹，不欲离开，李白与焦遂转回住处。行经东市门口，亦有花灯火树，各处灯烛辉煌，亮如白昼。只见四五人手持刀枪棍棒敲锣击钹，逐渐有数十人聚观。焦遂对李白道："此为江湖上金皮彩挂四门中的挂子行，耍把式演武艺为生，吾兄文人官宦，对江湖之事或不熟知，其实各有门道，趁此闲暇，弟可带兄边观边解。"

李白喜道："兄虽游历各处，然江湖之事却是少闻，请吾弟详说。"

焦遂与李白立在东市门口高台处，既可观看，亦无碍于交谈。焦遂道："江湖中金皮彩挂外四门。金者卖卜，多为察言观色，以模棱两可之语随人解事，亦有精研术数能够切中者，然见微知著者少；皮行则是售卖伤痛膏药、疗疾丸散，亦多以重药起一时之效，或纯以不痛不痒之物合成而无疗效者，亦有确效偏方对某疾有奇效者；彩门则以手法、道具练习变戏法，多为障眼之术；挂行专指演练武艺。此四门，或以技艺求生，或带哄骗谋食，但均无大害，亦小民糊口之途，除非设局诈骗，历来官府不禁。另有蜂马燕雀内四门，则以行骗为生，往往骗取巨金，或致人破家倾产，就干犯国法了。"

说到此处，锣钹声息，两个青年汉子脱掉上衣，在凛冽寒风中赤着上身，各持棍棒进击格挡、往来翻滚，煞是好看。卖艺人中一个年约六十的老者扬声吆喝道："各位父老乡亲，各位好朋友，在家靠父母，出门靠朋友，俺一家四口来自并州，因遭回禄家财烧尽，赖有祖传武艺，只能靠卖艺糊口。俺们的绝活儿有单手裂石、长枪刺喉、空手夺刀、双人对打，俺让犬子给大家献丑了，练得好请各位给俺们传名，练得不好您就当没练！"

焦遂道："此谓'圆场子'，以锣钹棍舞招徕观众，待基本满场，由主话人以编好的话留住观众，此后还以翻缸叠杵之术收钱。"

二人又观看一阵，见场中二人仍在往来互搏，但显为早已熟练的套路，虽大开大合，趋避闪躲，并无实用。李白又问道："弟方才所言蜂马燕雀内四门，是何门径？"

焦遂答道："蜂者，亦作'风'，往往一群人或先或后蜂拥而至，前后串通行骗。譬如有以高价巨量求购某物者，且确另有人以高价少量售之者，以为呼应；此后复有以遇紧急事或伪以他情低价售前说某物者，轻信者贪其利购之，望高价鬻于前求购者，而前购者、后售者均如风而逝，轻信者实以高价购不值、无用之物。马者，个人单枪匹马行骗，往往探听主家亲属关系或隐事，冒充传讯人、行医者或卖卜者、道家等，骗取主家医金、禳解费用或代亲友收款等。燕者，亦称'燕班子'，各色人等混聚扮作官府巡查、富商行商等，俨然如真，诈取官吏、富人钱财，或骗赌使诈，或以女色诱人入彀敲诈等，此类骗局规模最大。雀者，如雀掠食，得手即飞，往往连骗带窃，伺人无备，以偷换、碰瓷、携物潜逃等术，骗占财物。以上为大概情形，实际行骗多杂用诸术，还有骗中骗，骗子以助主家追回被骗财物为名继续行骗，非常可恶。"

锣声再起，老者又道："父老乡亲、各位朋友，现在由俺小儿子为大家献上单手裂石的绝活儿。虽是积年练成的硬气功，但诸位想想，以血肉碎顽石，也大伤元气，请各位可怜则个。"

一个中年汉子举起一块半尺见方、厚约四指的青石块绕场展示，又向地上猛力摔下以示坚固，最后放在半人高的牢固树墩上。另一个精壮年轻汉子，虽在寒风中赤裸上身，仍有汗出，热气腾腾。他立在石块前，将本就紧束的腰带再用力束紧，凹肚突胸扎起马步，吸气运力，胳臂青筋怒张。突然，他大喝一声，用力掌劈石块，但石块完好未裂，只有掌缘留下灰白一道，让人看得肉痛。老者赶紧解释说："俺们午饭未进，孩子气力不足，让他再试一次。还有，诸位君子或以为石块有假，力气大的朋友不妨上来一试，可有朋友赏脸？"

人群中有一魁梧青年应声道："俺愿试一下。"他走上场，用力掌劈石块，结果石块岿然不动，他却抱着手掌跳了起来，连连呼痛，众人大笑起来。

中年汉子又用力运气一番，再尽力掌劈，仍然未能开石。他又将已紧无可紧的腰带再行勒紧，深陷肉中，再运气跺脚，用力大喝一声，猛击石块，这次石块应声而开，观众一阵叫好。

李白道："此人倒有些硬功夫！"焦遂解道："不尽然也，此中有窍门。他们先选易裂石材，再以浓醋煮之使变脆易开，并非任何石块均可掌裂。虽然如此，常人亦不能掌裂，尚需专门苦练，至皮糙肉厚力大，且选取合适位置方能以掌裂石。"

把式又演练长枪刺喉：分别以木杆枪头刺对方喉下，两人逐渐相向而进，致枪杆弯曲，而皮肉无伤。李白道："此术莫非是选取钝枪头、柔木杆，而以喉下、脖上某位置逐渐练习之，致此效果？"焦遂道："然也，盖有其术，亦需研练，却非神奇，常人多加练习亦可致也。"

两人练罢长枪刺喉，再说话时声音已然嘶哑，不知是受伤还是伪装。把式中的老者敲锣数下，待观众安静后高声宣讲："父老乡亲，俺们出门在外着实不易，练完前边的玩意儿，诸位可能觉得俺们要各位赏钱了。不，诸位，俺们不要钱，只要传名！传什么名哪？"他从包袱中取出一大摞膏药，说："俺们祖传十八般武艺，从小到大翻滚跌撞，肉身刺枪，人手开石，刀枪棍棒时常往身上招呼，跌打损伤、闪腰岔气在所难免，靠什么治疗？俺们可没钱寻医，就靠老辈传下来的这张氏祛痛活络膏！"

焦遂道："'点子'来也！此非纯卖艺的'清挂子'，而是皮行中卖膏药的'挑将汉'。前面敲锣击钹是引人圆场，开石、刺枪是引人驻留观看，是谓'拴马桩'。这才是正点子，唤作'扎棚'，要逐步引人购买。"

老者继续道："诸位可能要问，你这膏药卖多少钱哪？实话说，俺们这次是为了扬名，只送不卖，稍后俺只送有缘的、需要的朋友。俺们这膏药，除麝香舍而不用外，用了虎骨、海马、全蝎、天麻、乳香、没药、川芎、防风、羌活、独活、当归、杜仲、肉桂、血竭、雄黄、细辛、穿山甲、追地风、生草乌、地骨皮、透骨草、川牛膝、藏红花等数十味药材，文火熬制数日方成，端的是舒筋活络、活血化瘀、行气止痛、祛风散寒。无论您是腰酸腿疼、肢体麻木，还是跌打损伤、闪腰岔气，一贴止痛，两贴去病，四贴除根，有效果您务必给俺们扬名哪！但有一件，积年老风湿不是外伤，这个膏药去不了根，只能减轻，您还要内服汤剂。"

围观者中有人喊道："你莫非是老王卖瓜自己夸？"老者应声答道："问得好，咱看实效！"

此人又从同伴处要来一小包白色碎瓷片，向观众展示，让人取看，他又手捏牙咬，以示瓷片坚硬，复从原先的一大摞膏药中取出一张，用火烤开，将几个瓷片粘在膏药上，再放回原处。对观众说："真金不怕火炼，好药不怕试炼，且看膏药药力！起效约需刻时，俺们继续给大家表演双人对打。"说毕，前次以长枪互刺的两人又开始拳打脚踢、闪展腾挪，如蝴蝶翻飞一般对打起来，忽而一人被踢倒，忽而另一人被绊倒，看得人眼花缭乱。

在两人对打间隙，焦遂道："前说膏药有奇效，送人不要钱者，是'缸口'诱人，稍后必然'翻缸'，设法以言语诱人出钱。现在展示瓷片，即'亮托'。且观后情。"

说话间，两人对打完毕，老者拿过之前粘瓷片的膏药，撕开后围场展示，只见瓷片均化为粉末。

众人一阵惊叹，议论纷纷：

"这膏药真神，务必给俺几贴，俺愿意给您扬名！"

"俺家里有病人，也要几贴！"

"俺也一定给你扬名，也给俺几贴！"

"俺也要！"

……

李白感觉其中有诈，道："此不大可能，药能化瓷，岂不化血肉骨骼乎？"

焦遂道："兄言极是，然百姓能料及此者鲜矣，只见药效而不思其患、其伪者众矣。其实此为'样色'，即道具。此骗术有二：其一是以海螵蛸冒充碎瓷，海螵蛸碎后与碎瓷无异，其性酥脆，皮行人展示的是碎瓷，以言语动作引人，趁无人注意时，偷换成海螵蛸，稍用手一捻，即成碎末；其二是事先将碎瓷末粘于膏药上，在观众面前再粘一真瓷片膏药，将两贴膏药放在一起，拿起时以手法将粘瓷片膏药翻下，取出粘碎瓷末膏药展示，此谓'翻天印'。"

李白恍然大悟，道："想来此亦手法迅捷，且以言语动作分散观众注意力，趁机为之。"

焦遂道："尚有更狠者，能化铜。有自然铜又名石髓铅，性状类铜，质坚脆易碎，皮行人以其作为样色。在观众面前先以新铜钱置膏药中，后用移花接木手法以自然铜换之，以铜钱化末证膏药之力，取信于众而售其药，其狡狯如此。"

李白道："如此，官府何不处置？"焦遂道："此盖售货之术，自古存在，若无以多倍其价骗占财物被举发者，官府亦不多问。"

老者见众人皆信膏药奇效，乃道："百年修得同船渡，老少爷们赏脸看俺们的玩意儿，即是缘分。俺本来打算每人送一贴膏药结缘，但僧多粥少，且膏药成本大，多了俺也送不起。这样吧，药送有缘人。哪些是有缘人哪？俺们有'两送''两不送'。'两送'指家中或亲友中有病人需要者送，能够给俺扬名者送；'两不送'指儿童不送，聋哑人不送，因为他们不能给俺扬名。大家觉得合理否？需要且能给俺扬名的，请您举起贵手，俺好查点一下。"

众人纷纷举起手来道：

"俺家中有病人，一定给老客扬名。"

"这个膏药太神了，一定给俺几贴啊！俺定然到处给你们扬名！"

"俺能扬名，家里也有病号！"

老者环视一周，做为难状道："俺看要膏药的得有五六十位，通常俺只送十五贴，多了俺也承受不住。但初到贵地，大家又都需要，俺就破回例，今日竟送三十贴吧。俺这里有字据，哪位确实需要请伸手接俺一张字据，用不着的您千万别伸手。"

听到白送三十贴，举手的五六十人均伸出手要字据，老者点出三十份"赠药一贴"的字据，在举手者中选了三十人，并让他们向前一步。被选中者固然欢喜，未被选中者就埋怨起来。老者道："常吃萝卜眼是秤，俺是选确实需要的送。没有接到字据、家中确有病号的您也别急，咱散场后再斟酌办理。"

焦遂笑道："开始做局了，他们发字据时亦有门道，谓之'把点'，看衣着相貌能花钱的方给，穷困之人或相貌狡诈者是不给的。现在说白送，后会以另外说辞'翻缸'，说动人们花钱谓之'叠杵'。"

果然，老者又道："小不去大不来，名不传利不到。俺也不傻，白送人贵重膏药，为的是传名扬名，那就得有个章程，不然您拿膏药不当回事，乃至给俺扔了，可就对不住俺这一番苦心和本钱了。这样，俺这膏药一百文一贴，您若有诚意，先拿出一百文放这里，俺不仅给您膏药，还全额退押金——哪位愿放押钱？"

说罢，有三个人迟疑一番，各点出一百文钱放在场中。老者将一贴膏药和那一百文钱各自送给那三人，喊道："拿去！"三人将膏药和铜钱安然取回。其他拿到字据的人见果真退还押金，纷纷取出铜钱，老者一一收去，又道："俺说送就送，保管不变；但俺若果真收钱，诸位可愿意？可退字据？"

人群中有人回道："您还能真收啊？俺愿意。"遭此一带，众人皆说："愿意，不退字据。"

焦遂解道："江湖人开张做生意，往往有人扮作看客或顾客'贴靴'帮衬，俗谓之'托'，带动众人要膏药、收字据、出铜钱，拿出钱后被把式用话'拿'住，稍后不退钱也不好争讲了。"

老者连忙作揖，道："俺这膏药卖一百文一贴，本钱就需要五十文，俺今天情愿不挣钱，五十文一贴。那位说你不是白送吗？送是一定要送，但送有送的说法。俺五十文一贴只卖给有字据的老乡，没有字据的俺不能卖五十文，您要买还得一百文！"

见众人沉默不语且有面色不豫者，老者又一跺脚，咬牙切齿道："送佛归殿，救人救活，膏药两贴去病，承蒙诸位捧场，俺竟然再白送一贴，等于您拿本钱一百文买两贴，这叫买一饶一、买二送二，两贴治好病痛，岂不是善事？俺这是赔钱赚名，不赔钱俺是孙子，您还要给俺扬名啊！如膏药无效您只管来找俺退钱，俺还要在这里待十来日；但有效您不给俺扬名，也别怨俺骂人！"

经此一说，出钱的众人无论是否完全情愿，均拿了膏药。有两个人说家中没有病号，不要膏药，情愿退钱。旁人指责两人道："人家言明没有病号的别要字据，你占了名额，还白得一贴膏药，送亲友行好也行，怎么能这样？"这两人也就不再言语了。

第二十章

赐金放还

膏药分发完毕，老者再次作揖，高声道："父老乡亲，老少爷们，各位朋友，已近深夜，俺们午饭还未吃上，今日就到此，先散了吧，俺也寻些吃食。咱们明日此地再会，俺还有新把式给大家耍。再说一句，谁家有积年老风湿的，光贴膏药是治不好的，需外贴内服，俺们还有秘制药丸！"

皮行人收拾家伙，众人纷纷散去，却有一个壮年人留下对老者道："俺老母亲是积年类风湿，手脚关节已然肿大，多少年治不好，您老可有办法？"

老者端详着壮年人问道："不知贵府在何处？老人患病多少年了？以往医治情况如何？"那人答道："俺家住长安城东的义丰乡，家母这病已缠绵十余年，到处求医问药，不知耗费多少银钱，只是不见效，发作时着实疼痛。"

老者沉吟道："关节变形的确乎难治，但用俺的祛痛活络膏药十贴、三日一换，内服俺祖传的祛风逐湿丸六十丸、每日两丸，一个月即能止痛祛湿除病，管保不再复发。只是变形的关节只可减轻疼痛，不能复原。但药丸以贵重药材炮制，每丸本钱就一百文，一般人舍不得用啊！"

壮年人道："只要能治好家母疾患，钱倒不是事，只是俺今日只带了几两银子，不知够用否？"

老者核算道："治好尊母的老风湿定能给俺们扬名，俺即以本钱舍药，膏药十贴五百文，丹丸六十粒六千文，共计六两五钱银子。俺看您是孝子，治老风湿用药一个疗程可减轻疼痛，停药三天再来一个疗程可祛除病根，先按三两银子给您开一个疗程的五贴膏药、三十粒丹丸。俺们回程时会经过义丰乡，十五日后的正午，您看有疗效再拿三两五钱银子来取下一疗程的药物，如此妥当些。"

壮年人大喜，连连道谢，即要取银。李白向焦遂道："我觉此人似乎上当了，我们去劝阻一下？"

焦遂回道："此为江湖人后棚扎窑骗人手段，这就可恶了，当制止之。"

说罢，二人向前，焦遂对老者等把式道："你等皮行人当守规矩，前棚售膏药尚属正常生意，现又后棚扎窑，使那把簧把杵的手段，以腥棚取人钱财，还有江湖道义吗？不怕干犯王法吗？"

李白亦道："此间有金吾巡查，若你等骗人，被官府捉拿，悔之晚矣！"

几个把式怒目相向，其中的老者见焦、李二人衣履华贵、器宇轩昂，且焦遂满口江湖"春点"（行话），李白身着平民不能穿的绿袍，显然是不小的官员，遂对二人拱手道："俺们有眼不识贵客，您教训的是，这个生意俺们不做了。"又对求药的壮年人道："抱歉，这个药俺不卖了。"

壮年人对焦、李二人道："俺们已然谈好，两位先生方才可能未见膏药化瓷，他们的药确有奇效，望二位勿阻他卖药，家母病痛缠身，确有需要。"

焦遂笑道："你已迷于局中。膏药是普通膏药，化瓷不过是障眼之术，能化瓷不能化骨乎？化瓷之药能施于人身乎？"

壮年人思索一番，方才解悟，对焦、李二人拱手称谢，匆匆离开。老把式也拱手谢罪，再三称此后仅以常价售膏药，不再设腥棚售药。焦遂道："念你等跑江湖亦不易，膏药有效的话，卖高点价也不超常情，但设腥棚诈取巨款，则王法不容，如再见你等如此，定然报官捉拿。"

把式们唯唯称是，匆匆离开。李白问："何谓'后棚''把簧'等？"

焦遂解道："江湖人做生意，公开出售者是'前棚'；众人散后钓到个别买家，以言语说动其购买谓之'后棚'；后棚中首要者是察言观色、旁敲侧击，获知买家财力、急需情况等，是为'把簧问簧'；掺杂使假谓之'腥'；真手艺、真东西谓之'尖'；钱谓之'杵'，方才卖药钱谓之'头道杵'，后棚诱人再出多金谓之'二道杵'。他们还有叠杵之术，现虽天寒而春已至，阳气渐旺，皮行明日转向他处售卖膏药，待十五日后去义丰乡，即使药物效力不大，若病人因节气或因对药效深信不疑而好转，或者未好转，皮行人均将使翻缸叠杵之术，好转即说动买家加药除根，未好转则说动买家加药增效，再收此人三道杵，更可恶者尚有四道五道六道等杵，最后一次大骗谓之绝后杵，方才放过肥羊。"

李白听后道："不料江湖人士有这许多手段，他们能得逞，也与民智不开、过于轻信有关。但看两个演武之人寒风中赤膊裸身，还热气腾腾有汗出，也不得不让人信他们有本领，再加上障眼之法、揣摩之术、钢口利舌，无怪乎许多人上当。"

焦遂笑道："他们在寒风中赤膊另有一法，事先备有上好烧酒和红矾，在开场前以酒蘸红矾擦身，并以少量红矾泡酒饮之，一会儿工夫即全身发热，竟至严冬赤身亦不寒，稍一动即出汗。然此须控制量，红矾稍多或反复用之，毒素入体，春夏之交即遍体生疮，难以治愈，故不可多用、常用，须隔天换人。"

天宝三年（744）正月十五刚过，贺知章因言不为用，且年老体弱，再次上疏请求还乡，并请度为道士，以住宅为千秋观，皇帝挽留不住，乃下诏许之，赐镜湖剡川一曲数顷为其放生池，并亲制御诗，令鸿胪寺供帐路宴，率百官至长乐坡以诗饯送。李白见贺监飘然引去，心下黯然，在与百官为其饯行的宴席上作《送贺监归四明应制》，诗曰：

久辞荣禄遂初衣，曾向长生说息机。
真诀自从茅氏得，恩波宁阻洞庭归。
瑶台含雾星辰满，仙峤浮空岛屿微。
借问欲栖珠树鹤，何年却向帝城飞。

公开在诗中表达了对贺监的赞誉和盼望其回归朝堂之意，众官别后，李白与贺监洒泪相别，另赠《送贺宾客归越》：

镜湖流水漾清波，
狂客归舟逸兴多。
山阴道士如相见，

应写黄庭换白鹅。

诗中流露出对贺监归隐的赞叹和羡慕。至此，李白对仕途更加心灰意冷，归意更决，再次奏请归乡。此时，张垍附右相之党，已经升任正三品的太常寺卿，因是驸马，得居于禁中，常侍从皇帝宴游。李林甫因李白曾经唐突于己，又不来拜见，暗嘱张垍在皇帝面前诋毁李白，张垍遂多次对皇帝说李白好酒疏狂，不宜任翰林之职。

皇帝见李白再次乞归，又听信李白耽酒误事谗言，即于天宝三年（744）四月准李白还乡，唯赐黄金百两、锦袍玉带，以示慰劳，并由中书省发公文着沿途官府优待并供给食宿。李白且喜且悲，百感交集，觉得应召赴长安恍如一梦，别妻离子将近三年，虽得近天颜，却终不为用，然身列朝堂，亦知时政难为，幸喜交结数位知友。李白先后向李左相、汝阳王、吴筠道长辞行，贺监已归故里，左相设宴饯行，饮中七仙齐聚，张旭、崔宗之、焦遂等人出城十里相送，依依惜别。李白作《还山留别金门知己》赠诸友，诗中首言"好古笑流俗，素闻贤达风。方希佐明主，长揖辞成功"，最后道"才力犹可倚，不惭世上雄。闲作东武吟，曲尽情未终"，显然仍心中不甘、意气难平。

返程中多有山路，李白乃购一健驴，每日随意闲行数十里不等，体察风土人情。走了五日，才到得长安东面华州（今陕西渭南）华阴县。华阴在华山之北，既有山林之利，亦是三秦要道，通达各方，且隋时系京兆郡附县，故较兴盛富庶。进城时已至午后，李白饥饿难耐，催驴疾行，在城内一个小店用餐时见驴身布满尘土，即命店家以温水冲刷一番。李白饭后骑驴经过县衙门口时，突有一个衙役喝道："你这厮莫非是窃贼？

赶紧下来随我见官！"并上前抓扯李白。

李白恶其无礼，微微冷笑，并不答言。那衙役与同伴将李白带入县衙，县令刚在大堂审结一案，问衙役道："胡二，你带此人何干？"

胡二回道："回县尊，此人当是窃驴贼，被小人拿获，请县尊审问。"李白佯醉而立，并不行礼。县令见状大怒，连声道："可恶，可恶，见官无礼，怎敢蔑视官府！"县令抽出令签就要对李白行刑，又见李白气度不凡、昂然不惧，不知是何来路，犹疑一下，复命胡二将李白暂收押牢中，待酒醒后再行审问。胡二将李白押入牢中，典狱问李白道："你是何人？可知牢中规矩？"

李白哈哈大笑，典狱道："这人莫非疯癫？"李白本欲再戏弄典狱一番，但牢中肮脏，诸种腐臭气息让人难以呼吸，李白即回道："我也不疯，也不癫，朝堂曾侍天子前。"典狱道："你好大狂言，既不疯癫就好生写供状。你是何人？是否窃驴？为何唐突李县尊？"李白道："要我写供状，即取纸笔来。"狱卒将纸笔置于案上，李白写道：

山东人，姓李名白字太白。十五能文章，挥毫惊天地。长安列八仙，竹溪称六逸。醉草吓番书，声名播绝域。玉辇每趋陪，金銮做寝室。鱼羹御手调，流涎帝亲拭。天子殿前尚可乘马，华阴县里不许骑驴？欲问吾何人，可看中书文！

华阴县距长安仅二百余里，李白待诏翰林、侍从皇帝、结交王侯、醉草番书等事华阴官吏皆知。典狱见到供状吓得汗流满面，俯身下拜道："原来是李翰林，小人有眼无珠，且蒙官发遣，身不由己，万望学士海涵赦罪！"

李白道："此事却与你无干。你只需问县令，我自骑驴闲行，因何拘我在此？难道这华阴县衙前不许骑驴？"

典狱与胡二急忙飞跑出去，将供状呈交李县令，并说有中书省公文着沿途州县优待。县令听后大惊，来不及责罚胡二，即同典狱到牢中拜见李白，俯身行礼道："下官有眼不识泰山，一时不察，冒犯学士，乞学士宽宏大量，谅解则个。"华阴县丞、县尉闻讯，均来拜求，请李白到二堂首座坐下。众官见礼毕，李白取出公文让县令看。县令见公文命沿途州县礼遇优待，如有不法事情可风闻参奏。众官看罢面面相觑，李白道："县尊食朝廷俸禄，治百里之地，如何不问是非即将吾收监？"

李县令道："下官与学士忝为同宗，其间实有误会，都是胡二这厮胡说。"李县令喝胡二上来即让人责打，李白止住道："且听胡二怎么说。"

胡二跪倒抖作一团，道："小的听朋友说，怀州河内县（今河南沁阳）捕头董行成善于察贼。有人从河阳长店盗驴一头，天明时行至怀州，董行成在街上见到，即喝贼下驴，未用刑贼即供认。人问董如何察知，董答道：'此驴行疾而汗出，显非长行；见人引驴回避，情则有怯，据此可断为窃驴。'小的见学士所骑之驴汗出如水，而今尚且春寒，不致如此，想起此事，一时糊涂，认作情虚疾行，又想立个功，不意冒犯，念小的初心不坏，还望从轻责罚。"

李白笑道："你这厮却是邯郸学步、东施效颦，既本心不恶，且免责罚吧，此后要细察人情。我哪里像窃驴之人？窃驴之人能骑赃物公然行于县衙前？"

众官听后皆松了口气，笑起来。李白又道："李令也鲁莽了些，未察明情形即收监，却非官之所宜，以此治民大为不妥，望君思之。"李县令拱手受教，即在花厅安排筵宴，宴请李白兼赔礼。次日，亲陪李白瞻仰立于西岳金天王庙中的华山铭碑。此碑号为"天下第一碑"，由今上于开元十二年（724）冬十一月庚申日前往东都洛阳之际御笔亲书，勒石刊碑。碑高五丈有余，宽丈余，厚近半丈，极其宏伟，碑座系两块巨石以生铁所铸线板相连，四周浮雕金甲力士，气势轩昂，威风凛凛。碑身铭文外镌刻飞天、祥云、青龙、白虎、环纹、卷草各种图案，雕琢精巧。碑文盛赞华山宏伟险峻，极颂西岳之神并封其为"金天王"，追述先祖丰功伟业，祈求国泰民安。因此地距华山仅二十余里，李白不愿与俗吏为伴，谢绝了县令派吏偕登华山的美意，一人飘然而去，前往华山览胜，并寻找隐于此处的元丹丘。因登山不便，李白便将健驴赠予华阴县令，县令另有馈赠。

李白到后在华山下住店歇息，次日绝早开始登山。华山险峻冠于五岳，一路上险峰峻岭、奇松怪石、鸣泉飞瀑让他目不暇接，多处山道四面绝壁或三面临空，攀登异常艰险。到得云台峰最高处，只见漠漠平原苍莽无际，天地茫茫混为一色，远近险峰高耸万仞，山间草木郁郁苍苍，长风吹过云雾飘飘。再极目北眺，只见黄河自北向南蜿蜒而来，如从天际垂下的一条丝绦；渭水由西向东如白带横天，东向与黄河交汇。黄河渭水如丝如缕，顿觉天地壮观，让人胸襟开解。

李白意兴大发，从西路下山后，行至西峰与中峰之间的山坳，听到阵阵箫声随风传来，音色清幽动人，曲调婉转低徊，似有千般情意、万种感慨，缠绵呜咽中又流溢出无尽苍凉。李白驻足屏息静听，不免引动心事，想起弄玉萧史的传说和远在东鲁的明月。相传春秋时代，秦穆公的爱女弄玉姿容绝世，善于吹笙，音如凤凰啼鸣。秦穆公筑凤楼让弄玉居住，楼前筑有凤台。一天，弄玉梦见一少年自称华山之神，以玉箫为她吹奏《华山吟》。弄玉听得如醉如痴，醒后遂生相思之情，并将此梦告知父亲。穆公派人在华山找到一擅长吹箫的少年萧史。萧史到了秦宫，吹奏第一曲，清风习习；第二曲，彩云四合；第三曲，白鹤翔舞于空，孔雀栖集于林，百鸟和鸣。弄玉见少年状貌与梦中所见相符，所吹奏之曲超尘绝俗，心中欢喜，穆公遂将弄玉嫁给萧史，婚后伉俪情深。萧史教弄玉吹奏《来凤》之曲，有紫凤飞栖于凤台之左，赤龙飞踞于凤台之右。萧史道："吾本天上神仙，上帝命吾为华山之主，因与公主有夙缘，故以箫声作合。今龙凤来迎，我夫妻可就此离去。"说罢，萧史乘龙，弄玉乘凤，自凤台飞升而去。是夜，华山听闻凤鸣龙吟之声。

　　浮想联翩中，箫声转为高亢，犹如长风吹散乱云，将李白从思绪中拉回。李白细辨箫声来源，循音向前，在西峰下发现一处山谷，有松树横生于岩石间，虽侧向山谷伸展枝干，仍然苍翠遒劲、生机盎然。松下一石洞，阔约八尺，深不可知，洞内一道者正手按箫孔撮唇鼓箫。道者看见李白走近，将竹箫掷到地上，起身上前。李白喝道："好老道，不去修心炼丹，吹箫却如此深情婉转，引咱心意黯然！"

　　道者哈哈大笑："不吹此箫，何以引来人中之凤？"

　　原来此人正是元丹丘。两人异地相逢，把臂言欢，互道别后际遇。李白向元丹丘简要述说应诏赴京、待诏翰林、不为重用、黯然引退的过程，元丹丘道："三年前我至长安，吴筠道长也是美意，举荐我任大昭成观威仪，岂料京城道观时有王公大臣到访，迎来送往让我不胜其烦，应付一年即将观务委于上坐，来此隐修，设有大事再派人往来。其实也无大事，只有玉真公主在济源灵都观受道箓为持盈法师一事，道观派人寻我写过碑记。华山风景绝佳，我对天然石洞稍加开辟，在此静修，不欲下山，本拟今秋再到长安探兄消息，不意在此相见，免我徒劳一行了。长安诸友中，贺监归乡，太白引退，渐将风流云散也。"

李白邀元丹丘共登华山西峰，元丹丘道："现已午时，下山时恐天色昏暗，难辨路径。欲登险峰，明日一早天光亮时，吾为导引，相互扶助登山为宜。"

李白进洞观看，见洞深五丈有余，后面曲折，设有草榻，前面稍宽敞，有平整石块当案，上列杯、盘、盏、碗等，石块旁随意摆放几个木墩、树根做凳，洞壁凹处则陈放经籍，凸处挂着宝剑、葫芦。洞外松柏下整出数尺见方平地，用石块搭建了炉灶。李白看后道："老道却会择地，此处藏风聚气，山水灵秀，华山送你如此石洞，在此修仙可也。"元丹丘笑道："兄言是也，吾将长住此地，君有此意乎？"

李白虽欲与元丹丘在此隐居，但念及东鲁家人，摇首道："我比不得你这老道，离家三年了，两相悬念，还要归家。"

元丹丘即整治菜肴，无非山蔬野蕨，且喜有野果所酿淡酒，酸甜可口。二人将木墩搬出洞外，边观赏风景边畅饮果酒。次日朝霞灿烂、太阳将升未升之时，李、元二人相携登山。西峰实为天然巨岩，绝崖千丈，如刀削斧劈，着实陡峭难登，幸好元丹丘在此久居，熟知路径，带领李白手抓足蹬攀缘而上。到了峰顶，巨石高耸，石片横裂，形如莲花绽放，以此西峰又名"莲花峰""芙蓉顶"。四周群山巍峨雄壮，起伏连绵。稍顷，云雾缭绕，犹如瀑布周流山峰，漫卷翻涌而下，滔滔不绝，较水流势缓且缕缕飞逸。李、元二人休憩观赏约一个时辰，阵阵清风吹过，云瀑渐散，唯半山云雾若带，远处群山似染，谷壑雾气弥漫，犹如仙境。元丹丘拍手道："太白兄与华山有缘乎？此景不可多见，唯夏秋之交，云雾多而风力小时才偶然一现。今才初夏，华山为君现此美景，其留君乎？"

西峰南崖有山脊与南峰相连，石色苍黛，如被老苔，形似巨龙蜷曲，称"屈岭"，亦称"小苍龙岭"，元丹丘引李白复登南峰。南峰为华山最高峰，高出云表，又称"落雁峰"，峰之南为千丈绝壁，直立如削，下临深壑。李白叹道："此山绝高，呼吸之气，想通帝座，恨不携谢朓惊人之句来，搔首问青天耳！"

李、元二人又从南峰向东过盘空栈道，下南天门，东上朝阳台登顶东峰，从东峰到中峰后下山。翌日，李白即欲离去，奈何元丹丘不许，又逗留数日，游览各处谷壑后，决意辞行，元丹丘苦留不住，两人依依惜别。

第二十一章

梁园吟

李白辞别元丹丘，从华山向东而行，先到东都洛阳，恰逢老友侍御史崔成甫在洛阳，两人欢宴数日而别。李白出了洛阳城，缓步走在城郊林荫路上，想起在长安和洛阳与崔侍御的两次相遇和自己终不得志，感从中来，以黄河三尺鲤为主题吟道：

黄河三尺鲤，本在孟津居。
点额不成龙，归来伴凡鱼。
故人东海客，一见借吹嘘。
风涛倘相因，更欲凌昆墟。

吟罢，意犹未尽，复又高吟道：

长剑一杯酒，男儿方寸心。
洛阳因剧孟，托宿话胸襟。
但仰山岳秀，不知江海深。
长安复携手，再顾重千金。
君乃輶轩佐，予叨翰墨林。
高风摧秀木，虚弹落惊禽。
不取回舟兴，而来命驾寻。
扶摇应借力，桃李愿成阴。
笑吐张仪舌，愁为庄舄吟。
谁怜明月夜，肠断听秋砧。

李白刚刚吟完，即听身后有人高声道："好一个'长剑一杯酒，男儿方寸心'！前面莫非是翰林李太白？"

李白转过身去，见后面十余步处有两人结伴而行，扬手呼唤者年三十许，身形瘦削，面貌清癯；其同伴年约四十，略高于常人，体态较胖，浓眉方脸。此二人李白皆不认识，他迟疑问道："两位有何贵干？何以识得本人？"

年轻者疾行数步，到李白面前拱手道："本不识君，然久闻大名，方才闻君所吟之诗极富才情，又观举止潇洒，度为翰林李先生，果然！"他又指同伴道："此君高适，字达夫，原河北渤海郡人，现居宋州宋城——对了，宋州已于天宝元年（742）改为睢阳郡。高适兄亦诗才高逸，其'功名万里外，心事一杯中'，与太白兄刚才所吟'长剑一杯酒，男儿方寸心'，可称异曲同工。"

李白知高适文名，高适更知李白大名，两人相互行礼间刚才那人又道："惭愧，一时高兴，忘记介绍自己了。本人杜甫，字子美，家本巩县，最近居于洛阳姑母家，高适兄亦到洛阳探访，故携手出城游览，不意得见李兄，何其有幸！"

李白笑道："数年前我在兖州与友相聚，还极推崇子美诗才，亦神交久矣。君与高适先生均属大才。"

李、杜、高三人一见如故，遂相邀同行，就近择一路边酒庐，畅饮欢谈。三人论及年序，李白生于长安元年（701），最长；高适生于长安四年（704），次之；杜甫生于景云三年（712）即今上登极之年，最少。席间，李白与杜甫相谈甚欢，对杜甫多首诗文颇为揄扬，多少冷落了高适；高适默然饮酒，极少插话。

三人离开洛阳后同去宋城游览梁园，先从洛水渡黄河至广武山（今河南荥阳），复经汴水到汴州（今河南开封）。从洛阳至汴州约四百里路，三人沿途游玩，走了近一月。再由汴州去宋城，约有三百里路，三人稍微加快行程，用了不到半月，于天宝三载（744）五月末到达宋城。

宋城人文蔚然，商朝前期、周朝宋国、汉代梁国均曾在此建都。汉代为梁国之地，南北朝时为梁郡，隋开皇十六年（596）置宋州，隋大业三年（607）复梁郡，唐武德四年（621）复改为宋州，天宝元年（742）改睢阳郡。宋城还存有西汉梁国梁孝王刘武所筑的梁园遗迹。

梁王刘揖死后，汉文帝改封刘武（谥号"孝"）为梁王于此。

刘武系汉文帝刘恒嫡次子,汉景帝刘启同母弟。七国之乱时,刘武率兵抵御吴楚联军,坚守梁都睢阳,立下巨功,且为母窦太后宠爱,所获金银、珠玉、绢帛、宝器等赏赐不计其数。故梁王大兴土木,重修古吹台,建宫室殿阁,兴建号称方圆三百余里的东苑,也称"兔园",后人称"梁园"。《史记·梁孝王世家》载:"于是孝王筑东苑,方三百余里,广睢阳城七十里。大治宫室,为复道,自宫连属于平台三十余里。"梁园中建有离宫,楼台殿阁鳞次栉比,筑假山岩洞,辟湖泊池塘。睢水两岸,茂竹万千,长十余里,俗称"梁王修竹园"。另有各色松柏桐柳、奇果佳树、珍禽异兽,可媲美上林苑。文人雅士如齐人邹阳、公孙诡、羊胜,吴人枚乘、严忌,蜀人司马相如,等等,皆为梁孝王座上宾。梁王不时与门客一起游猎,兴之所至吟诗作赋、酬唱应答,其中尤以枚乘《梁王兔园赋》为佳,故梁园时有"文雅"之称。

据《西京杂记》记载,梁园中有百灵山,山有肤拓、落猿岩、栖龙岫。又有雁池,池间有鹤洲凫渚。其诸宫观相连,绵延数十里。李、杜、高三人到得梁园,八百余年风流云散,楼台殿阁大多已湮没无存,唯雁池畔残存殿阁一处,池中碧波荡漾,岸边柳树依依拂水,似在凭吊往事;远近几座石山仍怪石嶙峋,依稀可见当年秀伟之状。三人登上六尺多高的古平台,其上荒草没膝,松柏苍翠古朴,秦砖汉瓦残片半埋土中。李白遥想信陵君魏无忌三千门客,在如姬、侯嬴和朱亥帮助下,窃符救赵的往事,诗兴大发,写下《侠客行》,中间写道:

闲过信陵饮,脱剑膝前横。
将炙啖朱亥,持觞劝侯嬴。

三杯吐然诺，五岳倒为轻。

　　眼花耳热后，意气素霓生。

　　杜甫阅罢，叹道："有君赞叹古侠客'十步杀一人，千里不留行'，以下诸句，我却不敢献丑了，唯有以此下酒。"高适亦道："此诗气魄慷慨，吾有诗意亦被阻也，唯有当酒痛饮。"

　　三人见附近清凉寺旁有个两层酒庐，遂登楼临窗，以朱家、郭解、朱亥、侯嬴事迹佐酒。时为仲夏，店家开门窗，遣童仆在室内摇巨扇，清风徐来，宛如仲秋；并奉上新鲜杨梅、雪白吴盐佐酒。佳境佳友，三人兴高采烈，让店家取五白助兴。五白以五个木块刻制，上黑下白，黑面画牛犊，白面画雉鸟。掷得五子皆黑为卢，最胜；次胜五白为雉；再次则四黑一白；除五白者，总以黑多为胜。三人呼卢喝雉，互有胜负，而高适拿捏较好，赢得多些，因此杜甫有些不胜酒力。李白道："此五白纯系偶然，不显机变，我等改为六博较胜如何？"

　　店家又呈上六博棋具，棋盘十二道，中横一空为水，放鱼形子两枚，两端各置六枚色分黑白的长方棋子，均称散，并先掷茕（骰子）再行棋，以点数定该方步数。棋盘共十二曲道，总以行生门、避恶道为要，先进至中间横空者，棋子竖起为枭，枭再进一步即可入河"牵鱼"并返回己方；每牵鱼一次，获筹二根，先获筹六根者获胜。然枭可经曲道越河杀对手之枭或散两枚，散只可顺行、枭顺逆皆可行。故欲胜者须根据掷茕点数计算路径、步数，一为己方散尽快经曲道临河成枭，二为己方枭尽快越河杀对手之枭，方能多获筹取胜。

　　杜甫现与高适对弈，因酒意上涌，不敌对手。李白青年时首入长安，常与五陵少年以六博赌彩，精于此道，见状拉下杜甫，与高适对垒起来，两人攻守进退，互相胁迫，杀枭争胜，高适明显不敌李白，亦饮酒至醉。

三人均已沉醉，不再赌彩，闲谈李白在京与饮中八仙故事，杜甫道："太白兄交佳友，近君王，傲公卿，亦不虚赴京一行也！"高适哂道："子非太白，安知太白不虚此行哉？"杜甫道："子非我，安知我不知太白不虚此行哉？"两人皆化用庄子与惠施对话，李白听后笑道："长安三年，如鱼饮水，冷暖皆有，亦冷暖自知也！"

杜甫感慨李白飘然隐退后与自己同游宋城，命店家取纸笔，写下《赠李白》道：

> 二年客东都，所历厌机巧。
> 野人对膻腥，蔬食常不饱。
> 岂无青精饭，使我颜色好。
> 苦乏大药资，山林迹如扫。
> 李侯金闺彦，脱身事幽讨。
> 亦有梁宋游，方期拾瑶草。

高适因庄周曾在宋城蒙邑为漆园吏，飘逸旷达，不拘于俗，追思庄子往事，也吟旧作《宋中十首》，其七道：

> 逍遥漆园吏，冥没不知年。
> 世事浮云外，闲居大道边。
> 古来同一马，今我亦忘筌。

李白道："二位均有佳作，我亦有所感，然囿于室中，情志不畅，可闲步一番，以完其篇。"三人皆已大醉，付账离开。杜甫向店家说知，带走了剩余的笔墨纸张，以备路途随时取用。

李白边走边四顾低吟，数百步后到了清凉寺门口，其篇已成。他从杜甫手中要过纸笔欲题诗，然四处无高台可展放纸张。此时，望见寺门内照壁刚刚粉刷完毕，须弥为座，壁心高八尺、宽丈余，粉刷得雪白，四周砖雕莲花、祥云，煞是好看。李白醉眼惺忪，喜道："此壁留白，待白题诗也！"遂进到寺内，饱蘸浓墨，提笔如行云流水一般，写下《梁园吟》：

我浮黄河去京阙，挂席欲进波连山。
天长水阔厌远涉，访古始及平台间。
平台为客忧思多，对酒遂作梁园歌。
却忆蓬池阮公咏，因吟渌水扬洪波。
洪波浩荡迷旧国，路远西归安可得？
人生达命岂暇愁，且饮美酒登高楼。
平头奴子摇大扇，五月不热疑清秋。
玉盘杨梅为君设，吴盐如花皎白雪。
持盐把酒但饮之，莫学夷齐事高洁。
昔人豪贵信陵君，今人耕种信陵坟。
荒城虚照碧山月，古木尽入苍梧云。
梁王宫阙今安在？枚马先归不相待。
舞影歌声散渌池，空余汴水东流海。
沉吟此事泪满衣，黄金买醉未能归。
连呼五白行六博，分曹赌酒酣驰晖。
歌且谣，意方远。
东山高卧时起来，欲济苍生未应晚。

李白边写，杜甫边诵读，读罢叹道："好一个'人生达命岂暇愁，且饮美酒登高楼'，奈何'沉吟此事泪满衣，黄金买醉未能归'，思古抚今，往往让人沾襟。"高适道："以此诗观之，吾兄尚有志待申！"三人皆大笑，相互搀扶着，醉步踉跄而去。

　　三人离开后约有刻时，一个中年僧人领小沙弥欲外出，见刚粉刷雪白的照壁被人题字，怒斥道："何人大胆，污此白壁！"随即吩咐沙弥道："速让火工道人再用白灰粉刷。"

　　此时，恰有一个三十岁许的贵妇带丫鬟进寺，被照壁上气象万千、飘逸狂放的书法所深深吸引，看着旷远苍凉、寄托深沉的诗文，不禁神为之夺。听到僧人欲粉刷诗墙，她当即止道："禅师且住！我观此诗意蕴高远，书法飘逸不凡，可谓增辉之作，为何要粉刷？"

　　僧人却识得该女子，知其为前丞相宗楚客孙女宗煜。宗楚客在高宗朝曾拜相，后虽因依附韦后以附逆罪被诛，然丞相之家仍然豪富，在当地亦为豪族。宗煜十余年前曾嫁一县丞，七年前丈夫病故，只有一个女儿，现年八岁。宗煜携女归宁，常到清凉寺进香布施，因此管事僧人识得此女。僧人道："夫人有所不知，本寺拟在此壁绘佛祖说法满天花雨之图，故以须弥为座、祥云莲花为饰，不是小僧逆夫人之意，却是此诗文与庙宇无关，太突兀了些。"

　　宗煜思索一番，道："我将此壁买下，也算布施，你等善加看护，如何？"

　　中年僧人道："此事却要知事僧悟本师兄定夺。"他随即让小沙弥去请悟本前来。一会儿工夫悟本即到，亦与宗夫人相识，相互问讯完毕，说起此事。悟本道："夫人有命，本应遵从，亦不敢取费，奈何已付画匠酬金，夫人随意布施些吧，僧人不敢要价。"

宗煜道:"你只管说知此壁造价多少,我自有分寸。"

悟本合掌道:"夫人垂询,僧人即照实禀告了,照壁工料费不过数十两银子,又预付画匠酬金二十两,总计将近百两银子。"

宗煜道:"既如此,我且让管家送贵寺一千两白银以行布施,你却要妥善看管此壁,不许涂刷污损,我会常来进香查看。"

"施主行善,本寺无有不从,却也无须送如此多银。"悟本合掌道。

"我意已决,也是两善之法。"

宗煜安排完毕,乘牛车回府。车上,丫鬟问道:"照壁不值几十两银子,我看僧人本就多报了,咱买了又搬不回家,小姐何苦出一千两白银买此无用之物?"

宗煜正在低吟照壁题诗,听到随行丫鬟问话,答道:"我也知照壁不值这许多,然题诗的李白先生文采斐然,我弟宗璟对他仰慕已久,我也拜读过他的诗文,着实不凡。听说其人如谪居人间的仙人,飘逸出尘,今见其诗书双绝,千金不可得也。以后进香常来观瞻,岂不美哉!"原来宗煜父母亦已亡故,只与一个嫡亲弟弟宗璟相依为命,姐弟俩感情极好,宗璟推崇李白的诗文,常与宗煜谈论李白的文采、逸事,因此宗煜也熟悉李白诗文。

丫鬟掩嘴笑道:"不知这个李白年貌如何,小姐莫非看上他了?"

宗煜羞恼道:"你这小蹄子却碎嘴!我从未见过此人,何来看上?只是欣赏其诗书罢了,今后不许胡说。"

后,宗氏以千金买壁一事逐渐传开,并传为佳话,引得众人不断前来观看照壁,清凉寺也由此广获香火。

游罢梁园，李白欲告辞归家，杜甫高适数次苦留，就近游玩宴饮，又到高适家中探访，盘桓两月余。到了早秋，李白坚辞，杜甫依依不舍，竟长送百余里至单父县。李白想起族弟李凝在单父任主簿之职，遂与杜甫前去探访，未料不仅族弟李沈从咸阳来访李凝，更喜逢故人陶沔。陶沔于去年被荐举任单父县尉，与李凝同为县令窦衡的佐官，因谈起李白，两人结为好友。陶沔善鼓琴，于城东北隅重筑春秋时单父名宰宓子贱弹琴之土台，台高六尺、广三丈，前方后圆，形似半月，中构木亭，置石制案几，暇时或与李凝登台鼓琴，或与窦公围棋对弈。李凝、陶沔在琴台设宴，与李、杜和李沈欢饮数次，中间窦令亦宴请两次。陶沔告诉李白，自李白赴京后，竹溪六逸先后云散，自己回单父，裴政归家，韩准还山，今春孔巢父亦被荐举入京，唯有张叔明在石门后李白所购田产旁筑草堂隐居于山水之间，间与韩准往来。

　　秋高气爽，天气不寒不热，李沈年轻好动，邀集猎户数十人，鼓动李凝、窦令等出城狩猎。唐人尚武，从皇帝到官吏、士绅均喜田猎，李凝、窦令与李白、杜甫、陶沔亦欣然相从。六人带领猎户、家人、衙役、民壮约百人，持刀枪，携弓箭，骑数十匹快马，牵猎犬，擎苍鹰，出城到孟渚泽边的荒原山林中行猎。孟渚泽广约百里，水波浩渺无际，泽畔荒草低者没踝、高者至膝，疏密不一的树林遍布荒原和山丘。到得一片百余亩的荒林，李白与窦令等十余人骑马擎鹰，分散于林外一高丘上，备好刀枪弓箭。猎户带领近百人从三面进入树林，放出猎犬，高呼大喝、敲锣打鼓以驱赶鸟兽，唯将李白等人留在待猎的一面。不一时，鸽子、山鸡等受惊，纷纷向林外飞去，李白等先放出十余只猎鹰中的一半。只见苍鹰振翅疾飞，忽高忽低，飞翔回旋，在空中追击飞鸟，接近飞鸟时即探爪一抓，无有不中。空中众鸟疾飞，追击躲避，高昂的鹰叫与飞鸟的哀鸣此起彼伏。此时，林中陆续跑出狐、兔、獾等走兽，在草丛中仓皇飞窜，李白等人手牵的猎犬皆狂吠不止，剩余猎鹰亦扬翅鸣叫。待猎的十余人先后放出剩余的猎鹰和十余只猎犬，两三只猎犬或追赶或迎堵，共同围猎一只兔子，追上即咬住不放；猎鹰展翅在低空盘旋，发现猎物即猛扑过去，探出利爪猛击猎物，遇稍小的猎物则急速俯冲，将其抓住再飞上天空。李白等人弯弓控弦，分别射中几只兔子。突然，林中飞奔出一大一小两只野狼，近旁一只猎鹰向小点的野狼扑去，被野狼一扑险些倒地，一狼一鹰体型相仿，在地上追赶撕扑。猎鹰展翅探爪切入野狼脖子，蹲踞在野狼身上；野狼跳跃不止，猎鹰则一爪紧抓不放，另一爪反复抓挠不止。野狼终于蜷缩于地，猎鹰高鸣，似在报功。另一只大些的野狼与两只猎犬翻滚撕咬，一犬紧咬狼尾，一犬边躲避野狼撕扑边侧咬狼颈，但两犬终不能制服一狼。一时间，众人呼叫、鹰隼啼鸣、猎犬狂吠、野狼厉嚎，与锣鼓声喧响成一片。野狼挣脱猎犬，飞奔到一个衙役面前作势欲扑，李白见状，驱马飞奔过去，取下长枪刺入狼腹，两只猎犬紧随而至，才将野狼撕咬得奄奄一息。稍后，又跑出一只野狼，被数只猎犬咬伤，终由窦令引弓射死。

　　李白等人兴高采烈，喧呼驰逐，直至黄昏，猎得上百兔子飞鸟并三只野狼，遂至单父东楼炮炙畅饮。席间陶沔鼓琴，两伎献舞佐酒，余人猜拳行令，一直欢饮到天色微白，众皆醉饱方散。

　　杜甫离家时说是出游两月，因不舍李白，随行至此，现已离家四月，恐家人悬念，洒泪辞别李白。李白一路风尘，颇觉辛苦，动极思静，留在单父休憩数日，在窦公南楼闭门读《庄子》等书。才休息两日，单父县接到公文，称睢阳郡宋城主簿遇丧致仕，李凝迁宋城主簿并摄单父主簿，着尽快赴宋城交接政务，并告知天宝三年（744）五月改年为载。李凝拟近日赴宋城交接政务，李沈见兄长将离开单父，也告辞赴西京参加明春科举。诸君在东楼先一日举行夜宴送别李、沈后，李白、陶沔又与其他佐官、乡绅送李凝到城南栖霞山，宴别而归。李白也辞别窦令、陶沔诸官，经任城与朋友卢潜主簿相见，卢主簿告知李白，李都督已然致仕离开，李白未在兖州停留，向东直行归家。

第二十二章

悲歌·剑道

从天宝元年（742）初秋离开，到天宝三载（744）中秋归泗，李白离家已三年整。秋风萧瑟，风景依旧，离南陵数里时李白又忐忑不安起来，不住地拟想与明月和孩子相见时的情景。想起在长安送别贺监时，贺监所言离家数十年、心欲归而情转怯之语，李白此时才体会到个中滋味。

几个乡邻在路上与李白相见，热情招呼，但李白总觉他们欲言又止，似有隐情。李白先回自家，却见大门紧锁，春联上以白纸覆盖，似有不祥之事。李白大惊，快步跑到岳丈刘医师家，进了大门，七岁的平阳正领着四岁的伯禽在院中玩耍。见到李白，平阳稍微一愣，随即飞跑过去抱住李白痛哭："爹爹，你怎么到这时才回来！"伯禽对李白似有印象，迟疑不前，见姐姐痛哭，也哭起来。

李白抱起平阳，贴着她的脸道："平阳不哭，好孩子，爹爹回来了，有什么事你慢慢说。"

平阳抽泣不止，不能言语，此时刘医师听到院内一片哭声，抢出门外，看到李白，用拳头在李白身上乱砸，道："好女婿，你好狠心！我对不住你啊！"

李白茫然失措，感觉发生了非常不好的事情，问道："岳丈，到底何事？"

刘医师哭道："明月……明月不在了！"

李白有些糊涂，道："明月去哪里了？"

"自你走后，明月思念你时就去后山桃林，今年春天明月又去桃林，雨后路滑，摔倒后磕在林中巨石上，可怜明月——"刘医师泣不成声，不能再说下去。

李白急道："明月怎么了？她在哪里？"

刘医师抹了抹眼泪，抽泣道："明月磕伤头颅，找到时血流满地，已经……已经故去了！"

李白用力抓住刘医师，喊道："不可能！你是医师，你一定能救明月！"

刘医师捶打着自己的胸膛说："我没看好明月，我没能救活明月，我对不起明月！"

李白如五雷轰顶，大脑一片空白，呆滞地问道："明月走了？明月不在了？明月真的去世了？"

刘医师含泪点头。李白似乎才明白过来，痛呼一声："明月！"因急痛攻心，血气上涌，他失去了神志，向地上倒去。不知过了多长时间，听到刘医师在呼唤自己，岳母也在身旁痛哭，李白挣扎着爬起，泪流不止，间或哽咽，但不言不语，只是悔恨自己未能早日辞官归家。

刘医师夫妇领李白来到山后桃林明月坟墓前。李白扑到坟上，脸贴墓碑，抓住封土，似乎抓着明月的衣襟，放声大哭，久久不愿离去。岳父岳母边哭泣边苦劝李白，李白才一步一回头地离开。到了晚间，孩子们仍留在外祖父家，李白孤身一人回到家中。明月的衣物、古琴仍在，而斯人已逝，李白怆然泪下。想起明月明亮的眼眸、灿烂的笑靥，两人静静对弈，自己病中明月温柔照料，桃林中、凤仙山上二人吟诗联句……明月的一颦一笑历历在目，耳边似乎响起明月温婉的声音。自己对明月表白"死生契阔，与子成说；执子之手，与子偕老"，明月回书"弋言加之，与子宜之；宜言饮酒，与子偕老"，这一切还恍如昨日，但如今都没有了，今后也不可能再有了。李白不禁悲从中来，不可抑止。他翻看明月遗物，看到一张诗稿："昔年杨柳曾依依，绿树成荫轻别离。游子可忘归家路，杨柳年年发新枝。杨花寂寂柳憔悴，花落水流无人知。林中徘徊不忍去，雨雪霏霏今来思。"李白看着熟悉的娟秀字体，体会着明月期盼和失望的心情，又流下泪来。

夜间，茫茫浓雾笼罩了天地，李白恍惚看到明月从浓雾中走过来，微风吹拂，她的长发轻轻飘扬，白色花瓣飘落在她身上，美得好似仙子。李白起身一看，却什么也没有。他走出房屋，走出院子，走向后山，天地间只有浓雾，没有一束光、一点声音，更没有他心中的那个身影。李白凄厉地高喊起来，又来到明月墓前。

第二日一早，刘医师到家不见李白，与张里正一直寻到明月墓前，见李白已昏睡过去，正发着高烧，墓前泥地上潦草写着："相见即倾心，相识意更浓。相知相感激，不觉情意重。

凄风苦雨留远客，碧梧亭亭栖孤鸿。相得甚为欢，谈笑何晏晏。谁知子夜变，风云忽消散。鲜血君洒落，热泪我吹寒。重逢不得逢，欲言无从言。万里长空人何在，皎皎明月思年年。"刘医师看后再度哽咽，张里正也叹息不已。

刘医师通过推拿将李白唤醒，与张里正共同搀扶李白回到家，熬制了药汤让王小五服侍李白服下。李白大病一场，六七日后虽慢慢好转，却如被抽去魂魄，镇日怔忡发呆，不思茶饭，整个人瘦下一圈。刘医师夫妇反过来劝慰李白，说天有不测风云，明月已去，还要照看孩子。李白怕拖累岳父岳母，方才慢慢恢复饮食，教平阳、伯禽些诗书，逐日去自己在南陵的酒楼饮酒消愁，一直郁郁寡欢。

三个月后，将近元正，张里正来找李白，说道："我看官人整日困坐家中，也不是常法。现明月庵清风尼师已然返回庵中，官人原欲学剑术，现在是否还有此意？练习剑术，调整一下心情也好。"李白想起自己来汶阳本欲学剑，习剑亦可暂解苦闷，即洗漱一番，随里正前去明月庵。

清风尼年已古稀，望之如六十许，形容清癯，气质宁静，虽简单布衣装束，但整洁清雅，枯瘦的身体让人难以相信这是一代剑道宗师。张里正介绍了李白的情况，李白亦表明拜师习剑之意。清风尼审视了一下李白，缓缓道："我在各地云游，亦听过君之文名，拜读过君之诗篇。观君气质，如出云表，超然绝俗；然细察之，神光炯然四射而不含蓄内敛，又非出世之人。吾与师妹临颍人李十二娘皆受业于公孙大师，师曾嘱勿轻授剑术于男子，恐其乱法，且僧俗殊途，拜师一事勿再提起。然先生文名著于天下，显非犯禁乱法之人，且开元二十四年（736）即来此欲学剑，九年方得晤面，亦属有缘。君果有意，我尚可指点一二，可以半师半友相待。"

清风尼师让李白先尽其术演练一番。李白使出全身气力，在庵前纵横跳跃，横削直刺，回旋斜抽，格劈撩斩，剑花缭乱眼目，看起来着实凌厉。

李白练罢，清风尼道："除无基础未入门径者，习剑术者有三阶，今为君说之。一者以力运剑，纯以肢体劲力灌注于剑器，剑随人动，以熟练招式为应敌之用，其益在接敌有术不致失措，如力大术精亦可称雄一时；其弊亦在剑随人动、变化万千，非预定招式可解，且敌有佯攻、虚招误导，防不胜防，变不胜变，而人力有衰，吾招有穷，此可为入门之径，绝非可止之境。观君正是以力运剑。"清风尼唤身旁十余岁的女童道："空灵儿，你且演习一下剑术。"

空灵儿持剑肃立，气凝如山岳，突起刺击，剑光飞舞，身影飘飞，剑气笼罩，迅捷直如飞猿脱兔，一时无法区分人剑。剑光纵横中突又变为缓缓挥剑，但饱含剑意，让人不觉其慢，只觉力运千钧，随时可奋起如狂风迅雷。一阵风吹来数片枯叶，空灵儿剑花抖动，刹那间五六片枯叶皆碎。清风尼道："且住。"空灵儿收剑伫立，仍然稳如山岳。

清风尼评点道："此为剑道第二阶——以意御剑，剑已非外物，而为我之肢体，剑随意动，运剑如运吾之指掌，心神所至即剑之所至，心意方回而剑已返回，虽有招数而已忘之，虽用劲力而不觉之，总以心意为先，剑随心动。进此阶者，可冠绝常人，聪明颖悟者勤学苦练，积以年月可望至此——前者裴大将军即此中佼佼者。然尚有第三阶谓人剑合一，却需机缘、悟道、修慧、慈悲，非仅颖悟苦练可至也。"

李白道："请尼师示以人剑合一之道。"

"人剑合一，非仅忘招数，亦无剑器，人即是剑，剑即是人，内合其气，外合其形，形气合一；且此亦未尽其意，非仅草木、金铁，万物皆可为剑，空无一物亦可为剑，心意欲到而剑意已至，心神欲回而剑意已回，如流水无心而周流无碍，剑意随机而动，先机而发，至者已然无我无相更无剑，花开花落、风吹云散、流水山石、一草一木皆剑道也。吾窥人剑合一十余年矣，尚未能至无我无相之境，唯我白云祖师为此境宗师。"

说罢，清风尼师从地上拿起三尺多长的枯树枝，稍一移步已在数丈之外。尼师与树枝浑然一体，动如九天电光迅雷，恍兮惚兮，不知其所来，亦不知其将至，又如倾盆暴雨狂泻而下，无处不在，凝重时似千古磐石，巍然不可撼。李白感到方圆数十丈均在尼师剑意内，无从避之，更无从击之。剑意笼罩中不知过了多长时间，清风尼师已然回到原地，又变成枯瘦尼师，似乎从未舞剑。

李白至此方知世上有如此剑术，不见招式而无坚不摧、无处不在，叹服道："人剑合一吾虽向往，但亦知尚不能至，请尼师教以意御剑之道。"

清风尼道："以意御剑，须化力为意、化剑为体，虽以剑与身合、身与意合、意与气合、气与神合、气凝意虚、心神空明为要，然此为虚境，还需法门从实而入。我授你剑谱一册，此谱不可轻传他人，尤禁传于好勇斗狠、心术不正之徒，望谨记之。"

清风尼回到庵中，取出一个纸色发黄的卷轴递给李白。李白展开见是《白云剑谱》，上载"守御式""进击式""修行式"三个剑式，每式各有不同的剑法、身法、步法。其中"守御式"有格、挡、抽、截、带、提、搅、挂、崩、压、引、御、洗、云诸术；"进击式"有击、刺、点、劈、砍、撩、斩、抹、削、扎、穿、挑、抖、圈诸术；"修行式"则载以剑练气、以气练意、练意化神、化神还虚、抱虚守真诸般法门及剑式。

李白翻阅时，清风尼又道："剑之道亦人之道、世之道、天之道，强人者先自强，胜人者先自胜，须先立于不败之地，然后可进、可退、可防、可攻，故先从守御式入手。然此尚未足，须知守中寓攻，攻中寓守，攻守实一而不可分也。分习之，乃循序渐进所需，非有纯守纯攻者，两式实为一式，熟练之后应忘其之分而合二为一，至此方可再习修行式，不可贪多求进。"

清风尼又面授李白剑诀及练习要点，让李白练习一月后前来演示，观其效再予点拨。

李白得剑谱剑诀后每日勤苦练习，冀借此排解心中苦闷，虽全身酸痛亦不觉苦。他练习一月后，自觉守御式已然熟悉，剑法流畅无碍，向清风尼演练后，清风尼却道："汝之剑，形虽似而神不至，力有过而意不全，内含执念，心有挂碍而不能忘情，情郁于中而发乎外、形于剑，此剑道之碍也。"

尼师叹了口气，又道："忘情者非无情也，人又孰能无情？明月之事我已尽知，君痛惜哀伤诚可解，但亦应有节、有止。须知寿夭穷通、生离死别，众生难免，因此我佛大发慈悲，说无上法普度世人。明月得遇君，成美满姻缘，此生已无憾；她助父行医为善，当往生极乐。且寿至百年亦电光石火、梦幻泡影，逝者已逝，生者犹存，君当善抚子女，方为对明月最好之安慰，若徒然悲伤，既于事无补，亦与大道不合，非达者应为。"

李白听后默然良久，答道："吾师所言，我亦解之，奈何心中耿耿，难以忘怀。"

清风尼道："一花一世界，一叶一乾坤，风吹云散、日升月落均含禅理。既然心有挂碍，请君多观草木生长、云霞明灭诸相，感悟自然之道、天地之理，然后物我两忘，心中空明，可达以意御剑，再窥人剑合一。"

李白受教，每日除教养子女、练习剑术外，便是到南陵村前后左右田野中、山坡上体察感悟。时值初春，杨柳萌发出鹅黄嫩芽，虽娇柔脆弱，但生机蓬勃；冰雪逐渐消融处，可以看到钻出点点新绿。李白看到绿芽与残雪共存，观之良久，心中似有感悟。白天，天空湛蓝如洗，而白云悠悠，似乎亘古未变，然风吹云走，变幻无穷，又时时不同；夜间，碧空万里，晶莹剔透，漫天星斗闪烁，明月从满至亏，又由缺复满，星月交辉，映照着山林、平地、原野。每日一早，李白均登上石门山顶，静等一道红光闪耀于东方天地相接之处。太阳缓慢升起，由红弧渐变为圆球，幻化出灿烂的霞晕光影，闪耀荡漾不止，颜色渐由暗红转为亮红至炽白，日光斜射于东天云层后，映照出半天如火朝云。万道霞光掩映中，红日终于磅礴跃升出天际，照亮了整个天空和大地。在风云变幻、日升月落、草木萌发中，李白的心胸逐渐开解，不再终日郁郁，习剑时亦能心无旁骛，两个月后渐能运剑如己之手臂指掌，唯夜深人静回首往事时，还觉心中怅然。

三个月后，李白自觉稍能以意御剑，又去向清风尼讨教。清风尼看罢李白击剑后，抚掌道："善哉，初窥门径也。今后须随心应手习练，除日常剑式外，再向身外求教。今夏汝可择狂风骤雨之时刺击雨点，深秋风吹叶落时追击落叶，冬日暴雪时搏击风雪，总以迅捷多击为善，循此再勤修一年左右，可望有成。"

七月某日，上午还是晴空丽日，午后即浓云密布，天空晦暗如黄昏，大地一片苍茫。惊雷不绝，一道道夺目的闪电此起彼伏，不断撕裂浓密乌云，或横贯流布照耀半空，如同火烧。电闪雷鸣中暴雨如同利箭穿天射地，狂风吹起地面上的雨水和雾气，翻卷出汹涌波涛，天地间顿时化为宽广无边的滔滔江河。

李白想起清风尼师所言，提剑跳入狂风暴雨中，耳听狂风呼啸巨雷轰响，眼观波涛汹涌电光闪闪，身感风吹人动雨箭击射，李白逐风击雨，人随风动、剑随意至，逐渐忘却手中之剑，唯应风雨而动，觉天地之无情，感造化之壮伟，悟生生之不息。雷雨一个多时辰尚未止息，李白疲惫至极，持剑在电闪雷鸣中狂呼长啸不止，直似将心中伤痛全部喊出。

这场雷雨后，李白几近虚脱，全身酸痛，声音嘶哑，但心中郁结已解，休息数日后即能正常教养子女、读书习剑。他再向清风尼师讨教时，清风尼道："汝以意御剑已有小成，然未精纯，不可急于求成。君悟性过人，此后仍从天地风云、山川草木感悟万物相生之理、天地不变之道，终归有中之无、实中之虚，然后无剑无我仍归于一，可进入剑合一之道也。"

获清风尼师首肯和点拨，李白稍觉安慰，将《白云剑谱》抄录完毕奉还尼师。恰张云卸里正之职，李白除日常习剑外，即按尼师指点，邀张里正遍游泗水名胜之地，赏泗河之源泉林泉水汩汩不绝，登圣公等山，谒安山等寺，于山水之间感悟剑道，心情逐渐平复。

在练习剑术和观览山水之间，不觉已至夏末，天气依然炎热。这一日，李白想起长生观云中子骗惑自己一事，虽心中已经释然，却想到观中寻云中子，开个玩笑，看他如何解说。

李白身负长剑，一人独步至长生观内，却见道观冷冷清清，只有一个火工道人。李白问道："云中子道士等人却在哪里？"

火工道人本在观内闲坐，起来答道："听说云中子前两年骗了个贵人，现在他听闻贵人做官回来，怕有麻烦，几个月前带着道童出去云游躲避了，交代我看好道观，什么时候回来也没有定准。"

李白心知云中子可能正是躲避自己，也就一笑了之，不再追问，出观登上饭颗山头。到了山顶，李白方欲练剑，看到东面山岭走来一人，那人头戴斗笠，走向李白，正欲拱手相问，两人定睛一看，均哈哈大笑，上前抱在一起，原来此人正是杜甫。只见他比去年更加清瘦，且被晒得发黑，李白问道："二弟别来无恙，何以至此？真正让我喜出望外。"

杜甫摘下斗笠，端详着李白道："十二兄为何清减至此？与兄去岁别后，始终挂念，相约今秋来访，我于仲夏即从巩县出发，先至单父拜访李凝、陶沔——对了，他们均有书信给你。"杜甫从衣袖中掏出两封书信递给李白，李白拆看，信中无非问询相念之语。杜甫继续道："我又到任城，在贺兰氏酒楼听闻你作《任城县厅壁记》一事，已然广为传诵，有人已将贺兰氏酒楼称为太白酒楼，也是一段佳话。"

李白看完书信，答道："你还说我清减，君较去年亦清瘦不少，莫非是寻章觅句、作诗为文辛苦所致？"说着，李白吟出一首《戏赠杜甫》：

饭颗山头逢杜甫，
头戴笠子日卓午。
借问别来太瘦生，
总为从前作诗苦。

杜甫擂了李白一拳："兄长说笑了，这不是从仲夏至今，我从任城沿泗河至兖州曲阜县游览过来，一路风尘，能不黑瘦乎？然兄在家中，何以也清瘦至此？"

李白即将明月之事告知了杜甫，杜甫唏嘘良久，以手抚李白之背道："兄与嫂伉俪情深，嫂子中道亡故，着实让人痛惜，但天有不测风云，事已至此，悔痛无益。兄非池中之物，乃人中龙凤，且往事不可追，不宜多思前情，还望奋起。"

李白答道："好弟弟，无须记挂，兄本也明白，况又经清风尼师和众亲友开导，且有孩子，虽不能忘怀，也唯有接受了。"

下山后，李白邀杜甫到自己的南陵酒楼饮酒，晚上即在家中抵足而眠，长谈对历代兴衰的评论、诗文的见解、时政的臧否及个人的经历。两人许多见解相同，意气相投，愈谈愈高兴，一直谈至天色发白、雄鸡啼鸣之时才沉沉睡去。

第二十三章

双星耀泗水

此后两日，李白引领杜甫在村后游览了石门山，到灵光寺寻慧明禅师谈禅，又去白云庵拜谒清风尼师。灵光寺慧明禅师说道："汶阳之改泗水，以泗河源远流长，且泗境水泉明秀故也。泗之水能不观乎？尤其县治东四十里处，泉水如林，且有雷泽之湖，亦称漏泽湖，广十余里，由春至夏来水，积雨深三丈许，因湖心石窦多穴孔，每年立秋后第三日午时，则石窦忽开，湖水下泄，其响若雷，一夕多而竭，漏水却不知所往，有云通东海，或曰存地下为泉林诸泉之源。因其泄水时声响如雷，故称雷泽；又因秋后其水漏泄约半，又称漏泽；雷、漏音近，两名并称。老僧多年前曾亲观漏水之奇，叹为观止，真天下奇景异事也。杜施主远道而来，且今距立秋不到五日，不可不观也。"

两人均首次听说此事，非常惊奇，李白邀杜甫立秋后去泉林观泽、赏泉，杜甫欣然接受。慧明又道："泉林胜景众矣，泗水十景计有泉林环翠、泗脉流虹、珠泉寒涌、卞桥双月、雷泽秋声、龙门灵雾、安山春秀、玉沟烟柳、商寨晴岚、芦石巧成，而泉林约有其半，一日不能赏完。吾慧通师兄现为泉林寺方丈，泉林寺丛林宽宏，设有客房，二位施主如去泉林，可暂住寺中，届时代我向师兄致意。"

离开灵光寺后，李白想起陶沔所言张叔明现于石门山后隐居，归家后因遭变故一时忘记，此时忆及，就与杜甫越石门山去看望他。张叔明在石门山后的一片树林中，依泉溪搭建有三间茅屋，以木篱围之而居。他见到李白欣喜异常，道："自君赴西京后，陶沔去单父任县尉，裴政出游，孔巢父归家，竹溪六逸已然云散。我忆恋旧友，此处有我凤凰岭张氏产业和太白兄田地，山明水秀，我就择此筑草庐，每月居憩十余日，亦待诸友之复来也。前两日韩准外出，刚来吾处辞别。今日何日，又得见太白兄、子美弟，何其喜也！"

李、杜邀张叔明同游泗水，探访雷泽、泉源，张叔明喜道："吾所愿也。"

离开石门山南陵村时，李白回顾山川村落，只见高山肃穆，四野广漠，想起在村口遇见明月和同游石门的往事，心中怅然，哀伤不已，悲啸一声潸然泪下，吟道："长啸复痛泣，谁会此中意？非仅悲一人，哀哀悲逆旅。高山唯寂寂，流水终流去。四顾皆茫茫，茫茫不可语。"

杜甫见状，知李白想起伤心事，亦感人生无常而天地不变，思索一番也吟诗以表安慰："沧海有枯时，青山岂永立？火烧炎夏后，冰雪凝天地。花开春雨中，叶落秋风里。万物有兴衰，生生却不已。"李白听后拭泪道："兄一时起儿女之情，却让两位贤弟见笑了。"

张叔明伫立良久,道:"太白兄所吟之诗道出真情,子美弟则讲明至理。兄之情我不能追慕,弟之理我深有同感,也想了几句勉强和二位之诗,还请两位大家指教。"说罢,他折下路边枯枝,在沙土上写道:"古来天地在,众生未有迹。日月交替来,江河依旧去。黄粱梦尚酣,白马已飞隙。万物自兴衰,无情造化事。"

经两位朋友一番"诗劝",李白收拾心情,与二人先至县城拜谒仲庙。孔门先贤仲子路系泗水下邑人,不仅学问通达,还有百里负米孝亲之情,卫道捐身赴死之义。泗城东郭立有仲庙,占地数十亩,庙内松柏森然,正中大殿额题"高明殿",殿阔五楹,中塑仲子正冠彩像,三人焚香礼拜。

在县城内购置了些随身备用物品,三人午后出城南门,待舟渡泗河去东高里,杜甫、张叔明见土人乘氅过河亦惊奇不已。泗河水质清澈,还有"清水""清河""清泗"之名,两岸夹河,阔里许至数里不等,从岸边到河心水深尺许至两丈左右,浅处清澈见底,水底沙砾历历在目,黑黄色的小鱼、青白色的河虾嬉戏于翠绿水草和黄白沙砾之间;水深处在阳光照射下亦依稀见底,呈半透明状,恍若琉璃流动。

杜甫叹道:"我亦游历多地,未见有河水清澈如泗者。"

李白解道:"此因泗水由泉林陪尾山下诸泉汇流成河,尤以四道清泉为主,中间汇集峰岭岩石渗流之泉,盖河由泉汇、泉由岩出,愈近源头泉水愈纯,非他水可比也,故清澈澄净如同山泉。"

张叔明掬水试饮,纯净中有甘甜之意,咽之顺滑而下,赞叹道:"河流之水而有山泉之甘醇,泗之人依此水何其幸也!"

渡河后,杜甫、张叔明陪同李白去东高里拜谒皋陶祠,见前次李白出资后，祠堂已经简单修复，屋顶漏洞修补完毕，墙面裂缝以草泥堵塞并粉刷一遍，唯院内杂草丛生。三人清理一番，不觉已至正午，在路旁火烧铺简单用餐后循近路向南，探访据传是古时白鹿聚集之地的鹿鸣村。

他们到得鹿鸣村，见村外多水洼池塘，水边芦苇丛生，其北山岭起伏，南面相传为孔子的出生地尼山。两山间平野开阔，草树茂盛，绿野苍苍，河溪明澈，山清水秀，野趣盎然。相传此地古时水草丰茂，白鹿聚集，时时可闻呦呦鹿鸣，现仍可偶尔见鹿。三人在野外漫步多时，既未见鹿，亦未闻见鹿鸣，询问野人，则曰鹿已罕见，唯在山林间可闻鹿鸣。

时近立秋，三人遂向北面泗河折返，立秋当日午后行至泗河南岸。夏末之时，草木茂盛，两岸绿草如茵，东西绵延数十里，直至河流转弯之处。夕阳斜照，将河水映得通红。虽正上空白云朵朵，西面晚霞灿烂，然三人所在处的东面数十丈外，几团厚云下却飘起细雨。微风吹过，河岸边垂柳枝条飘舞，两名老者坐在一方平石旁的木墩上，支起钓竿，任凭鱼儿夺食钓饵，唯有鱼儿咬钩时方起竿收鱼。两人以清泉代茶酒，长谈间不时举盏啜饮，所谈无非是些个人经历和时事，忽而大笑，忽而唏嘘，显然非常投机。

杜甫赞道："此二老深有雅致，此景可入诗画也。"他接着吟道："垂钓泗河两老翁，清泉数盏话平生。碧波荡漾琉璃水，绿叶飘摇垂柳风。芳草萋萋遍地绿，晚霞绚烂满河红。残阳斜照烟云里，东边细雨西边晴。"

张叔明评道："此诗摹写此景可谓传神，惜乎前言碧波荡漾，后语河水红，似有不谐。"

李白接道："无妨，碧波荡漾者近观也，水近透明而映杨柳，水体真似碧琉璃；河水红者远观也，夕阳斜照而晚霞灿烂，水面还如红绸缎。诗歌不可太过拘泥，虚实远近、情景交融方为佳。"

立秋翌日上午，三人终于到得渴欲一观的泉林，李白与张里正曾来此游览，遂为向导。

李白解说道："泉从陪尾山西南麓出，此山仅高五十丈许，为缓坡，《尚书·禹贡》称陪尾，《史记》载夏商称负尾，秦汉称横尾，北魏称妫亭山，至隋复称陪尾。泉林系泗河渊源，广数十亩，内百余泉并涌齐发，大如虎口至小如豆粒者皆有，数步至数十步一大泉，小泉多如牛毛，密集处步步有之，皆清澈明净而汩汩不绝。"

张叔明叹道："太白诚不欺我，此处泉水直如密林布地、繁星列天，泉林真名副其实也。"

李白道："我等先随意观之，稍后我再为两君导观名泉。"

三人澄心静意观赏泉林，只见泉或出于水边，或出于水底，或分流而下，或为浅池，或为深潭，或为湍流，其明流、悬出、穴出、暗涌群发、扰流者各有不同。明流者从石缝激流或慢涌而出，泉流如带，在水中清晰可见；悬出者状如瀑布而微小，由上湍流入水，飞溅出如同玉屑雪霰般的泡沫，起而复散，散旋复起，生生不息；穴出者从水底上涌，上涌之势至水底、水中、水面不等，力大量多者至水花趵突于水面；在水底暗涌群发者，则喷珠涌玉，数十至数百水泡从水底上升，至水面开裂，周而复始；尚有扰流者，水中多道泉水喷涌，泉流相互扰动，蜿蜒冲击之势历历可见。诸泉汇流，五步成溪，十步为池，百步成河。在泉流侧有石碑一通，约半人高，上镌"子在川上处"。李白道："故老相传，此即孔夫子观水流而感慨'逝者如斯夫，不舍昼夜'之处。"三人由此循流而观，泉水通透明净，静流处水藻青翠，随流摇曳，水面波纹荡漾，如绿绸皱起；激流处飞沫如堆雪溅玉。泉水蜿蜒不绝，汇流成河，川流不息，奔涌向前。

李白陪二友先在陪尾山西端观珍珠泉。此泉出于潭底石缝，清洌的潭水中冒起串串气珠，如群蚌吐珠水中，晶莹透亮，此起彼伏，连绵不绝，至水面浮为玉珠，散作雪霰，泛起微微水花。水花相连、相激，荡漾出轻波微涟，潭底白石似在摇动，三人映在水上的面容亦摇曳不定，如幻如化。

珍珠泉北流十步许入一潭，潭水中有一大泉激喷而上，汩汩溢出水面，突起尺许，水花腾跃，如同翻云卷雪，名曰趵突泉。李白等人观之良久，只见趵突之势瞬时千变万化，却又始终如一，激流腾涌不已，均感造化之神奇。

趵突泉向北七步入黑虎泉，其泉大如虎口，从深黑石洞中喷薄而出，如瀑之激射，若水之决堤，奔腾汹涌声若虎吼，湍流扬沫溅雪，如同万斛珠玉飞散。李白大叫道："当此须饮三斗，惜乎未携美酒！"

张叔明遥指南面道："看南面似有酒肆，天色近午，我等可去就食，晚间可借宿于北面佛寺中。"

离午时尚有一个时辰，三人又去观赏淘米泉、双睛泉。双睛泉从石缝中两个圆洞喷出，遥望如同双眸。张叔明道："两泉如眸，盖为双睛之名之所由。"李白答道："也不尽然，且近前凝心细观。"到得泉前，细察之下，水面似有一道南北向的曲折水线，隐隐可见蜿蜒之状，水线在水面波动不已，或东或西，但大体居中，将水面分为两个半圆，似双睛闪烁。杜甫静观水底，隐见东西两壁亦有泉涌，两泉对涌，流至水中相搏，上激为一道水线，随流之急缓此消彼长，蜿蜒蠕动。

杜甫问道："此为水底两流相遇互激，相持不下，而一水两体，似分而合，似合却分，故名'双睛'？"

李白笑道："两弟之言皆执其一。双睛应由泉洞之双洞出水、水面水线蜿蜒分为两半而名之，此双睛却是实至名归。"

淘米泉从沙底喷出，推动水底黄沙随水流上下翻滚，如同米粒流布水中，水清沙黄粒细，翻涌不止，状如淘米。李白道："前珍珠、趵突、黑虎与此淘米四泉汇流，诸泉再蜿蜒汇入，为泗河渊源，故名泗水。"

三人步向酒肆，途中流水潺湲，水声淙淙。酒肆极为简陋，是搭建的一处草棚，四面均无遮挡，树墩为座，木几为案，案上粗陶杯盘，地上随意摆放十余坛土酒，仅有咸豆、腐干两色冷菜，一名老者售卖。老者解说道，此处只为解游客临时饥渴之用，如用素菜，可至佛寺中就食。酒肆简陋，酒亦不甚佳，且喜前临红石泉，旁有古树，三人在树荫下把酒临泉，且饮且赏。

泉水在酒肆前积为深潭，水底复有泉喷涌出红沙，状若红石，又见千丝万缕的红线蜿蜒于水底。杜甫奇道："此万缕红线蜿蜒蠕动若有生命者，是何物？"

酒肆老者适来送酒，听闻后掀髯大笑道："先生再细看，是否为根须之物？"

三人细看，果然红线从岸边、水底探出，愈长愈细，有扎入沙土不动者，有逸入水中随流漂舞者，皆有所本，类似树木根须。李白指旁近古树，恍然道："此为古树根须延于水中，色红须细，与红沙共映水底。红石泉只状其形，未及其因，故我等未虑及红线实为古树根须。"

老者道："再向西北一里水静处，水底颜色如同彩虹，那才叫好看，三位不去可惜了。"

三人在泉边树下悠闲饮酒，杜甫道："至此，吾方解夫子智者乐水之意。"李白接道："愿闻其详。"

杜甫答道：“水无定体，随势赋形，无处不可在，以其变也；涓滴至微，而汇流成溪河江湖，以至浩渺，以其众也；水虽至柔，然滴水穿石，浪琢怪礁，以其恒也；水也至弱，然激流飞下，不可当者，以其势也。水之道，不因循执定，而随机变化，故为智者所赏。”

李白拊掌道：“弟之言，说出水周流天下，涓涓不绝，以至无穷无尽之意。不闻《老子》'上善若水。水善利万物而不争，处众人之所恶，故几于道'乎？”

张叔明道：“太白兄、子美弟谈道析理，我却凑了几句诗，只不敢在两位大家面前献丑耳。”

李白笑道：“歌诗者，抒情、摹景、言志、叙事也，有真性情、真意境即为佳作，而无大家小家之分。叔明性情中人，愿闻佳作。”

"川上观流水，悠悠无止息。洗出真面目，粉饰终为虚。淡里品真味，静中悟万机。清泉自地涌，陪尾古今奇。"张叔明在泉边踱步吟道，并请李、杜指教。

杜甫评道：“此诗质朴淡然而有意味，此其佳处；然感悟多而情景少，未能情景交融，此其欠佳处。故只可为中上之作，未可称上佳。”

“子美所言极是，谓之中上亦是鼓励之意，要我说此尚为中等之作。但叔明弟所擅者非诗赋，始作诗即达中等，假以时日，当有珠玉。”李白亦评道。

张叔明拱手道：“能蒙两位大诗人不弃，叔明已感幸甚，这几日跟随两位，再多加学习。”

时已至午后，三人即循水向西过响水泉，泉由石坡激流而下，淙淙激鸣如金玉相击，且于水静处鼓击双掌，泉面水花会应声激起，波纹随声荡漾，亦属一奇。响水泉北去后，地势平坦，水流渐缓，清澈纯净似水晶。水面如镜，映出碧空如洗、白云悠悠，若非时有轻风拂起水面微澜，几让人疑为虚空。水中翠绿水藻直立，似向空中生长，唯在水流扰动下微微摇曳，才觉其生于水中。大如鸽卵、小如米粒的雪白、鲜红、翠绿、绛紫、褐黄、天青、亮黑的诸色沙石密布于水底，在日光斜照下温润如玉、晶莹似贝，与水草相间相映，如绘如织，灿若铺锦，丽如流虹。青白色的寸许小鱼数十尾，见人来即游入水藻之中。三人无声无息静观良久，鱼儿又悠然游出，在水中倏然来去，如飞鸟凌空，上下左右翔游折返。天空碧蓝而晶莹，清流澄澈而透明，三人如在碧玉天、水晶地之间，与白云、绿树、翠草相伴，宛在仙境。

日近黄昏，三人到泉林寺中敬香礼拜，方丈慧通以泉水烹清茶相待，因泉水甘甜，茶味更加鲜醇。慧通介绍道，泉林除泉林美景、雷泽秋声外，尚有古卞城，有卞庄子刺虎典故，且有泉水流经的古卞桥。卞桥始建于商代，本朝贞观年间由右武候大将军、鄂国公尉迟敬德改建为三孔石拱桥，桥东可见双月共映奇景，亦足一观。

李白想起午后所见游鱼，慨然道："今观游鱼闲适自在，何其乐也。人却要历经风霜困苦、生老病死，反不如鱼之悠哉。"

慧通道："不然。鱼虽乐，仍限于水，设离水将不能存活，不闻涸辙之鲋乎？况鱼果乐耶？悲欢离合、生老病死，皆梦幻泡影，所以我等持法修行，以求真如。譬之以天上之月，盈亏皆月之幻影，圆月在天，何曾亏缺？卞桥虽现双月，天上只有一月，幻影如真，仍是幻影。人之历世亦如此月，从何处来仍归何处去，何必纠结于盈亏圆缺，孜孜于幻象泡影，岂非梦里寻梦、虚中追虚？"

杜甫道："禅师之语真如醍醐灌顶，我等是着相了。"

李白接道:"说之不如行之,我们且去卞桥赏月。大和尚能否为向导?"

慧通道:"善哉,左右无事,今碧空万里,明月渐满,当陪三位共赏之。"

第二十四章
岁漏之泽

泉源距卞桥约五里,慧通领三人向西循小路步行而去。至卞桥后月亮已然升起,水光月色映照下,天地空明,众人须发皆见。卞桥东西向静卧于水流之上,其来水两脉,一为东来转北的陪尾山下诸泉汇流,一为南来的石缝泉、双缝泉、高涌泉、梨雪泉等诸泉汇流,两水在桥南一里许处汇合,向北经桥注入泗河。

桥为石制,长约三十丈,宽、高均两丈许,桥东空石镌刻"敬德监造"篆字。此桥在平野陡然而起,弧跨如虹,庄重而秀雅。桥两首各有高大石狮一对,相向蹲踞于须弥莲花座上,体态庄重,威风凛凛,张口瞪目,神态威猛。桥面两侧各有望柱十四道、栏板十三块,均为石质。望柱为长方形,其顶雕刻方莲,重瓣含蕊,富丽堂皇。栏板四周饰以线刻花纹,正面刻绘人物故事、花卉、珍禽、异兽、云水、山石、建筑,均为浮雕,栩栩如生。四人细观,浮雕有"伏羲""飞天""龙虎斗""首阳二贤""太公钓鱼""子牙封神""卞庄刺虎""韩信点兵""周处除三害"等，人物神态逼真、衣袂飘扬，龙虎皆有直欲扑出之势。桥之外侧，桥墩拱脚处亦有莲花座，三个桥洞拱顶南北均嵌有透雕龙首，探出桥外近两尺，深目高鼻，神态威猛，旋毛向后飘飞，口半张，内含宝珠或游鱼，威猛中又形态神采各异。

众人欣赏多时，明月逐渐升至中天，碧空如洗，月朗星稀，桥东来水冲泻而下，直击桥东迎水石，水流被劈开复又汇合。迎水石两边各有明月一轮，晶莹如镜，随波光闪烁，与天上的皎洁明月交相辉映。杜甫道："此当与双睛泉水线相类，由于两道来水水质不同，水面虽一而水质有差，故出双月奇景。"

李白道："此其一也。尚应有来水被迎水石中分，合流未彻而隐为两水之故。"

李白回首看见自己的身影，转身后则月华千里，如霜似水，今日观泉流、游鱼、双月，心中有所感，说道："我在大和尚面前班门弄斧，也说一偈子：游鱼在水岂知水，上下悠然如渡空。万涓归水水不满，川流不息何曾停。水映两月仍一月，月在中天水自行。光照身前影在后，身转光移影未生。"

慧通合掌道："李、杜两君所言双月之故，均有其理，抑或有他因。我等赏此奇景可也，无须穷究。太白先生感悟禅意，更不虚此行。"他又指不远处一段残存数里、高三丈余的土墙道："此即故卞城遗址，始为舜帝时古卞明国都邑，后为鲁国卞邑，有卞庄刺虎、子路负米等故事，惜已颓废，仅存此墙。"

天色已晚，诸人远观残墙，慨然而起思古之情、兴亡之叹。转回泉林寺，李白等三人连日游山赏水均已疲惫，即在泉林寺歇息一日，听慧通方丈讲禅说法，闲谈本地历史掌故、风土人情。慧通言，泉林是大舜渔猎耕种之地，雷泽湖南有历山，山下有舜井、舜庙、娥皇女英台，山之东有诸冯、姚墟、颛臾三村，佐以史志，斑斑可证。

李白想起在柘沟窑作见闻，接道："《史记·五帝本纪》载：'舜耕历山，渔雷泽，陶河滨，作什器于寿丘，就时于负夏。'泉林有历山、雷泽，当为舜帝渔耕之地，我内人舅父即在泗河滨北柘沟制陶，其地陶器渊源久远，着实精良。寿丘者，曲阜东也，东邻柘沟；负夏者，兖州也，东邻曲阜。以此观之，舜帝始耕于历山之壤、渔于雷泽之湖，渐西行至柘沟，以其土制陶，复西至寿丘做器物，再西至兖州交易，总归循泗河之流西行，由始到终不过百余里，证之于史志、地望、水流、物产、情理，凿凿可信也。"

杜甫亦道："《韩非子》载'东夷之陶者器苦窳，舜往陶焉，期年而器牢'。泗水为故东夷地，可知舜陶于泗水河滨，且陶作原本粗陋，大舜导之成器。"

张叔明击掌道："太白、子美诚博闻强识，我却刚读过《孟子》，记得《离娄下》篇有言：'舜生于诸冯，迁于负夏，卒于鸣条，东夷之人也。'泉林有历山、雷泽，且有诸冯村，从泗水上游沿流西下，至柘沟、曲阜、兖州，再南下长垣之鸣条，与《史记》《韩非子》所载均相印证。"

"三位所言无差。百闻不如一见，我等明日去雷泽瞻仰舜帝渔耕之所，又逢泽漏之日，亦有缘、有幸也。"慧通方丈说罢，即去安排明日出行用品和寺内杂务。

翌日，即立秋后第三日，一大早，慧通携一小沙弥担茶饭，与三人同去雷泽湖。雷泽湖在陪尾山之东四里许，南为历山。历山高于陪尾，山势平缓，山之南北多为平野，唯北面山下有雷泽湖。此泽清澈明净近于泗河。此时朝日初升，湖面波光粼粼,在红日、朝霞映照下金光闪烁,如同金黄绸缎而浩渺无际。湖心有数块巨石耸峙,仅露出丈余高的石顶,亦有半室之阔,顶部三四尖峰参差如戟,杂生野草、矮木,宛若湖心石岛。距午时泽漏尚有小半日,湖边已有上百人或坐或站,想亦为等待观泽漏奇景者。湖面上数十只小舟往来,大多划向湖心巨石,向水下放置竹木所编眼密、边曲之巨排网,识者言巨石底部有五穴,湖中鱼虾龟鳖之类在湖水漏泄时即随流游向穴孔,渔民预先以木编排网挂障穴口,可收鱼虾之利。

小沙弥在岸上等候,慧通等四人赁一小舟向巨石而行,行至湖中,下视丈许仍澄明如空,再下则渐为半透明乃至不可视,其清澈如此。摇船的舟子言,此时水深三丈左右,每岁立秋后三日午时泄漏,视往岁情况,或一夕尽竭,或次日漏尽。小舟划向湖心巨石,渐见水下巨石数倍于露出水面者,再下则不可视,渔民在湖心石南北及东面潜水挂排网。舟子解说道,漏眼在南北各有二小穴、东面有一大穴,而西面无,南北穴口阔三四尺,东面穴口阔六尺许,穴口虽窄,内里则虚广,小穴可容十余人至数十人,大穴可容近百人,唯深不可测,蜿蜒下行数丈后其石锋如剑戟,参差峥嵘,其隙不容一人,无可攀爬,不可究探。

秋高气爽,蓝天白云下小舟绕湖心往复划行,湖南历山蜿蜒如黛,湖西陪尾隆起如丘,两山及平野皆草木葱茏,与澄碧如玉的湖水相辉映,湖上舟船往来如织。不觉已到巳时中,舟子道:"各位客人可上岸,半个时辰后湖水将泄漏变低收窄,到时就靠不了岸了。"

其他小舟也陆续靠岸,李白诸人上岸后在岸边乱石旁或坐或立,静待湖水泄漏。太阳升到天顶后,湖心突然传出隐约呜咽之声,由巨石向周边泛起涟漪,细看巨石南北各有两个漩涡,石东有一个漩涡，水流旋转如环，并逐渐向外延伸，中心凹陷如巨盆。稍后，水旋愈急，涟漪变为波澜，呜咽声更加分明，渐为轰响。初时并不见湖水减损，仅见涟漪扩散、波澜起伏。约一时辰后，轰响转为雷鸣，轰隆咆哮声达十余里，湖心波澜转为浪涛，一直翻卷到岸边，冲击拍打乱石，五个漩涡相连，急旋如飞，湖心巨石周遭波涛回旋，巨浪突起，反复撞击巨石，碎成翻云堆雪一般的水花。不知不觉中，水线已退出湖岸约两里，巨石较前升出水面尺许。

慧通方丈和张叔明因轰鸣巨响耳部不适，两人结伴去历山脚下拜谒舜帝庙。李、杜二人觉波涛汹涌、轰鸣作响，实为壮观，不忍离去。细看退水湖滩，均为黄沙碎石，并无淤泥，杜甫叹道："无怪泗水泉水之清、湖水之澈，其水来自秀岭异石，多为峰岭岩石渗流，而源头水底皆为沙石。"

时近黄昏，夕阳衔山欲坠，湖水去势更急，浪涛翻滚，退向湖心，轰隆泄水声中夹杂空穴回气之声，呼啸如风，眼见退出三里许滩涂，水面较上午降低一丈有半，出水巨石广近半里，宛如小山，有峰峦起伏之状。

见有人步入退水湖滩捡拾低洼处的小鱼虾，李白亦试行数步，虽无淤泥，然因长久贮水，沙石暄软，足全然陷入，愈向里愈深。旁边一人告诉李白，沙石下仍有泥层，水泄后愈向湖心愈陷，湖底形态不一，深处没至大腿，浅处才没至足踝，天色渐暗，不可前行。

慧通与张叔明在周边游玩半日后亦返回。慧通言泄水才半，还要通宵达旦漏泄，晚间视线不好，劝诸人暂回泉林寺，待明日水泄尽、巨石全露出后再去探访石穴。一行五人回到泉林寺，张叔明向李、杜讲述了拜谒舜帝庙、娥皇女英台见闻。舜帝庙前后两进，前院后殿，主殿塑舜帝冠冕坐像，庄严神圣,可能是泽泄之日故,拜谒者络绎不绝。殿前东西两庑陪祀尧帝之女、舜帝之后娥皇女英二妃。娥皇女英台在舜帝庙西南,为天然高台,又人力加覆之,相传为舜帝出巡时,二妃登高望帝之处。以此推之,庙后舜帝渔耕处则依娥皇女英台而建。

杜甫因之叹泗水山清水秀、人文蔚然,慧通道:"不止于此,泗水亦是三皇之一太昊伏羲氏诞生、发迹之地。雷泽湖畔有凹印如巨足,相传华胥履印而育伏羲焉。雷泽湖向西北二十里许有华胥山、华渚,为三皇时华胥国故址。湖边有华村,山水相依,风光绝美,'华渚晓月'亦为本地胜景,诸君可去寻幽探古。"

"华渚风光绮丽,我与南陵张里正曾去观赏,只是在白日,未能赏晓月。华胥山距此不过一个时辰的路程,我们明日午后前去,到了借住于当地丰里正家,后日绝早赏月可也。"李白欣然道。

次日朝阳升起后,李白一行五人赶到雷泽湖畔。慧通先指引众人观看巨足印,在湖畔北有大平石凹入一掌深,凹陷区长三尺有余,阔约一尺,前尖后圆而中间平直。慧通道:"此迹传为雷神足印,土人敬之,不敢践踏。传华胥与众女游玩至此,诸女皆绕足印而行,华胥有感而踏足印,归华胥山后感妊而诞太昊伏羲。此雷泽与伏羲、虞舜皆相关,每岁一漏,盖地势地气有异,亦有所本乎?"

此时湖水已然泄漏将尽,只余巨石畔浅水一湾仍向穴孔流注,然已无轰鸣之声。巨石显露全貌,高达五丈,底部阔广里许,从湖底沙石中突兀而起,向上渐收窄,怪石嶙峋,棱角峥嵘,石脉纵横,峰岭嵯峨,俨然一山。石壁遍布玲珑剔透、大小不一的孔洞,尤其东面,直立如悬崖峭壁,崖底一大洞，入口有室门之宽，但略矮之；南北各两洞，较大洞小一半有余。天光映照下可见孔洞内幽暗曲折，深不可测。渔民所置排网，其时已被水流冲击得东倒西歪，但网内凹，网住的鱼虾亦不少，鱼虾在网内挣扎、翻滚、跳跃，渔民们正忙着向柳筐中收拾。

　　整个湖底渐无流水，唯低洼处尚有存水和鱼虾，游人有的捡拾低洼处鱼虾，有的到巨石旁围观。有好事者持火把、携绳索欲进洞探奇，李、杜、张随一行人探访东面大洞，慧通因年事已高留在外边。洞口虽不规则且乱石丛生，且喜尚宽广，一人出入无碍。入洞后曲折向下，四周丛生长约数尺、短至寸许的尖石，如剑似刃刺向中间，可借为阶蹬。因湿滑，众人手抓脚踩凸出的尖石，小心翼翼攀行。十余步后，天光渐暗，只能用火炬烛照前行，洞室突然变得高广如厅堂，如是者三丈有余，可容数十人而不拥挤。下此三丈后，洞径又收窄如入口处，且渐有石柱横贯，洞壁尖石森森不可计数，众人转为面向洞壁附壁下攀之状，如此下行数丈后，乱石挨挤不可行矣。李白前有原住民二人为先导，其在前者以火炬下照，只见斜下数十步内乱石横贯洞壁，虽间隙众多，但已不容人钻行，数十步外石洞转弯，火光亦变微弱，只觉幽深而不能见物，鱼贯而下的众人不得不止步。李白凝神静气侧耳倾听良久，微闻下方似有呼呼声响，似风又如水流，然不可细辨，唯有阵阵寒气涌来，颇觉寒冷。李白见脚下石棱处有卵石，遂拾取一把，朝空隙处投之，前两次被乱石所阻，后几次叮当作响斜滚而下，但未闻落水声，不知去向。火把将燃尽，众人只好折返，退出洞外。

　　洞外日光灿烂，天气晴暖，与洞中全然不同。慧通方丈问道："诸君可有见闻？"

杜甫答道："洞深不可测，不知湖水泄漏至何处。"

张叔明道："此洞曲折向下，不知其走向，洞中一段空虚如室，前后则如洞口大小，只是愈向下乱石愈多，斜下十余丈后不能再穿行。"

"洞壁乱石如戟，洞内曲折，忽大忽小，湖水泄漏时湍流受阻，洞壁应有隙孔向外，水入气出，此盖为泽泄时鸣啸之源。惜乎不知其何以岁岁知时而泄，亦不知如此多之水泄至何处。"李白道。

"佛说'须弥藏芥子，芥子纳须弥'，天地之大，无奇不有；一花一世界，一叶一菩提，何况此广泽巨石乎？世间万物，我等不能知其源、穷其变者众矣，何况天外有天、世外有世，外物纷繁，佛法则一，我只坚守本心、随遇而安可也。"

张叔明道："大和尚慧眼明心，我却是凡夫俗子，苦思湖水泄至何处而不得其解。想那地底或有暗河或大湖，再缓注他处？只是为何每岁秋后湖水即泄漏？不能解此总觉难受。"

杜甫思索一番后道："许是此处地底特别，四季运行关乎地气变化，地窍应秋而开，湖水从洞穴漏下，稍后地窍复合，至春夏地下涌水、四周来水、天上降水又存至泽中，如此循环往复？"

诸人复去探访南北稍小四洞，皆如大洞形貌而大小差之，仅容一人侧身爬行，进数丈后不复可行，余洞深不可测，遂作罢。

华胥山在华村之北，山势连绵起伏，东西绵延二十余里，蜿蜒如龙，青黛如画。山下即为华渚，湖面浩渺，水波潋滟，山水相连，湖山一体。时刚拂晓，朝日未升，天光朦胧，碧空如洗，微微透明，恍若澄澈琉璃，数颗星星在天空闪烁，圆月悬浮于空，如同皎洁冰轮，团团缕缕的白云浮于明月旁，在轻风吹动下舒卷飘动，忽而遮住明月，忽而被风吹散。

李白、杜甫、张叔明漫步在山下湖边。湖山寂静，并无其他行人，山光水色辉映，碧水中青山倒影飘摇，青山上月华如水倾泻，近岸湖水剔透如空，远处水波荡漾，如碎银闪烁，直如十里画卷。

张叔明对李、杜说："此景恍如世外，我有诗赞之，请两位大诗人让我一步。"他边缓步慢行，边轻声吟道："月在中天人共看，月出华渚无人踪。星稀月朗天青翠，风静月圆水晶莹。月走云追似有意，风吹云散却无情。盈亏变幻皆此月，聚散分合总是风。这几句如何？请予指教。"

李白评道："此诗初具意境，兼含理趣，唯结尾稍弱，可得中上，较前大有进益，期待叔明更进一步。"他领两友至山脚东南一处阔数里的夯土台，台上残存石基、断柱，他道："前次华村丰里正介绍，华村为汉华县治所，此为故伏羲庙遗址，庙始建于汉，在华县治北，毁于隋。现伏羲山顶尚存远古石屋、石器，为吾民始祖伏羲氏所居用，且有可藏身洞穴名伏羲洞——昨日我向里正讨要了火把、火石，稍后我们同去探寻。"

登山将至顶时，有石砌寨墙横亘山岭前，石墙随山势蜿蜒，虽已倒塌，仍残存半人多高。山顶尚存远古石屋残垣，且有石床、石缸、石臼及类斧锤的石器，石器虽古朴，但雕琢精当，半埋土中，遍生苔藓。三人观看摩挲良久，张叔明道："此盖生民所制石器，有青铜之前远古之物，想先民由茹毛饮血至琢石为器以狩猎、生活，艰辛备至，我等生于昌明盛世，当惜福也。"

杜甫道："伏羲氏教渔猎、创文字、画八卦，厥功至伟，而庙宇仅存遗址,亦让人唏嘘。"

"此处为伏羲洞,洞内曲折回旋,传为伏羲族人避险之地,前次丰里正引导我进来过,可称奇观。"李白领杜、张到山顶东部,指着一个狭小的朝天石洞道:"此处周围巨石突起,有仅可容一人转入的石洞,不细察难以发现,设在外再以巨石稍掩,则天然乱石丛也。"三人鱼贯入洞,首层洞室阔广如房屋,高仅三尺,只可容人蹲踞、爬行;洞内怪石突兀,东首上悬一石,形如乌龟,首足具全,指爪尖利,与周边皱起之石浑然一体,唤作'乌龟守门'。过首层洞室后,有一狭口向下,为二层洞室入口,下到二层后难以视物,李白取下腰间悬挂的火镰,将火石放在硝制的火绒上,以镰击石,火花四溅,落在火绒上燃起火苗,李白就火将用杉树皮浸松脂所制成的火把点燃,只见二层洞室宽广开阔,可容三百人左右,且该洞室曲折迂回,还与多洞相通,唯宽狭高低纵深不同。其中向上一竖洞径约三尺,不可攀爬,不知其走向,洞内有风灌入,亦不知从何而来。洞中状若塔、笋、柱、莲、笋的怪石参差,或悬于顶,或挂于壁,或突于底,形态各异,玲珑剔透,如同冰晶之奇石,在火光映照下晶莹璀璨,且有天然石片排列若帷幕。杜甫赞道:"此洞真天然堡垒也,在远古之时,如能广储食物及水,得壮士数人守一二层之入口处,外敌虽众亦难攻入。"

"向下还有五层。"李白边引至洞端向下入口,边笑道,"此洞共七层,每层入口皆狭,易守难攻,且洞内有水可饮,实为藏身宝地。"

第三层洞室入口更狭,一人入尚挨挤,内与上层略同。至第四层洞室,似有通往地下或洞外的岩隙来风,冷风嗖嗖吹来,寒气涌动。三人一直进到第五层洞室,该层最为深广,可容六百人左右而不挤挨。至此，三支火把已燃尽其二。李白道："前次我也下至此层，听丰里正言愈向下愈难行，火把仅剩其一，我们出去吧。"

张叔明犹兴致勃勃，欲再往下探。杜甫谨慎持重些，道："至此已然大开眼界，火把将尽，不如归去。"

出伏羲洞后，向西百余步，山顶突起崖石，高二百余尺，为千丈崖，系一道褐黄巨岩，顶部平缓开阔，南北绵延近十里，居高临下，宛若天梯。此时太阳已然高升，秋风吹来，李白立在千丈崖上，四望茫茫山野，回想这几年的经历，怆然之下一首五言诗浮上心头，因杜、张二人高兴，他不欲扫兴，遂在心中默念道："天高地广阔，寂寞唯浮云。秋风吹湖水，忧伤动我心。百年皆过客，逆旅无归人。电光石火里，蜗角寄此身。"

游罢华胥，三人偕返南陵，李白在自家酒楼宴别张叔明，叔明过山还家。李、杜至曲阜北郭探访杜甫故友范源隐士，后两人又赴济南登泰山，回到南陵痛饮一场。杜甫离家已数月，告辞归家，李白欲长送而杜甫不许，二人在石门山依依惜别。杜甫拟明年赴长安应进士科举，两人约定后年九月底赴会稽一带在禹穴会合后去拜访贺公知章，共游越中山水。

第二十五章

梁园客

杜甫离开后,李白居家照看子女,安排诸事务,闲暇时习剑,时或到汶上、兖州、任城、单父等地探访亲友,一年时间不觉匆匆已过,却总觉心中空落,无所寄托。天宝五载(746)秋,李白拟作长游,将孩子托付给岳丈岳母,刘医师尚有经书底子,一力承担起教读平阳与伯禽的责任。李白放下心来,先到兖州拜访王安远等故交。王安远已然升任县丞,见到李白异常高兴,又引李白与窦县令、杜补阙、范侍御诗酒相酬,在兖州停留多日。

数日后的黄昏,李白酣睡半日后醒来,闲步至瑕丘城外。城边古树参天,西风吹过,黄叶飘飞,晚阳渐将坠落,身边汶水浩荡向南,天上数团白云飘浮,周边寂静无人。李白形单影孤,只觉苍凉寂寞,恍如梦寐,不知身在何处,突然想起与杜甫的相识相交、知己之情,回到住处修书一封,托付南行商家捎给杜甫,并附《沙丘城下寄杜甫》一首:

> 我来竟何事?高卧沙丘城。
> 城边有古树,日夕连秋声。
> 鲁酒不可醉,齐歌空复情。

思君若汶水，浩荡寄南征。

　　李白在兖州宴集酬答，人来人往却总觉寂寞，遥想谢公灵运渡镜湖登天姥逸事，虽与杜甫约定明年共游越中，然此时已按捺不住南游之兴，兼欲在途中经宋城时探访族弟李凝及诗友高适，遂作《梦游天姥吟留别》长诗送东鲁诸友，于天宝五载（746）秋从兖州启程先赴宋城，再游吴越，明年仍赴杜甫会稽之约。

　　李白到了宋城，恰逢李凝欲到滁州求婚于崔氏，滁州崔氏是清河崔氏旁支，虽非五姓七望正支，亦是世家，声望极隆，人脉广泛。此外还有陇西及赵郡两李氏、博陵崔氏、范阳卢氏、荥阳郑氏、太原王氏，时人以娶这七氏之女为荣。故虽经李辅都督说合婚事，亦需李凝亲自上门求娶。李白送别族弟后，去高适家中，两人正闲谈间，高家老仆通报宗府公子宗璟来访，高适介绍说，宗璟系前丞相宗楚客之孙，雅爱诗文，亦久仰李白，常对高适说渴欲一见。高适出迎宗璟，李白自在客厅欣赏东西两壁的书画。

　　"李翰林在哪里？"来客尚未进入房内，李白就听到门口传来一个急切的声音，转首去看，只见门外急匆匆进来一个年近三十的书生，衣着考究，身高相貌均如常人。书生抢进门来，打量了李白两眼，躬身行礼道："君气度不凡，定是李翰林！"

　　李白还礼道："在下即是山东李白，放归翰林，不提也罢！"

　　"小弟宗璟，排行十六，久慕先生高才。听达夫先生讲，去岁他与您和子美畅游梁园，小弟还埋怨他没有带我同游，今听闻先生来访达夫，我不请自来，得见君子，何其有幸！"宗璟上前紧握李白之手，高兴之情溢于言表。

李白感到宗璟着实热忱，也笑道："你我皆高达夫之友，今日一见如故，兄弟相交可也。"

宗璟喜笑颜开，坚邀李白、高适畅饮。在高适家附近觅得一整洁酒肆，一会儿工夫，精美菜肴流水般端上了十余道，李白劝阻道："我们三人，用不了许多菜肴，十六弟无须客气。"

宗璟摆手道："正如太白兄所言，千金散尽还复来，区区酒食不能表达弟弟拳拳之意，我们且尽兴吃酒。"

三人杯觥交错，从正午一直饮到黄昏。席间，宗璟道："前相张九龄之弟、现任睢阳太守张九皋颇为推赏高兄，达夫兄才高气雄，何不由张太守举荐进身，博取功名？"

高适欣然道："张太守已有荐吾之意，我明后年拟去长安，赴征、应试均可。宗璟弟若有意，我们同去拜访太守求举荐为贡士，同去长安，岂不美哉？"

宗璟连忙摆手道："我自是不能与高兄比，文才武略相差太多，中式无望，也就不虚此一行了。太白兄在此，自家兄弟无须藏丑，您看一下我这些不成器的诗文，望指教一二！"说罢，他取出自己携带的诗文向李白请教，其中有一首写景诗《湖畔》："青山数点远，一水碧如空。红日觉西沉，湖边欲起风。蝉鸣绿树上，牛卧翠林中。灿烂霞光里，静听摇桨声。"

李白评点道："此诗摹写景色尚佳，山远水空，觉红日将沉，感湖畔欲风，静中有动；然景虽有而情未达，若情景交融则为佳作也。"

李白再翻看宗璟的诗作，见一首《独行有感》写道："长夜未央人寂寞，意有不适行荒原。四野迷茫我独步，此身萧瑟顿觉闲。微微风起吹大地，灿灿星流照高天。才觉心中有所悟，抬头猛见月正圆。"他指着这首诗道："此诗寓情于景，景中有意，较前诗为佳。"

高适微带醉意道："我之意稍有不同，此诗平仄失格，黏对不属，尚不如前。我方才想了一下，不若改为：未央长夜人寂寞，意有不谐行古原。四野迷茫我缓步，此身萧瑟顿觉闲。微微风起吹大地，灿灿星流照九天。才感心中有所悟，抬头猛见月重圆。"

李白不以为然，对高适道："此言不妥，诗表心声，君如此一改，音律虽谐，然意不畅，不为上佳也。"

高适听后默然不语，自己倒酒满杯，一饮而尽。宗璟喜笑颜开："拙诗得诗坛大家太白兄首肯，我太高兴了，须满饮此杯。"

宗璟问询李白近况，得知李白丧妻之事，沉吟不语，若有所思，也不再劝李白、高适饮酒。终席后，宗璟匆匆别去。次日，宗璟又来访，言有事说与高适，两人到别室交谈多时。宗璟离开后，高适哈哈大笑，对李白道："兄红鸾星动，喜事将近。"

李白奇怪道："我飘零至此，何喜之有？"

"正有一桩好姻缘，专为君而设也。宗璟之姐宗煜现年三十三岁，曾嫁一县丞，婚后数年丈夫病亡，因无子嗣，归于宗府已近七年矣，只有一女现年八岁。宗氏知书达理，贤惠大方，喜文爱诗，虽有多家说亲，不为所动。因欣赏太白兄诗文，常与宗璟谈论君之诗才书法，去岁又在清凉寺见到兄题壁的《梁园吟》一诗，对君之文采、书法、气度倾心推许。昨日宗璟获知兄不幸丧偶，中馈乏人，回家与其姐商议后，宗氏愿与君结为秦晋之好。"

李白摇头道："我妻明月离世才两年余，我不能忘怀，实无心再缔结婚姻，请弟代为谢绝。"

"兄言差矣。婚姻者，人伦也。兄怀念亡嫂，此人之常情，然断弦再续，亦人之常情。亡者不可复生，吾兄长期中馈乏人亦不是常法，总要再结良缘。宗府虽失势，毕竟是丞相之后，家世尚可，尤其宗氏姐弟对君倾慕，且宗氏知书达理，雅爱诗文，与君应能相得，这桩姻缘可称绝配，不宜错失。"高适受宗璟之托，竭力劝说。

"世家望族往往轻人，且我南陵家中尚有一子一女，断不能割舍，此事难成，弟无须再言。"李白想起第一次入赘许相国家的不快，再次坚拒。

高适不好再说，遂到宗府委婉转达李白之意。宗璟回后院与姐姐商议后，出来对高适说："家姐听闻李先生怀念亡妻，更觉李先生有情有义，非薄幸之人，愿托终身。至于先生前面的子女，家姐愿视同己出，善视善抚，还望达夫兄玉成良缘。"

高适面露为难之色，道："太白性情刚强，所决断之事恐难劝说啊！"

宗璟犹豫再三，最后叹道："女方本不宜急切，奈何家姐寡居八年，多人说亲均不中意。也怪我常在家姐面前谈论、推崇太白先生，因此种下心结。去岁在清凉寺见到太白题壁的《梁园吟》，家姐见寺僧欲涂刷而出银购买此壁，她倾心如此，今太白兄亦孤身，只比家姐年长十一岁，两人年貌尚合，两边子女亦年岁相仿，正好合为一家，错失良缘殊为可惜。"

高适听完，拊掌道："如此，我自有计较，此事七八分可成。"

次日，高适邀李白再游梁园，说前次游览是初夏，现属秋末，更能体会荒原沧桑之感。李白本欲赏梁园雪景，因距冬雪尚有时日，左右无事，也就欣然同行。

是日阴云四合，秋风萧瑟，梁园一片荒凉。初夏时翠绿茂密的野草转为枯黄，树上枯叶已落尽，唯余枝丫虬曲横斜。李白见土路尽头荒草中有野兰，已然花谢叶枯，触景生情，吟诗道："荒漫途穷处，幽兰生路旁。花开又萎谢，无人知暗芳。秀姿已转枯，翠色渐成黄。拼尽余生绿，不计秋风凉。"高适追古抚今，亦感慨吟《古大梁行》：

> 古城莽苍饶荆榛，驱马荒城愁杀人。
> 魏王宫观尽禾黍，信陵宾客随灰尘。
> 忆昨雄都旧朝市，轩车照耀歌钟起。
> 军容带甲三十万，国步连营一千里。
> 全盛须臾那可论，高台曲池无复存。
> 遗墟但见狐狸迹，古地空余草木根。
> 暮天摇落伤怀抱，抚剑悲歌对秋草。
> 侠客犹传朱亥名，行人尚识夷门道。
> 白璧黄金万户侯，宝刀骏马填山丘。
> 年代凄凉不可问，往来唯见水东流。

吟罢，高适笑道："我二人作悲秋之词，全然不如去岁兄之《梁园吟》意境高远。兄去岁在清凉寺题壁之诗不知尚在否，弟走得口渴，我们且到清凉寺一观，顺便讨杯茶饮。"

两人到了清凉寺，却见照壁上李白的题诗崭新如初，照壁加盖了遮挡雨雪的墙檐，题诗以碧纱覆盖。李白奇道："奇怪，此寺何以对我醉后涂鸦珍视至此？"

"且到寺中与僧人闲谈，趁机一问。"高适装作不知其情道。

这次恰是知事僧悟本接待高李二人，他知面前这位神采飘逸的来客即是李太白，不待相问即说道："久闻翰林大名，您的题诗为本寺增辉许多啊！"

高适问:"我看贵寺对李先生题诗珍视如璧,不仅整洁如新,且加檐笼纱,何以至此?"

"不瞒贵客,此事广为传颂,亦无可隐瞒。起初本寺拟在照壁上绘佛祖说法之图,见到题诗时也不知是否有人冒用翰林大名,即欲粉刷。宗府宗煜小姐到寺礼佛恰巧遇到,即出一千两白银购下此壁,交代好生照看,不许污损。后来,宗小姐又出银二十两,令加装墙檐并罩纱,加之阖寺上下小心看顾,因此诗壁崭新如初。说起来,还要感谢宗小姐慧眼,这才使蓬荜生辉,引得许多文人墨客前来观瞻。"

李白听后默然不语。高适借机与悟本告辞,出清凉寺后对李白叹道:"千金易得,知音难求,不料宗小姐如此倾慕推重太白兄!此可比卓文君与司马相如之佳话,惜乎凰求凤而不得,着实让人叹惋啊!"

李白不语,走了数十步后停下来,对高适道:"我亦感宗氏深意,非是兄长绝情或托大,南陵两孩儿尚需照料,若宗氏果能善待我前面子女,且能随我迁居别处,此事亦可议。但双方总要见一下,不能不谋面而议婚。"

"好,此事放在弟身上,若事成却要讨兄两杯喜酒。"高适一口答应。

当日下午,高适即去宗府说知此事,定于翌日高适陪同李白拜访宗璟。次日上午,在宗府花园敞轩,三人饮茶。宗煜前来奉茶,见李白器宇轩昂、神采飘逸,满心欢喜;李白见宗氏相貌端庄,落落大方,并无小儿女之态,亦心下暗许。

经高适做媒,李白与宗氏在一月后成亲,暂居宗府花园西跨院原宗煜住处。虽仅三间正房,然幽静可喜,院内花木疏落,颇为不俗。李白修书一封托人送给南陵刘医师,写明了自己对刘医师夫妇的感激之情、对孩子的思念之意,告知在宋城结婚暂居之事，并说拟将子女接到宋城，让刘医师有所准备。

宗氏文静娴雅，极为敬重李白，亦慕道好仙，常与李白谈经论道，两人相敬如宾，颇有些朋友之感。宗氏的女儿小名娇鸾，对李白倒也礼貌，受其母影响，亦有学道之意，三人相处尚可，但李白总觉有些隔膜，少了些亲近之意。李白的从兄李锡任虞城县令，虞城距宋城不足三十里路，李白无聊时即去虞城探访从兄，来往之间不觉到了深冬。这一日天降大雪，李白一袭白衣，在雪中舞起银色长剑，犹如雪团挟裹着风雪在白茫茫天地间游走翻飞。舞剑正酣，远处过来两人驻足观赏，李白见是宗璟携一少年，也就未止剑问候，仍然持剑追风逐雪，渐至以意御剑之境。

李白甫一收剑，宗璟和少年即鼓掌喝彩。少年赞叹道："先生之剑，神乎其技，我平生所仅见耳！"

宗璟介绍道："此子名武谔，任侠好武，排行十七，是吾小弟，今日风雪来访，欲竟日酣饮，我思及兄长，因此携来同饮。"

李白这才注意到武谔身长七尺许，相貌朴厚，举止沉稳，气质沉静，虽年仅十七八岁，但已虎背熊腰、身强力壮，提着两大坛酒长行而来。武谔放下酒坛，躬身行礼道："小子素好剑术，未遇名师，敢请先生教我！"

李白看武谔谈吐直爽，又是宗璟小友，答道："我亦在修习剑术，教不敢也，可共同探讨。"

武谔大喜，即在雪中拜倒在地："尊师既已应允，请受小徒一拜！"

李白大惊，将武谔扶起。宗璟拍手大笑："如此，小谔将如何称我？"

武谔不禁愕然："这我却没想好，我们还是兄弟相称吧！"

李白笑道："宗璟勿要取笑，我也非授徒为师，且看武谔基础如何，再做定夺。"他将长剑递给武谔，让他先演练一番剑术。

武谔舞剑大开大合，确实力大势雄、虎虎生风，然劲力凝滞，运转不畅。李白道："武谔之剑，并未入门，其形尚不流畅，遑论心神剑意！总之，须从身法、剑式习练，再逐步进益。"他又纠正了武谔几个步法、架势的错疏之处，展示了几个防御剑式。武谔自己练习了近半个时辰，逐渐像模像样，李白揄扬道："孺子可教也！"

三人回到宗府西院李白住处，宗煜整治几样菜蔬肉食，李白与宗璟边赏雪景边畅饮，武谔少饮即止。宗璟问道："小谔向来海量，今日为何如此惜饮？"武谔答道："我还在想老师所授剑法，确乎超凡，回家后还要再练习一番，因此不宜多饮。"

直至第二日午时大雪方霁，宗璟陪同武谔带一小厮，携羊酒等到李白处行拜师之礼，却见一个长须儒服、身长七尺、年近四十的中年人正与李白相谈甚欢。李白喜道："你二人来得正好，吾友岑勋岑征君自远方来，不可不醉也。"

来客岑勋，跟随元丹丘在兖州与李白结为朋友，今春应征赴京后未获授职，于秋天返程归河南鸣皋山隐居，路过此地，听闻李白居此，前来探访。宗璟拊掌笑道："梁园雪景文人骚客吟咏者多矣，清泠池旁尚有殿阁可避风雪，前几日我与武谔诸小友聚饮，刚洒扫过，正好边饮酒边赏雪！"

四人与一老仆、一小厮，从家中整治几样菜肴，又携火炉、羊酒等前往梁园清泠池畔饮酒。路上雪深没膝，行走困难，幸数里即至。此时乌云散开，阳光照耀着无垠大地上的皑皑白雪，草树皆被积雪覆盖，湖水亦冻结覆雪，万物皆白，宛如冰晶世界。北风吹过，地面上雪屑飞扬，树冠上的积雪亦被吹落，弥漫翻涌，如白云、似轻雾，回旋飘舞于白茫茫的大地上，更增苍凉深邃之意。

诸人在殿阁中围火炉以草垫铺地而坐，饮过数杯热酒后倒也不觉寒冷。四人又谈及当时文人，说起孟浩然不幸于开元二十八年（740）病故之事。李白怆然道："浩然长我十二岁，循循然夫子也，早已名动四方，十余年前与我和王昌龄在楚地一见如故，浩然最长，昌龄次之，我最少，我以兄事浩然、昌龄，浩然以弟待我二人。我们同游洞庭湖，共登黄鹤楼，纵情诗酒，何其洒脱。后我赴鲁前在襄阳又重晤浩然兄，其时他赴长安功名未就，遂耽于酒乡。昌龄兄于开元二十六年（738）在江宁县丞任因事获罪，谪流岭南两年后遇赦还朝，途中又于襄阳与浩然兄相晤，浩然喜好友之复起，纵情饮酒且食鱼鲜，背痈复发病亡，良可叹也，想昌龄亦心下难安。浩然兄诗作冲淡自然而有气象，斯人已逝，从此山水失色也。"

李白接着长吟道："'八月湖水平，涵虚混太清。气蒸云梦泽，波撼岳阳城。'此为孟浩然兄《望洞庭湖赠张丞相》中佳句，摹写自然，格局宏大，写尽洞庭湖万千气象，我辈难以超越。"

岑勋接道："我在长安听闻孟浩然君于开元十六年（728）应进士举未第，游于京师，与诸名士交往。尝与诸名士集句，浩然君曰'微云淡河汉，疏雨滴梧桐'，众咸钦服，并获前状元王维激赏，亲为浩然画像。维时任给事中，侍从皇帝，以备顾问，值殿待诏时私邀浩然入内署，俄而皇帝至，孟君情急之中匿于床下。王维不敢隐瞒，以实奏帝，帝喜曰：'朕闻其人而未见也，何惧而匿？'乃唤浩然出，帝问其诗，浩然再拜，自诵所作《岁暮归南山》诗，至'不才明主弃，多病故人疏'句，帝以其有冤意，怫然不悦道：'卿不求仕，而朕未尝弃卿，奈何诬我？'因放还，竟致终身不用，其命运蹭蹬如此！"

李白又问几位长安朋友近况。岑勋告诉李白，刑部尚书韦坚、陇右节度使皇甫惟明、户部尚书裴宽等因与李林甫政见不合，尤其韦坚有入相之志，故先后遭李林甫构陷，贬官流放，此数人皆与左相李适之交好。李适之因此不安，上疏请辞相位，于天宝五载（746）罢相，改授太子少保这一闲职；然同年七月，李林甫上疏弹劾李适之与韦坚结为朋党，勾结废太子李瑛党，李适之又被贬为宜春太守。崔宗之亦因不附李党，被寻事贬官金陵，任润州江宁县丞。苏晋迁太子左庶子，病卒于任上。张旭亦有辞官壮游之意。唯汝阳王不预政事，仍为皇帝喜欢。焦遂依旧经营酒楼，但故交星散，颇有寂寞之感。岑勋并告知李白，在长安听闻贺监归乡后不久即病逝。因李林甫大权独揽，排除异己，征辟之士不入其门难以授官，即使授职官亦难长久，故岑勋未再干谒，离开长安返乡归隐鸣皋山。

李白听后感慨不已，想起自己亦因李林甫进谗言而不受重用，以致放归，不意左相李适之为宗室近支、今上从弟，亦被排挤至此。尤其贺知章兴高采烈归乡，却不久病逝，虽终年八十有六可称正寝，仍让人追怀唏嘘。他放眼茫茫风雪，悲从中来，深感群鸡争食而凤凰孤飞，遂作骚体长歌《鸣皋歌送岑征君》赠与岑勋，劝慰岑勋和自己遁世保身。

岑勋见李白心情沉郁，对李白道："还有一事与兄相关：兄在长安两年多，已有雅号流传！"

"无非是'酒仙'之类，或为'谪仙'吧？"李白应道。

"兄不仅有'谪仙'之称，且有'天才俊逸'之誉。坊间盛传，君每与人谈论，出口成章，如春花丽藻粲于唇齿之间，时人均称'李白粲花之论'。"

"出口成章不为用，粲花之论终付空，饮酒鼓琴方从容。"恰好宗璟携有琴笛，李白操琴，宗璟吹笛，岑勋歌诗，武谔舞剑，四人一直饮到日落西山，方借着西天余晖和雪地反光各回住处。

次日，李白与宗璟、武谔送别岑勋。此后，武谔隔三岔五到李白处讨教剑术，李白也尽心指教。因武谔一意习剑，心无旁骛，也渐入门径，到初春之时隐然已达以意御剑之境，李白也颇觉安慰。

过了天宝六载（747）元正，李白想起留在南陵的子女，欲回东鲁接两个孩子到宋城。宗煜收拾些金银让李白带到南陵，馈赠、感谢明月父母。到了南陵，刘医师尚且如常，岳母却面色不善，对李白不冷不热，显然是不满李白再娶。平阳见到李白泪流不止，李白让她和伯禽跟随自己去宋城，她表示南陵有母亲遗迹和坟茔，不愿离开。伯禽只愿跟着姐姐，也不愿随李白去宋城。李白百般劝说无果，黯然离去。去时平阳牵着李白的衣襟依依不舍，伯禽也哭闹不止，李白留下所带的金银，托付岳父岳母照顾孩子，说安定后再来接二子。刘医师道："诸事有我夫妻二人，你无须过于挂虑，但须有个万全之策，不要舍了孩子。"离开时，恰逢明珠回娘家，她冷冷打量李白两眼，扬声道："人家又攀高枝了，有了新人，还把南陵村放在心上？"

李白返回时路过兖州，与旧友相聚。唐川长史、王安远县丞等朋友告知李白，从泗水县衙传来消息，有张姓典狱到处说李白薄情负心，妻子尸骨未寒即结新欢。李白知是张志所为，心情郁闷，长叹不已。兖州诸友谈起宫廷近事，天宝四载（745）八月，杨太真被册封为贵妃，贵妃三姊均被赐以第宅于京师，追赠妃之亡父为兵部尚书、亡母为陇西郡夫人，叔父擢任光禄卿，从兄杨铦拜殿中少监，杨锜为驸马都尉并尚帝女太华公主，就是从祖兄杨钊（后赐名国忠）亦被封为金吾兵曹参军，可出入宫禁。妃之养子安禄山因贵妃关说而得宠狂傲，数次侵击边东之奚、契丹；天宝四载（745）九月，奚、契丹各杀唐公主反叛，边塞动荡。

李白听后，家事国事涌上心头，百感交集，作长诗《雪谗诗赠友人》明志自辩：

……
　　白璧何辜，青蝇屡前。
　　群轻折轴，下沉黄泉。
　　众毛飞骨，上凌青天。
　　萋斐暗成，贝锦粲然。
　　泥沙聚埃，珠玉不鲜。
　　洪焰烁山，发自纤烟。
　　苍波荡日，起于微涓。
　　交乱四国，播于八埏。
　　拾尘掇蜂，疑圣猜贤。
　　哀哉悲夫，谁察予之贞坚！
……

回到宋城后，李白闷闷不乐，对宗煜说拟到吴越一游。宗煜见李白郁闷，悉心帮助李白打点行装。李白乘舟先至淮南道广陵郡，即天宝初改郡之前的扬州，去拜访开元年间首游长安时结识的朋友、现任广陵郡江阳县令的陆调。

第二十六章

吴越游

李白仲春时节启程时，天高地阔的北方才草木萌发，到了江南的扬州，只见山温水软，遍地草木葱茏茂盛，河汉溪涧纵横交错，湖泊池塘星罗棋布，清风徐来，柳絮飘飞，草长莺飞，杂花生树，天地宁静而生机勃勃。陆调豪气不减当年，邀集佐官幕友盛情款待李白，两人谈起年轻时在长安的交游。

开元十八年（730）夏末的一日，滞留长安的李白因用度不敷，典卖冬日御寒裘衣等物获银四十两，饮了些酒，到北门斗鸡场一博，因争论输赢，与数名富豪子弟冲突。在李白欲离开时，对头纠集百余名不良少年，持棍棒刀剑欲围堵李白，扬言要杀李白。李白持剑与百人对峙，几不能脱，幸有同行的陆调上马冲开众人，急请本家陆御史施救。后御史台左巡史率领数十名武候铺兵卒，以长枪弓弩驱散众人，李白方才脱险。

谈毕此事，李白满饮一杯，拱手谢道："其时百余少年群情汹汹，前推后搡，刀剑森然，而陆君全然不惧，上马大喝而出，前去搬救兵，否则我将难以全身而退。此乃我平生之耻，至今未能洗刷也无从洗刷了。而陆君之豪情勇气，真可以辟易万人，令我长相思忆。而今十七年过去了，不知弟还记得当年壮举否？"

陆调哈哈大笑："李兄乃人中凤凰，岂能与群鸡相斗？彼时你一人仗剑，而慑百余不良少年，成僵持之势，稍示弱即不免于殴伤，此非兄之耻，实为豪勇。弟感君意气，喝开众人，上马而去，也是他们未想到我去御史台搬兵，我夷然不惧有之，辟易万人则不敢当。这也是少年轻狂之举，不足为论。"

"想当年意气风发，金羁骏马，锦衣宝剑，结交豪侠，恣意放怀。现方知其非，不能达己、成事、济人。虽中途得圣明回顾，翰林侍从，然不能一展抱负，又被放还。今唯游历山川，探幽寻古，访道求仙，饮酒交友，方为我辈可行之事。"

李白追思往事，感慨不已，觉雄心壮志已然泯灭，意欲广为游历，托迹于山水之间，逃身于醉乡。他在广陵与陆调等故交新友相聚多日，游览当地风景名胜后，想起崔宗之现谪任江宁县丞，又赴金陵往访宗之。

金陵城南梅岗，李白与一僧人在山顶平缓之处漫步闲谈。僧人年约三十，气质沉静淡然，举止稳重，隐然有高僧之范。此人亦蜀中人氏，俗名李综，现为本地高座寺知客僧，法号中孚。李白此前听说晋永嘉年间，西域密宗高僧帛尸梨蜜多罗在金陵梅岗讲法，渡江后，丞相王导见而奇之，以其天姿高朗、风神超迈推为同辈中人，太尉庾元规、尚书令卞望之、光禄周伯仁、太常谢幼舆、廷尉桓茂伦等名士皆与其交好。僧译出《孔雀明王经》诸神咒，因高踞讲法，俗称高座僧。高座僧年八十余卒，葬于梅岗。后晋成帝在其冢处起寺，追旌往事，因名高座寺也。李白平素思慕东晋诸名士风致，到金陵后即先至高座寺一游。游寺期间与知客僧接谈互论郡望、行辈，中孚乃李白本家族侄，高座寺乃本地名刹，丛林宏大，房舍众多，因此中孚款留李白暂居于寺中闲房。两人谈经说禅，颇为相得，今日一早，中孚僧陪同李白登梅岗游览。

梅岗虽不高耸，但草木茂盛，郁郁葱葱，前临莽莽平川，是登高览胜之佳地。因岗上遍布五彩石子，又称"石子岗""玛瑙岗"。东晋初，胡人侵境，都城南迁，豫章（今江西南昌）太守梅赜带兵屯营于此。后人为追思梅赜高风亮节，在岗上建梅将军庙，广植梅树，遂称"梅岗"。现梅花虽近凋谢之期，仍漫山遍野开放，在粉红花海中，数株白梅雪瓣黄蕊、冰清玉洁，犹如红霞映带白雪，煞是醒目。登临岗顶，北眺钟山蜿蜒，如龙怀抱金陵；西望长江直下云端，奔流而来；俯瞰古城，绿树杂花中房舍历历。李白胸襟大开，一扫抑郁之情。

中孚僧解说道："南朝梁武帝时，高僧云光法师在此岗设坛讲经说法，当时僧侣五百余人跌坐聆听数日不散，感动佛祖，天降雨花落地为石，遂称'雨花石'，此地亦称为'雨花台'，梅岗即雨花台东岗。"李白想起沿路所见颜色斑斓、莹明光洁的石子，从袖中取出所捡拾的卵石观赏，对中孚僧道："此地彩石温润如玉，晶莹似玛瑙，体有多彩色斑，赤橙黄绿诸色杂糅，亦有半透明之状，且遍地皆是，如雨落地，此亦雨花台之名所由来乎？"

中孚微笑道："叔父之言亦有理，盖掌故与物形皆为其源，而天降雨花更显神奇，此不必深究。"

两人返回高座寺，中孚拿出珍藏的仙人掌茶请李白品饮。荆州玉泉寺近清溪诸山，山有洞，洞有乳窟，窟中多玉泉交流，其水边有茗草，叶如碧玉，玉泉寺方丈玉泉真公待草叶茂盛之际，择其颖秀者，在晴天无云之日采而晒之，干后叶片拳然重叠，其状如手，称为"仙人掌茶"。高座寺内有甘露井，水质清冽甘美，中孚僧以松枝烹水冲泡，水色如碧玉，饮之入口极其苦涩，而回味甘香醇厚，如入春山，意蕴悠远。李白品饮之后大喜，赞道："此水清冽绵甜，虽稍逊于东鲁泉林，然茶甘苦厚重，优于他处，饮之使人悠然忘俗。"

"此茶是我往访玉泉寺时获赠一斤，现仅存数两，无法赠送叔父。"中孚见李白盛赞此茶，赧然道。

李白举盏品饮，答道："无妨，清风明月非吾之所有，得饮甘泉而品佳茗，足矣。在此间游览多日，我将进城会晤老友崔宗之县丞，将房舍交回寺院吧。"

"寺院宽宏，尚有闲房，叔父是自家人，又名动天下，居此阖寺皆觉蓬荜生辉。此间幽静，且距城不远，叔父在金陵期间就屈居于此吧，无须论时间长短。"李白见说，也就未再推辞。

崔宗之贬居金陵正郁郁不欢，见到李白喜不自胜，李白却对崔宗之说，现心灰意冷，无意于宦途，拟在吴越之地长游，需叨扰他一段时间。崔宗之介绍李白与县令杨利物认识。杨县令曾受贺监赏拔，说起来与李白亦有香火之情，对李白非常欣赏和尊重，力邀李白参加诸官佐吏在城北玄武湖的宴集。官宴后，崔、李二人游览了金陵城西北谢安墩、西南凤凰山等登览胜地，寻古探幽，吟诗酬答。

南朝宋元嘉十六年（439），有三鸟翔集于山间，文采五色，状如孔雀，音声谐和，时人目之为凤凰，因谓此山为"凤凰山"，在山顶筑台曰"凤凰台"，台上建亭称"凤凰亭"。登上凤凰山已是午后，崔宗之命人携带食盒坛酒，在凤凰亭中石案上与李白对饮。李白见周边林木蓊郁青翠，远眺西南，水中白鹭洲草木茂盛，如同翠玉横截大江，将一泻千里的长江分为两道，江滨三山积石森郁，南北三峰相连，在云雾中若隐若现，直如延至青天之外，诗兴大发，吟出《金陵凤凰台置酒》长诗。崔宗之笑道："'凤凰去已久，正当今日回'，岂非君今日游凤凰台之自况乎？"李白哈哈大笑："弟潇洒青年，以此喻弟可也，尚不敢自况。"李白远眺三山，观白鹭洲分二水之状，与在黄鹤楼远眺鹦鹉洲何其相似，想起昔年登黄鹤楼"眼前有景道不得，崔颢题诗在上头"之事，乃拟崔颢《黄鹤楼》之体，口吟《登金陵凤凰台》诗曰：

凤凰台上凤凰游，凤去台空江自流。
吴宫花草埋幽径，晋代衣冠成古丘。
三山半落青天外，二水中分白鹭洲。
总为浮云能蔽日，长安不见使人愁。

崔宗之赞道："'凤去台空江自流'，虽稍逊于'白云千载空悠悠'，然'三山半落青天外，二水中分白鹭洲'，摹写眼前景色可称传神，较'晴川历历汉阳树，芳草萋萋鹦鹉洲'更为宏远，此诗可比肩崔颢之作，并为双璧。"李白摇首道："毕竟崔诗在前，吾还稍逊一筹。"

崔、李二人谈诗论文，一直饮至夕阳衔山，漫山遍野皆被晚阳斜照，染成金色，方在苍茫暮色中下山归县衙。李白在金陵县衙住了数日，即回高座寺暂居，自行游览金陵周边胜景，间或进城寻崔宗之、杨县令诗酒唱和。

金陵山水俱佳，自古有王气之说，是孙吴与东晋故都，李白推重东晋谢安诸名士，且有老友宗之、新友杨县令可来往，遂放下心怀，流连于此赏玩山水，先后到附近句容、丹阳、吴郡等地访友探幽，有时乘舟顺水漂流，终夜与清风明月相伴，闲游中不觉到了秋天。

金陵城西孙楚酒楼所售酒清洌芬芳，李白常在此饮酒，与常来酒楼的道长忘玄生、书生常磊、梨园班头周潇湘、渔行张亮、贾客王长之等结为酒友。晚秋九月，天高云淡，如钩的弦月浮于碧空，散落天幕的星辰熠熠生辉，星月交映，河汉璀璨。

李白与诸酒友赏月观星饮酒，周潇湘带去乐师歌童，丝竹管弦伴奏，歌声悠扬，诸人一直畅饮至东方破曙。乐师离去后，众人均大醉，即在酒楼休息，下午又重排杯盏再度开宴。饮至晚间，李白忽思一见宗之，遂乘醉与酒客六人乘舟，溯秦淮河入江，去石头城往访宗之。

　　时李白已八九分醉，歪歪斜斜裹上乌纱巾，倒披紫绮裘，高踞舟中高呼长啸，吟诵自己的得意诗文。两岸游人如织、观者如堵，多有拍手呼叫相和者；秦淮河画船上的歌姬听到呼喊之声，也卷帘探首暗笑指点。船上酒客见众人指点多有惶恐之意，独李白意态自然旁若无人。

　　崔宗之见到李白，以酒款待，李白对饮三杯后即对宗之道："弟已见，兴已尽，吾将返。"崔宗之将原在长安所作《赠李十二白》一百八十字誊写后交与李白，李白将诗卷系在衣带上，乘舟飘然而归。

　　第二日，李白宿醉醒后，秋风萧瑟，天地寂寥，他触景生情，追思亡友贺知章，当即买舟去越中赴杜甫之约。

　　天宝六载（747）九月底，越中镜湖剡溪旁一家邻水酒楼，一壮年酒客临窗而坐，虽独饮，但对面亦摆放杯盏，亦倒满美酒。酒客举杯欲饮，却潸然泪下，他将杯中酒水洒于地面，哽咽道："贺公，您于长安紫极宫一见小子，即呼我为谪仙人，且解金龟换酒，相待相知何其厚也。今日来访，人已故去，宅为道观，竟不能晤面对饮，让我情何以堪！"

　　酒客稍抑悲怀，唤店家取来纸笔，草草写下两首《对酒忆贺监》：

其一

四明有客狂，风流贺季真。

长安一相见，呼我谪仙人。
昔好杯中物，翻为松下尘。
金龟换酒处，却忆泪沾巾。

其二
狂客归四明，山阴道士迎。
敕赐镜湖水，为君台沼荣。
人亡余故宅，空有荷花生。
念此杳如梦，凄然伤我情。

此人正是李白，他到贺监故居探访，见旧宅改为道观，故人踪迹全无，唯有满池残荷是贺监手植，睹物思人，对酒独饮更伤情怀。

李白孤身泛舟若耶溪，登会稽山探访禹穴，一路上峰岭青翠，岩秀石奇，云霭缭绕，草木葱茏。若耶溪深不及丈，然明净如空，澄澈见底，远山近树皆倒映水中，碧波起伏时山荡树摇，如虚如幻，如在图画之中。沿途美景稍减李白的抑郁心情。他登上会稽山，在禹穴附近徘徊一整天，也没见到杜甫。第二日重来，却见到了孔巢父、元丹丘，也是意外之喜。

唐代科举考试分常科和制科，每年定期举行的考试为常科，由皇帝下诏临时举行的称制科。天宝六载（747）正月，皇帝为广求人才，下诏增开制科，诏令天下"通一艺者"到长安应试进士科。孔巢父受父命至长安应试；杜甫因办理本郡乡贡事宜延误，错过了天宝五载（746）的常科考试，淹留长安；孔巢父至长安后与杜甫结识，成为好友，二人皆应天宝六载（747）制科考试。此次考试皇帝本欲亲试，权相李林甫却妒贤嫉能，恐草野之士对策时斥言其奸恶，建言曰："举人多卑贱愚聩，恐有俚言污浊圣听，请先委尚书省长官试问，中式者再上达天听。"李林甫授意考官故艰其事，致士子全部落第，他反奏帝曰"野无遗贤"以为庆贺。杜甫不甘心，决意在长安干谒公侯重臣，博取功名，且有岑参等诗友在长安交游，因此不愿离京。其时右相李林甫为排除异己，屡兴大狱，御史吉温、罗希奭二人附为爪牙，随林甫所欲锻炼成狱，被陷者皆不能自脱，时人谓之"罗钳吉网"。三人结党，先后杖杀北海太守李邕和淄川太守裴敦复，将皇甫惟明、韦坚等不附李党者害死于贬所。各地官员听闻吉、罗之名无不恐慌惊骇。李适之听到罗希奭受右相指使来宜春郡处置自己，惊惧之下服毒自尽。孔巢父心灰意冷，不愿再留长安，拟到江东一带漫游。杜甫告诉孔巢父与李白的探访禹穴之约，托请孔巢父游会稽代为赴约。元丹丘因朝政险恶，也辞去昭成观威仪之职，四处云游，孔巢父南下途中游览嵩山，恰遇拟在此修建别居隐修的元丹丘，两人攀谈之下，元丹丘知孔巢父要去越中代杜甫赴李白之约，遂将修建事宜委与他人，欣然同行。

先是贺监病故，后李适之被逼自尽，饮中八仙已折损其二，尤其是左相竟不得善终，李白听后黯然神伤。元丹丘、孔巢父抚李白之背安慰良久，孔巢父愤然道："李林甫识见尚不如其女，听闻其女李腾空尝从林甫游后园，指役夫跪对林甫道：'大人久处钧轴，怨仇满天下，一朝祸至，欲为此，可得乎？'李林甫听后虽意有微动，然终愀然不乐道：'势已骑虎，将若之何？'其女见所请不遂，现已出家度为道真，以免祸身。"

李白打起精神引孔巢父、元丹丘先瞻仰建于南朝梁代的禹庙，入东辕门向北依次过照壁、碑亭、棂星门、午门、祭厅、大殿。出禹庙，西有封土坟即大禹陵，三人敬拜完毕，复向西登香炉峰。峰虽不高，却极为陡峭，峰顶是一巨岩平台，立于平台四望，群山逶迤，苍翠四合，溪河纵横迂回，散落的池塘如一面面明镜，远处平野苍苍，钱塘江与青天相连，水天一色。由香炉峰北侧再上宛委山，重峦叠嶂蜿蜒曲折，绿树翠竹漫山遍野，唯峰顶皆巉岩怪石，更增险峻。山之主峰由谷底拔地而起，上冲云天，如同石柱壁立，故称天柱峰。宛委山麓相传为大禹治水获效后，大会诸侯稽功封赏之地，禹帝会诸侯后，寻即崩逝，葬于山之阴，而魂入穴，故山曰"会稽"，穴谓"禹穴"。

探访禹穴途经一巨石，高十余丈，径阔约三十丈，石顶崎岖不平，北侧上斜而南侧内收，如刀削斧劈，似欲倾坠，其实底部宽大无恙。此石俗称"飞来石"，相传从海外飞来，上有三条沟痕，宛若索痕，细观之似为流水刻蚀。

李白按昨日土人指点，引领孔巢父、元丹丘在飞来石南三十余步的山坡处寻得另一圆石，高一丈有半，长两丈有半，中罅一缝，宽近一尺，土人又谓之"荷合石"。三人视其罅隙，则深不可测。李白道："按古籍所载，盖九山东南天柱，号曰'宛委'，其岩之巅，承以文玉，覆以磐石，其书金简，青玉为字，编以白银，皆瑑其文。大禹治水东巡，梦玄夷苍水使者指点藏书之处。帝禹乃登宛委山，发金简之书，因知四渎之限、百川之理，遂周天下而尽力于沟洫矣，按而行之，以平水土。后禹巡行至会稽，复藏金简玉书于原处，寻崩，因葬于此，民间且谓禹帝魂归此穴。此为禹穴之概也。"

探访完毕禹穴，复行二十余步，见有一井，传为禹帝穿凿，深不可测，谓之"禹井"。三人又观赏了形若坐佛的天然巨岩，游罢道观龙瑞宫，离会稽山，又同泛剡溪，共游镜湖，偕登天姥，至兰亭追怀王羲之等雅集遗迹，在曲水流觞处饮酒追怀前贤。因孔巢父急于返回故乡冀州，元丹丘在嵩山所营山居核计工期亦将完工，两人欲结伴北归。李白苦留不住，与孔、元依依惜别，自己于冬十月返回金陵。

此后，李白寓居高座寺，不时与崔宗之、杨县令等诗酒相酬，并在金陵及周边一带随心游览，陆续在金陵居停两年多。其间，天宝八载（749）夏，复从金陵至扬州江阳，与陆调等朋友相聚月余。诸友谈论时政：杨贵妃三姊皆被封为国夫人，从祖兄杨钊擢给事中；去岁四月升高力士为骠骑大将军；安禄山因依附杨贵妃和高力士，岁献俘虏、杂畜、奇禽、异兽、珍玩以惑帝心，恩宠日隆。帝赐铁券，除叛逆罪外余罪免死，且恐有王公重臣以酒伤安禄山，赐其免酒金牌缚于臂上，每有王公召宴，欲以巨觥劝安饮酒者，禄山即举臂以牌示之，云准敕免酒。李白又听闻老友王昌龄赦归长安后任秘书省校书郎，亦被李林甫寻一"不护细行"的莫须有罪名，去年远谪为黔中巫州龙标县尉。李白听到这些更加心灰意冷，题诗《闻王昌龄左迁龙标遥有此寄》，以示安慰和想念。

是年秋李白游宣城、霍山，冬至庐江谒见庐江太守吴王李祗，直到年后的天宝九载（750）春才返金陵。他在山寺见桃花盛开，遥想在南陵酒楼旁自己与明月所植桃树亦应次第花开，女儿平阳折枝插瓶时当亦思念自己；一别三年，儿子伯禽也应与平阳齐肩了，且石门山后的龟阴田自天宝元年（742）起已租出八年，现已到期，不知如何处置。李白记挂东鲁子女，渐有北上归乡再探子女之意，只是金陵诸友和中孚僧等盛情款留，一时不得脱身。到得五月间，李白接到南下商人捎来的书信，启封后得知元丹丘现隐居嵩山，所辟别居宽宏，来信邀李白共同隐居。李白本欲北归，接信后辞别金陵诸公，约定来年再返金陵，即北上还乡，途中顺便探访元丹丘。

李白到了嵩山，见元丹丘隐居处在少室山前幽谷中，背靠青山，前临流水，松竹苍翠，鸟语花香，清幽可喜；四面栽植青竹作为篱墙，搭建草顶石屋五六间，丹房、客房、静室、卧室、餐室等一应俱全，且院落宽敞，尚有搭建房舍的空地。李白心下欢喜，对元丹丘道："此处依山面水，幽雅可爱，真清修福地也。拙妻宗煜与继女娇鸾亦好修道，吾拟携妻女前来，与君结邻清修共隐，不知丹丘意下如何？"他一停顿，又道："我记得崔宗之在嵩山之南亦有别居，若宗之致仕后亦前来归隐，岂不美哉？"

元丹丘自是欣然相允，且热情相邀。李白与元丹丘共同游览了嵩山，又停留数日后匆匆告辞，回到宋城去探访高适，不遇，方知高适于天宝八载（749）为睢阳太守张九皋荐举，应试有道科中第，授封丘县尉，已然赴任。宗煜对李白婚后不久即飘然而去且一去三载颇有怨言，说不仅自己悬念，诸堂妹亦取笑于她，揶揄她嫁同未嫁，独守空房。李白自觉理亏，只好按下尽快去东鲁探望子女的念头，一直到秋末方才成行。

第二十七章

漫　游

天宝九载（750）暮秋，李白先经金乡至单父探望陶沔，方知陶沔右迁泗水县丞，便经任城、兖州探访诸友，最后到泗水去见陶沔。李白久居泗水，两人在泗相见更觉亲切。张志获知李白与陶县丞是故友，亦笑脸相迎，前来攀亲示好，并对陶沔道："我与太白是至亲，两家孩子如亲兄妹一般，今知陶丞与我家太白是挚友，这关系自非他人可比，今后更应亲近些。"李白虽看不上张志，但虑及自己长期外出，子女仍在南陵，也只得应付一番，但嘱陶沔勿与张志深交。

张志走后，两人相对品茗，陶沔叹息道："去岁圣上以国用丰殷大行赏赐，尝以天下岁贡物品尽赐李相林甫。今春关中大旱，粮价腾贵，民间困苦，而官府救济有限，真令人长太息也。且现兵制松弛，府兵之家不免杂徭，贫弱不堪，纷纷逃亡，以致有额无兵，虽天下承平，然疏于武备，恐非长久之计。"

李白亦叹道："兄近年来游历各地，颇知民间疾苦。因勋赏不行，从军无利，富豪之家百般逃脱，兵役渐转为穷苦平民负担。且宿卫的府兵被视为奴仆，呼喝驱使，民耻于为役，至有自残手足逃役者。弟所言府兵之家不免杂徭更是雪上加霜，家中壮丁从军难以再服杂役，只能变卖家产以钱折役，多处折冲府已然无兵上番轮值。虽从开元年中起，京兆、蒲、同、岐、华等州募兵十二万，分六番轮值，免征赋役并分田地，也仅是京师宿卫。且应征者多为市井无赖，难以战阵冲锋。武勇精兵皆聚于边陲，国之武备外强中虚，惜乎圣上倚重右相李林甫，而李一味嫉贤妒能，排除异己，竟不以国事为重。"

"朝廷驿传，今年五月加封平卢和范阳两镇节度使安禄山为东平郡王，开宗室之外异姓将帅封王之例。圣朝凌烟阁诸开国将帅，位亦止于国公，不知安禄山何等功绩，竟至封王，太白兄在长安三载，可知内情？"

李白答道："说到功绩，此人有三：一是拜贵妃为养母，二是入李林甫之党，三是善于逢迎。"

陶沔听后哈哈大笑，说："今日我们兄弟之言，不宜对外人道也，兄谨记勿与不相干者谈论。"

李白并不放在心上，继续说道："安禄山可称平步青云，故朝野论者颇多，我多有耳闻。安本是营州杂胡，其本名轧荦山，父为康姓胡人，母为突厥阿史德氏，幼年丧父，其母改嫁突厥将军安波至之兄安延偃，遂冒姓安名禄山。成年后因通晓北地多国语言，遂与同里史窣干者结友，皆为互市经纪牙郎。性骁勇狡黠，善揣人意，约开元二十年（732）间入幽州节度使张守珪军中为捉生将，被张节度使收为养子。至开元二十三年（735）升平卢讨击使、左骁卫将军，受命讨奚、契丹叛者，因恃勇轻进，为虏所败。张守珪拟斩之，安禄山临刑呼曰：'大夫不欲灭奚、契丹邪？奈何杀禄山！'守珪惜其骁勇，不忍杀之，乃执送京师，请朝廷定夺。宰相张九龄欲斩之，圣上惜其才，敕令免官，以白衣领将军之职。后官复原职，开元二十八年（740）已任平卢兵马使、营州都督。其惯以厚礼贿赂朝廷官员，又附右相李林甫，拜杨妃为养母，甘言惑上，体肥尚在帝前献舞胡旋，对帝言腹中唯赤心。天宝元年（742）竟为平卢节度使、御史中丞兼柳城太守以及渤海等四府经略使；天宝二年（743），晋骠骑大将军；天宝三载（744）又加封范阳节度使、河北采访使；天宝六载（747）晋御史大夫，封柳城郡公，妻封夫人；今又加封东平郡王兼河北道采访处置使。圣上命有司为安禄山起第于亲仁坊中，敕令但穷壮丽，不限财力。既成，赐幄帟器皿，充牣其中，厨厩之物皆饰以金银，虽禁中服御之物，殆不及也。圣上每令中使为安禄山护役、筑第，常戒之曰：'胡人眼大，勿令笑我。'上每食一物稍美，或后苑猎获鲜禽，辄遣中使走马赐安，络绎于路。我朝武将升迁之速、品阶之高、权位之重、恩遇之隆，无出其右者。安氏节度边塞两镇，兵强马壮，又深结权臣、谍事宫闱，无丰功而厚赏，论者皆不以为然。惜乎圣上外倚李林甫、内宠杨贵妃，均是安氏私人，致帝信重安氏至此，恐非国家之福。"

"朝廷大政，我等不在其位不宜置评，出兄之口入弟之耳可也，切勿多言构祸。且不说孟浩然、崔宗之等君被寻故贬官，连北海、淄川两太守亦被杖杀。君子不立危墙之下，以兄之性情，绝难屈身右相门墙，飘然引退焉知非福？县丞微末之官，虽不入朝堂重臣之目，吾亦觉仕路难行，羡兄之逍遥山水，颇有挂冠之意。"陶沔见李白不以为然，再次劝说。

"沔弟即出仕为地方佐官，总以尽力造福一方为要，不宜萌生退志。兄则不同，乃放逐之臣，虽有济世之志而不为用，只能寄身于山水之间。"

李白别陶沔后回到南陵，平阳见到他欢喜不尽，依恋身边不舍离去；熟悉两日后，伯禽也围绕李白膝前。儿女相依，李白既欢喜又心酸，虽然岳母指桑骂槐，也不忍离去。他百般劝喻，平阳姐弟却不愿随他去宋城。李白在南陵居住两月有余，其间到石门山后晤访张叔明，并与租种其土地的租户延续租约，终被岳母聒噪得难以容身，无奈离去，留下些金银绢帛将孩子托付给岳父刘医师，辞别陶沔时又拜托他代为看顾子女。

李白离开南陵，北游济南、平阴后返回宋城，安居年余未再外出。天宝十一载（752）秋，李白收到少年时结交之友何昌浩来书。何君现任范阳节度府判官，此时东平郡王安禄山已任平卢、范阳、河东三镇节度使，仍兼河北道采访处置使，领柳城、云中两府太守，统渤海等四府经略使，拥兵十八万四千余，几近天下兵力之半。何判官来信力邀李白北游塞垣，李白亦思北上寻孔巢父，到幽燕一带观边塞情形。

李白北上幽燕，先经博平（今山东聊城），前去探访王安远的族兄、任博平郡博平县丞的王志安。经王志安介绍，李白与博平太守郑文刚结识。郑太守长李白数岁，两人一见如故，谈古论今多见解相同，诗酒相酬相谈甚欢，因此郑太守强留李白十余日，李白辞别数次才得以离开博平。李白又北上邯郸，探访蔺相如、廉颇、公孙杵臼、程婴、平原君、毛遂诸先贤遗迹，再到冀州拜访孔巢父，恰逢巢父外出，未能谋面。直到十月间方抵范阳郡，在何判官处遇故人之子崔度，其父系李白在长安结交之友礼部员外郎崔国辅。孟冬时节，江南尚温暖如春，北地已然寒风呼啸。恰逢范阳节度使统辖下九军之首经略军在长城下点兵演练，李白与崔度随何判官前去观演兵之壮。

唐时节度一镇统领数军及州郡府兵，每军将卒数千至数万人不等，每节度使往往统领三五万兵卒。天宝前多以文人名臣任节度使，"不久任、不遥领、不兼统"，防止专权势大，功名昭著者往往入为丞相。李林甫为相后，欲固己之位，以胡人不知书，欲杜绝边帅入相之路，乃奏言："文臣为将，怯当矢石，不若用寒族胡人；胡人勇决习战，寒族则孤立无党，陛下诚以恩洽其心，彼必能为朝廷尽死。"皇帝对李林甫言无不信，于是任安禄山、安思顺、哥舒翰、高仙芝先后出任平卢、范阳、朔方、河西、安西、河东等道节度使；连安禄山少年时的朋友史窣干也升任为平卢兵马使，并蒙皇帝赐名史思明。至此，诸边节度使尽用胡人，精兵咸戍北边，天下之势偏重于边塞，胡将权倾边陲。安禄山所领范阳节度使临制奚、契丹，军马最强，统辖经略、北平等九军，管兵九万一千四百；所兼平卢节度使镇抚室韦、靺鞨，统辖平卢军、卢龙军及榆关守捉、安东都护府，领兵三万七千五百；后领之河东节度使防御突厥，统辖天兵军等四军、云中守捉及忻州等三州，管兵五万五千人。

经略军为范阳九军之首，兵将三万人、军马五千余匹，除值守营寨、岗哨者外均列阵于旷野。两万余士卒分两个方阵相对肃立，人强马壮，兵甲鲜明，虽静立不动，然连绵无边，亦感气势恢宏。战鼓擂响，将旗摇动，两万余人齐声呐喊，犹如平地滚雷，两阵兵卒持刀枪大戟向前冲锋，骑兵纵马奔腾，卷起滚滚沙尘，如同浪涛奔涌。随着旗帜飘飞，将尉呼喝传令，忽而兵卒对垒厮杀，忽而骑兵突驰撞阵，忽而步骑列阵对冲，亦有骑兵在先、步卒紧随以尖锥之形冲锋陷阵者，寒风呼啸，人喊马嘶，沙尘弥漫于天地之间，着实动人心魄。演兵约一个时辰，空中雪花纷纷扬扬，锣声响起，军卒收兵，虽忙不乱，又成两军对垒之势。李白观之，既睹边兵之雄壮，更叹府兵、卫兵之羸弱，暗自心忧，只是无法言说。

　　观罢演兵，崔度回吴中家乡。在送别酒宴中，何判官力邀李白入幕范阳节度府。李白本不齿于安禄山作为，今见其兵势雄壮，恐尾大不掉或有异志，难以善终，遂以家中诸事未了坚辞。李白又在幽燕方近漫游，见诸塞垣兵强马壮，士卒勤于操练，与府兵羸弱疲惫之状截然相反。本朝军兵外强中干、边强内虚，朝廷又倚重胡将，委以专城，竟无防范，着实让他心忧。

　　返回途中，李白又经冀州，探访孔巢父仍然未果，满腔心事无从诉说。他登上燕国故黄金台，台为昔时燕昭王招贤纳士所筑宫舍遗址，昭王为图强，尊郭隗为师，智者邹衍和名将乐毅、剧辛等先后归燕并为重用，燕遂强国复仇，攻齐下七十余城。登台四望，苍茫无垠的大地草木凋零，易水滔滔奔流，高渐离击筑送别荆轲慷慨赴死的悲歌似仍在回响。明君贤人已然远去，空余尊贤纳士的荒台在寒风中一派苍凉萧瑟，李白想起自己身负奇才、胸怀大志，然不为朝廷所用，竟不能如乐毅等得遇明主，一展抱负。今见边兵之强，忧府卫之弱，也不能对人君陈说利害。想到此处，他不禁悲从中来，不可抑止，竟然号啕大哭，涕泪交流，悲声在寒风中回旋飘荡。

李白返程中又到南陵看望子女，至泗水会晤陶沔，经兖州拜访老友，直到天宝十二载（753）暮春时节才回到宋城。沿途陆续听闻：天宝十载（751）正月，皇帝举行祭祀天地、道德天尊、太庙三大盛典，淹留长安的杜甫献"三大礼赋"，获"参列选序"资格，待制集贤院，等候授职而已。天宝十一载（752）十一月，居宰相之位凡十九年的李林甫病卒，帝以贵妃族兄杨国忠继右相之任；安禄山谋求相位未果，轻视于杨，杨不能制安，两人渐交恶。天宝十二载（753）正月，京兆尹鲜于仲通讽选人为杨国忠刻颂涂金立于省门，将杨国忠赞誉得功德巍巍无与伦比，皇帝许之，杨亦坦然受之。

朝政如此荒唐，李白这才真正放下东山再起的念头，往返于泗水与宋城之间。天宝十三载（754）初秋，原任邠州长史、现迁宣城郡长史的从弟李昭来信相邀。两人自开元十八年（730）在邠州相晤，已然二十余年未谋面。李白曾在邠州获李昭接济，收信后即南下宣城，探访从弟。

兄弟执手相看，均已是将暮之年，皆不胜感叹。李昭道："与兄一别二十余载，弟仍为长史，并无长进，已然须发斑白，让人感伤！"

李白笑道："邠州乃下州，弟迁宣城上州，职虽仍为长史，品级已升五品，且宣城山水秀丽、气候温暖，正宜于五旬之人，夫复何憾！"

"太白兄可知，你前番在邠州搭救的校尉郭子仪，现已升任九原郡都督、太守，是三品大员，兄果然巨眼识英雄！"

"当年我见郭子仪气度不凡，度其不会久居人下，今果其然也，吾心甚慰。陈年旧事不提也罢，你我且把酒言欢。"

李昭知李白好酒，让他品饮当地纪叟老春酒，该酒观之澄澈似水晶，然酒液厚重，芬芳如兰，醇和甘郁，回味悠长，李白饮之大喜,问道:"此酒甘香醇厚,来自何处?"

李昭笑道:"此为本郡酿酒名家纪叟以敬亭山甘泉所酿,其采料用曲酿制皆有秘术,冠绝一时,酒仙饮美酒,更相得益彰。"

李白与李昭对饮数日,即将纪叟老春酒饮罄,李白欲拜访纪叟以购佳酿,即独去敬亭山游山访酒。李昭欲使人相陪,李白笑辞道:"酒香可为媒,无须人相陪,吾将闻香而往。"

果然,到了敬亭山脚,有缕缕酒香飘来,李白闻香辨向,朝愈来愈浓的香气方向前行,到了一处藏风聚气的山谷,此处有茅屋四五处,阵阵酒香飘逸四散。李白问询一挑担路人何处寻找纪叟,那人指着北面山路道:"贵客请看,东家纪老过来也。"

一位年近八十的皓发老者,布袍竹杖缓步走来,李白向前行礼:"可是纪老先生?"

老者近前打量李白一番,还礼道:"先生器宇轩昂,神采飘逸,何以至此山野?"

"在下山东李白,字太白,一生好入名山、饮美酒,曾在长安有饮中八仙之名,现来宣城得饮纪叟老春酒,实为不可多得之佳酿,思见酿酒老丈,故冒昧来访。"

老者听言,复又端详李白一番,掀髯大笑道:"莫不是翰林李太白先生?失敬!先生醉草答番书传为美谈,且闻先生醉后才气勃发,为文未尝有差误,虽醉而能辩服醒者,酿者见酒仙,实感荣幸。"

李白上前扶住纪叟,也笑道:"微醺助才思有之,尽醉亦不能为佳作,传言不尽其实。今见老丈,可饮佳酿乎?"

"当然,请君品饮。"

纪叟命佣工从山洞中取出陈年老酒,拍开泥封,酒香四溢,酒注入陶碗中，色若琥珀，饮之黏稠如蜜，甘醇绵柔，香气浓郁，倍佳于此前所饮老春。李白徐徐品饮，良久不言，但觉齿颊及呼吸间均有余香，唯颔首而已。

纪叟见李白着实喜爱其酒，心中欢喜，不禁自夸道："此酒先生切勿轻视之！我所酿之酒，乃拣选晶莹饱满新米，用山泉新鲜活水，以诸般香草芳花制曲，察四季寒热湿燥，多次投料，三酝为市售常酒，其价倍于他酒；五酝为上品佳酿，价又倍于三酝常酒。君所饮者乃五酝之酒，又入瓶上甑，蒸煮待其透熟流溢后，再装坛储冬暖夏凉之深洞，酒坛覆以香花芳草，经数年方饮用。此酒并不售卖，只留作馈赠贵客、至亲、好友之用。"

李白面露失望之色，道："此酒堪称极品，不能畅饮实为憾事，请老丈多少售我些，在下并不论价，随老丈之意。"

"先生又与常人不同，不仅是贵客，更是知音，我虽不能售予先生，却要送先生些。"纪叟见李白面露失望之色，觉得好玩，哈哈大笑回道。随即他挥手对佣工道："小陆，取四坛五酝复蒸酒来，送给太白先生。"

李白再次长揖："老丈何其厚爱，不取其值断然不可。我本拟购酒，带了两块金子约有三两，竟付与老丈，再随意与我些市售五酝酒，可否？"

纪叟不肯收钱，李白执意付，两人僵持不下，经佣工小陆从中劝说，赠酒定然不收钱，另给李白二十坛五酝酒计四万钱，李白取出一块黄金约有一两，付与纪叟。纪叟也就不再争讲，让佣工随后将二十四坛酒送到李昭府上，并整治些山蔬野味款待李白。

李白问及纪叟家世，这才知道纪叟名春字东轩，祖上曾为隋朝官员，善于酿酒，因遭奸佞构陷，遂逃官避祸并以酿酒为业。纪春年少时随父来到宣城，见城北敬亭山泉水澄澈，是酿酒佳水，且在州城北郭外，售卖便利，遂居此做酒。纪叟虽处山野，但随父也读了些诗书，周游各地，颇有见识，谈吐亦不俗。两人把酒言欢，一直饮到午后，李白陶然大醉。辞别纪叟后独登敬亭山，躺在山顶凉亭内休憩，但见众鸟飞去，白云悠悠，一时物我两忘，不觉沉沉睡去，直至黄昏方返城中。

　　李白回到宣城，除每日习练剑术，时与李昭赴宣城宇文太守等官员宴请外，平时即漫步城内及周边，探访敬亭山灵源寺等，竟是多年来最为悠闲的一段时光。眼看老春酒已饮过半，恰逢李昭在长安游学的弟弟李铎偕同其朋友杨燕来宣城探访。杨燕是华州华阴人，为汉时名臣、时称"关西孔子"的丞相杨震之后。杨燕祖上多代公卿，其本人却无意于仕途，最爱游览名山胜川。他本居于华山之下，今年又约李铎南游衡山，来宣城时又顺便游霍山，并拟继续北上东鲁，先游孔子故里、鲁都曲阜，再登泰山。曲阜即泗水西邻，杨燕北游引发李白思念子女之情。酒过三巡，李白谈起两个孩子尚在故鲁都东门十余里外的南陵村，自己已经一年多未见到他们，颇为怅然。杨燕要代李白去探望孩子，李白大喜，写书信托杨燕转交于刘医师。四人相聚数日，杨燕与李铎共同辞别，结伴北上，至徐州后李铎西入长安，杨燕则继续北行去东鲁。

　　宣城郡西有南陵县，与泗水汶阳乡南陵村同名，南陵县南有五松山耸峙于长江边。李白昔年登黄山、游宣城时，送别族叔秘书省校书郎李云后，曾应朋友南陵令韦冰之邀，与另一友人殷淑到南陵县，后与县丞常磊等共游五松山，探访当地隐士荀七。李白怀旧、思乡之情油然而生，在异乡觉南陵之名甚是亲切，就暂别李昭去南陵县游五松山。

　　李白乘舟在五松山下天井湖游览湖光山色，偶有风浪，小舟倾斜，他立在船边，身体一趔趄，所携包裹掉落湖中。李白若无其事，并不寻找，继续观赏风景，舟子却急了，忙着要靠岸，并道："客官的行囊掉落水中了，怎的也不看一眼？是小的不慎，待俺下水摸索一番，兴许能寻回。"

李白一摆手："包裹掉落水中岂可复得，看有何用？此为风浪所致，与船家无关。风大水深，包裹不知冲向何处，也没什么贵重物品，下水或有凶险，不寻也罢。"其实李白带了二十余两银子，全在包裹中，落水后除随身玉佩外即无分文，他恐舟子不安，才如此说。

舟子拱手行礼，船行至五松山前驻舟后，李白道："银钱在落水包裹中，船费难以支付，如何是好？"舟子道："贵客不责怪俺失落包裹就感激不尽了，还谈什么船费！"他将李白礼送上岸。

此时已暮色苍茫，李白想起身上并无银钱，食宿都成问题，有些发愁。见山下有五六户人家，其中一家柴扉虚掩，李白在门口扬声喊道："家中有人否？"只见院内黄犬跑向院门狂吠起来。稍顷，一位白发苍苍、年近古稀的老妇人拄着拐杖从屋内走来，边呵斥黄犬边打量李白，问道："贵客看着面生，不知有甚事情？"

李白有些难堪地问道："老人家，我来登五松山，包裹不慎掉入天井湖，除去随身衣饰，银钱尽失，不知可否在您家借住一宿？"

老人微笑道："些许小事，谁也不顶着房舍出门。俗话说'在家千日好，出门一时难'，住一宿也没什么。只是老妪家中寒酸，不知贵客能否得惯？"

李白随老人家进了院子，院落不大不小，栽植几棵桃树，石砌房屋中虽收拾得还算整洁，却并无像样家什，只有原木粗做的矮几、箱柜和地上放着的蒲团，着实寒酸。老人家进屋时向西厢房喊道："阿大，有客人，起来陪客！"进屋后，李白与老人攀谈，才知当地人皆姓荀，老人丈夫去世得早，家境差，两个儿子阿大、阿二均未能婚娶。阿二现在折冲府当兵，阿大整日只知偷吃家酿的米酒，吃了睡、睡了吃，不能成人。说到此，老人不禁以衣角拭泪。这时，从门外跌跌撞撞进来一个四十岁左右的汉子，身上随意搭了件破旧的衣衫，睡眼惺忪，先上来给荀媪请了个安。荀媪呵斥道："没有看到客人吗？"汉子又转身向李白草草行礼，李白回礼道："叨扰了！"说话间，李白因饥饿，腹中作响。

荀媪听到后问道："贵客还未用饭吧？老妪去整治些饭食，只是没甚荤菜，客人将就些。"

阿大笑道："贵客可带酒肉？咱今日还未吃酒哩，酒虫发作，着实难耐。"

李白尚未回答，荀媪又呵斥道："休要啰唆！客人失落了财物，哪有酒肉与你吃？"

阿大不敢再作声，荀媪指使他去烧火，自去淘米洗菜。夜色渐浓，明月高悬，山村寂静，邻居家传来咚咚之声。刚好荀媪端着盘酱拌秋葵，阿大端着菰米（即茭白）之实所做雕胡饭进来，李白问道："似鼓非鼓，这是什么声音？"

荀媪道："这是东邻两个女儿在舂米，用木杵捶打木桶内的稻米，使其脱壳。我家阿大虽疲沓倒也听话，我已经使唤他舂完了。我老了，自己干不动了。"李白席地而坐，荀媪隔着木墩盘膝坐在对面，随后将盛放于白陶盘中的菰米饭递与李白。

菰米饭可称农家美餐，李白身无分文，敬谢道："老人家太意重了，我现无银钱，不敢叨扰此饭，随便与我些瓜菜粗粮果腹即可。"

阿大插嘴道："就是，平日娘也不舍得吃，却平白给外人吃！"

"胡说！进门是客，出门在外本就难，何况客人失财受窘，咱们更不能慢待了客人。"

阿大闭嘴不再言语，李白更觉不好意思，荀媪再三劝餐，李白腹中饥饿、盛情难却。吃过饭，荀媪又收拾出荀二的床榻，让李白安歇。

第二日李白辞别时，取下随身玉佩要赠与荀媪，并告诉荀媪："此佩约值万钱，急用时可以售卖。"

荀媪急道："客人这是看不起我老太婆，不管您这宝贝值多少，我断不能收，农家待客没有收钱的，何况您还丢失了财物。"

荀大虽然看着玉佩眼中放光，但见母亲着急，便也说道："客人勿再招惹我娘生气，不要就是不要。"见荀媪焦躁，李白也不敢再冲撞，无奈行礼作别。

第二十八章

布衣交

李白登五松山，本欲寻访的荀七外出，不意遇到另一故人杜礼秀才，杜秀才是前番李白来南陵县时结识的朋友。两人结伴游览山景，杜秀才曾到过蜀中益州，两人谈些蜀地风光、见闻逸事，不觉半日已过。下山后杜秀才请李白用过酒饭，即辞别归家。李白身无分文，也不好向杜秀才求告，思索一番，唯有将随身玉佩售卖或典当换些银钱，方能回程。他在五松山前市镇雇一牛车来到南陵县，县城却无收购玉器的店铺，只有一个质库可以典当物品，无奈之下他只好去当佩。质库朝奉反复把玩摩挲，道："先生之佩，玉质尚可，然体量太小，只可当钱五贯。"

李白笑道："朝奉取笑了，此佩是汉玉，可值十余两白银，折钱十贯有余，您竟减值过半，也太不公道，再多与些。"

"玉佩可值七八贯，但有价无市，不知要压小店多少时日的本钱，因此当价五贯。先生也是明白人，既如此，就给您六贯钱。若赎当，每日利钱一分，折钱六十文，赎期十日，过期绝当。"

李白不再讲价，朝奉写毕当票、复验玉佩，命质库后生取出六贯钱，将近四十斤。李白发愁道："烦请朝奉付我六两银子，我要赶路，带着这些铜钱颇为不便。"

朝奉摆手道："客人有所不知，我们店小本薄，银子本就稀缺，前脚刚有一个客人典房，出去百两银子，小店已无存银，只好付与您铜钱了。"

质库后生帮李白将铜钱装入褡裢，李白无奈背在身上，出店后取了二百文付了车费，自己背着近四十斤铜钱走了一段路，毕竟沉重，本不欲再去南陵县衙，又想找韦县令或常县丞将铜钱换成金银，还有荀媪饭宿之恩未报，计算回程费用，尚可赠与她两贯钱，托付生人不放心，只好去南陵县衙寻常磊。

不料韦县令远迁甘州张掖，常县丞亦迁任他处，幸亏当年跟随常磊的一个书手老荀尚在，颇忠厚老成，且还识得李白。他与质库管事相熟，又是官府中人，即拿当票去了质库，讲定九贯绝当,又找回三贯钱,将八贯钱换成八两银子给李白,并将剩余的让李白零花。

李白大喜,道:"我不带也罢,这些银子有散碎的,用于花费即可。只是五松山下荀媪知我失财,仍留宿并待我以雕胡饭,赠其玉佩亦坚辞不受,烦请老哥代我将这二两银子送与荀媪,其子荀大在家,荀二现当值府兵。剩余的这一贯钱已花出二百文,就做您的路费。"

"您是我老长官韦令、常丞之友,又是上官,我跑跑腿,说甚也不能要钱。只是有句话不知当讲否?"老荀迟疑问道。

"但讲无妨。"

"先生固然豪爽,然一饭一宿数十文足矣。我就将这八百文送与荀媪,剩余二两银子贵人还是带着路途花费吧。"

"不是这样讲。昔日淮阴侯韩信为一饭之恩而报漂母千金,吾虽无淮阴侯之力,却有此心。筹算回程用度,四两白银勉强够用,今赖老兄之力当银九两,谢荀媪后仍余六两,花费绰绰有余矣,且荀媪家中着实贫寒,稍稍帮衬一二吾方心安,望兄帮忙完成此事,切勿疏忽。"

"既如此,荀媪也是好心有好报,我定然尽快送去,请先生放心。"

李白想到崔钦在秋浦县任县令,返程中又到秋浦县访问崔钦。崔县令性情恬淡冲远,以君子之礼接待李白,又在后衙寻一洁净房屋让李白自住,两三日聚饮一次,平常让仆佣送些饮食,也不多打扰。倒是本县柳县尉,虽文质彬彬却酒量宽宏,又是外地人,没有亲故,与李白整日饮酒,谈论诗文。李白在秋浦停留数日,直到初冬方返还宣城。路上又游览乡村市镇,和渔民共同捕鱼,见识了炼铜壮景。

时当夜间,明月悬空,矿山下排列数十个大小稍异的椭圆炼炉，阔处需数人方能围合，两三人高不等，数个牛皮所制的风橐连在一起向炉壁送风。风橐大者由数匹健马拉动，小者由三四个强壮汉子拉动，数百人喊着整齐洪亮的号子在冶场运矿、填料、鼓风、放铜、出渣。冶工先将原矿与石炭分层装入炼炉，点火后以排橐鼓风，随即炉火熊熊、浓烟滚滚。开闸放铜时，烧熔的铜水源源泻出，闪耀着灿烂火光，迸发出绚丽铜花。这番壮丽景象，让李白目眩神迷。

李白在秋浦等地山溪乡野随遇而安，所遇农人、渔民、冶工均质朴可亲，热情相待，他因此漫游乡间近一月，直到天气严寒才返回宣城。因喜饮纪叟老春，他又去敬亭山探访纪叟，沽酒数十坛，竟在李昭处过了元正，在宣城迁延至次年天宝十四载（755）春暖花开还不舍离开。这一日，忽有个十余岁的童仆来访，问因何事而来，摇首不答，只递上一封书信，言启缄便知。开启信缄，字体虽不出众，言语尚清楚可观：

翰林李公太白先生，敬启者：
　　学生农人汪伦，素慕先生文采风流。欣闻先生莅宣城长史府访亲，距吾乡桃花潭不足百里，舟行半日可至。先生好游乎？此地有十里桃花。先生好饮乎？此地有万家酒店。弟向慕先生风姿，不揣冒昧，备酒以待。
　　　　　　　　桃花潭彩虹岗汪伦沐手敬书
　　　　　　　　天宝十四载（755）桃月

李白看完书信，深喜汪伦洒脱，更羡十里桃花、万家酒店，问之于李昭，却茫然不知。李白欣然暂别李昭，兴冲冲去探访桃花潭。从宣城沿青弋水上溯可至泾县，两地相距百里，顺风船行半日可至。李白绝早乘客船,一路山光水色,至一渡口驻船,船工告知此为桃花渡,距桃花潭还有约十里,沿陆路或换乘舟均可至。

岸边一个年近四旬的男子,虽着布衣,但整洁合体,神态举止大方,坐在渡口石凳上看着人来人往。李白下船走了十余步,这人看到后即迎上前来拱手行礼:"敢问贵客是翰林李太白先生否?"

李白奇道:"看先生并不相熟,阁下何以识得我?"

那人再度行礼:"终于等到太白先生了!我即是邀君人汪伦。自打前几日送信去宣城后,每日午时前均在此等候先生。方才见君子神光湛然,气度不凡,行止飘逸,迥非常人,度为谪仙,果然也!"

李白赶紧还礼道:"感君盛情,然老弟何以知我在宣城李长史处?"

汪伦道:"天下谁人不知君?我在元正后即听朋友说起先生已来宣城一段时日。因喜读先生诗文,更慕先生风采,素知先生是饮中之仙,我家酿的酒还过得去,犹疑再三,才不揣冒昧,敢请先生来此一游。"

李白见汪伦诚恳,回道:"观君谈吐文雅,应是饱读诗书之士,我虚长数岁,相见即是缘,你我兄弟相称可也。"

汪伦听后喜不自胜,上前握住李白的手道:"得与谪仙人兄弟相称,汪伦何其有幸也!我虽读过几年书,却不成才,在兄长面前装装斯文而已,万勿见笑。"

汪伦领着李白从桃花渡向西南行。不到十里,就见远山下水波浩渺,清澈如镜,倒映着碧空白云。岸边怪石嶙峋,附近翠绿的草地上有几百株桃树,花团锦簇,绚烂如霞。汪伦道:"此处即是桃花潭,我家就在潭边山下,风景尚可。"

李白颔首问道："此处山则缥缈迷蒙，水则清泠见底，山光水色，烟波无际，诚然不错。然一路走来，虽有几家酒店，何至万家？桃树数百，不足里许，何言十里桃花？"

汪伦笑道："说到此，还请兄见谅。十里桃花者，是十里桃花潭也，潭名桃花而树仅数百；万家酒店者，是店主人姓万，非有万家之数也。弟不出此下策，何以请动兄之大驾？"

"君可谓雅骗、惠骗，既将我骗来，却要畅饮你家美酒，不可再藏私。"李白不禁笑噱。

"这是自然，只恐不中兄意。"

汪伦家居桃花潭边的彩虹岗，周边松竹茂盛，古藤垂拂，雾霭水汽缭绕，风景宜人。他将李白迎至家中，殷勤相待，拿出珍藏多年的美酒与李白畅饮，虽较纪叟老春有差，亦香醇清洌。汪伦家境尚可，其本人也熟读诗书，只是未能考取功名，与李白谈些野史逸闻，宾主颇为相得。李白居留数日，将周边山水游览一遍即欲辞归，汪伦苦留不住，央邻人行舟者载以美酒土仪送李白返宣城。李白上舟后方解缆欲行，听到汪伦在岸边踏歌而唱："桃花正茂盛，归客太匆匆。君去何时返，长思潭水情。"

李白心知难以再返桃花潭，深感汪伦情谊，拱手长揖，高声吟道："李白乘舟将欲行，忽闻岸上踏歌声。桃花潭水深千尺，不及汪伦送我情。"李白乘舟渐行渐远，汪伦在岸边不住挥手，直至舟行到水天浩渺之处，不复可见。

李白回到宣城，又接到一封书信，却是宋城商人捎来的家书，宗氏催促李白归家。时已四月，李白来宣城亦半年多，就辞别李昭返宋城，返程中先沿江至广陵去探访陆调。到了扬州却有一件意外之事：陆调告诉李白，有河南府王屋山人魏万，渴慕李白文华风采，自去岁秋由嵩山沿吴越追访李白三千里，耗时半年多，不遇，后听闻李白与自己交好，又来广陵相访，现暂寓扬州广通客舍。李白听到魏万如此苦寻自己，也不禁为之动容，生怕他再离开，即匆匆前去客舍寻魏万。

客舍店主听说有客来寻魏万，将他请出。李白见一个年约三旬的男子随店主前来，身长与自己相仿，唯身形较瘦削，虽一身布衣，风尘仆仆，但举止端庄，风华内敛，望之让人信重，即知此人当是魏万。魏万也在看来客，只见来客年约五旬，飘逸不凡，尤其一双眼睛神光外射，竟有猛虎之威。李白拱手行礼笑道："君可是魏万小弟？可知吾是何人？"

魏万长揖欲拜，道："君定然是谪仙人李太白先生，他人无此气度。我寻先生好苦也！听闻先生好友元丹丘隐居嵩山，我即去嵩山访先生，未遇。听道长言君在吴越一带，又东浮汴水，由吴入越，至杭州，探会稽，溯剡溪，入天台，登华顶，访孤屿，出双溪，游金华，泛新安之江，谒严光钓台，复折姑苏台，回舟扬子津，终经金陵来扬州寻先生，数千里不遇，今日终于得见真身，当执弟子之礼，以叔伯侍先生。"

李白连忙扶住魏万："君不辞三千里，访我半岁余，你我意气相交，虽年龄有差，仍以兄弟相论，不然也拘束些。"

魏万请李白到其客房交谈。李白见他出口成章，不惟擅长诗赋，且精通经史，只是喜好游览名山胜川，未曾应试，诫勉道："后生可畏。君爱文好古，经史诗赋皆擅，可应举出仕，之后必著大名于天下也。"

"不是小弟自诩，弟也颇通经史子集，放眼当世，所敬服之人并不多，自觉应举入仕不是难事。然见才高如先生，亦不为当世所用，竟也放还归山，小子何德何能？就不禁灰心了。"

"非也。弟又与我有所不同，毕竟年少二十岁，不宜久耽山水、沉沦风尘，大丈夫立身天地之间，应先求济天下，庶几不负此生；不遂，再独善其身可也。另，吾有私意焉。想托小弟辑我诗文，使行于世；且吾子伯禽年十三矣，现在东鲁泗水，当伯禽弱冠时，想弟已进身，正年富力强，设有机会望提携一二。"

魏万起身郑重行礼道："听兄之语如醍醐灌顶，弟当求进取，一展抱负，定不负兄之所托。"

李白听后非常高兴，将随身所带诗文底稿尽行交付魏万，带他重见陆调并辞别。因高座寺其寓处尚存部分诗稿，李白与魏万又同去金陵取诗稿，兼欲介绍崔宗之、杨利物与他结交。途中，魏万问起李白生平，李白遂将自己少年苦读、各地漫游、酒隐安陆、安家东鲁、两入长安、再客梁园诸事，一一告知魏万，以裨于魏万辑诗文。到了金陵高座寺，李白取出在金陵所作诗稿交与魏万。魏万见到李白的青绮冠帔，问道："先生已入道乎？"

李白笑而答曰："吾道能达，则入朝堂以佐君王、济生民；道不能达，也只有入仙道以求善其身。这是我未受征辟前受道箓之馈，已然多年未着，将来入名山隐修时再着此服。"

两人再至江宁县，才知崔宗之家中有事，已于岁前辞官归长安料理家事，给李白留书一封，邀他再入长安。杨利物县令款留李白与魏万多日。魏万因离家时久，且心系李白诗稿，急欲回王屋山汇编，便与李白、杨利物依依惜别，临别前赠李白《金陵酬李翰林谪仙子》，盛赞李白如碧海明珠、绝代珍宝，惜乎才高世难容，只好纵情山水。李白回赠长诗《送王屋山人魏万还王屋》，摹写了魏万寻访自己的旅程，以及分别后的思念之情。魏万约请李白去东鲁时转途王屋山，再将存于宋城、东鲁的诗稿相付，李白欣然应允，岂料此后发生战乱，两人竟一别成永诀，再未谋面。

崔宗之返长安，魏万离金陵，杨县令见李白颇为怅然，想起一事，道："还有一事望老弟知悉。岁前张旭带家书来访宗之，说已辞官去茅山隐居，茅山距此百余里，君如欲探访老友，可以前去。"

　　李白既思念张旭，也欲知淹留长安的杜甫等好友近况，于是草草收拾行囊，于次日去茅山。此时张旭正在茅山太平观修习上清派存思、服气、咽津等修持方法，倒是好找。两人时隔十年复见，说起在长安的交游，恍如一梦。李白问起杜甫等友近况，张旭告诉他：杜甫淹留长安六载多，虽得备选，仍未授官，自己行前听闻拟授予杜甫河西县尉之职，但杜甫不欲离开长安，也不愿做追租捕盗之事，坚辞不受，希望改授他职；崔宗之母亲患病，迁延不愈，恰自己挂冠归乡，距金陵不远，崔家捎来书信，让宗之辞官返长安。

　　问起张旭辞官之故，张旭吐舌道："不惟因我年事已高，今日朝堂，借君《蜀道难》之语——'噫吁嚱，危乎高哉！'个中情形一言难尽，待我与弟烹茶细说。"

　　他煮好茶与李白对饮："先说杨氏，宫中专为贵妃织锦刺绣的工匠达七百人，中外争献器服珍玩，贵妃姊妹三人年费制粉钱即上百万；贵妃喜食荔枝，竟从岭南至西京由快马驰骋数千里每日专送。左监门加骠骑大将军力士承恩岁久，中外畏之，太子呼之为兄，诸王公呼之为翁，驸马辈呼之为爷。贵妃每乘马，高力士竟亲自执辔持鞭。贵妃三姊分别被封为韩国夫人、虢国夫人、秦国夫人，上呼之为姨，出入宫掖，并承恩泽，势倾天下。三夫人或入宫觐见，御妹玉真公主等皆让其上座。三夫人及杨国忠、杨锜五家，凡有请托，府县承迎，重于朝廷制敕；四方赂遗辐辏其门，唯恐居后，朝夕如市。杨氏五家同建宅第于宣阳里，五府并峙，竞比壮丽，一堂之费远逾巨万。贵妃族兄、丞相杨国忠原来嗜酒赌博，三十岁许才获县尉，因附于族妹即飞黄腾达，从天宝四载（745）起，历任金吾兵曹参军、监察御史、侍御史、太府卿。天宝十一载（752）李林甫亡，圣上任杨国忠为右相，兼文部尚书等四十余职。天宝十二载（753），水旱相继，关中大饥。圣上忧雨伤稼禾，杨国忠竟专择禾之善者献上，回奏：'雨虽多，不害稼也。'圣上遂信以为真，亦未开仓放粮赈之。然以贵妃故，加之杨国忠惯于揣摩上意，只报祥瑞，帝竟对其宠信无比，龟兹国进奉安神玉枕，帝不用而赐予杨相。又赐杨相木芍药数本，其植于家，竟用沉香为阁，檀香为栏，以麝香、乳香筛土和泥饰壁，禁中沉香之亭远不及也。杨家至冬月用蜜将炭屑捏塑成双凤，燃于炉中取暖；至暑月，则取大冰琢为山岳，围于宴席间，座客虽酒酣而觉有寒意。其骄奢如此。杨国忠子弟，依杨相及贵妃之势多得美官，广受贿托，以奸媚结识朝士，每至伏日，亦取坚冰镂为凤兽之形，或饰以金环彩带，置之雕盘中，送与王公大臣。杨氏五家或共出游，车马仆从充溢数坊，锦绣珠玉鲜华夺目，五家各为一色衣以相别，合队则粲若云锦，路人避让不及。杨国忠所受中外饷遗不计其数，据传仅绢帛已至三千万匹！"

说到此处，张旭气得以掌击案："朝中君子知己间私语，前相李林甫如恶狼，专于排除异己、构陷噬人；后相杨国忠似奸狐，广用私人、唯知贪贿。现朝廷重用胡人，且不说安禄山节度三镇，我大唐疆域三有其一；陇右节度使安西龟兹人哥舒翰亦兼河西节度使加封西平郡王。对了，你的好友高适于天宝十一载（752）辞县尉，被哥舒翰表为左骁卫兵曹、节度府掌书记，听说颇受信重。除杨党胡将外，别说吾曹小官无法立身，就是汝阳王李琎也只有托于醉乡，炎夏时挥汗击鼓，所读书皆乐谱，皇帝闻而喜曰'天子兄弟当极醉乐耳'，由是方免前李后杨之陷。危乎哉！胡不归来？"

李白插话道："圣上本聪明仁慈，奈何溺于贵妃，惑于李、杨！"

"太白弟真敢言也，此情朝廷诸公人人心知，都噤若寒蝉，无人敢讲。你我交心兄弟说说无妨，吾在长安哪得闻此等语！然对外人亦不可讲，设有奸邪小人，将构以大不敬之罪。"张旭告诫完李白，又道，"再说安氏。安禄山原对工于权谋的李林甫尚有惧意，而对以外戚进身的杨国忠则鄙之，杨见不能服安，即常对上言安有谋反之意，帝以之为将相不和，亦不相信。左相韦见素系杨国忠所荐，亦与杨相共同进言，圣上谕道：'朕推心置腹以待禄山，其必无异志。东北二虏，尚借其镇遏，朕自保之，卿等勿忧也！'杨相复以'安蓄异志，拥兵自重，必不敢轻身入朝'，献计召安进京。圣上下诏宣安氏，禄山却察知杨谋，如期而至，圣上更信之。天宝十三载（754）正月，安借觐见之机对帝哭诉：'臣本胡人，不通汉字，以忠憨得陛下宠擢至此，得拜贵妃为母，当以父事圣上，愿尽犬马之力效死而已。然为国忠所嫉，臣死无日矣，伏请陛下做主。'圣上或有使杨、安掣肘互抑之意，对安愈加信重宽厚，温言劝慰，赏赐巨万。圣上欲加安同平章事，已令张垍草制。杨相见势不妙，进言曰：'禄山击破奚、契丹，诚立军功，然目不知书，若以其居相位，深恐四方蛮夷轻国朝用白丁之人；且禄山位兼将相，权重无比，亦恐非人臣所宜。'圣上乃进杨国忠为司空，加安禄山为左仆射，并解御衣赐之。左仆射自魏晋来虽有副相之位，然自本朝高宗以来已无相权。去岁三月，朝命未宣，安即离京归范阳，疾出潼关，日行三四百里，其亦不安矣。"

李白插言道："杨国忠与安禄山倒也做过'好事'。天宝十二载（753），杨国忠联络安禄山诬李林甫与番部谋反，安禄山指使阿布思部落降者上告李林甫与阿布思约为父子。上信之，命有司按问，李林甫婿杨齐宣惧为所累，附杨国忠之意证之。是年二月下制削李林甫官爵，子孙有官者除名，均流岭南及黔中，除随身衣食外，剩余资产并没入官，近亲及党羽坐贬者五十余人。时李林甫尚未下葬，并剖李林甫棺，取含珠，褫冠服，更以小棺如庶人葬之。"

张旭道："李林甫诚奸佞误国，却尚无反叛之行，此也是安、杨以小人之道治小人，以去李党之势，不足为论。"他继续说道："前所言安氏离京时，圣上命高力士饯其于长乐坡，以观行止。力士回宫后，帝问安禄山尚慰意否，力士回奏：'禄山虽笑谈似如常，然神情不安，心实郁郁，必伺知宰相之请不遂也。'圣上以此询杨相，国忠道：'臣向陛下奏请不宜授其相位时，他人不知，唯太常卿张垍在场，此必张垍向禄山泄之。'皇帝听后大怒，尽逐张垍兄弟，谪垍为卢溪郡司马。"

李白接道："张垍小人，较其父丞相张说差之千里。垍尚宁亲公主，为驸马，官居九卿却与外臣勾连，宜乎此报。我在开元年间曾投诗望其汲引，他也是扬扬不理，从无识才荐贤之举。"

张旭道："弟还不知后情。张垍虽被外谪，数月后即被召还，复任太常寺卿。安禄山受封左仆射后意未尽遂，又奏请得兼闲厩使、陇右群牧使、群牧总监等职，总管多地马政，且挑选上等骏马实己军。不与相位却与马政，既抑之，复重之，朝政混乱，难以测度，不若隐于山林乡野。"

说到山林乡野，李白想起近年来在民间游历所感，说道："古云肉食者鄙，营营于富贵往往失其本真，今我知之也。弟漫游四方，所见农夫、渔民、矿工、商贩、翁媪、书生，多质朴好义者，远胜于结党营私的衮衮诸公。"他将纪叟之豪爽、荀媪之恩德、汪伦之情谊、魏万之真挚说与张旭。

张旭点头道："乡野之间有奇人，草莽之中多义士。吾之书法，除临摹古帖法书、得贵族叔李阳冰指教外，亦得益于乡民。开元初我出仕任常熟县尉时，一老者递交状纸诉邻里细事，我据理批驳发还，岂料该老者数日后再次呈状。我以其戏弄官府传讯斥之，你道老者如何作答？"

李白戏谑道："当是伯高断案不当，老者不服耳。"

张旭摇头道："你说差了，当罚茶一杯。老者说，并非对批驳不服，而是见批示之字好看，仿如其先父手迹，因此想再拿到批示珍藏起来。我让老者归家取其先父手书，看后大吃一惊，其书虽与我字体形似，然章法、运笔、功力皆高我数倍矣，惜乎其人没于乡间，不闻于世。我对其父的手书又细加揣摩、临写，书法才有小成。老者有孙，时方六岁，曾从我学书法，今过三十年矣，不知是否成就人才。"

李白道："弟闻兄曾见公主与挑夫争路而得笔法之意，后观公孙氏舞剑而得其神，尚不知有此节。"

张旭道："公主能与挑夫争路乎，挑夫敢与公主争路乎？传言不尽其实，实为公主之仆与挑夫争路，互不相让，彼时挑夫挑两重桶不让于行人，其进退趋避似随心所欲，其实皆有章法。人见其争路，我见其妙舞，以此得举重若轻、不拘泥凝滞之意。至长安初任金吾时，吾又得见公孙氏入宫为圣上舞剑，端的是静如山岳、动若电闪、迅如疾风、柔若丝缕，以其行云流水之势入书方得神韵。闻太白剑术亦得公孙大娘弟子清风尼真传，哥哥还要开开眼界。"

第二十九章

叛乱之起

　　李白这几年虽到处漫游，但并未放下习剑，听张旭欲观剑舞，因初夏午时天气已热，他除去外衣仅着短衣，即在道观院内挥剑献舞。李白所舞为进击之势，剑如银蛇飞舞，炫人眼目，光影中人剑纵横辟易，剑光闪耀，冷气森然，剑势凌厉，似无坚不摧。李白舞罢，数人齐声喝彩，原来观中数名道士亦被引来观看。张旭扬声道："痛快！自去岁观裴旻大将军舞剑后，不见此术近一年也！太白弟之剑如同疾风骤雨，远超凡俗，然较裴大将军还逊一筹，果然术业有专攻，贤弟诗文称绝，剑术却屈居大将军之下。"

　　李白听后大惊："裴大将军？伯高兄何时何地得见？我寻他十余年均无缘谋面！"

　　张旭扬扬得意，笑道："不只裴大将军，众人称道的画中圣手吴道子也与我同集洛阳天宫寺，将军舞剑，道子图壁，诚然佳话也。"

　　李白心痒难耐，急忙道："如此盛事，可要详细讲来。"

　　道观住持马守真亦附和道："张旭贤弟草书称绝，剑、画、书三大名家齐集洛阳天宫寺，绝然不凡，我等皆愿闻其详。"

　　张旭拿过李白之剑，舞了几个剑式，摇首道："不成，画虎不成反类犬，休说剑意，就是将军的剑式我也学不来。"

李白急道："兄休要顾左右而言他，快说说三绝齐集之雅事！"

张旭一瞪眼，说道："急什么，我这是想比画一下大将军的剑式，岂知已然忘记。"他又指着李白道："取出座墩，请吾安坐，再与你细讲。"

守真闻言，忙命火工道人取来座墩，张旭安坐其上，方才娓娓道来："去岁我辞西京赴金陵，途经洛阳天宫寺，恰遇裴旻将军和吴道子画师。原来将军追思已故父母，在天宫寺为父母祈冥福并为佛像装金，又请吴画师为父母作画于寺壁。吴画师年已七十有五，辞宫内供奉也已十余年，对将军言封笔多年，已无作画之神思，除非先观将军剑舞。于是大将军持剑起舞，疾如闪电，静似山岳，缓若落花，转如流水，剑光中不能分辨来去之势，虽是炎夏亦冷风飒然，当时上千观者无不失魂夺魄，故我不能仿舞一二。"

张旭说到此处，不禁站起，取一树枝仿吴道子画法道："吴画师观罢将军剑舞，复听将军描述先父母形容，即挥毫图壁，笔迹磊落，略不凝滞，如风吹浮云而来，又似水泻千里而去，将军先父母已图于壁上，父严母慈，俨然如生，衣袂飘举，直欲走下画壁。吴画师又点染祥云、莲花，云为风吹，飘逸欲动，花开出墙壁，若闻其香。"张旭微闭双目，遥想当日吴道子画像之态，手中树枝也如同行云流水，在空中挥舞出曼妙之势。

张旭所持树枝挥舞之间竟寓剑意、书道、画技，让人观之如醉，众人静观，无敢出声者。张旭听周遭安静无声，方睁眼奇道："人都还在？我还以诸位皆退走了呢！"

大家笑了起来，守真道："张兄舞树枝，直可媲美太白先生舞剑，我等皆被夺神，一时忘言。"

张旭道："方才我仿吴道子画技，亦融入大将军、太白弟剑意和吾之书道，一时入神，忘身之所在，让诸位见笑了。"

李白接道："如此壁图，伯高兄既在其处而不书题赞，亦为美中不足。"

"知我者，太白也！彼时我手痒难耐，将军不请亦欲毛遂自荐，幸亏大将军复请我题赞，我先忆将军剑势，后思道子画意，援《诗经》之句，书'父兮生我，母兮鞠我，拊我畜我，长我育我，顾我复我，出入腹我，欲报之德，昊天罔极'三十二字画赞，只因是大将军父母画像，不敢用狂草，写的是行草，未尽平生之力。大将军观画像文字后，伏地痛哭，旁观之人泪下者多矣！"

说到此处，众人不禁想起自己的父母，连张旭也不再言语，气氛一时凝重。

李白与张旭相聚十余日，还未道出辞别之意，这天一早尚未起床，忽听张旭大喊腹痛。李白本与张旭同室连榻，赶紧起身查看，只见张旭面色苍白，满脸冷汗，躺在榻上弓腰缩腹、皱眉切齿按着肚子叫疼。因守真颇识药性，李白披衣欲找守真来诊看。张旭喊道："休要唤人，赶紧磨墨，我腹痛心动，非狂书不能解！"

李白解张旭之意，虽见其痛极，也不敢忤命，赶紧寻找纸笔、磨墨。墨方磨好，张旭抓起大笔，狂叫一声，在纸上写下："忽肚痛不堪，不知是冷热所致，欲服大黄汤，冷热俱有益。如何为计？非诊术。"

张旭腹痛得须发皆张，呼喊不已，写前三字时尚稍停顿，此后便一笔到底，直至墨涩才再蘸浓墨，且愈写愈快，狂放如疾风骤雨、似飞瀑奔泻，笔画勾连映带，意象变化万千，然气韵连绵，笔意通贯，气势磅礴，跃然纸上。写完"非诊术"三字后，张旭掷笔于地，躺回榻上，以手按腹，汗出如雨，已然虚脱，对李白道："此书未完，吾力已竭，腹痛极不可耐，弟快请守真道长来。"

李白匆匆请来守真道长，道长看了张旭的情形，又看了舌苔，问过饮食，沉吟道："我虽读医书，也曾采药炼丹，却未师从医家，只能先救急，恐不能完全对症。现时方暑，白昼虽热而夜间风凉，二君贪凉开窗而眠，昨日又食寒瓜等寒凉之物，恐是外受暑热，内积寒邪。伯高兄年已七十，寒邪积滞于腹，治疗当以温里散寒、通便止痛为主。张兄自拟大黄汤功在温下，方中附子辛热，可温里散寒，止腹胁疼痛，再以大黄泻下通便，荡涤积滞，共为君药；细辛辛温宣通，散寒止痛，助温里散寒，是为臣药。大黄虽苦寒，然配伍细辛、附子，寒性被抑制而泻下功存，为去性取用之法。三味协力，成温散寒凝、苦辛通降之剂，合成温下之功。这三味药道观均有，吾意可一用，如效果不佳再请句容县城胡医师来诊看。"

李白服侍张旭服下药，取絮衣盖在他腹部，午间又熬些粥让他趁热吃下。张旭如厕几次后，下午腹痛即好转，能够下地行走。但第二日又有反复，腹痛时轻时重，迁延不愈，饮食后稍轻。如此数日，张旭因年老体弱，竟难以行走，需要李白搀扶。李白大忧，急请守真派人去县城请胡医师来诊看。

胡医师者，年八十许，皓首老人也，然鹤发童颜，显是保养有术。他来到道观，细细望闻问切，又看了张旭所书肚痛自问自答草书，问道："老弟自拟辨方，似未完书，非诊术后当有脱字，其意为何？"

张旭苦笑道："我读过两本医书，又见人行医，对诊病仅知皮毛而已，本想再写'非诊术不佳，原非医师，奈何'

数字，奈何腹痛难耐，竟不能终。老哥不要管它，只管另行辨证开方。"

胡医师捻须沉吟，徐徐道："大黄汤用于寒积里实之证，治腹痛便秘、胁下偏痛实为良方，手足厥冷、苔白腻、脉弦紧为辨证之要。以我诊察，老弟之病虽为寒证，然非里实，而是中虚。"

他又请张旭伸舌让守真等人察看，继续说："张老弟舌淡苔白，面色不华。发作时腹部拘急疼痛，现腹痛缠绵，时作时止，喜热恶冷，得温则舒，食后减轻。老弟神疲乏力，气短懒言，虚烦不宁，形寒肢冷，不喜饮食而大便溏薄，叩之脉细弦，兼虑年高体弱，病前受寒邪，致肝脾不和，中虚脏寒，寒虚之症复投以苦寒之大黄泻之，岂不误乎？幸有附子、细辛温热制寒，且以暖热粥保养之，否则危矣，辨证用药能不慎乎？"

众人均点头称是。守真面色发红道："小道本自认粗通医术，今知实是一窍不通，贻误了张兄病情。"

"这却怪不得别人，是我自己逞能开方。"张旭赶紧说道。

胡医师道："以我辨证，张老弟之病乃中焦虚寒，肝脾失和，化源不足所致。中焦虚寒，肝木乘脾土，肝气横逆犯脾胃，故腹中拘急疼痛、喜温喜按。中焦虚寒，脾胃气血生化不足，气血俱虚，故见神疲乏力、虚烦不宁、面色无华等。吾意当温中补虚兼养阴，和里缓急而止痛，拟以小建中汤酌加人参、黄芪、当归疗之。方中重用甘温质润之胶饴为君，温中补虚，和里缓急。臣药以辛温之桂枝温阳气、祛寒邪，酸甘之白芍养营阴、缓肝急、止腹痛。佐以生姜温胃散寒，大枣补脾益气，甘草益气和中，调和诸药，是为佐使之用。因张老弟年高体虚，复以泻下，愈加气短神疲，再酌加人参、当归以益气养血。诸药合用，温中补虚，缓急止痛，柔肝理脾，益阴和阳，共奏生化气血、温养中气、调和营卫之功。只是老弟需调养一段时日方望病愈。诸君意下如何，可有化裁之见？只需讲来。"

众人听胡医师探本析源及诊治之论均感叹服，纷纷道就依胡医师高见。胡医师开出方子，嘱以水七升熬煮胶饴之外诸药，煮至三升去渣放饴，微火消解饴糖后温服一升，每日三服。用药后若好转，五日后可自去县城复诊调方；若用药三日仍无效，须疾去县城告知他来复诊。

改用胡医师的药方后，张旭病情逐渐减轻，但仍过了月余方才痊愈。经这一场病，张旭元气大伤，身体虚弱。李白不肯离去，又陪伴照料他三月多，直到过了天宝十五载（756）元正，张旭身体康复如初，李白才离去。

李白下山后，见路途人流多于平素，且行色匆匆，传言北方起战乱，安禄山已反，有云叛军攻下东京洛阳者，有传西京长安失陷者，众说不一。李白赶紧就近赴金陵找杨利物县令讨一准信。到了县衙，李白见官署内一派忙碌慌乱，杨县令告诉李白，安禄山确已起兵叛乱，已攻陷洛阳。

原来安禄山任三镇节度使，身兼多职，管地、领兵大唐三有其一，且兵强马壮、甲坚器锐，渐起不臣之心，阴蓄异志久矣，唯皇帝恩宠厚待，亦有羞耻之心，恐贻天下口实，故迟疑不决，欲待皇帝驾崩后再反。因丞相杨国忠与安氏交恶，屡在帝前言禄山必反，帝不信，杨国忠竟欲激反安氏以证其言，安禄山因此反意渐浓。去岁三月，安禄山谋相位未果，自觉已不被信重，返回范阳后即秣马厉兵，准备起事。天宝十四载（755）六月，安禄山上疏献骏马三千匹，每匹控夫两人，另番将二十二人护送。

疏上后，杨国忠等皆言安禄山居心叵测，若其精兵强将万人、战马三千开赴京城，其患不堪设想。皇帝至此稍疑安禄山怀有异心，但其兵强马壮，又恐斥责激怒安氏，乃遣中使冯神威赍手诏婉谕禄山，谕云："览卿表献马于朝廷，具见忠悃，朕甚喜悦。但马行须冬日为便，今方秋初，正田稻将成、农务未毕之时，且勿行动。俟至冬日，官自给夫部送来京，无烦本军跋涉，特此谕知。"皇帝并让冯神威传口谕："为卿别治一温泉汤，可会十月，朕待卿于华清宫。"

冯神威至范阳宣旨，安禄山在堂前陈列甲兵披坚执锐，本人高踞胡床，意态骄人，对中使不迎亦不拜，唯淡然问道："天子安稳否？"听完旨意后他又道："马不献亦可，俺十月决然诣京师。"

冯神威仓皇而还。杨国忠获安禄山不臣之状后，大喜，以其为安欲反之据，命京兆尹围安氏在京宅第，密捕安禄山门客李超等并送御史台狱中杀之。安禄山之子安庆宗被赐婚宗室女，待婚居于京师，即将上事密报其父。安禄山不安，由是决意遽反，与孔目官太仆丞严庄，掌书记屯田员外郎高尚，将军史思明、安守忠、蔡希德、李庭望、崔乾祐、尹子奇、何千年、田承嗣、田乾真、阿史那承庆等，密谋造反。

天宝十四载（755）十一月初九清晨，安禄山率军出范阳蓟城（今北京）之南，以讨杨国忠为名，大阅将士，誓师南伐，悬榜于军中，晓示"有异议沮乱军心者夷灭三族"。誓师完毕，安禄山乘铁舆，发所部及契丹、室韦等外族兵将共十五万众，号称二十万，步骑精锐，逶迤百里，马嘶鼓噪，喧天震地，烟尘弥漫，鼓荡千里。

时海内久承平，百姓累世不识兵革，军将不习战事数十年矣，至于铠甲刀杖穿朽钝折不能用，兵不能开弓控弦，猝闻范阳兵起，远近惶恐震骇。因河北诸地属安禄山统辖，叛军所过州县皆望风瓦解，郡守县令或开门出迎，或弃城逃匿，或为叛军擒捉杀戮，无有敢拒、能拒之者。太原及东受降城（今内蒙古托克托南）闻讯上奏安禄山反叛，皇帝犹以是不满安氏者谗言诈为，疑而不信，直到各州县雪片似的接连上报失陷及北军南攻，至十一月十五日安氏已然发兵七日时，皇帝方信安禄山已叛，乃召宰相等大臣谋对。众臣皆忧虑不安，唯杨国忠扬扬有得色，施然曰："臣久虑安禄山将反，而陛下不信，今果然耳。此亦不足虑，反者独禄山一人，想将士久受国恩皆不欲也。不过旬日其必生内乱，当传安氏之首至京。"

皇帝深以杨相之言为然，众大臣见状相顾失色，皆请急为筹备。皇帝乃以朔方右厢兵马使、九原太守郭子仪为朔方节度使；以卫尉卿张介然为河南节度使，领陈留（今河南开封）等十三郡；以程千里为潞州（今山西长治）长史；诸郡当叛军南下、西进、东略之要冲者，始置防御使以御叛军。恰安西节度使封常清入朝，圣上问以讨贼方略，封常清大言对奏："臣请走马诣东京，开府库，募骁勇，率师渡河，计日可取逆胡之首献于阙下！"皇帝闻言大悦，即以常清为范阳、平卢节度使，乘驿至东京募兵，旬日得六万人之军，乃拆毁河阳桥，为守御之备。

安禄山叛军势如破竹，迅速南下西进，形势堪忧。十一月二十一日，皇帝从华清池回兴庆宫，采杨国忠之言，杀安禄山子太仆卿安庆宗；二十二日，朝廷以荣王李琬为元帅，右金吾大将军高仙芝为副元帅，统率诸军东征叛军。此时，皇帝方出内府钱帛，于京师募兵十一万，号为天武军，然皆市井无赖，实无战力。腊月一日，高仙芝率飞骑、彍骑及新募兵、边兵在京师者合五万人，从长安出发东援洛阳；皇帝派宦官监门将军边令诚为监军，监视诸将。

腊月二日，安禄山军自灵昌渡河，以绳索系破船及草木横绝黄河，一夜间结冰如浮桥，遂渡河攻陷河南灵昌郡。叛军步骑散漫，所过之地残灭人口不知其数，百姓尸骸横陈乡野道路。新任河南节度使张介然至陈留方十余日，叛军已到，唐军惧怕，无力抵抗，勉强守城三日，至腊月五日太守郭纳以陈留城降安禄山。禄山从北门入城后，听次子庆绪告知，朝廷榜示已杀安庆宗，恸哭道："吾有何罪，而杀吾子！"时陈留将士降者近万人，禄山皆杀之以泄其愤，并斩张介然于军门。

腊月七日，皇帝闻陈留以城降敌，下制拟率兵亲征叛军，命朔方、河西、陇右诸镇兵除留守城堡者，其余由节度使率领赴长安行营，限二十日赶到；并以帝子永王李璘为山南节度使，颖王李璬为剑南节度使，两王皆不出阁，暂遥领其职。十六日，玄宗议亲征事，对宰相道："朕在位近五十年矣，倦于政事，去岁即欲传位于太子，因水旱相仍，不欲以余灾遗子孙，拟灾情好转再议。未虑逆胡安禄山谋反，我当亲征平叛，以太子监国，乱平后当传位于太子，朕将高枕无为矣。"

杨国忠听此后惊恐万状，退与贵妃三姊韩国、虢国、秦国夫人相谋曰："吾素与太子不睦，太子恶吾家专横久矣，一旦陛下亲征而得监国，吾与姊妹并命在旦夕矣！如之奈何？如何是好？"虢国夫人道："除非贵妃说之，定能留住御驾，不让圣上亲征，自然无须太子监国。"杨国忠遂请三夫人入白贵妃，说皇帝罢亲征之事。杨贵妃乃除簪饰，以黄土污面，跪行匍匐至皇帝膝前，叩首哀泣而已。皇帝大惊，急问其故，贵妃流下两行珠泪道："陛下乃万乘之尊，兵凶战危，如何自冒不测？妾受恩深重，又何忍远离至尊左右？望陛下收回成命，罢亲征之议。"言罢，伏地哀哭不已。皇帝感贵妃深情，遂罢御驾亲征之事。

先是，安禄山未反前，平原（今山东德州）太守颜真卿度其必反，乃修城挖壕，征丁充粮备之。安氏以颜真卿为文弱书生，未放在心上。及禄山反，下牒命颜真卿率平原与博平兵七千人防黄河渡口。颜真卿急派遣平原司兵李平飞骑奏于朝廷。皇帝本来听说安禄山反后，河北郡县无敢抗拒者，长叹"河北二十四郡竟无一名义士乎"，及李平至朝廷后，皇帝大喜道："朕不知颜卿是何状貌，能此，真不愧义士也！"颜真卿又遣心腹携密信至河北诸郡悬赏捉拿反贼，于是诸郡多响应，密谋起义。

安禄山率叛兵渡河后兵临荥阳，荥阳崔太守虽领兵拒守，然士卒在城头闻叛军鼓角之声，纷纷溃退，无敢战者，荥阳遂陷，太守崔无诐被杀。荥阳既陷，东京洛阳危矣。安禄山以其部将田承嗣、安忠志、张孝忠为前锋进犯洛阳。封常清虽大言能灭贼，但所募兵皆市井之徒，未经训练，并无战力，他屯兵于武牢安营扎寨以拒叛军。叛军先以骑兵数千冲锋，数万唐军稍作抵抗即被击溃。腊月十二日，安禄山攻陷东京，叛军鼓噪，从四门入城，纵兵烧杀抢掠。封常清于宫苑西破墙而逃，河南尹达奚珣降安禄山。留守李憕与御史中丞卢奕收拾残兵数百与叛军万人接战，官军残兵不堪一击，纷纷溃逃。李憕独坐府中，卢奕着朝服坐御史台中，安禄山派人执李憕、卢奕及采访判官蒋清，皆杀之。

封常清败走洛阳，仅余数骑，逃至陕郡（今河南三门峡），陕郡太守窦廷芝早已出逃，吏民各自逃命。封常清对副元帅、大将军高仙芝建言道："叛军兵强马壮、士气旺盛，潼关天然形胜，却无兵守御，若叛军入关，长安危矣。陕郡无险可守，我军难阻叛军，可率兵退至潼关据险以守。"高仙芝即与封常清收拾残兵西奔潼关,叛军趁势追击。唐军奔逃中军心慌乱,士马相践,死伤者狼藉塞路,竟也稍阻叛军追蹑。唐军退守潼关后叛军随之来攻,被唐军以地利之势击退。

安禄山遣兵将屯于陕郡,与唐军在潼关相持。濮阳、临汝(今河南汝州)、弘农(今河南灵宝)、济阴(今山东定陶)、云中(今内蒙古托克托东北)等郡皆降叛军。安遣部将率胡骑千余向东略地,沿途郡县官员非逃即降,唯东平太守嗣吴王李祗与济南太守李随起兵抗击,于是河北郡县不愿附贼者,皆借吴王名义起兵。单父尉贾贲率领吏民南击睢阳叛军,击杀叛将张通晤,稍缓叛军东进之势。

再说高仙芝率军东征,宦官边令诚监军欲导军务,仙芝不从其愿,边内心怨恨,趁入朝奏事之际进谗言:"封常清大言贼势动摇军心,高仙芝自弃陕地数百里,又盗减军士粮赐。"皇帝本因洛阳等地失陷而焦躁,听后勃然大怒,于腊月十八日遣边令诚持敕书至军中,以失律丧师斩仙芝与常清。

时朝廷所征诸道兵皆未赶到,官民皆恐叛军攻破潼关,危及长安。安禄山见朝廷兵力孱弱,占据东都洛阳后又睹宫室殿阁庄严,遂起僭位之心,与"文臣武将"商议称帝事宜,因此主力留东京不进,战事稍缓,朝廷才得集兵备战。斩杀高仙芝、封常清后,朝廷以河西、陇右节度使哥舒翰素与安禄山不和,虽哥舒翰因风疾居家养病,亦被起用为兵马副元帅,并拜为尚书左仆射、同平章事,命其率兵八万讨安禄山叛军,加高仙芝旧部共率军二十万镇守潼关;同时下敕令天下四面进军,会攻洛阳。哥舒翰病辞未果,举荐高适为左拾遗兼监察御史,继续用其为幕僚。潼关地形险要,易守难攻,哥舒翰加固城防,深沟高垒,操练士卒,闭关固守,长安始安。

杨县令说罢战况，李白既忧国事又担心家人，与杨县令反复剖析。大体而言，安禄山无德无信，悖乱逆行，对下暴虐，又动辄杀降，所过之处烧杀抢掠，未立德信而急于称帝，其最终必败亡也。然叛军兵强马壮，蓄势已久，骤然发难，朝廷准备不足，文恬武嬉久矣，先期或叛军稍占上风，短期内难以平叛。现朝廷主力据潼关固守，叛军占据洛阳等地，并不断东侵南犯，各地兵力疲弱，陷入苦战。泗水在叛军主力之北，睢阳郡又当叛军东进要冲，宋城亦危，李白自然心忧家人。

两人共叹兵凶战危，这场战乱不知要伤亡多少士卒，抛尸在外、肢体残缺者众矣。百姓更受荼毒，战乱之地百姓饱经残害，幸存者流离失所；后方百姓，壮丁从军，老弱妇孺耕作，兵马钱粮还要摊派在百姓身上。经此一战，恐大唐元气大伤，不知需多少年休养生息。

李白愤然道："宁做太平犬，勿为乱世人！安禄山为一己私利，负恩弃义，置百万士卒于凶危死伤之地，致千万百姓倒悬水火之中，着实可恨也！"

"现百姓家二十二岁以上丁男均已征发入军。听折冲府议，如伤亡不敷用，将征发十八岁以上中男入军。听郡议，平叛粮草甲兵之费巨大，府库将竭，战事不平只能再增税加赋。江南虽较富庶，也经不起此等消耗；况百姓家中只余老弱病残，今春农事堪忧，更是雪上加霜！朝廷难，官府难，百姓最难！"杨县令也愁眉不展。

李白孤身一人，实难越过叛军去东鲁将平阳、伯禽接出战乱之地，正愁眉不展、长吁短叹之际，武谔风尘仆仆赶到。李白不及问辛苦、道别情，抓住武谔的手臂急问北方及西面情形。

武谔咕咚咕咚喝了几口冷水，才微带气喘道："我受宗璟兄和师娘之托，一路快马疾行，先到宣城，又来金陵，终于找到师父。请师父速回宋城，商议避乱事宜。"

"目今战事如何？你速将见闻说与我听！"

武谔摇头叹道："苦啊！惨啊！百姓从北方蜂拥南逃，道路上车马行人络绎不绝。富裕家庭以牛车载物，还好过些；可怜那些穷困之家，衣衫褴褛，食不果腹，在路边奄奄一息，惨不忍睹。虽也有富裕之家施粥舍衣，但杯水车薪，难解困局，还要防饥民哄抢。听逃难来的北人言，在征战之地，朝廷征丁，叛军抓丁，不少州县为官军和叛军反复蹂躏，已十室九空矣。叛军对起义州县加倍报复，烧杀奸掠无所不至，百姓房屋被烧，钱粮被洗劫一空，男子充军，年轻妇人或逃匿或被辱。不逃，将因冻饿杀掠而亡；逃，虽有生机，亦多亡于道路！"

李白皱眉道："叛乱才起两月余，百姓竟至于此？为何官府不加救护？"

"这几年水旱灾害不断，百姓本已困窘，叛军抢掠、官府加增租庸，天灾加战祸，百姓困极矣！伤病者多偃卧于道路待毙，更多难民聚集于村镇城郭，各州县恐流民入城滋扰生事，且流民并无'路引''过所文书'，亦恐其中混有叛军细作，皆不许流民入城。好些的，在城郭外设粥棚，每人每日施薄粥一两碗，不致饿死而已。流民平常卧于树林草丛中，唯施粥时蹒跚而行，致有爬行求施者。不少人卖儿鬻女——您可知，一个七八岁的孩子值多少？"说到此处，武谔目有泪光。

李白唯有摇头叹息，武谔继续道："女孩子三四斗粟米，男孩子只值一两斗！"

"人反不如犬牛！谁能忍心伤天害理卖之买之？"李白怒道。

"师父有所不知。父母不卖子女，将全家饿死，其实是半卖半送，让孩子有个活路。除个别无良豪富之家趁机大肆买入童仆外，大多买家也是可怜孩子，匀出些口粮给难民。都说男不如女，男孩养大后上战场，不知死活，女孩子多少还能指望上，因此男孩子竟罕有买者！"

李白听后默然不语，更加担心在泗水南陵的子女，良久，长叹道："武谔，你且自回，我要先赴东鲁接平阳、伯禽姐弟，再南下寻宗夫人共商避难之法。"

武谔急道："宗璟兄和师娘郑重托付我，定要寻你回家！"他见李白锁眉不语，又道："我倒有个两全其美之策：您且西归宋城，我北上东鲁代您去接小姐和公子。"

李白赶紧摆手道："北上须经战乱之地，多有凶险，岂能让你轻身涉险！"

"师父传授剑术，我勤加练习，已有所成，又年轻力壮，寻常十余人不得近身。行前宗璟兄托官府给我填了个壮班捕头的告身，又携广捕文书一份，以便行路，如遇官军倒也不怕。"说着，武谔从袖中抽出把尺余的匕首，微微冷笑道，"我的坐骑也是千里挑一的骏马，若有大队叛军，提前避之，遭遇几十人的小股叛军，只求脱身想亦不难。"

武谔不再言语，只是反复擦拭雪亮的匕首，眼神坚定，意态坚决。李白知武谔身强艺精，技击之术远超一般军将，见其意决，思索再三，当下唯分两路才能解两地之急，而自己分身乏术，即重托武谔去接平阳、伯禽姐弟，并将详细路线指画给武谔。李白在给武谔路途盘缠时，武谔摇头辞道："师娘已然给了我不少碎金，足够一年花费，再多带徒增负累。"

李白向杨县令辞行，杨县令也深感武谔意气，设宴饯别两人。李白在酒宴中写下《赠武十七谔》一诗，谢其北上代接子女，又给平阳写家书说明此事。翌日，杨县令拣选一匹快马赠与李白，李白寻思宣城之地四通八达，水陆皆可通行，且周围多山，便与武谔约定接到人后到宣城李昭处聚集，然后两人挥别，分头向西、往北而行。

第三十章

战乱之殇

李白向西北方向行进，开始还只是行人匆匆，东南而下者倍于西北而上者，愈往西北行百姓愈多且愈加困苦。行至半途，渐有饥民蹒跚扶持而行，或有无力前行坐卧于路边者，在寒风中衣不蔽体，瑟瑟发抖，呻吟哀号之声不绝于耳。不断有三三两两的人僵卧于地，不言不动，除身体溃烂腐败者确定已亡外，其余也不知死活。李白开始还有心施助，才驻马施与一人蒸饼，即有十余人围上来拉扯乞讨，渐至数十人拥上前来呼喊欲哄抢，李白赶紧上马仓皇逃跑。放眼望去，前前后后乌泱泱的饥民何止上千，他有心无力，长叹一声，无奈放弃施助念头。

这天中午，距宋城还有不到百里路程，快马当日可达。李白正欲加鞭催马，忽听路边妇人痛哭彻骨。李白驻马一看，见一三十许面黄肌瘦的女子，坐在路边抱着个五六岁的男孩哀哀哭泣，那个男孩已然奄奄一息，闭着双目微微气喘而已；旁边坐着两个老年人，似为夫妇，愁眉苦脸也不言语。李白心下不忍，问道："孩子是病了？"

旁边的老汉答道："俺侄孙虽感风寒，倒在其次，其实是饿的，贵人发善心救他一命吧！"

妇人听到老者之言，看了看李白，赶紧止住哭泣，跪在地上叩首哀求道："贵人发善心，善心有善报！求求贵人！谢谢您了！"

李白皱眉道："我还要赶路，幸亏还有些干粮，可与你些，救孩子一命吧。"说着，他取出行囊中的干粮，只留出自己一餐所需，将剩余蒸饼、炒米连同一块牛肉干全部交与妇人。妇人喜出望外，重重叩首，不及言语，抓过牛肉干赶紧咬嚼，然后喂到孩子嘴中，孩子倒也能够咽下。旁边的老人看着蒸饼和炒米眼睛发亮，不时传出吞咽口水之声。

此时，从不远处过来四五个年轻饥民，上前即欲哄抢妇人身边的干粮。李白劝阻，为首的一人道："小子们，咱们没饭吃，索性抢了此人的马匹衣物，也可饱食十多日！"这些人竟转过来要抢李白的东西，李白抽出佩剑恐吓并踹倒一人，他们见不能抵挡才缓缓退去，但仍在附近观望。

此时，妇人喂了孩子些干粮及饮用水，见孩子睁开眼睛，她才重对李白磕头致谢，李白连忙让她起来。妇人起来后，给那两位老人每人分了一个蒸饼。老妇人拿到蒸饼马上狼吞虎咽起来；老汉拿着蒸饼双手颤抖，不能下咽，流着眼泪道："贵人救俺孩子一命啊！都是老汉无能，我这侄孙和侄媳妇可怜啊！我兄长去世多年，我家两个儿子和兄长家一个侄子都被征入伍，我家老大和侄子都已战死，老二尚不知生死。我们两家本住在城郭外官道旁，平素售卖些茶酒，日子还过得去。叛军攻占县城后，将我们的财物洗劫一空，大嫂心疼，说了两句不情愿的话，竟被乱兵砍死。他们又说我家离城近，能窝藏军兵、细作，又将我的房子拆毁烧了。可怜我寡嫂，含辛茹苦几十年，和儿子都死于非命。可惜我建了上百年、传了四代的两处祖宅，半天时间就成了一堆破烂儿。我们无处存身，一路逃难到这里。更可怜我大儿媳——"

说到这里，老翁哽咽起来，又擦拭了眼泪才继续道："我家大儿媳生了个孙子，虽才五岁，着实灵动可喜，老二家还没有子息。乱兵来后，二媳妇没有藏好，被乱兵掠去，大儿媳带着孩子躲回山里娘家才得以幸免。听闻乱兵过去，大儿媳带着孩子回家，路上又遇到溃兵，大儿媳慌乱中滚下山沟，折了胳臂不说，孩子也给冲散了，找了好几日也没找见。大儿媳因男人战死，孩子丢失，整日哀哀痛哭，不饮不食，旧伤发作，没几天也走了，可怜她临死时还喊着孩子，眼睛都没闭上！"

说完，老汉泣不成声，两个妇人也掩面痛哭，哭声哀伤，李白感到心中惨凄。待三人稍止住哭泣，李白道："目今突发叛乱，朝廷准备不足，叛军一时势大，百姓流离失所，苦人太多了，你们要想开些，先救孩子。"

老汉想跪下给李白磕头，李白连忙将他扶起。老汉道："我们太苦了，本不该打扰贵人。但不摆脱那几人，我们早晚会死在他们手上。我大儿、大儿媳都死了，二儿、二儿媳、孙子不知死活，我俩也没指望了，死就死吧。但我王家就剩侄孙这棵独苗了，得保住他和他娘的命啊！没有大人这个孩子也活不成！"

李白皱眉道："那几个人确是不良之徒，他们是怎么回事？"

"半路上这几人就尾随着我们孤儿寡母，有好心人给我们些吃食衣物，转头就被他们抢去了，只给我们留一点将就保命。他们年轻力壮，还带着尖刀，强迫我们不得接近官府，我们赶不走也甩不掉，竟成了他们的乞食工具。幸亏人来人往，他们还没敢辱我侄媳妇。这不，我侄孙食量大，连饿带病奄奄一息，他们也不让他多吃点，竟要生生饿死他！"

李白一走，这一家四口恐难以存活，但一匹马也无法共骑。他慨然道："救人须救彻，你们可愿与我同行去宋城？我妻弟识得官府中人，到了宋城，可请官府对你们照顾一二，想那几个不良之徒也不敢再生事，再寻个医师给孩子诊疗一番，料能保全。"

王老汉一家喜出望外，三个大人一齐跪在地上给李白咚咚磕头。李白牵马步行，让老妇人抱着孩子骑在马上，他们一再推辞，只道不敢也不能，不愿恩人再受累。直到李白假意焦躁，才说定两个妇人轮流抱孩子骑马，老汉牵马与李白步行。如此一来，半日可达的路程就变成了两天。

路上，王老汉一家对李白殷勤侍奉，去路边休息时，老汉夫妻必先扫拂灰土、铺垫枯草、寻水递物，李白反倒不好意思。幸亏孩子渐有好转，能自己饮水吃食，就是恹恹无力。那四五个歹徒远远尾随，不敢上前亦不甘离去，直到临近宋城时才不见了踪影。

到了晚间，一行人在官道旁树林中的空地上和衣而眠，王老汉夫妻与侄媳轮流歇息，让李白居中休息，如有歹人接近再喊醒李白。次日一早，李白等人欲出树林去官道，却看到一妇人面涂灰土，看状貌也就三十岁左右，抱着一个两三岁的孩子在林中倚树熟睡。孩子面容尚安详，妇人蹙眉而坐，面有泪痕，口中还含着一束枯草，大人孩子都衣衫褴褛，瘦得皮包骨头，口角皆有草渣，显然是饿极了没法子，以枯草为食。

李白心中不忍，取出剩余的干粮让王婆婆送过去，王婆婆走到他们近前，喊了两声没有反应，伸手一碰，妇人歪倒在地，手里还紧紧抱着孩子。李白与王老汉赶紧上前，老汉审视再三，又探鼻息、听心跳、触脉搏，摇头道："这母子两人都不成了！"李白不放心，又让老汉翻开两人眼皮，已然瞳仁涣散，确已逝去。

老汉道："一路上，老弱病残饿死的随处可见。这娘儿俩饿急了，吃的枯草消化不了，或者有毒，因此双亡。老汉侍弄了一辈子庄稼，还识得草性，我们饿的时候虽也吃过几次枯草，但会选无毒可吃的，且要少吃，不能超过食量的一半。这娘儿俩真可惜，太可怜！"

李白想将这对母子浅埋，但死去的妇人犹紧紧抱着她的孩子，筋肉已经僵硬，竟无法分开。李白道："此处属宋城管辖，距县城仅数十里，待到宋城让官府通知里正埋葬沿途死者吧，不然恐致瘟疫。"

到了宋城，城门外两侧空地上也有密密麻麻的难民或坐或卧，大多衣衫褴褛形容憔悴，呻吟哀叹之声此起彼伏。王老汉一家亦不许入城，李白安排他们在难民外围等待。李白回到家中匆匆与宗煜见面，不及细言又去寻宗璟，托宗璟去县衙安排人对王老汉一家稍加照拂。李白问道："官府何不赈济难民，并巡捕其中奸尻之徒？"

宗璟长叹一声："兄在东南，不知西北和中原近况。平素若是水旱天灾，朝廷和官府断然不能坐视不理，此番却是战乱人祸，朝廷和各地官府日夜忙于征丁、收赋、练兵，还要转运钱粮兵甲和丁壮，府库空虚，吏役忙乱，既无钱粮亦无人手，只能在城边看管使不致生乱，每天施粥让人不致饿死，对于路途之事已无力顾及。"

"道路上尸骸暴露，还有人病饿交加，得粥饭或可保命。纵无力全救，也要择危急者救之。路上还有奸尻之徒结伙欺凌、劫夺老弱病残，也需有人纠查。况死者尸骸暴露，不殓葬或将引发瘟疫，这些均为急事、要事，不可不管。"

宗璟听罢，先点头又摇头，道："兄言极是，奈何我虽与令丞相熟，但毕竟不是同僚，更非上官，不宜切言，恐说亦无用，毕竟天上不降钱粮，目今战事为首，余者力已不逮。"

李白踱步转了一圈，沉吟道："宋城与睢阳皆为要冲之地，叛军如欲东进南下，势必来攻。我与宗煜将携娇鸾暂去宣城避乱，你或同行，或另寻他地，我们除留出路途所需干粮外，剩余粮食皆献于官府，望能稍助赈济，弟还可建言家族其他人亦如此行事，并借机说动官府赈饥民、救危重、掩尸骸，不能再乱上加乱了。"

宗璟又叹道："虽是杯水车薪，也尽我等绵薄之力，只能先如此了。唯望早日平叛，天下太平，百姓安居，不再受这生离死别、颠沛流离、饥寒伤病之苦。"他一顿，又道："兄只是暂去宣城，未定最终行止。吾妻乃溧阳人氏，我已与内人议定暂去溧阳依妻族避乱。溧阳距金陵不远，距宣城也不太远，设有缓急可进可退，与兄也能遥相照应，我就不随兄去宣城了。"

"我昔年游溧阳，与主簿窦嘉宾交好，他是秦地扶风人，豪爽仗义，任侠好武，我修书一封你带着，如去溧阳可与此人相交为援。只是时隔多年，不知他是否离任。"李白想起多年前游溧阳时所交结的朋友窦主簿，对宗璟交代道。

李白与宗璟商议完毕，两人分头行事，宗璟自去联络族人、安排家事、说服官府，李白回家与宗煜商议诸事。宗煜听完李白意见后，毫无难色，道："夫君久有避世隐居之意，妾与女儿娇鸾亦愿清修学道。与平阳、伯禽会合后，我们何不择一幽静之山隐居，以避时乱？不惟存粮可捐献官府赈难，除金银绢帛易携之物外，家中还有千余贯铜钱，路途携带不便，当此战乱也不知何时能返乡，亦不知是否会被乱兵搜去，索性一并购些粮食衣物，散与饥民，也能积些功德。"

李白听后，感宗煜深明大义，拱手对她道："夫人贤惠，虑事周全，如此更好。"

李白将家中存粮留出二百斤，剩余千余斤和千余贯钱均托宗璟转交官府妥善安排，用于赈济饥民。他又帮宗煜在家中收拾行装，将粮食做成烙饼、蒸饼、炒米、炒面等各类干粮，一连忙乱了数日方毕。宗璟家中杂务较多，还要处置些时日再去溧阳。李白辞别宗璟等人后，用两辆牛车分载三人和杂物，李白自驾一辆拉人，寻了个强壮朴实的宗府下人另驾一辆载物，日行夜宿向东南宣城方向而去。

出城时，李白又专门寻到王老汉一家，见其侄孙已然服药，好转多半，全家随其他难民受济，还勉强能过活。王老汉一家自然对李白千恩万谢，依依不舍，要送李白。李白恐路上再有不良之徒滋扰，坚决阻止，又给王老汉家人留了些吃食衣物，这才离去。返程时，宋城地界路上的尸骸已经被就近掩埋，也有三三两两的民壮持刀巡路，虽也有呻吟于道路的饥民，境况已较来时好了很多，当是宗璟建言、捐粮有所奏效。但出了宋城地界，难民饥馑、流离于道路的状况较来时更惨。

宋城距宣城千余里路，牛车缓慢，走了五天，计算路程尚不足半。第六日行至半途，远远看到有人仰卧在路旁，一个孩子趴在此人身上，随风隐隐传来哭声。近前一看，地上躺着的是个三十余岁的男子，双目紧闭，不知死活；趴在他身上的是个十岁左右的男孩，正在哀哀抽泣。

李白驻车一问，才知男孩与父亲从北方一直逃难至此，其母在战乱中被叛军掳去，不知死活。其父因被人争抢食物拳打脚踢,连饿带伤一连昏迷两日,今日已无气息。李白查看孩子父亲,身体已然冰凉僵硬,显然已亡故多时。

李白将其父已亡故之事告诉了男孩,又安排宗府仆人宗三掘坑将亡者埋葬。孩子已经懂事,见父亲要入土,趴在其身上痛哭哀号,宗三连劝带哄方将他拉起,宗煜、娇鸾听得心酸,也流下泪来。安葬完毕,宗煜取出够用数日的干粮给男孩,男孩虽饿极也无心下咽。

李白他们离去时,男孩茫然相随,走出数里后还能看到他提着干粮默默跟随。宗煜不忍,停车待男孩跟上后,拿出二两左右的银子交给男孩,让他路途使用。男孩摇头不受,李白道:"君子无罪,怀璧其罪。宗煜,你虽好心,兵荒马乱中一个孩子携带银钱,不惟无助其解困,甚或会引来歹徒伤其性命,即是干粮也恐被人抢走。"

男孩一听又哭将起来,抽泣道:"我也不知去哪里,我知道你们是好人,求求你们发善心收留我,我愿做奴仆伺候伯伯和夫人、小姐。"

宗煜看向李白,眼中露出问询希冀之色,显然是可怜男孩,动了收留之意。李白长叹一声:"我们也是去他乡避乱,且还有五六日路程,半途收留此子确有不便,然孩子孤身一人在动乱之际亦难存活,不管不问也不成。既然此子愿意跟随,索性先共去宣城再说吧。"他又对男孩说道:"我们不会以良为贱让你为奴,只是暂时收留你。此行向东南还要五六日,且最后何处安身也说不定,你可愿随我们同行?"

男孩一听,掉下泪来:"我没有亲人,也没有去处,自然愿意跟着好心的伯伯和夫人,叫我做甚都行。"

男孩姓刘,家住灵昌郡东二十里铺,名字叫丑牛,其实眉清目秀,左脸颊有一点红痣,于是娇鸾给丑牛另取了个颇有道气的名字，叫作丹砂，大家即以丹砂称呼他。灵昌郡是叛军渡黄河后首攻的州郡，一路上，众人连问带再打听，略知当时战事之惨烈。

叛军猝然来攻时，守军及城外百姓始料未及，遥见尘土飞扬，才紧急关闭城门，组织防御。百姓奔走呼号，不少人被叛军捉住，驱为前队当作肉盾，在箭矢滚木中拉运扶持攻城云梯等，稍不顺从立即刀剑加身，身首异处。丹砂与父亲本欲进城买些过节物品，将进城门时听人喧呼叛军攻来，幸亏刘父反应快，领着丹砂刚逃入城边一片密林中，叛军即兵临城下。两人同十余名百姓躲在林中，也不敢逃跑，恐被叛军捉拿或杀伤。树林距城墙仅有一两里远，马嘶人喊历历可闻，战鼓声震得人心惊肉跳。数千名叛军先锋如潮水般一波波向城门冲击，以云梯等攀爬城墙。初时，守军还颇能反击，两方箭矢互射如雨，不时有军卒中箭。叛军中先头百姓和兵卒被射倒或被战马冲撞倒地者，立即被战马和后续军卒践踏，血肉模糊，哀号不已。大队叛军踏着数百人的尸体冲到城下，城上将巨石和猎猎燃烧的大小木块一股脑儿砸向叛军，还浇下热油，不少人头破血流，脑浆迸出。更有衣甲发须被燃者，开始时还狂乱扑打，一会儿就被烧倒在地，翻滚惨叫，其他人也顾不上施救，竟被活活烧死。叛军前队中有转身退却者，即被军法队射死或斩首，有军将在马上高喝："死伤者抚，力攻者赏，退缩者杀！"因此无人敢退缩，又奋勇向前。城上守军虽藏身箭垛之后，亦有不少被强弩射伤射死，也有被射穿钉在城墙上的，血肉模糊，呼喝惨厉，但双方均无人顾及死伤者。半个多时辰后，城上箭矢渐稀，叛军欢呼道："守军箭矢已尽，马上破城！"一股叛军推来冲车不断撞击城门，其余叛军以飞钩或云梯为具，如蚁附墙般络绎不绝地向上攀爬，眼看数股叛军就要攀上城头，城上守军在各处倒下烧熔的铁汁，被浇到的叛军即如狂风所吹落叶，惨叫掉落，连带身下正在攀爬的叛军也被带下，从高处掉下的当场摔死，其余多肢体折断，连滚带爬，被铁汁浇到的皮肉当即见骨，身体熊熊燃烧，数百名火人在城墙下翻滚哀号，着实惨烈。

见此惨状，叛军士卒攻势稍缓。叛军将领派出传令兵呼喝道："守军已经技穷，铁汁必然有限，先让百姓爬墙，不从者格杀勿论，看他有多少铁汁！"

侧面有数百名幸存百姓，听到后胆大的就要四散逃窜，然周围皆有叛军看管，连续射死、砍杀十余人后，百姓哭作一团，在叛军弓矢刀剑威逼下战战兢兢向城墙上攀爬。守军一时无措，待百姓将至城头、叛军蚁附而上时，又将铁汁照着叛军浇下，然混乱惊惶中，还是有不少百姓被浇死浇伤，带着火焰掉落城下。如此反复近半个时辰，百姓死伤殆尽，叛军又撂下数百具尸体。城上也有被射落的守军，城下竟有上千叛军和百姓的尸体狼藉相枕，鲜血将黄土染为猩红，断肢残体四散各处。被火烧者有的已成焦炭，还在冒烟；有的仍在燃烧；有的还在翻滚、挣扎、爬行、蠕动，惨厉的呼叫竟然盖过了战鼓之声，浓重的焦肉气味让人胆寒。城门附近，尸体竟然堆如小山，冒出缕缕青烟。

此时，守军的铁汁、热油也将用罄，零零散散向下倾倒，并以小石块、燃烧的衣物投掷叛军。叛军集中弓弩激射压制守军，一时间城头箭如雨点飞蝗，守军不敢露头，直到三三两两的叛军攀上城头，城下方才停止激射。叛军甫一跃上城头，守军即持大刀长枪砍刺，叛军也以刀剑劈砍，一时间城头血肉横飞、惨呼连连，不时有叛军被砍中掉落，守军也有不少被砍下，双方缠斗在一起，舍生忘死地相互劈刺、砍杀。一个守军眼睛被刺瞎，血流满面，他大叫一声，不顾对面刀锋穿腹而来，抱着身边的叛军滚下城楼。愈来愈多的叛军爬上城头，守军中不知谁喊了一声"跑啊"，除与叛军缠斗在一起的上百人不得脱身外，大部分守军仓皇逃窜，剩余守军霎时被蜂拥而上的叛军砍得血肉模糊。叛军守住城头，跑下马道将城门打开，城外叛军连绵不断冲进城门，骑兵领先，分为数股，好似汹涌的浪头追着前面潮水般逃窜的官军和百姓箭射枪刺，前方和两侧不断有人被杀伤倒地，如风卷残云，灵昌郡城两个时辰即被攻陷。

众人想象惨烈战况，又想到如此战事在各地随时可能发生，百姓在乱军中其实不若牛羊，于是七嘴八舌或骂叛军残暴，或叹官军守备不足，更多是哀痛百姓辗转于刀兵战火之中，直到午间饮食时才停止议论。

李白与宗三将牛车赶到路边，让役牛吃草休憩。众人寻找林边空地，正准备饮食，娇鸾眼尖，指着左边十余丈外道："那边似有两个人。"

宗三先过去查看，稍顷来报，说有具尸体血肉模糊，另有一人在尸体旁躺着不知死活。宗煜和娇鸾不敢前去，丹砂胆大些，且惯见死人，跟李白、宗三上前去看。

走到近前，只见一具男尸上身赤裸，胸脯、胳臂上被啃咬得血肉模糊，坑坑洼洼已见白骨，骨头上仅有残余筋肉相连，脖子处的血管亦被咬断，血流满地。另一个人躺在血泊中一动不动，两腿有伤，用布包裹，已渗出脓血，散发着阵阵恶臭。宗三刚靠近此人，他突然伸出手抓住宗三的脚踝，喊"救我"，声音嘶哑微弱，宗三被吓了一跳。丹砂道："这人还活着，伯伯救救他吧！"

李白并不言语，来回踱步，查看有顷，叹道："孩子，你只看到此人将死，却没看到他作的恶！"他指着那人道："你看他满嘴满脸皆是血迹肉渣，却是从何而来？"

丹砂也不傻，看了看旁边尸体血肉模糊的上半身，不禁浑身战栗，瞪大眼睛颤声道："莫非、莫非他吃了另外一个人的肉？"

李白对着那人厉声喝问道："这个人上半身的筋肉，是否被你啃食？说实话还可救你，如有虚言，定然没人管你！"

那人呻吟道："求求，给点水！"宗三见其确实口干唇燥，取下随身水囊缓缓喂他些水，那人才喘息道："不敢瞒您，我被流寇砍伤双腿，与同伴挣扎至此，发烧腿痛，无力行走，同伴不幸病亡，我也动不得了，不吃他的尸体必将丧命，我不吃野狗也会吃，野狗不吃也会腐烂。我也是没办法，求求恩人给我点吃的，我当牛做马也会报答您的恩德！"

李白冷笑道："你说吃的是尸体，我说你是咬死活人！"

那人忙不迭喊冤道："这可不敢，也不能，这是我本村的邻居，我又受了伤，怎能咬死他？"

"人死后血液凝结，不会喷溅，若是死后啃咬，何以血迹飞溅各处？现死者脖颈血管处齿印宛然，鲜血从咬断处向外喷溅，血流满地，你如何解释？再者，你身上喷溅的血迹从何而来？你脸上和肩臂上的道道抓伤从何而来？还有，尸体周遭的翻滚脚蹬之痕又怎么说？"李白斥问罢那人，转首对丹砂道："显是这人趁同伴熟睡之际，抓住其手臂死命啃咬其脖颈血管，同伴痛醒，虽挣扎反抗，然有心无力，要害部位流血甚多，终被害死。这人为活命竟然咬死同伴，还欺蒙我们，你说还能救他吗？"

宗三也点头道："姑爷说得极是，这是个大恶人，本应处死，不当救。"

那人急道："爷爷如同亲见，小的不敢隐瞒。我们结伴逃难，他见我腿伤，说第二日分开，又将我的干粮抢走，我不能行走，势必会死于此地。没奈何，我才做此恶事，但有一线生机，谁也不能这样。求求爷爷可怜，求求爷爷！"

李白和宗三摇首离开，那人呻吟哀告不止，丹砂毕竟年小心软，取了几块蒸饼放在那人手边，道："你做了这样的坏事，我们不能救恶人，你别再吃人肉了，先吃这些吧。"

回到休息处，宗煜与娇鸾听说此事，皆吓得发抖，娇鸾更是不能饮食。

宗煜安排宗三将残尸掩埋，以免再被啃食。宗三掘完坑去拖尸体时，那人喊道："你不救我，也不能拉走他，不然我吃什么？"

宗三并不理会，继续拖尸体，那人却恶毒地咒骂起来，气得宗三踢了他一脚，他才住嘴。

第三十一章
乱局巨变

李白一行走了十余日才到宣城，李昭虽升任他处，崔钦却从秋浦右迁宣城县令，还有故人可依。李白在此一直等到暮春时节，才等到武谔来会。武谔不提一路上的艰辛困苦，先向李白致歉，原来他到了东鲁泗水南陵，并没有寻到刘医师一家，听邻居说是为避乱已入凤仙山中，具体在何处却不知晓。武谔徘徊数日未获音讯，无奈怏怏而归。

李白忙问:"路上是否遇险?泗水是否有战事?"

武谔道:"路上虽有小险,均被徒弟避过。泗水四周皆山,又是小县,叛军并未攻占,然兖州等地战事频仍,百姓恐战乱波及,多避徂徕、凤仙诸山。"他又说沿途反复听闻安禄山据东都洛阳后,授意文臣、武将、士绅、耆老、僧道劝进,也经"三劝三谢","应民意"于天宝十五载(756)正月初一僭位登极,称雄武皇帝,国号大燕,定都洛阳,年号圣武,达奚珣以下数人暂任丞相。其得力重将史思明因随其反叛,作为先锋连下多城,屡立战功,被封为范阳节度使经略河北,管地十三郡,领兵马八万余众。

李白长叹一声:"安禄山、史思明皆圣上信重将帅,倚为干城。安禄山之受宠信,天下皆知,自不必说;史思明也身兼平卢兵马使、卢龙军使、北平太守,并蒙圣上御赐名字。如今看却是养虎遗患,一旦反叛,祸起萧墙而戕害四海!"

武谔道:"可恨安禄山位极人臣意犹未尽,却是苦了百姓,战乱之地十村九墟,有时一个村子找不到一个活人,尸骸横陈,任野狗成群结队啃咬。没奈何,我只好在集镇多买些干粮,不然竟无从求食。"

李白轻拍武谔肩头道:"辛苦小谔了。平阳、伯禽姐弟随外祖避入凤仙山,我稍放心。凤仙山险峻深幽,洞壑俱有,又不当要路,想那叛军也顾不上入山搜寻百姓;山下就是她母亲外祖家,也有照应。只是愁这叛乱,不知何时可平,何时能得家人团聚。平阳已然二十,伯禽也已十六,平阳婚姻、伯禽学业都到了年龄,值此战乱,竟都耽搁了。"

武谔休息未几日,因挂念家中境况,急于返回家乡宋城商议避乱事宜,李白也不好挽留,与宗煜送别武谔,并安排宗三与武谔同行回家。李白一家又在宣城待了十余日,与崔钦的交情毕竟比不上李昭，长期客居亦非善策，想到剡中山水明秀，遂思先去剡中隐于镜湖附近，于是辞别崔县令，自与宗煜、娇鸾、丹砂南下。

去剡中途中，李白绕道溧阳去看宗璟是否到此，走到后获悉宗璟尚未来到，即去拜访已升为县丞的窦嘉宾，嘱托他对宗璟加以照拂。他在窦县丞处却遇到了分别三个月的张旭，两人执手相看，恍如梦寐，数月中时局动荡已然天翻地覆。原来张旭年老怀旧，听闻战乱，无心再清修，欲再游其初任县尉的常熟，兼访年轻时授其书法的王老人之孙，途中想起溧阳县丞窦嘉宾，二人原在长安交好，亦来访问辞别。

虽时局堪忧，窦县丞见到两位故交也喜出望外，于是大宴诸同僚及远近来访豪士。这是李白近五月来首次宴集，国难家仇齐集心头，不觉饮酒至醉。

席间，窦县丞道："溧阳地处东南，叛军虽一时难至，我与县尊也须做好准备，应诏已结团练军卒千余人，平时操练守御地方，设有战事或有上命，随时可助朝廷平叛。太白兄文武双全，有意留此助弟乎？"

李白摇首道："军阵冲锋，一人之力竟可不计。况我携带家口多人，又无职身，为将佐乎？为军卒乎？名不正言不顺。且此地团练之伍当不至亲与叛军交锋，我还是先到剡中，看形势再定行止吧！"

席中一个三十许的壮士插话道："翰林所言极是。我乃洛阳人士，叛军来攻时就在城中。我武艺还过得去，平素十余人也不是我的敌手，叛军攻城时我做民壮搬运木石，亲见一支数十官军的队伍，在叛军千军万马冲过后，只一瞬间即死伤殆尽。叛军入城后，我因跑得快、地形熟，藏身于地窖中才得幸免于难，数日后趁叛军巡查不严，于深夜越城墙而逃。听闻窦丞豪爽好义，收留壮士结团练抗叛军，故来此相投。"

李白问道："洛阳乃我大唐东都，宫阙雄伟，人口众多，商贾辐集，我年轻时与朋友元丹丘等多次到彼居游，诚然富庶繁华之地，不知被蹂躏至何种境况？"

"悲惨，可怜！"那位壮士摇头道，"叛军进城后恐有后患，对官军散兵溃卒和青壮男子尽行杀戮，逼迫百姓献纳钱粮，稍不如意即杀戮威吓，鲜血横流，河流竟被染成红色！皇室宗庙被焚，近城和要道两侧民房被拆毁，以便骑兵驰骋。洛阳城外，官军和百姓尸首累累，被野狗孤狼啃食后白骨相叠勾连，真是惨不忍睹。"

张旭拍案道："军卒阵战伤亡，虽悲惨亦其职守所在。百姓何辜，乃受此凶危苦难！"

窦县丞道："虽叛军一时猖獗，军卒伤亡，百姓死难，我大唐还有忠臣义士前赴后继，视死如归，叛乱必平，太平可致！诸君可知常山（今河北正定）太守颜杲卿之忠烈节义乎？"

北地来归豪士纷纷插言，称颂颜杲卿太守事迹。颜杲卿乃长安万年人，祖籍琅琊郡临沂（今山东临沂），原为安禄山属下范阳户曹参军，安反叛前为收买人心，举荐升任杲卿为都督府判官兼光禄寺丞，摄常山太守。安反叛后，颜杲卿与郡长史袁履谦定谋起兵讨叛，派人告朝廷太原尹、节度使王承业，密与相应。

平原太守颜真卿乃颜杲卿从弟，亦招募勇士，宣布举兵讨叛，数日即得万余人，士卒皆感愤，愿赴死。会安禄山派其部将段子光持破洛阳后所杀李憕、卢奕、蒋清之首，驰传河北诸郡以示震骇。先至平原郡，颜真卿杀段子光众，并遣使北上常山，欲联兵断叛军归路，阻其西进。

天宝十四载（755）十二月二十一日，叛将李钦凑率兵至常山城下，颜杲卿遣袁履谦等携酒食慰劳，待其部众大醉，斩李钦凑及其部将，遣散守井陉口之叛卒并收其兵甲。安禄山部将何千年从洛阳而来，至礼泉驿又被颜杲卿派员擒拿。颜杲卿遂起兵宣示诸郡：朝廷大军万余已出井陉，朝夕当至，先平河北诸郡，归顺者赏，附敌者诛！此时，尚有饶阳太守卢全诚据城抗叛，河间司法李奂杀安禄山所署伪长史王怀忠，济南太守李随派将过黄河杀安禄山所署博平伪太守，景城郡（今河北沧州）属县清池县尉贾载与盐山县尉穆宁亦共杀伪太守刘道玄，均起兵击叛。于是河北诸郡纷纷响应，共十七郡归于朝廷，共推颜真卿为盟主，各据城池抗击叛军。仍附于叛军者只有范阳、卢龙、密云、渔阳河北四郡，以及汲（今河南卫辉）、邺（今河南安阳）河南两郡。一时间，常山、平原二郡军威大振，士民鼓舞。

颜杲卿遣其子颜泉明等携叛将李钦凑首级及俘虏何千年、高邈献捷，先至太原。太原尹王承业窃颜杲卿之功，更改表章将功劳归于自己，别遣他使上报朝廷。皇帝闻报大喜，晋升王承业为羽林大将军，征颜杲卿为卫尉卿，朝命未至而常山已陷。

其时安禄山正率军西犯潼关，行至新安听闻河北生变，急忙回师，命心腹重将史思明、蔡希德北渡黄河，率步骑八万余人回攻常山等郡。史、蔡引兵至常山城下，颜杲卿起兵才八日，守备未完，只能告急求救于王承业。然王大将军既窃颜功，知若城陷颜死，将无对证，乃拥兵不救。颜太守昼夜拒战，因城内缺少兵员，死伤累累，粮尽矢竭，木石、铁器全部用罄，苦守至天宝十五载（756）正月初八，城池失陷，叛军纵兵杀军民万余人，颜杲卿及袁履谦在乱军中自杀未及被俘，史思明缚颜杲卿少子颜季明，以刃加颈迫降道："降我，当活你及子侄，不然并戮之！"颜太守不屈，叛军杀其子而将他及袁履谦执送洛阳。

颜杲卿被执送洛阳后，安禄山见而斥道："汝本范阳户曹小官，得咱家奏请署为判官，不数年超升至太守，咱家何负于你，你竟负恩背叛？"

颜杲卿也怒目而视，高声喝道："尔本营州牧羊羯奴，天子擢尔为三道节度使，恩幸无比方有今日之势，天子又何负于尔，尔竟负恩悖义，反噬恩主？吾家世为唐臣，永守忠义，虽为尔所奏擢升，岂能从贼反叛？我为国讨贼，恨不能斩贼，何谓反叛？何不速杀我以全忠节！"

安禄山恼羞成怒，命人将颜杲卿绑于天津桥柱上，以斧锯截断手足，零刀碎剐让军卒食其肉。颜杲卿被肢解中仍骂不绝口，叛军将颜杲卿舌头钩出割烂，哂道："无舌将死之人，尚能骂乎？"刽子手绕开颜太守的大血管，用尖刀将他肩臂、胸臀、大腿的筋肉一条一片割去分食，白骨上鲜血淋漓，还挂着缕缕筋肉。颜杲卿披头散发怒目圆睁，口中血流满身，身上血流满地，舌头被钩烂割断，虽声音含糊犹厉骂不止，叛军见状也胆寒，将他一刀刺死，殉难时年六十五岁。

同日，颜杲卿的幼子颜诞、侄子颜诩以及袁履谦长史，亦被截去手足行刑示众。袁长史见叛将何千年的弟弟在旁，以口中血水喷其一脸，亦被碎割。颜杲卿的其他子弟三十余人也被杀害，只是未先截掉手足。路人见此惨状皆流泪不止，然无敢言者。

叛军攻破常山郡后，接连攻打反正诸郡，河北诸郡不能坚守，复被叛军占领，又是一番烧杀抢掠。唯有饶阳太守卢全诚坚守孤城，叛军围攻未下。

谈及忠臣义士惨状，众人也无心再饮酒。张旭担心时局有变，决意先赴常熟，然后归吴中故乡终老。两人辞别窦县丞后，张旭自去常熟，李白向南到越中剡溪等待时局好转。

李白领宗煜、娇鸾、丹砂租一房屋暂居越中，在无奈中过了三个多月。到了仲夏，官府民间皆传郭子仪、李光弼率官军在河北大败叛军，将北上直捣安禄山老巢范阳，朝廷平叛有望。

郭子仪原任九原郡太守兼朔方节度右厢兵马使，天宝十三载（754）因母丧致仕守孝，战乱起后夺情起用，改封单于、安北副大都护及朔方节度副使等职，率朔方军东御安禄山。他智勇双全，率将卒击退安禄山来犯振武军之敌，先后收复静边军（今山西右玉）、马邑（今山西朔县），开通东井陉关，斩杀叛将周万顷、高秀岩，因功加封御史大夫。朝廷命郭子仪先还朔方增兵进取东京，选良将一人兵出井陉平定河北。郭子仪荐其左兵马使李光弼为河东节度使，分朔方兵万人与之，东出井陉。

李光弼节度使率番汉步骑万余人、太原弩手三千人出井陉关，至常山城下，常山团练兵杀胡卒、执叛将出降，李光弼移军入城，行坚守诱敌、以逸待劳之策。史思明闻常山不守，立解饶阳之围，率二万余叛军星夜驰行直抵常山，李光弼以强弩列射退敌。叛军北退中又在南逢壁、九门城、赵郡被郭、李纵兵追击，败退至博陵。博陵城高壕深，史思明集兵据城坚守，官军久攻不克，乃收兵退回。

朝廷攻克赵郡后，因士卒多有从民间掳掠财物者，李光弼于城门召集乡老检点士卒所掠财物，悉归原主；郭军俘虏叛军四千余人，郭子仪收其甲兵后全部释放。而叛军每攻克一地，财物、衣粮、妇人皆为其所掠；男子壮者为士卒或役作，羸弱、病患、老幼者则以刀槊砍杀为戏。时河朔之民苦于叛军残暴，多组团练民兵，多者二万人，少者万人，屯结为营，以拒贼兵。由是皆喜迎官军，闻郭、李军至，争出归附。

安禄山听到败绩，恐乱军心，派蔡希德率步骑两万人从洛阳北援史军，又急命发范阳等郡兵万余人南援史军，合军五万余进击唐军。唐军以嘉山深沟高垒以逸待劳，贼来则守，贼去则追。郭子仪又兵分两部，一部白天与叛军接战，另一部专于夜间突袭滋扰敌军。叛军日夜不得休息，士气日衰。

数日后，郭子仪见贼势已衰，率兵突击，并身先士卒斩杀叛军步将，唐军将士备受鼓舞，奋勇向前突入敌阵。叛军大溃，被斩首四万级。史思明坠马，丢盔失靴赤足步行而逃，以折枪为杖踉跄归营，带领残军奔逃博陵。朝廷军声大振，河北十余郡皆杀贼守将而降，叛军回渔阳本部归路被断，南来北往者皆轻骑夜行窃过，军心动摇，士气低迷。朝廷任颜真卿为户部侍郎、河北招讨采访使，辅佐河东节度使李光弼讨伐叛军，河北大部光复，形势一片大好。

李白听到郭子仪、李光弼在河北大捷，兴高采烈，对宗煜道："叛军一路南下、西进、东攻，战线过长而后方空虚，现河北光复，只要朝廷坚守潼关，各地坚守城池，郭子仪能北上收复范阳、卢龙，捣安禄山老巢，其军心定然涣散。各地勤王兵聚在一处，郭子仪、李光弼再挥兵南下，哥舒翰分兵一部东出潼关，三路大军合围并击叛军，如此不出今年，平叛可待！"

宗煜见李白高兴，也笑道："妾虽不知军国之事，然叛军先是一路披靡，现郭、李二将却能多次击败贼军，两位将军功不可没，我们也有望尽快回乡了。"

"郭子仪却与我有旧，说起来我对他还有些小恩，也算我为朝廷保全一员大将。"李白说完，宗煜再问详情，他却笑而不答，道："往年旧事，不提也罢。"

因河北大捷，叛军攻势受阻，平叛有望，李白觉无须久避刻中，于是与宗煜商议暂去金陵，以便及早获知各方消息。宗煜自然没有意见。李白到了金陵，除带领家人稍作游览外，每数日即去杨县令处探听情况，讨论形势。岂料得知河北大捷的好消息不过数月，到了秋天就听到潼关失守、长安失陷、天子"幸"蜀的消息，犹如晴天霹雳，让李白和杨县令惊骇万分。李白气得暴跳如雷，咆哮道："谁使此大好形势一朝颠覆？谁又将铁壁一般的潼关拱手送敌？"

本来，郭子仪与李光弼率军在河北接连大败叛军主将史思明部，切断了叛军主力与范阳老巢之间的联络。叛军欲南下，被新封南阳节度使鲁炅阻于南阳；叛军欲西攻须先克潼关，潼关本就坚固，又得大军坚守，进攻半年不能攻破，西进长安不能得逞；叛军遂勠力东进，然东进亦须先拔雍丘（今河南杞县），又被张巡所阻。

雍丘县尊令狐潮献城降叛，被安禄山任为大将，官军百余人被俘，拘于雍丘，被俘官军趁间杀守者攻县衙，令狐潮弃城逃走。此时，单父尉贾贲已聚兵两千南击叛军，因之得入雍丘。张巡本为谯郡真源（今河南鹿邑）县令，太守杨万石降叛后，张巡率吏民起兵讨贼，拣选精兵千人西至雍丘与贾贲合军。

令狐潮引精兵攻打雍丘，贾贲出战，不幸败死；张巡力战却贼，兼领贲众。时以吴王李祇为河南都知兵马使，张巡遂自称吴王先锋使，以三千壮士坚守雍丘。三月间，令狐潮引贼将李怀仙率四万余众来攻雍丘，张巡命千人守城，自率骑兵千人分三队开门迎敌，他一马当先奋勇杀敌，随行军卒高呼突进，叛军被突袭而退。翌日，叛军重兵环城，张巡又在城上立木栅拒敌，叛军趁隙蚁附登城，守军以乱石滚木砸下，叛军无法攻入。张巡再伺察敌隙，乘敌疲惫出奇兵击之，或深夜以壮士缒城夜袭敌营，叛军日夜不安，更不能克城。张巡坚守雍丘六十

305

余日，历大小三百余战，带甲而食，裹创再战，数万叛军竟被三千唐军阻于雍丘，东进不得。

安禄山腹背受敌，北归不通，东略南下不遂，西进被阻于潼关，已拟弃洛阳归范阳，固守北地经营边塞。时天下皆以安禄山为杨国忠激反，安禄山亦以诛杨之名起兵，现哥舒翰手握重兵、身兼将相，杨国忠不能自安，恐哥舒翰分兵回京诛杀自己，以塞叛军之口兼夺其相位，乃百计折损哥舒翰之势，欲杀之而后快。他寻机向皇帝进谗言，谓哥舒翰拥兵自重、逗留不进、畏敌惧战、贻误战机，当令其出潼关进击叛军。皇帝多次传口谕示哥舒翰出关击敌，哥舒翰则上疏建言坚守潼关，待叛军久攻不下军心涣散，再趁势出击，则大局可定。

形势大好，各地捷报频传，皇帝遂以为平叛指日可待。恰安禄山见强攻潼关无望，便命部将崔乾祐领老弱病残屯于陕郡，却将精锐之师隐藏，欲诱使哥舒翰弃险出战。五月，朝廷接到叛将崔乾祐"兵不满四千，皆羸弱无备"之报，加之杨国忠一再怂恿，皇帝即遣使严令哥舒翰出兵，收复陕、洛。哥舒翰上书回禀："安禄山久习用兵，势必以羸弱诱我，且贼远来，利在速战；官军据险以扼之，利在坚守。今诸道征兵尚多未集，请且待之。"

杨国忠恐哥舒翰意在谋己，又进谗言道："哥舒翰拥兵二十万，不谓不众；贼方无备，翰却按兵不动，对数千贼兵竟畏之如蛇蝎，不惟坐失良机，且不听圣命，其心可疑。"皇帝听信杨国忠谗言，以"贼方无备"为由，连遣中使严词苛责，命哥舒翰率兵出关与叛军决战。

哥舒翰见圣意严迫，催战中使项背相望、络绎不绝，恐蹈高仙芝覆辙，无奈于天宝十五载（756）六月四日恸哭出关，士卒闻主帅恸哭，皆惊惶不安，未战先慌。东出潼关后的六月七日，唐军在灵宝西原与叛军崔乾祐部遭遇。

灵宝南面靠山，北临黄河，中间仅有七十里长的狭窄山道，叛军依山傍水布阵，精兵埋伏于南面山中，只待伏击官军。哥舒翰大元帅浮舟中流观望军势，见叛军出兵不过万人，队伍混乱，不成阵势，遂命诸军进击，自率三万军卒在黄河北岸高处擂鼓助攻。两军甫一交战，叛军故意示弱，唐军长驱直入，被诱进山间隘路后，伏兵突起，从山上投下无数滚木擂石，砸向山道中的唐军，唐军士卒因无法周旋，遭受重创，死伤狼藉。哥舒翰急令以毡车驾马为前驱，欲以冲敌，叛军将数十辆草车点燃，推下山谷，毡车瞬间焚烧。此时日过中天，东风暴急，烈焰熏天，烟雾弥漫，唐军逆风不能睁目，妄自相杀，又以为叛军尽在浓烟中，聚弩箭乱发射之，直到箭矢将尽，浓烟渐散，方知中计。日暮矢尽之时，叛军精骑从唐军背后杀出，唐军前后受击，溃不成军，除被叛军箭枪、滚木石块所伤外，拥挤践踏亦伤亡无数，叛军乘胜追击，击鼓喊杀之声震动山谷。唐军后队见前队溃败，不战自溃，士卒哄乱，有被推倒踩踏致死者，有被挤落黄河淹死者，惨叫呼号之声震荡天地。哥舒翰所率领黄河北岸的三万军卒亦溃散四逃，河边的唐军争相挤上运粮船，竟将数百艘运粮船压沉，船上将士葬身河底，残余唐军仅一两成得以上岸。呼吸间，黄河两岸皆空。哥舒翰独与麾下百余骑逃走，自首阳山西渡黄河入潼关。唐军十八万余军卒，得逃回潼关者仅八千余，哥舒翰检点残兵，不禁又是一番恸哭。

此时，哥舒翰信用的吐蕃将领火拔归仁入报叛军追来攻打潼关，哥舒翰大惊道："目今战败，兵少，吾去关西驿收拾残卒，再来保关，君且留此御敌，坚守至我归来。"哥舒翰匆匆去后，火拔归仁遣使通报崔乾祐愿执哥舒翰归降，带百余骑兵至关西驿将哥舒翰劫持，劝降道："元帅拥兵二十万，一战死伤溃逃殆尽，有何颜面再见天子？且不思高仙芝、封常清之遇乎？元帅欲得保命可乎？请降大燕！"哥舒翰不从，火拔归仁即将哥舒翰之腿绑到马腹上，前去投降叛军。

哥舒翰等数十名唐军将领被送往洛阳见安禄山，安禄山意态扬扬，拍案斥道："汝昔常轻我，今又如何说？"

哥舒翰此时却毫无胆色气节，奴颜婢膝跪在安禄山面前，叩首泣道："罪臣此前肉眼不识圣人，以至于此。今知陛下神威，乃拨乱之主，天命所归，我情愿归降。李光弼在河北，来瑱在河南，鲁炅在南阳，此三人皆我旧部，陛下留臣残命，罪臣愿为陛下招降这三方唐军。"

安禄山闻言大喜，即封哥舒翰为司空、同平章事，又以火拔归仁叛主缚帅为不仁不义，命人将其拖下斩首示众，以安哥舒翰之心。然哥舒翰昔日部将接到其劝降书后，皆复书骂其不为国家死节，有失大臣体面。安禄山大失所望，又将哥舒翰囚禁在禁苑中。

本来郭、李大军已望收复河北全境，获知哥舒翰兵败、潼关失守的消息，李光弼慌忙撤围叛军所踞博陵，与郭子仪率军急入井陉回救长安。叛军史思明大败唐军刘正臣部，杀官军七千余人并乘胜进击，先后攻破常山、赵郡等地，形势急转直下，官军由优势骤转为劣势，叛军则士气高涨。

第三十二章

两帝与永王

潼关失守，河东、华阴、冯翊、上洛（今陕西商洛）诸防御使弃郡逃走，守兵皆散，长安岌岌可危，皇帝神魂皆失，官吏士民人心惶惶，朝野一派混乱。六月十二日，百官中上朝者不过数人，皇帝到勤政楼下制欲亲征叛军，然因有前番御驾亲征罢行之事，再也无人相信。皇帝又任京兆尹魏方进为御史大夫兼置顿使，以京兆少尹崔光远为京兆尹充西京留守，让信重的宦官边令诚掌管宫闱管钥。当日，皇帝移居大明宫，禁军仪仗皆随驾移入。天黑后，他命令龙武大将军陈玄礼整编左右龙武、神武、羽林六军，多赏赐钱帛待命，并从闲厩拣选出九百余匹骏马，这番安排外面一无所知。

听闻安史大军日渐逼近，杨国忠因蜀地系其故里，且领剑南节度使，建言皇帝幸蜀避乱，贵妃亦思归故里，皇帝遂依议。六月十三日天亮，皇帝仅带贵妃姊妹、皇子，在宫内的皇妃、公主、皇孙、杨国忠、韦见素、魏方进、陈玄礼及亲近宦官、宫人出延秋门，渡灞水沿咸阳大道向西径逃去，在宫外的皇妃、公主及皇孙皆弃而不顾。

外面尚不知皇帝"出巡"，当日还有大臣上朝，待宫门打开后，宫人慌作一团，内外一片混乱，皆言皇帝不知去向。于是王公贵族、文武大臣、平民百姓喧嚷大乱，四散逃命，无赖之徒和胆大者趁乱闯入皇宫及贵族大臣的宅第争抢财宝细软。新任西京留守崔光远不再留守，在叛军临近时即派其子先投靠叛军，皇帝的心腹边令诚也将宫廷各门钥匙献给叛将。

逃难君臣抵咸阳望贤宫后，方知先行宦官王洛卿与咸阳县令均已潜逃，官吏与民众皆无人迎驾。时仅杨国忠、韦见素、魏方进、陈玄礼等侍从，众多朝臣未至。皇帝询高力士道："今番仓皇离京，朝官不知所诣，现去向已定，谁当扈从？"

高力士道："张垍兄弟受国恩最深，又连皇戚，必当先至。时论皆谓侍郎房琯宜为相而陛下不用，且安禄山尝荐房琯，为其器重，恐或不来。"

皇帝黯然道："国难临头，非享富贵之日，事未可料也。"后宪部（刑部）侍郎房琯及翰林院待诏贾至等先后至，皇帝因问张垍、张均兄弟行止，房琯回奏道："臣离京时亦过其舍，约张氏兄弟同行，却说需去城南取马。观其行，逗留不进；察其意，去向未定，似有所欲而不能言也。"皇帝对高力士道："如何？朕固知之矣。"

至午时，在咸阳的君臣尚无食可进，杨国忠以钱买胡饼奉皇帝进食。因缺少食物，皇帝命士卒分散至各村落自去寻找吃食，未时集合继续向前。近子夜时抵金城县，县城内官吏和住民亦逃，幸尚有剩余食物和器皿，士卒方得一饱。

六月十四日，君臣将卒匆匆赶到长安西面一百二十里处的马嵬驿。时过正午仍不得饮食，随行将士饥饿疲劳，皆愤怒，纷纷咒骂杨国忠祸国殃民，喧呼杂乱几不可控。大将军陈玄礼以战乱为杨国忠所致，请东宫管马宦官李辅国转告太子李亨，欲杀杨国忠以安军心，太子不应不阻不报。

恰巧杨国忠外出索食而归，吐蕃使节二十余人拦马向杨求食，附近几个军卒看到高呼："杨国忠与胡虏谋反！"起初尚只数人，渐增至近千军卒，高呼乱喊转为营啸，士卒躁动，上千人乱作一团，有人箭射杨国忠坐骑。杨见势不妙，急向驿内躲避，逃至马嵬驿西门内，被乱兵追上，砍死屠割肢体，头颅被挂在长枪上插于西门外示众。其时群情汹汹，乱兵又搜寻杨国忠之子杨暄与贵妃之姊韩国、秦国两夫人，均以乱刀砍死。士兵虽未冲入驿站，然将其团团围住，不许人出入，亦无人敢出入。

皇帝听到喧闹之声急询左右，侍从答是杨国忠谋反，被军兵砍杀。皇帝急命高力士温言晓谕，命众人撤离，但军卒仍喧喝奸恶未尽，不肯撤围。大将军陈玄礼奏道："杨国忠谋反被诛，杨贵妃不宜再侍奉陛下，愿陛下能够割爱，将贵妃正法以安军心。"

皇帝当然不舍贵妃，走到院内倚杖倾首而立，听到士兵呼喝之声，面色数变。京兆司录参军韦谔见皇帝迟疑，上前跪地禀奏："此刻众怒难犯，圣上出狩还需军兵扈从，形势至急，安危变于片刻，望陛下速决！"他边说边叩头，直至血流满面。

皇帝答道："贵妃居于深宫，不与外人交结，何以知杨国忠谋反？"

高力士也叩首道："贵妃确乎无罪，然将士已杀杨国忠及贵妃两姊，设贵妃仍侍于陛下左右，其能心安乎？伏望陛下慎思，将士安则陛下安，安危系于陛下一念之间！"

此时，军卒的喧呼声愈来愈大，渐有士兵欲冲进驿站，陈玄礼派人禀奏称将弹压不住。皇帝热泪滚滚掩面而泣，颤声对高力士道："罢了，罢了，我也顾不得爱妃了。你可与贵妃一个全尸，告诉她非朕忍心，不然大家不保，她亦将死于非命。"

高力士将杨贵妃引到佛堂内，磕头行礼说知圣谕，贵妃犹不相信，要见皇帝，高力士道："圣上也是无奈，亦不忍与你相见。小的们，伺候贵妃升天！"杨贵妃挣扎呼喊，高力士掩其口，三个小内侍抓住其手足，以丝带将她缢死，并将尸体抬到驿站院中晓示兵将。皇帝止住哭泣，让人召陈玄礼等入驿查看。诸将脱去甲胄，叩头谢罪。皇帝安慰他们勿生疑心，并命其告谕军士今日之事出于非常，杨国忠与杨贵妃姊妹谋反，诛之无罪。六军见状皆高呼万岁，愿扈从天子，并寻找食物、整军休息。

经此乱后欲定去向时，将士皆曰："杨国忠谋反伏诛，其在蜀地根深蒂固，蜀将恐与其勾连，去蜀后恐有变故，幸蜀之策当不可取。"

此言一出，众说纷纭，意见不一，有提议去太原龙兴之地者，有建言去灵武依朔方大军者，亦有说还京师者。高力士最后道："太原虽固，然地与叛贼临接，恐有凶危；朔方军虽强，然地近边塞，半是番戎，卒难教驭，如有变乱亦不可控。杨国忠虽是蜀人，然无功勋威信，且已身亡，断不致有人为已死之国忠而逆朝廷；蜀地山川环绕、剑阁雄伟、地产富庶，当能恃之，以臣所度，蜀道可行。"

皇帝听罢高力士所言，询之以众人，皆无异议，乃纳高力士之言，命扈从、臣工、将士向蜀地而行。临行前，数千百姓闻讯聚集而来，挽留车驾，不愿天子去西蜀。皇帝心情沉重，却决意奔蜀，留部分将士助太子李亨先安抚百姓，再追赶车驾。

大队人马先行许久后，太子李亨却迟迟未能赶来。皇帝不放心，遣人快马查看，岂料使者返回后禀奏："父老共拥太子，马不得其行，太子无法随驾去蜀！"

太子脱离皇帝实有隐情。开元二十四年（736）李林甫任宰相后，在内宫援引皇帝宠爱的武惠妃为臂助，潜生废太子李瑛、立惠妃子寿王为储之意。开元二十五年（737）四月，内侍传"宫禁有盗贼"，太子及鄂王李瑶、光王李琚三兄弟披甲入宫护卫，武惠妃女婿、驸马都尉杨洄构陷太子兄弟三人与太子妃兄薛锈潜构异谋，披甲入宫，欲指斥至尊。皇帝急召宰相筹对此事，李林甫装作置身事外道："此盖陛下家事，非臣等所宜豫。"

武惠妃再对皇帝吹枕旁之风，皇帝即宣诏废太子与鄂王、光王兄弟三人为庶人，太子妃兄薛锈配流，后四人均被赐死。薛家可称"驸马世家"，本与皇室渊源极深，被这次"三庶人之祸"干连，除薛锈被赐死，其兄弟薛镠、薛镕也被皇帝逐出官场，长流岭南。

太子李瑛被废杀后，皇帝召李林甫议立储事，李林甫倡立寿王李瑁，帝则属意于年长的忠王李玙（后更名李绍、李亨），犹豫年余方立今太子。此后，李林甫因忠王被立，恐其继位后自己权势不保，屡屡寻事离间皇帝与太子，幸李亨谨言慎行方保其位。李林甫故，杨国忠继相后，因原附李林甫，不利于太子，心常不安，续行离间皇帝与太子之事。

此次马嵬驿兵变，大将军陈玄礼亦知太子与杨国忠有隙，在欲诛杨前先请太子之命。现杨国忠被诛，连带杨妃丧命，太子本就不安，李辅国又对太子进言："陈玄礼在兵变前向殿下陈请，总有一日为圣上获知。圣上若有疑心，殿下危矣。以老奴之见，圣上幸西蜀，殿下不若趁此竟往朔方，以免身陷危地。"

太子李亨亦以为然，李辅国密使内侍导百姓留太子，百姓见皇帝先行，太子再欲随驾，本就不安，有人劝导，自然拥太子之马阻其西奔，纷纷道："皇上既不肯留，某等愿率子弟从殿下破贼。若殿下与至尊皆入蜀，谁为中原百姓做主？"太子遂以父老拥马不得前行，与皇帝前队脱离。

皇帝听到太子不能随驾去蜀，长叹一声"天也"，心中百味杂陈。此后，皇帝重新整编扈从军卒，以寿王李瑁等皇子分掌六军，广赐钱帛，经扶风、陈仓、散关等地，于七月十三日抵达剑阁。此时房琯已被任为宰相，商议三日后，皇帝接受房琯建议，颁布了出奔后的首道制令，即分道制置诏：命太子李亨为天下兵马元帅，领朔方、河东、河北、平卢节度都使，命其南复长安、洛阳。命诸皇子分道领兵，以永王李璘为山南东道、岭南、黔中、江南西道节度都使；以盛王李琦为广陵大都督，领江南东路及淮南、河南等路节度都使；丰王李珙为武威都督，仍领河西、陇右、安西、北庭等路节度都使。当时盛王李琦、丰王李珙皆不出阁，随侍皇帝左右，只有太子李亨提前离开，永王李璘奉诏赴任。

皇帝此旨用心良苦，其意可揣，是以太子李亨自筹兵马收复东西两京，驱逐胡虏，恢复黄河流域；以永王李璘经营江南，保全长江流域，进可北上逐敌，退可固守偏安。如此区划，隐含以永王牵制太子及两王相竞之意。此时高适从长安奔投皇帝，被任为谏议大夫，见此制书进谏道："臣闻之，事权不可分，当此板荡之际，总以平叛克复为要，不宜再分道制置诸王，分天下兵马钱粮之力。"皇帝听后怫然不悦道："朕意已决，自有区处，尔勿再言。"

然而，皇帝尚不知其此时已为"太上皇"。在皇帝分道制置诏下达三日前的七月十三日，太子李亨在灵武已经自行即皇帝位，大赦天下，改元至德，尊其父李隆基为上皇天帝，以裴冕为同中书门下平章事。郭子仪率兵五万入卫，被拜为灵武长史、同平章事，又命李光弼留守北都，亦加同平章事，郭、李二人旧职如故，仍受命讨伐叛军。任命颜真卿为工部尚书兼御史大夫，依前河北招讨、采访、处置使。

李隆基庙号玄宗，李亨庙号肃宗，虽均为驾崩后所上庙号，生前并无此称，但为行文方便，此后即以玄宗指称李隆基、肃宗指称李亨。

天宝十五载（756）六月十四日，太子李亨北上朔方本部宁夏灵武。七月十日至灵武后，随行臣工上笺，称玄宗皇帝在马嵬已有传位太子之命，请太子遵旨即帝位，太子自然推辞。三日内劝进笺凡五上后，太子方以"圣皇思传眇身，军兴之初，已有成命"许之。七月十三日（此后即称至德元载了），太子即位于灵武城南楼，文武群臣二十余人舞蹈行礼，肃宗皇帝不禁流涕唏嘘。

玄宗皇帝到达巴西郡时，从官及六军至者仅千三百人，巴西太守崔涣迎驾，被任为黄门侍郎、左相。灵武使者至蜀上报肃宗即位事，玄宗也无可奈何，命韦见素、房琯、崔涣奉宝玺玉册到灵武传位，只是在下《命皇太子即皇帝位诏》时留了一手，诏曰："自今改制敕为诰，表疏称太上皇。四海军国事，皆先取皇帝进止，仍奏朕知；俟克复上京，朕不复预事。"

玄宗所新拜宰相房琯到灵武后侃侃而谈，复被肃宗用为宰相，韦见素、崔涣亦被委以相职。后北海太守贺兰进明诣灵武行在，肃宗本让房琯加贺兰御史大夫，但房琯仅以贺兰为摄御史大夫暂领。贺兰进明察知后谗于肃宗道："房琯于上皇勉强为忠，于陛下则非忠且怀私心焉。琯在南朝佐上皇，使陛下与诸王分领诸道节制，置陛下于沙塞空虚之地，而置永王于富庶安稳之地。其意为上皇一子得天下，则已不失富贵，此岂忠臣所为乎？"肃宗由是渐疏房琯。

永王李璘幼失生母，肃宗多所鞠养，常抱之而眠，本来有些感情。玄宗命诸子分总天下节制，永王兼领四道节度都使、出镇富庶江陵（今湖北荆州）、封疆数千里，肃宗已有疑虑，听此后更恐永王势大有异志，遂起防范压制之心。

房琯被疏远，心内不平，乃上表陈词，请将兵收复两京。肃宗嘉之，任其为招讨西京兼防御蒲潼两关兵马节度使，一切参佐许自选任。房琯率军于十月二十一日在咸阳陈涛斜遭遇叛军，采用春秋车战之法，以牛车两千乘进攻敌军，命骑步兵两翼护卫，以为将无坚不摧。叛军却顺风鼓噪、扬尘纵火，官军惊牛四奔，人畜冲撞乱成一团，叛军趁势杀入，唐军大败，死伤多达四万，仅逃出数千人。二十三日，房琯再战又败，逃回后肉袒请罪，肃宗虽予恩宥，却已大失所望。

房琯败绩丧师，肃宗乃遣番将朔方左武锋使仆固怀恩等出使回纥借兵入援，又悬赏招徕朔方番夷从官军讨逆，并移幸彭原（今甘肃庆阳），以待西北援军。

安禄山知其恩主玄宗奔蜀后，命崔乾祐兵留潼关，遣孙孝哲带兵入长安。叛军入京后大索民间财物三日，富裕之家私财全部被逼索一尽。叛军又搜捕百官、宦者、宫女等，每获数百人，则以兵卫送洛阳。唐廷诸王、侯、将、相扈从车驾，家留长安者，杀其全部家口，诛及婴儿。孙孝哲受命杀霍国长公主及永王、义王、陈王、信王诸王妃及驸马杨朏等于崇仁坊街，剜出皇室宗亲之心以祭安庆宗；杨国忠、高力士之党及安禄山素所恶者共八十余人皆被杀，后又杀皇孙及郡、县主二十余人。一时间，长安城内腥风血雨，与皇室和官宦有牵连者人人自危。唐廷左相陈希烈与驸马张垍及其兄张均皆降叛军，安禄山任陈希烈、张垍、张均为相，其余投降朝士授以不等官职。当是时，安禄山军势大炽，西胁陇右，南逼江汉，北割河东之半。然叛将并无远略，既克长安，自以为得意，日夜纵酒，专以声色财宝为能事，无复西进之意，故玄宗得以安行入蜀，太子北行亦无追迫之患。

杜甫在长安任右卫率府兵曹参军，李白担心他落入叛军之手，多方探听，才知杜甫安家于京兆府奉先县（今陕西蒲城）。叛乱初起讯息未至长安时，杜甫已经离京归家看望家人，暂避过此难，但刚入家门即闻哭号，原来是自己的幼子病饿夭折。闻肃宗即位后，杜甫将家人安顿于鄜州（今陕西富县）羌村，只身北上投奔灵武，途中不幸为叛军所获，押至长安，因官小位卑，尚未囚禁，只是看管于长安，难以脱身。李白鞭长莫及，有心无力，唯有祈望杜甫平安脱险。

肃宗至德元载（756）九月，李白在金陵听闻玄宗入蜀避乱，肃宗经营西北，叛军攻占长安，官军接连败绩失地，贼势一时大涨，心绪烦乱，与宗煜商议道："战局巨变，急转直下，不知何时方得平叛，金陵为重地，恐被战乱波及，不宜久留，我等要去向何处？"

宗煜道："妾闻庐山雄奇秀险甲天下，峰岭百余，岩洞众多，战乱应不及于深山幽谷；且闻有女真在庐山修道，妾与娇鸾均有修道之心，当此乱世，城池不如乡野、乡野不如深山，我欲携娇鸾与夫君共隐于匡庐，既能修真学道，也可相互照应，不知君意如何？"

李白深以为然，询之丹砂，仍要继续跟随，于是他携带家口又从金陵向西南赴庐山。因宗煜心慕八百里洞庭山光水色，一家人沿长江西上，于九月初先到巴陵。岳州西门城楼位于湖畔，高达六丈，可俯视浩荡洞庭、远望缥缈君山，是观赏湖光山色的绝佳去处。九月九日有登高之俗，李白带宗煜来登此楼，在楼前解说道："此楼建于东汉，传为三国时吴国鲁肃检阅水军之处，民间又唤作'阅军楼''岳阳楼'，俯瞰八百里洞庭，端的壮观。"

登上三层，见楼柱上有"一虫二"三个大字，宗煜看到后说:"岳阳楼平地拔起,巍峨雄壮,洞庭湖波光浩渺无际,怎有此极俗之字,岂不大煞风景?"

长期奔走,李白已然蓄须,他听后捻须笑道:"夫人有所不知,这三个字其实道尽眼前风光,不惟不俗,反倒极雅。你再想一下这是何意?"

宗煜思索一番,茫然无绪。娇鸾插嘴道:"字不雅而意雅,莫非此是字谜?"

"然也,孺子可教。娇鸾、丹砂你俩也想一下。"

宗煜、娇鸾、丹砂七嘴八舌,娇鸾说当指楼高湖广,丹砂竟以为是洞庭湖鱼虾草虫极多之意,宗煜道:"你二人所言既不雅,又与风景无大涉,应均非,别再乱猜了。"她转首问李白:"还请夫君告知。"

这时,过来一个中年人,拱手对李白道:"我值守此楼,前几天一个醉酒的道长登楼,要了笔墨,写了这三个字即飘然而去。这两天人来人往,均猜不透此谜,还怪我没有看好让人污损了楼柱,我本欲擦去,然心里总觉是个谜。今见先生气度不凡,若能解此谜,当置酒相报!"

李白哈哈大笑:"说到饮酒却深俘吾心。"他指着楼前无涯无际、直接远天的浩渺湖水道:"诸位请看,登楼远眺,青碧湖水与远天碧空水天相接,茫茫如一,此'一'也,即水天一色。"

他双目微闭,神思驰骋道:"明月悬空,辉映千里,清风徐来,浩然无涯,当真是风月无边!"

宗煜拍掌道:"我知道了,虫为'風'字之里,二为'月'字之里,皆去其边框,正是风月无边也,与水天一色恰为佳联绝对。"

值守的中年人大喜:"此解不惟雅正,更贴合眼前风光,当为我岳阳楼增色不少，邱昌我定然请先生一家吃酒，说与上官也欢喜不尽！先生文采神思绝非常人，请告知尊姓高名。"

丹砂接道："这是我伯伯李白先生，做过翰林院大官呢！"

李白拍了丹砂一下，道："这小子倒会吹嘘。"他转头又向邱昌施礼道："吾山东李太白是也。"

值楼的邱昌喜不自胜，搓手道："这怎的说，小人真是有眼不识泰山，久闻翰林大名，今天竟让小人遇上了。您绝不能走，定要在此饮酒，我这就去安排。"

李白喜岳阳楼高拔，可瞰湖眺山，并未推辞。两刻时后邱昌将精雅菜肴陆续送到楼上，又打开一坛陈年佳酿，殷勤招待李白一家，恭请李白将"水天一色""风月无边"分别题写于两边楼柱上。

诸人闲谈间，忽听鼓声隐约传来，且愈来愈清晰。邱昌大惊道："坏了，莫非是叛军到了？听说前几日叛军已逼近本郡西边的华容县！"

李白道："且莫慌，叛军只是前锋进逼，不致攻陷华容县，且鼓声从洞庭湖传来，叛军步骑旧在北塞，不习水战，当不是叛军战鼓。"

众人起身到栏杆边，原本浩渺的洞庭湖已经驶入星星点点的战船，愈来愈多，愈来愈近，渐有百余艘大小舰船星罗棋布于湖面上，船上军卒整齐，甲兵鲜明，战鼓喧天，旗帜飞扬，当中一艘三层楼高的主舰上旌旆飘展，字体隐约可见，右书"开府仪同三司永王李"，左书"四道节度都使江陵大都督"。

李白拍手道："如何？是永王殿下所率朝廷官军，上皇七月下诏分道制置，不到三月殿下已然招募将士组建水军，设以战船沿江入海，直临幽燕，与李光弼大军水陆并进，共捣安禄山老巢，何愁反贼巢穴不下？平叛有望，平叛有望啊！"

朝廷募军平叛让李白看到了希望，他稍为安心，带着宗煜等暂去庐山，静待消息。

第三十三章
应征从军

庐山五老峰，奇峰秀岭，危岩陡峭，如同绝壁，山势连绵曲折又似屏风，谓之"屏风叠"，又名"九叠屏"。屏风叠前一处山谷，开阔处搭建有数间茅屋，疏疏落落围以木篱，即是李白与宗煜在庐山的居处。十月初的天气，山外已颇为寒冷，因峭壁重岭遮挡北风，山谷内不冷不热，颇为宜人。这天一大早，李白身着单衣练习剑术，远远看到两人，向他的方向牵马而来，前面的为军卒，后面一人年四旬许，身着深青色八品官服。后面那人紧走数步，到李白面前略一端详，即拱手行礼："太白兄风采依然，别来无恙？一别二十余年，想煞小弟也！"

李白看此人有些面熟，却一时想不起是谁。那人见李白思索，提示道："二十多年前，在洞庭湖边与君交游，还有昌龄、浩然。"

"王志小弟已从潇洒青年变为老成中年，兄一时竟然不敢相认了！"李白惊喜道。原来此人名叫王志，家居华容县，是二十多年前自己与孟浩然、王昌龄共游洞庭湖时结识的当地文友，王志当时作为地主在巴陵郡热情招待他们，三人叨扰了数日才与他分手。

"二十多年了，太白兄还是英姿勃发，虽蓄了髯须，我一眼即认出来了。"

李白将王志领到客房，让丹砂煮茶相待。王志奉上带来的六匹丝绢及其他礼物、一封聘书，对李白道出来意："今年七月，上皇下达分道制置诏后，永王奉诏并受上皇口谕，立即出巡，七月底至襄阳，八月到江夏（今湖北武汉），在江夏招募将士数万人，补署官职，组建水陆两军。九月初水军先行至巴陵休整，视形势再定方略。永王殿下本就礼贤求士，值此风云动荡之际更是思贤若渴。殿下登岳阳楼见先生题句，想起您入长安向上皇献策，虽不为用，然知先生有济世之才。现殿下领四道节度都使，身负守卫江南、寻机平叛之重任，特聘先生入节度府参议军政事宜。此正是我辈施展抱负之际，望先生不辞劳苦，能够屈就。"

朝政混乱，圣上不仅听信奸佞小人谗言，弃潼关天险葬送大好形势，且奸臣冒领常山之功又不救颜太守，李白不愿身入乱局，委婉辞谢。

王志留下礼物怏怏而归，一月后携蜀锦等礼物复来聘请李白。李白见永王两番礼请，欲其建言献策辅佐平叛，意有所动。宗煜却不愿李白出山涉险。李白对宗煜叹道："若是太平之日，我等居此诚然逍遥清静。方今天下大乱，宋城、泗水皆在乱地，我实难安心隐居。永王殿下诚心礼请，在山中无济于事，下山还可为平叛稍尽绵薄之力，吾心方安。"

宗煜急道："夫君之意妾非不知，却以为恰好相反。妾非贪恋儿女情长，入匡庐以来见山水悠远，我修真求道之心愈来愈浓，正想着寻女真学道修真。君向有兼济天下之志，若太平时节，夫君出仕入幕，得施展才华抱负，妾当静修待君。当此乱世，入军伍中，刀枪战火无情，却是以身涉险。千军万马中，一人之力又有何用？我不愿你下山！"

李白本就犹豫不定，因宗煜反对，即吟《赠王判官》诗道："大盗割鸿沟，如风扫秋叶。吾非济代人，且隐屏风叠。"王志再次怏怏而归。

一月后，又来了一位老友做说客，力劝李白出山入永王军府。来客韦子春，年长李白三岁，原系贺监部属、秘书省著作郎，李白入长安经贺监介绍与他相识，多有交游，结为朋友。著作郎本为从五品，应着绯色官服，韦秘书这次却着绿色七品官服而来。饮茶间李白问道："韦兄任秘书之职，何以在永王殿下军中？"

韦子春道："也是李林甫这个奸佞小人弄的事！天宝八载（749）三月，李林甫欲在大明宫外刻石刊功，授意我为其撰写碑记，被我以人臣无丰功伟绩者立碑无例而辞。当年四月，李林甫即讽御史弹劾我祭天祝文不敬，将我远谪南荒之地苍梧郡之下县，为九品端溪尉。该地湿热难耐，我到任年余即挂冠辞职。"

"然则有何不敬之处？"

韦子春长叹一声，又道："欲加之罪，何患无辞！皇帝自谦'以菲德承大统'本是具文，难道对上天称己厚德？李林甫说称'菲德'是对圣上大不敬，竟要入我于罪，幸得众议，以前朝有先例故事，唯今上圣明，不宜再称菲德，我得远谪而已。吾友薛镠为上皇御妹郯国长公主之子，与永王殿下乃是戚属，将我荐于殿下，署为行军司马协理军务。请太白弟出山即是兄撰聘书，当是文辞不切未能请动大驾，因此我只有亲来礼请了。"

李白笑道："非是文辞之故，老兄亦受李林甫之陷，当知奸佞幸臣祸国殃民，前李后杨让人心冷，谁能保再无杨李之辈？"

"不然。以兄而言，亦非恋此绿袍。方今天下大乱，谁能安心置身事外？国家兴衰，与每个人休戚相关，况你我均曾列朝堂，当此忧患之际，正是吾等报国之时！太白素负奇才大略，难道甘隐于山水之间？"

李白摇首道："你所说虽是正道，然吾以放归文臣，不愿再入军中，且内人坚阻。"

韦子春看出李白犹豫之意，也不再力劝，而是先与李白饮酒叙旧，再寻机说服。当日午后，两人同游庐山开先寺旁香炉峰，只见南面黄崖飞瀑直似宽广的白练悬垂青山之前，数百丈的瀑布从云天高处飞流而下，千岩飞沫，万石溅珠，水汽弥漫，犹如云烟蒸腾，泻地湍流，逶迤而去，轰鸣之声远达数里。韦子春遥指飞瀑道："此水真如从天扑地，飞流而下，滔滔不绝，大丈夫亦当如此，岂能蜷曲一隅而不得施展身手？"李白知韦子春讽喻之意，笑而不答。

翌日清晨，李白邀韦子春同登五老峰。夜间微雨，登山时云雾缭绕，登顶后已是一派云烟迷蒙。人在山顶，白云弥漫，铺展于峰岭之下，连绵不绝，直到云天尽头。远近百岭千峰皆落入云雾中，只余数十座高峻的峰峦浮出云面，如同茫茫大海中的岛屿，疏疏落落散布在云海中。苍茫云海从两人身下数丈处延伸至天际，山顶竟似云上之天，然举首上方还是碧空白云，又如天外有天，立在山顶恍如仙境。忽然长风劲吹，千里云海翻卷奔腾，环山绕岭，起伏动荡，风云起于足下。李白胸襟大开，雄心又起，扬首长啸不已。良久，韦子春高声吟道："万山顿觉小，江海为君停。足下风云起，倚天拭剑锋！"

下山途中，韦子春又告诉李白，听谯郡来人说，战乱起后，李白的好友王昌龄辞龙标县尉归乡，上月途经谯郡，见官府横征暴敛，民不聊生，向太守闾丘晓进言减租降税，因是太守趁乱世敛聚私财，此正刺中其痛处，且恐丑事被泄，王昌龄竟被闾丘晓杀害！

李白听后，连痛带气流下泪来，恨声道："这个狗官好大胆子！昌龄虽挂冠亦曾是朝廷命官，非白身可比，他竟敢害之，不惧律法和清议乎？"

韦子春长长地叹了口气："若是平日，他闾丘晓断然不敢行此悖乱之事，朝廷律法、士子清议都饶不了他！然当此战火连绵之际，政令阻滞，地方各自为政，且朝廷亦仰各地输运钱粮壮丁，因此闾丘晓才如此大胆！"

见李白默然不语，韦子春又道："这场战乱，致使多少百姓妻离子散流离失所，连离职官员也死于非命，着实可恨也！我应征入殿下幕府，亦望能为平叛稍尽绵薄之力，只有平叛后百姓方能安居乐业，闾丘晓之流才能被绳之以法。然我原为著作郎，只略读经史，对军战韬谋却不通晓，想起弟之大才，又隐于匡庐，故荐于永王，欲聘君为行军参谋，待以宾客之礼，咨询军政诸事。素知太白弟博览诸子百家，又师从赵征君，胸怀经济之策、韬略之谋，殿下翘首以待，兄诚意相邀，万望弟能屈就，庶几不负大才，济时扶危！"

李白想到避难途中所见闻的百姓苦难，想到平阳、伯禽因战火与自己远隔千里，想到王昌龄不幸被害，想到自己熟读诸子百家、通晓兵法，想到叛乱不平祸患不止，当此用人之际，永王再三礼请，若隐居深山心亦不安、不甘。他低声自问："吾非济代人，且隐屏风叠，诚然安逸；然苟无济代心，独善亦何益？"

韦子春拍手道："正当如此，当此板荡之际，若可兼济天下，岂能独善其身！"

李白下定决心，长吟《赠韦秘书子春》道：

……
徒为风尘苦，一官已白发。
气同万里合，访我来琼都。
披云睹青天，扪虱话良图。
留侯将绮里，出处未云殊。
终与安社稷，功成去五湖。

"虽功成之后定然封赏，然太白弟决意拂衣归山，兄不仅赞成且亦跟随！"韦子春目的达成，哈哈大笑道。

李白却又皱起眉头："吾虽有意，奈何内子不愿我出山，且留她母女在此我亦不放心，如何是好？"

韦子春笑道："此节兄已为你筹划。我听闻夫人与令爱均有修真学道之意，昨日打探此地道官，前礼部侍郎蔡岩之女蔡寻真在屏风叠之南辟洞修道有成，洞称寻真洞；前相李林甫虽奸恶，其女李腾空倒有些见识，早已受箓为道真，现在屏风叠北昭德观修道。蔡寻真稍长于尊夫人，李腾空又年少几岁，三人家世、年龄相仿，所居之地相距不远，共同隐修，相互照应，想来也不寂寞。"他一顿，又道："这次我还带来二百两白金以为聘礼，也足够数年用度，弟大可放心前去。"

宗煜听李白说后，虽不愿，但见李白意决，亦未再阻。李白与韦子春找到庐山道正，带着宗煜和娇鸾、丹砂去见了蔡寻真、李腾空两女真。两人愿与宗煜、娇鸾结伴修道，应允宗煜和娇鸾既可入住道观，亦可住外随时往来。倒是李腾空见了李白和韦子春颇感不安，代父向两人致歉道："先大人身当要路不能进贤，多构仇怨，听闻亦对两位前辈不利。先父已逝，还望两位能不计旧怨、尽释前嫌。"

李白挥手道："罪尚不及于孥，何况汝父只是沮我升迁、致韦兄远谪。早就听说你贤良明理，劝阻父亲未果才离家修真，我等对你只有敬重之心，并无怨怼之意，否则也不会前来拜访了。"韦子春亦颔首称是，李腾空才放下心来。

丹砂年少不能从军，他愿入道观为道童，也是当下可行的去处。来庐山这段时日，李白常去东林寺游览谈禅，临行又与韦子春共去东林寺与寺僧话别。晚间回到家，宗煜将这两天赶制的冬衣做完，守着孤灯等待李白。她见到李白不禁流下泪来，抽泣道："自与夫君结婚后一直聚少离多，素知夫君性情旷放，不能拘于家室，妾亦无怨无悔。然此次非寻常可比，望君勿以功名为重，在战乱中保重万金之躯，妾在庐山静修以待。"

至德元载（756）十二月十五日，距元正尚有半月，李白收拾行装随韦子春下山。宗煜依依不舍地拉着李白的衣襟，叮嘱一旦功成名就或有变故，早日返还。韦子春从江陵出发后，永王亦拔军向浔阳（今江西九江）进发，预计旬日当至。两人到得山下，永王船队果已抵达浔阳北的长江。近二百艘大小船只在江面上一字排开，绵延数十里，战鼓喧天，旌旗飘展，居中一艘楼船高二十余丈，当是永王所驻主舰，甲板上数百名壮士挂弓持枪队列严整。韦子春在岸边向巡逻小舟出示文书，斥候以小舟将两人送往主舰。上舰通报后约有刻时，传令兵请李白与韦子春谨见。

宽阔的主舱内有七八人侧坐，另有一人正坐于主位上。此人年近四旬，头戴九旒冕冠、身着青衣红裳，浅红外衣上绣有九章花纹，为一品官服，当是永王无疑。李白刚要行礼，永王微微起身，侧视李白道："先生勿要拘礼，本王素知先生大才，且先生曾为上皇近臣，我们以宾主之礼相待可也，快请坐。"

李白见他侧首斜视自己，心中微有不快，透过垂旒见他看别人时亦如此，方知永王实是斜视，这才安心坐下，即有小内侍奉上茶饮。永王问道："今四海动荡，叛贼踞两京，上皇西巡，天子北狩，先生可有晏天下清河海之策？"

李白早有考虑，应声道："臣以为反贼必灭、叛乱可平，只需我文臣武将齐心勠力。一者，大唐开国以来均田轻租，贞观之治、开元盛世超迈文景，人心所向，必不附逆，只是承平日久，武备松弛，贼蓄势已久，陡然发难，然不能动摇我圣朝根基。二者，叛贼负恩背义，师出无名，不惟无恩德信义，且凶残暴虐，更失人心，其虽窃踞两京而无安天下远谋，今虽一时势大，譬如无本虚火，烈焰腾腾，难以久燃。"

永王听后微感失落，道："先生之说虽是持正之论，然当今计将安出？"

李白不慌不忙，拱手道："前为大而言之，其策容臣细禀。具而言之，叛贼不能亦不愿舍者，范阳老巢与东西两京也。范阳为其根基所在，贼军将士多出于幽燕之地，宗族家人在焉，其必不能舍也；东京洛阳现为伪都，且地控中原，贼失洛阳则失其势，亦不能舍之；西京长安为圣朝首都，西望河陇、北接朔方、南窥巴蜀，若圣朝光复，不惟官兵士气大振，贼亦将困于河北河南，亦其欲坚守之地。我以郭子仪等大将率精兵守太原、出井陉、取冯翊、入河东，成逼贼之势，则贼军主力不敢离范阳、长安、洛阳，此困贼之道也。河北诸郡人心思唐，官民多有树义旗击叛军者，我以强将轻骑传檄河北组织团练，不以攻城略地为务，游击各地专事骚扰，阻敌南北往来，袭其粮道，贼至则避其锋，去则乘其弊，剪其弱卒，乱其后方，此疲贼之道也。再传檄各地勤王，击贼立功者不吝其赏，贼军反正者既往不咎，此乱贼之道也。殿下稳固江南后约会朝廷，由郭子仪、李光弼大军从塞北南下、河北游击官兵北上共捣范阳，吾王则以舰船运精兵由江入海，为奇兵从水路北上直击渔阳，三路大军齐发，定当覆灭叛军巢穴。叛军失其巢穴，必军心涣散，退则无所归，留则不获安，然后朝廷留军固守范阳，主力挥师南下，与西北、西南、江南诸军四面围攻叛军，可一举平叛矣。"

李白条分缕析，永王听得极为认真，听罢道："先生不惟高瞻远瞩，且有方略奇策。韦司马可领太白先生先休息半日，午后举行宴会，给两位洗尘再议。"

室内侍立永王身侧的其子襄城王李𬭎，有勇力而少智谋、好兵战。坐于右侧绣墩上的三人是永王倚重的武将季广琛、浑惟明、高仙琦。季广琛于开元二十三年（735）举智谋将帅科进士，后任荆州长史，被永王任为右兵马招讨使。浑惟明原为哥舒翰部将，经哥舒翰举荐，任皋兰府都督加云麾将军，受哥舒翰兵败降敌牵连免职，因其熟习战阵，永王任之为左兵马招讨使。高仙琦系永王侍卫统领，因有武艺勇力，被任为游击将军。坐于左侧绣墩上的三人为永王信重的文臣掌书记薛镠、司录参军李台卿、参谋蔡坰。其中薛镠即是被废杀的前驸马薛锈之弟，因受"三庶人之祸"干连，被罢官远流岭南，二十年未能回京；时逢天下大乱，玄宗分道制置，诏永王可自行择置官属，薛镠遂来投奔表弟永王，被任为掌书记。李台卿本为中书舍人，不附李林甫之党，于开元末罢官后居于江夏，永王在募军时被任为司录参军事。蔡坰原系白身，献策自荐于永王，被任为参谋。以上七人与韦子春并受永王信用，终日聚谈，纵论天下大势、行军方略。李白退出后，李台卿先道："久闻吾族兄李白高才俊逸，惜乎其天宝初入长安时，我已免职离京，竟未能谋面相交。今听太白论困贼、疲贼、乱贼、灭贼之道，奇正相辅，此策可行。殿下派奇师从海路北上，与朔方马步诸军共捣叛贼巢穴，可奏平叛首功，再挥师南下扫叛贼余孽，当立不世功勋，此策可行也！"

薛镠摇首道："太白此策正中有奇，可谓良图，却也不尽然也。此于朝廷为利，然于殿下非首善之策。愚以为，吾王当先以江淮钱粮锐士之利，经略江南，扩军固本以强实力，先安己而后视天下之势，退可固守江左基业，进可光复中原，不宜轻身涉险。"

诸人分为薛镠等经营江南以发展壮大和李台卿等辅助朝廷北上平叛两派，意见不一，争论纷纷。永王最后道："诸位之见各有其理，此时局面不清，吾意先强军固本，后择机北上。前几日副使李岘押送钱粮赴行在觐见本王皇兄，待他返回后斟酌朝廷意向，再与诸位商议方略。目今先做两手筹备，暂赴金陵要地再定行止。"

晚间在楼船上举行宴会，李白与韦子春、李台卿、薛镠、蔡坰、王志等幕僚同在一席，韦子春让各位幕友与李白相互介绍，诸人在三层甲板上席地而坐，自然免不了纵论大势、剖析战局。李白远观大江落日，近看森列舰船，遥想君王将帅齐心勠力平叛之日，雄心壮志又起，口占《在水军宴赠幕府诸侍御》一诗，后五句道：

宁知草间人，腰下有龙泉。
浮云在一决，誓欲清幽燕。
愿与四座公，静谈金匮篇。
齐心戴朝恩，不惜微躯捐。
所冀旄头灭，功成追鲁连。

诸宾客皆知李白意愿为从水路运兵直捣幽燕，多半赞赏此策可行，唯有襄城王和薛镠、蔡坰、高仙琦不以为然，仍以据江南巩固发展为重，不愿北上涉险。众人在酒宴中争论起来，直到宴会结束亦互不相服、没有定论。

李白与韦子春、李台卿共居一艘随行楼船，李白与台卿互论宗族认为兄弟，这也是古时风俗。三人局促于一船，整日相处，自然结为好友。李台卿善于韬略经济，与李白纵论古今，相谈甚欢，途中倒不寂寞。水军沿长江至金陵，过了至德二载（757）元正后，永王拟在金陵筑基固本，隐有经营江左之意。李白见永王不欲筹划北上，极力主张大军先赴广陵，此地为南北运河衔接之处，即可东行浮海北上，直取幽燕，亦可经运河北行出兵中原。永王信重薛镠之见，起初对李白的建议并不以为然，李白三番五次陈请，并由李台卿、韦子春附言，永王才留部分军将守金陵，拨军发往扬州。经此番力争后，永王以李白太过固执，多虑大局而不思自己之利，渐对李白疏远，商议诸事时不再让他预闻。李白因永王终用己之见，有溯运河或越大海北上伐叛之备，对此倒也不放在心上，兴高采烈地写了《永王东巡歌》七绝十一首，盛赞永王从王正月即至德元载（756）十一月率大军出襄阳、至江夏、经浔阳、越金陵、过丹阳、赴扬州，一路威武，浮思大军出河南之地或跨海直击幽燕，收复两京，平叛后"南风一扫胡尘静，西入长安到日边"。

然而造化弄人，永王及其幕僚未想到的是，外患未已，内乱又生。一月前，即至德元载（756）十二月，李岘赴彭原行在拜见肃宗后，对帝言永王有出军江左、保有江表、割据江东自立之意。肃宗本就担心永王割据江南富庶之地自立，听李岘之言后既惊且怒，想起高适起初即反对分道制置，遂召时任谏议大夫的高适商议。

高适奏对曰："臣原谏上皇不宜分道制置，即是担忧变生肘腋、祸起萧墙。叛乱起于边塞是外患，犹可缓处；内患生于心腹，不可轻忽。外患不足以动摇国本，古来政权更迭多由内患所致，此应早做区处。"

"卿高瞻远瞩，对此事有何见解，可说与朕听。"

"臣以为，永王有三必败之理。一者，吾皇承续大统，既顺万民之意，亦有上皇制诏，可名正言顺诏永王交兵归蜀中，永王如遵旨，则兵不血刃消弭此祸，永王如抗旨，则如同叛逆。其将士皆受大唐国恩，非叛贼可比，应无从逆之志，势将离心瓦解。二者，永王长于深宫，亦无功勋恩德，所赖唯上皇制诏，吾皇颁诏则上皇制诏自然为新诏替代，永王无所倚矣，其师出无名，败将必也。三者，江淮虽富庶，然永王才出阁，地方文官武将与永王原无统属，其必听命于朝廷，而非听命于抗旨之王。且永王并无智士勇将，所倚者薛镠、李台卿、韦子春、蔡坰数谋主，皆废退文人，并无韬略；其武将季广琛非永王旧属，亦未经战阵；浑惟明虽曾为哥舒翰部将，经过战阵，但并未听闻有军功；高仙琦者，一介武夫而已，更不足论。臣敢请陛下以智勇之士率一师南下，并晓谕江淮文武官员协助讨伐，则永王其败也必！"

肃宗听后长出一口气，笑道："解铃还须系铃人，卿本力谏分道制置不可为，有大臣之见。今日之言皆合朕意，即由卿领兵讨伐永王之逆，切勿失朕之望！"

高适下拜道："臣肝脑涂地亦不敢负陛下，定当献捷于吾皇！"

肃宗当即下旨，任高适为御史中丞、扬州大都督府长史、淮南节度使，领广陵及楚、滁、和等十二郡；以来瑱为淮西节度使，领义阳、弋阳、颍川、荥阳、汝南五郡；两人率兵会师安州共图永王，以江东节度使韦陟为后应。肃宗另遣宦官啖廷瑶、段乔福潜赴吴越，谕知广陵长史、淮南采访使李成式及吴郡太守、江南东道采访使李希言联络地方官员，阻永王行军。至此，永王实已四面楚歌、腹背受敌，唯不自知而已。

朝廷部署完毕后，李希言受密旨于至德二载（757）二月遣使照会永王称："今东南无战事，而永王璘不就封地，擅兴甲兵东下窥于江左，用意何在，亟须明示，并请即解甲就藩。"

永王见牒气得手发抖，叫道："李希言你好大的胆子，竟敢直书孤之姓字，还将本王放在眼里吗？！"

襄城王接过照会草草一看即递给薛镠，愤然道："这厮却胆大包天，父王受皇祖制诏领四道节度都使，率兵东巡以观击贼战机，一个小小的采访使竟敢置喙？儿臣这就带兵击杀此獠！"

薛镠倒不焦躁，缓缓道："吾王若据江左固基业，此为良机也。李希言敢无礼冒犯王威，殿下可复照驳斥，然后兴兵问罪，此则师出有名，实领吴郡之地，进可击贼、退可自保，谁敢撼之！"

"即如此区处！"襄城王深以为然，立即附和道。永王尚存犹疑，又召高仙琦及蔡坰商议，李白、韦子春、李台卿因不在主舰上，未预此会。诸人皆欲立功受封赏，均赞同薛镠之见。薛镠即以永王印信回书，申斥李希言道："寡人上皇天属，皇帝友于，地尊侯王，礼绝僚品，简书来往，应有常仪。今乃平牒抗威，落笔署字，汉仪隳紊，一至于斯！若不自缚请罪，孤即讨之！"

回照后不惟没有复讯，此时李成式亦遣使送来肃宗制书，诏永王将甲兵船舰移交李成式，即刻归蜀觐见上皇。来使宣诏后，永王尚未说话，其子即抢过制书撕成两半，喊道："上皇制诏明颁天下，岂能更易！"

薛镠亦道："此非伪命即是乱命，将在外君命尚有所不受，况吾王亲受上皇重命，东巡至此，如何能够烟消云散？"

"箭在弦上，不得不发，殿下费半载心血，耗亿万钱粮，舰船逾百，甲士过万，岂能草草收场？"高仙琦也愤然道。

永王遂决心自行其是，分兵讨伐吴郡李希言、广陵李成式。永王前军进至宣州当涂，李希言遣部将元景曜及丹徒太守阎敬之、李成式遣先锋李承庆迎击永王前军，两军交战中阎敬之被斩杀，元景曜、李承庆被俘投降，吴郡及广陵先锋军溃败，江淮一时震动。

李白见永王出动军队，本以为是击贼平叛，听到是与朝廷地方军队互攻，不禁跳脚急道："外敌未靖而兄弟阋于墙，岂非置外贼而不顾坐视其势大，同室操戈自伤其力？这却如何是好？我要面见殿下陈说利害！"

永王揣知李白之意，以军务繁忙拒之。李白急得团团转，韦子春、李台卿安慰他，说永王毕竟受上皇制命，地方官员悖礼不逊，永王行兵问罪亦不为过；且目今之局已成骑虎之势，不得不尔，否则殿下四道节度、数千领地、上万士卒均将土崩瓦解，后果难料，不若一搏树威，然后保有地位，取得名分。

进，见不得永王；退，下不了战舰。李白困于舟船，唯有长吁短叹，盼望僵局得转，两方和解。

此时，高适与来瑱、韦陟已然会于安陆，传檄宣告永王叛逆，结盟誓师予以讨伐。李成式又遣判官裴茂率精兵三千，前进至瓜步（今江苏仪征），广张旗帜号称万人列于江津；河北招讨判官李铣率精兵五千，亦虚张旗帜号称万人列于扬州外长江边。永王与其子至丹阳登高前望，但见朝廷军兵营寨连绵不绝，旗帜沿江飞扬，似有数万大军，两人均惧，急召诸将商议。诸将见朝廷军势强盛，将永王宣为叛逆，皆垂头丧气，除高仙琦外无人再主张力战。

永王快快不乐，挥退诸将，让他们准备应战，唯留高仙琦随侍。季广琛、浑惟明召集其部将密议。见大家面如土色，士气不振，季广琛叹道："吾等属从殿下至此，本望博取功名。天下动荡，上皇播迁，诸皇子无贤于王者。如总江淮锐兵，长驱雍洛，大功可成。今天命不佑，变生肘腋，殿下竟被目为叛逆！吾等岂欲反叛耶？岂能为叛贼乎？不若趁此兵锋未交之际早图去就。不然，永为逆臣矣，将罪及三族，悔之无益也！"

诸将皆以为然，纷纷自筹出路。黄昏后，季广琛率军卒往广陵，浑惟明率麾下奔江宁，冯季康率部下逃白沙。永王余部得知季广琛等逃离，人心慌乱，各自逃匿。不到半夜，永王上万大军一哄而散，仅余襄城王和高仙琦所率两千兵卒。李白与韦子春、李台卿各抢得一匹驽马，也趁乱逃走，黑暗中乱兵将三人冲散，李白只知向南疾行，离乱兵愈远愈好。

将卒离心，未战先逃，永王父子忧惶惊惧，不知所措。深夜，江北官军燃起火炬，每个军卒皆持双炬游走，且将火炬遍插江边，绵延数十里不知其数，永王军中乱作一团，多处起火。永王见状大惊，以为官军已过江，慌忙携带家口与高仙琦等潜逃。永王一逃，水陆残军四散而逃。

天亮后永王见官军并未过江，再收拾残兵时仅得千余亲兵。李成式率兵前进，先以敢死勇士赵侃等率千骑追摄。赵侃先锋军至新丰后，襄城王及高仙琦带领剩余亲兵回击，两军布阵甫毕，襄城王即被箭矢射伤肩部，永王部下见状再无斗志，溃败而逃。永王身边此时只剩高仙琦等亲卫五骑，无奈逃往岭外潜匿。后永王在大庾岭被江西采访使皇甫侁所遣将卒追上，身上中箭，与家眷均被擒，襄城王被乱兵杀死，高仙琦逃走。讨伐永王的主力高适、来瑱尚未过江，永王即一败涂地。

第三十四章

下　狱

李白所骑的是匹役马，脚力不健，日行仅百里左右。李白骑它仓皇南逃十余日后，于至德二载（757）三月初行至浔阳郡彭泽县（今江西九江），见县城外高悬通告：前永王李璘谋逆，已废为庶人，告附逆佐官将士投官自首，可予酌量宽处。

形势不明，李白不敢投店住宿，白日尚可，夜间着实苦寒难耐，他早已受够。考虑到自己满腔报国热忱，只是献策北伐叛军，从无与朝廷作对叛乱言行，在永王幕府所作诗歌均可为证，且文武幕僚皆知自己力主北上平叛，谅来无罪，即到彭泽县衙自首。因是附逆重案，彭泽县不敢自专，即将李白移送到浔阳郡城，郡司法参军未接上命，因是"通天"要案，亦不敢自决，遂将李白暂押于浔阳郡狱中候审。

浔阳狱中一个长三丈许、宽一丈的逼仄监室内，关押着十余名犯人，因长期不洗浴，众人所散发的浓郁体味、脚臭与霉烂气味搅在一起充斥于室中，乍入其中让人恶心欲呕。一个彪悍的中年犯人安坐于北首，另一个年轻些的犯人正在给他揉捏肩臂，其他犯人或坐或躺于草席上，有一句无一句地随口闲聊。中年犯人呵斥道："何三，你皮肉又痒了不成？给你范爷用点力！不然午饭不用吃了！"

何三诒笑道："范老大，范头儿，您老开恩，让小的午间多吃些，昨日小的只吃了一个窝头，身上没力气。您老让我吃饱，才好伺候范爷。"此时，两个狱卒开锁将李白送进监室，并交代道："范老大，对此人照顾些。"

李白时年已经五十七岁，原先虽然两鬓渐白，因勤习剑术，体格健壮，尚不显老。南逃这十余日，心中苦闷，风霜饥寒，竟然须发斑白，皱纹丛生，衣服亦遍布灰尘和破洞，俨然六旬许乡野老人也。

范老大因身强体壮，会些拳脚，打服数名犯人后在此监室内称王称霸，成为犯人头头。监室本来狭窄，十余人各占一处稍宽于身体的铺位，活动本就不太方便。范老大却独占三个铺位，其指定的老二陈东占一个半铺位，其余犯人依次占一个多些至不到一个铺位，最后数人需紧挨睡眠，连翻身的余地也没有。若睡觉时手足活动，必然会压到邻犯身上，故后面六七人竟练出了"僵尸睡"的本领，睡觉时能够一动不动。不仅如此，其他犯人如家属探监或托狱卒捎进饭食等，均要向范老大"进贡"，由范老大进行分配，他当然是自己先饱足后分与前面的犯人，剩些残渣丢与饭食主人；若无外来食物，狱中所供稀粥窝头，亦是范老大分配。往往新来犯人以及体弱或家中无财不能向狱中送饭食的，每日两餐只得其半，饿得毫无力气。犯人有不服者，范老大或自己动手，或指使他人对其一顿毒打，直到打服为止。因此，监室的犯人没有不惧怕范老大的，也没有不巴结范老大的。

李白进入监室后想找空地安顿，范老大搭眼一看，来人为六十许老头儿，身高如常人，虽然一双眼睛炯炯有神，但衣衫破烂，须发斑白，谅也不是什么人物，心中对狱卒的关说便也不甚重视。范老大懒洋洋地问道："来人是谁？报上姓名！"

李白随口答道:"我是李白。"

"李白?你这厮为甚不叫李黑,谁让你叫李白的?过来拜见爷,爷给你说说规矩!"

李白怒极反笑,诘问道:"你敢在此称爷?谁给你的胆子让我磕头?本人只拜天地君亲师,你算老几!"

"个头儿不高,火气不小,你以为巴结上官差爷就不敢动你了?老五、老六,上去给他松松骨降降火,让他知道这里谁才是老大!"此时犯人均靠墙而坐,室内尚有通道。范老大一招手,两个坐在他身旁的壮汉起身上前,连同李白身前的一人亦站起,三人围住李白就要动手。后站起的那人尚劝解道:"老头儿,别不识抬举,赶紧给范爷磕头认错,兴许他还能饶过你,不然有你的亏吃。"

李白冷笑不语,范老大焦躁道:"啰唆什么,快动手!"

老五、老六并没将李白放在眼中,抡起拳头砸向李白。李白年轻时即习剑术,从清风尼学剑后更是身手不凡,虽然年近六十,寻常数个壮汉持刀剑也奈何不了他,何况空手。在李白看来,这两个壮汉拳脚极慢,步履笨拙,他顺势轻轻一带,用脚尖一勾,眨眼间老五、老六先后摔倒在地,李白上前用脚踏住两人,喝道:"谁敢无礼!"

范老大霍地站起,叫骂道:"看不出老头儿还会两手。大了你的狗胆,敢在爷的地盘上撒野,敢打爷的人!"他扯掉上衣,露出筋肉突起的肩臂,奔到李白面前,飞起一脚踹向李白的胸腹。原来此人确曾习武,既有一身蛮力,也懂些招式,因此全监室无人能敌。

李白突然变成附逆嫌犯,本就满腔愤懑,范老大又这番逼迫,他怒火腾地起来,暴喝一声"来得好",屋顶的灰尘簌簌而下。范老大神为之夺,不禁身形一滞。李白看得真切,侧身躲过飞脚，提脚踹在范老大左腿上。范老大一个趔趄险些摔倒，稳住身形，使尽平生气力，右拳疾如闪电向李白击去。常人看来疾如闪电，李白观之只能说不算太慢，他左手格挡来拳，右手如电，向范老大胸口结结实实地猛击一拳，范老大又是一个趔趄。李白欺身斜进，转至范老大身侧，拳脚齐出将范老大击倒在地。范老大在几个呼吸间即被打倒，其他犯人纷纷拥上前来要帮忙，李白大喝一声"谁敢挡我"，拳打脚踢一连打倒四五个人，旁人再也不敢上前。范老大爬起来要躲，李白抢上前去抓住他又是一顿拳脚，满腹的怨愤怒火似乎都经拳脚发泄出来。范老大又被打倒在地，连声哀号，再无老大气势，求饶道："大爷饶命，小的知错了！"

几个老成的犯人连忙劝说，李白方才住手。范老大已然鼻青脸肿，挣扎起来对李白作揖道："小的有眼无珠，不知大爷如此神勇，情愿将老大位置奉与大爷，望您大人大量，别再与俺计较。"

李白道："若论你横行霸道、欺凌弱小，还应再教训你一番。现念你尚知悔过，且多人求情，我暂不与你计较，且观后效。"

范老大殷勤将李白引至监室内北首"一铺"，满面谄笑道："请您老在首铺休息，俺在二铺伺候您老，全听您使唤。"

李白皱眉道："监室狭窄，你独占三人铺位，室尾诸人已无法安眠，我却不能学你。然此室气味着实不良，此处有窗尚好些，我睡一个铺位也狭窄些，不习惯，就先按一个半铺位居此，以下诸人挨得稍紧凑些也无大碍。我也不白让诸位拘束，进来前我已送狱孔目官几万钱，托请他到家中送信并买些吃食衣物，一会儿我请诸位吃些肉食，平常也在饭食上照顾下诸位，你等意下如何？"

原来李白下山时，宗煜强让他随身带了十余两碎金（约二十万钱）以备不时之需。下山后，李白吃住在船上，均为军中供应，并未花费。这十余日向南奔逃，不敢住店，只换了一钱金子的铜钱买些吃食，余金一直放在贴身的衣袋内。犯人入狱历来搜检衣物，随身财物均被狱官没收——其实是揣入自己的腰包。因李白名声大、案情重、所携金价高，狱官恐是永王赏赐或李白不服，怕有后患，不敢私吞。浔阳在庐山东数十里处，李白将随身黄金交与周刚典狱，请他遣人到九叠屏寻找宗煜，告知自己的情况。李白熟知狱中黑幕，恐被难为，又请周典狱先置办十斤熟牛肉让同室犯人吃，做个人情，今后再每日补充些吃食，余金即作为酬谢。周典狱一合计，李白所嘱事项花费不过万余钱，再分与同僚些、随意赏狱卒几串钱，自己可落十余万钱，却是一年官俸有余，于是欣然应允，拍胸脯保证办好。

犯人们听说有肉吃，平常还有关照，一片欢呼。范老大更是笑得眼睛眯成一条缝，搓手道："哎哟，我的爷，您不仅拳脚高明，还是大财主哩，小的有眼不识泰山，白走多年江湖了。您还是睡三个铺位，我等全无意见！"他又转首瞪了其他犯人一眼："你们怎么说？"

犯人们七嘴八舌，纷纷道："李老客为人周正，处事公道，我们甘心让李老客照原样睡首铺，毫无意见。"

内中一个中年犯人道："我也曾读过书，先生尊名李白，莫非是文名满天下、曾经登翰林的李太白？"

李白道："文名是有些,名满天下恐不敢当,翰林已成往事,现成戴罪之身了。"

午时后牢门又开，狱卒送进十斤切好的熟牛肉、数个蒸饼，李白让分给每人一碗。一时间，监室中尽是咬嚼吞咽之声，不时有人感叹"好吃"。突然,有抽泣之声分外刺耳,只见一个衣衫褴褛的瘦弱中年人正在哭泣。他见众人注视,以袖拭泪道:"让大家见笑了。这是我记事以来第一次吃肉,真正好吃!听老娘说我幼时吃过几次,我却不记得了。自从父亲病故后我家就再没见过荤腥。"他一顿,又道:"我老娘含辛茹苦把我养大,临终前说想吃肉。家里没钱,我无奈之下到大户人家偷了些绢布,变卖了一贯钱,买了二斤牛肉,回家后我娘已然撒手逝去,公差也跟着上门将我捉拿到这里。可怜我老娘死前竟没有吃上肉!"

说到这里,这人又抽抽搭搭地哭将起来,李白心下怆然,停箸不能再食。

古代敬重读书人,畏惧官员,犯人们听说李白是大文人,又做过大官,兼武艺高强、为人豪爽,对李白更是另眼相看,皆殷勤相待。李白在狱中倒是未受难为,然拘于狭小一室,终日与偷盗骗抢、行凶犯事的囚徒们杂处,气味难闻,夜间鼾声、磨牙声、梦呓声此起彼伏,着实难耐,端的是度日如年。如此挨过两日,第三日上午周典狱将李白提出,路上告诉李白,宗煜已随报信的衙役来到。

宗煜见李白满面风霜、须发斑白,抱住他痛哭不已,哽咽着说:"夫君一心报国,怎么成了附逆重犯?我不该让你下山,不该让你下山啊!"李白落难中见到亲人,也流下泪来,旁边的丹砂牵着李白的衣襟,哭道:"伯伯是好人,怎的受这般苦!"

良久,宗煜止住哭泣,告诉李白:昨日下午衙役方寻到自己,虽恨不能插翅飞来,还要准备些金银细软,又给李白寻了春天穿的衣服,今日一早即随衙役来到郡城。现心中茫然无绪,不知下一步如何是好。

李白对此已考虑许久,对宗煜道:"此案虽重,但我应当无大碍。我在永王幕中并未受重用，只是建言北上平叛，绝无割据一方或反叛朝廷的言行，天日可鉴，诗文可证，众人皆知，据实定案应予开释。"

他看典狱周刚离得较远，又低声道："听闻高适颇受朝廷重用，现任御史中丞、扬州大都督府长史、淮南节度使，驻于广陵扬州。我与高适的交情非同一般，我们与杜甫共游梁园等地，诗酒唱和，极为相得，他还是你我的媒人，与宗璟是老友，你去寻他定能拔我于苦海。高适应是不知我下狱，不然也会力主为我洗刷此等不白之冤。只是此间距扬州有千里，你一个妇人却难独行。"

宗煜心中稍微宽解，对李白道："夫君放心，我非无知村妇，骑过骏马，亦与高公相识。千里之地虽遥，快马加鞭数日可至，我已将金银尽携于身，在郡城购得两匹好马，让丹砂伴我，这就去扬州寻托高公。"

李白修书一封尽陈前情，让宗煜带给高适。宗煜虽不舍李白，但正事要紧，便赶紧辞别去往扬州。

李白在监室中焦急等待，周刚有时提李白到别室讯问——实际上是让李白饮茶休息。因怕犯人自伤或伤人，监室内在天寒地冻时亦无滚热的水，根本无茶饮用。李白得与周典狱饮茶闲聊，这才知道永王兵败后，上皇下诏降永王为庶人，徙置房陵，但皇甫侁擒获永王后竟将他缢死。李白先是对皇甫侁妄杀亲王不解，略一思索方揣知其意：玄宗废永王为庶人，实是想保其性命，抢先于肃宗下诏，欲成定谳；皇甫侁亦悟上皇之意，又揣肃宗对永王欲杀之而后快，然为手足，不好下手，于是贪功希进，索性杀死永王，以博肃宗欢心。李白担心自己会被草率处置，急切盼望高适能够念旧，出脱自己。此时他已经不是度日如年，而是时刻不安。半月后宗煜方才回来，见她面色愁苦,李白预感不妙。

宗煜告诉李白,她与丹砂晓行夜宿,在第七日晚间方赶到扬州,翌日绝早即到高适节度使府递上李白书信求见,等了半日,门房回说节度使大人公务繁忙无暇接见,宗煜苦苦哀求,又取银锭请托,门房连连摇手道:"大人吩咐了不见,我不敢受夫人之托。"

宗煜苦等到天黑亦未能见到高适,次日微明又去节度使府门求告,直到辰末太阳高升,府门突然大开,一队仪仗先出来高喝回避,高适才骑着高头骏马出门。路上的行人纷纷退避不迭,宗煜抢向路中跪伏在地,口呼:"节度使大人,故人之妻求见!"

仪仗中的卫兵抽刀上前欲捉拿宗煜,高适皱眉喝道:"且住,此是我旧友之妻。"他对宗煜温言道:"嫂子来意吾已尽知,此间说话不便,且我尚有公干,你不须如此,快快请起,午间待我回府面谈。""来人,先将这位请入府中花厅等候。"他转头吩咐仆从。

不到午时,高适返回,与一幕僚来见宗煜,宗煜又要行礼,被高适止住:"我与宗璟、李白皆系好友,你不必如此。"

"得见高公,宗煜心中顿安,请您顾念旧情,救救李白!"宗煜求告道。

高适沉吟道:"非是我不念旧情,一来叛王李璘所犯乃十恶重罪,太白兄为何糊涂一时参与其中?此事本就难处。二来我是朝廷命官,又受诏讨伐叛王,即应不徇私情,太白有罪与否、罪责轻重,自有法司断处,我应回避,不宜置喙。这个忙,我着实帮不了!"

听高适打官腔推脱,宗煜急得流下泪来:"高公身任重职,节度一方,圣上面前也说得进话,您定然能救李白,求求您了!"

见宗煜焦急,高适起身踱步良久,对陪同前来的幕僚道:"老郑,你代我写封书信,让宗煜捎给浔阳郡王太守,盖上节度使关防和我的名章,就说李白与我有旧,请他在生活起居上予以照拂,至于案件如何办理,我不予过问。"

宗煜还要哀求,高适变色道:"我再叫你一次嫂子,顾念旧情尽至于此,若你再需索,连这封信也不写了。"

宗煜见高适变脸,不敢再言语。待写好书信盖好章,老郑用火漆密封交与宗煜。高适道:"言尽于此,吾尚有公事。来人,送客!"花厅外的防阁应声而入,不由宗煜不走。

宗煜离开后,老郑迟疑道:"高公您位高权重,圣上亦对您信重有加。听说您与李白、杜甫多年前即交好,若您说情开释李白,谅来不难,何惜此一书?"

老郑名为郑友直,高适摇头道:"友直,你不是外人,我才对你说起。说来这李白着实可气。当年我与李、杜交游,李白青睐杜甫,对我爱搭不理,我一直窝着口气。现李白犯附逆重罪,我爱惜羽毛亦不应涉身此案,换成别人还要建言重处李白,我请王太守优待他的起居,已然仁至义尽矣。"

老郑虽觉高适太过绝情,心中不以为然,但身在高适幕中,也不敢再言语。

李白听罢宗煜诉说,愁眉不展道:"我本以高适为磊落文人,重情尚节好义,不料他竟如此行事。也罢,彼一时也此一时也,他不伸援手,我们也无可奈何。"

高适虽对李白案情未予过问,毕竟嘱请地方对他的生活起居予以照拂,李白得入单人监室,虽只有丈余开间,但靠近狱门且有榻有几,较前已不啻云泥之别。只是原监室众人在李白离开后,不能再获得饮食照顾,范老大又复"职权",虽较前有所收敛,但众人还是被欺压,因此皆想念李白,放风时经过李白监室门口，均行礼问安。因独囚一室，方便些，周典狱基本上每日皆来与李白闲谈，将朝廷尽失河北诸事告知李白。

潼关失守，郭、李大军急入井陉回救长安，叛军气焰嚣张，先后攻破河间、景城等郡，招降乐安郡，又遣骁将劲卒攻打平原。因叛军围攻河间时，颜真卿遣其大将和琳率万余精兵驰救，被史思明伏击，全军尽没，颜太守损兵折将，手下兵微将寡，为保生力，弃郡渡河南走。史思明趁势攻清河、博平，又引兵围信都（今河北冀州），唐军羌将、信都太守乌承恩献兵五万降敌。

河北诸郡皆陷，河南幸有张巡智勇双全、奇计百出，或伏击，或邀击，或突袭，往往以千余之众击败数万叛军，大挫贼势，阻其南略。叛军攻城时，张部郎将雷万春守城，面中六箭而岿然不动，叛将见状大惊。雷万春裹伤带血率死士出战，擒贼将十四人，斩首百余，叛军胆寒，收兵入陈留。

令狐潮久攻雍丘不下，乃置杞州城于雍丘之北，以绝其粮援，拟袭宁陵，以断巡后。张巡因城卑兵少粮绝，决计去雍丘保宁陵，并与睢阳太守许远相约守望互助。叛将杨朝宗率军至宁陵西北，张巡遣将雷万春、南霁云与杨朝宗部昼夜激战数十次，大破叛军，杀贼万余，叛军不敌，夜遁而逃。肃宗闻报大喜，拜张巡为主客郎中、河南节度副使。

李白听到朝廷不惟两京失陷，且尽失河北之地，心中忧虑。虽有张巡败敌，阻其南进，然兖州等地已失，叛军攻入河南，进逼宋城所在的睢阳一带，战局翻覆胶着，平叛之期难料。又听说薛镠被诛杀，韦子春亦被杖杀，李台卿虽无割据建言，却因被指为谋主之一而被定绞刑，唯待覆奏皇帝后行刑。李白心忧国事身事，急得团团转，不能安眠。正焦躁间，周典狱带来一个好消息：叛贼内乱，安禄山被弑，其子安庆绪篡位。

伪燕帝安禄山因目昏不能睹物，又长疽疮，性情益加暴躁残忍，动辄棰挞乃至怒杀左右侍从，即是心腹严庄也不免被棰挞，近侍李猪儿因日夜"伴驾"被毒打最多。安禄山有立庶子安庆恩为储之意，安庆绪惧怕自己被除，严庄、李猪儿亦衔恨惧死，三人密谋弑安禄山行篡代事，一拍即合。至德二载（757）元月五日深夜，安庆绪与严庄率心腹持械潜入安禄山内室，李猪儿执利刃直入帐中，向安禄山胸腹猛斫猛刺。安禄山痛极惊醒，狂摇帐竿痛喝道："此必家贼也，何人敢尔！"

狂呼间，安禄山已然腹溃肠出，流血数斗而死。翌日一早，严庄言禄山疾重不能理事，立晋王庆绪为太子即位，尊安禄山为太上皇，然后宣布安禄山"驾崩"。安庆绪昏庸懦弱，即位后日夜纵酒为乐，以兄事严庄，封其为御史大夫、冯翊王，事无大小皆由严庄决断。

贼酋篡代，叛军内部不稳，本是朝廷集合各军进行反击，或讨或抚扭转战局的绝好时机。肃宗本欲以长子广平王李俶为天下兵马元帅，并拟遣其三子建宁王李倓率军平叛，听到安禄山被篡杀后，以为首逆即除，平叛已不在话下，遂将讨贼事放在一边，欲先行建储。肃宗所宠张良娣在灵武时诞一子，取名李佋，张良娣欲以李佋为储，闻肃宗有建储意后，百计陷害广平、建宁两王，以清障碍。

原东宫太监李辅国因力劝肃宗北上、登基诸功，已任元帅府行军司马、开府仪同三司、知内侍省等要职，其人外表恭谨而内实狡诈，见张良娣受宠而附之，以图富贵。两人惧怕广平、建宁再立军功，难立张良娣幼子为储，阴阻皇子率军专征事。建宁王性格切直，听闻后对肃宗陈言："陛下若听信妇寺之言，儿臣恐两京无从收复，不知天下何时可定！"

肃宗见李倓言语激烈，心中已然含怒。李辅国、张良娣趁机谮道:"李俶恨不得为元帅,时有怨言,欲谋害广平王而代之。"肃宗勃然大怒,立即下诏赐死李俶。广平王李俶惊惧不安,竟将出征之事搁置一边。

当此朝廷反击之际,李白虽欲建言献策,奈何身陷囹圄,有心无力。宗煜自己本就愁苦,见李白焦灼,更是愁肠百结,但也只有月初可以探监,或有事时偶可托人一见。宗煜从庐山到浔阳,需要翻越崎岖险峻的吴障岭,也极为辛苦。因此两人约定每月一见。几次往返间已到八月,狱中闷热难耐,李白愈加焦躁。宗煜在愁困中突然想到,原司门员外郎、后转巴西郡太守、现为同平章事的丞相崔涣与宗家是故交,崔涣年少时与兄长宗毓交好,自己也认识。现崔涣出任江淮宣谕选补使,受命宣慰地方,收罗遗才,虽无治狱之责,亦是朝廷大员,若愿出脱本就无罪的李白,谅来不难。她向李白说知此意后,李白觉得大有希望,在监室内用心写了《狱中上崔相涣》《上崔相百忧章》《系浔阳上崔相涣》等诗文,让宗煜携以拜谒崔涣,恳请崔相开天网、举覆盆、照寒灰,"能回造化笔,或冀一人生"。

宗煜北上去托请崔涣后,李白日夜悬望,在希冀和焦虑中等了月余。他心浮气躁不能安神,托请周典狱送来《史记》细阅以消磨时间。读到《留侯世家》时,李白仰天长叹道:"彼人也,余人也!张良以运筹帷幄建功,得汉高祖信用,为帝师,封万户侯,然后飘然而退,学道轻身。我却命乖运蹇而至于斯!"

此时,恰有周典狱之友张孟熊秀才素慕李白文采,由周典狱挈带前来拜访李白。张孟熊纵论平叛之策,多与李白暗合,两人引为知己。张秀才欲拜谒高适,献灭胡三策。李白既怨高适不施援手,又因高适关说照顾,觉得他可能尚念旧情,兼宗煜托请崔相没有音讯,病急乱投医,又写诗《送张秀才谒高中丞并序》,请张孟熊带给高节度使,冀望高适阅后想起老友旧谊，能回心转意救助自己。岂料这首诗却给李白埋下了祸根。

李白在诗的序言中称自己"时系浔阳狱中，正读《留侯传》，秀才张孟熊蕴灭胡之策，将之广陵谒高中丞……因作是诗送之"倒无大碍，前八句盛赞张良智勇可解宇宙倒悬亦属正常，后五句却触怒了高适，这五句是：

> 胡月入紫微，三光乱天文。
> 高公镇淮海，谈笑却妖氛。
> 采尔幕中画，戡难光殊勋。
> 我无燕霜感，玉石俱烧焚。
> 但洒一行泪，临歧竟何云！

高适读完这首诗微微冷笑，敷衍张孟熊数句让仆役送客后，拍案对郑友直道："李白这厮真正不知好歹，吾好心让浔阳太守关照他，他反而心怀怨恨，讽刺讥诮我！"

郑友直接过诗细阅一番，劝道："高公息怒，我倒没有看出什么讽刺之意、讥诮之言。"

"你看，'高公镇淮海，谈笑却妖氛'，却不是讥诮我未出一兵而永王之乱已平？'采尔幕中画，戡难光殊勋'，难道我堂堂方镇，尚不如一个浅薄秀才，要采他幕画？既然你无燕霜之感，为何又来求情，岂不是反语抱怨？尤其此'但洒一行泪，临歧竟何云'，怨意跃然纸上，竟至无话可说。且此文既然托人交我，却全然不叙旧谊、不谢相帮，其意何在？李白悖乱如此，不可饶恕！"

高适的解读虽多强词，但亦非全然无理，老郑只能以李白现被囚禁心绪烦乱不知所云劝高适息怒。

第三十五章

逃 亡

李白苦等宗煜消息不至，原来是战事频仍，局势动荡。叛军先后进攻太原、陕郡及睢阳、南阳、灵昌等地，南充、蜀地发生叛乱，吐蕃乘大唐内乱入侵，官军亦拟收复长安。朝廷及各地官员忙于筹兵、筹粮、备战、应战、平乱，崔相宣慰江淮，亦忙于诸事，虽抽暇见了宗煜，答应尽力出脱李白，却没有机会办理。

至德二载（757）初，严庄扶安庆绪篡位后思有所为以聚众心，乃命史思明、蔡希德、高秀岩、牛廷介各引兵共十万，分四路进犯太原，以尹子奇率兵十三万围攻睢阳。

贼军来犯，李光弼率士卒、民夫于太原城外凿壕自固，又发大炮、投巨石，史思明围攻太原月余不能下。唐军暗穿地道至叛军营中，复以诈降之计遣数千精壮出城"投降"，一声号炮，贼营地陷，叛军立死千人，自相惊乱。此时地底官军伏兵突起，诈降将卒喊杀向前，城中骑兵飞驰城外，三路官军鼓噪突击，俘斩万余叛军，史思明败退归守范阳。

睢阳太守许远闻警告急告于张巡，张巡自宁陵引本部兵三千入睢阳，与许远合兵约七千人。许远敬服张巡智勇谋略，军政全委于张巡，自己甘为辅，筹备军粮战具。张巡受之不辞，督励将士昼夜苦战，守城半月，擒贼将六十余人，杀叛军二万余卒，尹子奇败走，睢阳围暂解。

肃宗闻讯，转忧为喜，起驾前移至凤翔（今陕西宝鸡），以安民心。皇帝至凤翔旬日，陇右、河西、安西、西域之兵皆至。四月间，颜真卿诣凤翔，肃宗任之为宪部尚书。

适郭子仪节度使遣使奏捷，已引兵逐走贼将崔乾祐平定河东，肃宗乃拜郭子仪为司空、天下兵马副元帅，命其收复西京长安。郭元帅遣其子郭旰及仆固怀恩等击败潼关贼兵，正拟乘胜入关时，叛军援兵数万击败唐军，郭旰与仆固怀恩抱马首浮渡渭水，退保河东。

此时，关内节度使王思礼驻军武功，遣兵马使郭英义驻军东原、王难得驻军西原。至德二载（757）五月，贼将安守忠等入寇武功，郭英义战败受伤而走，王难得不救反逃，王思礼退军扶风。叛军游兵距凤翔仅五十里，肃宗大惊，急诏郭子仪入援护驾。郭子仪闻讯星夜奔驰凤翔，叛军以铁骑五千赴三原北截击郭军，郭子仪遣兵伏于白渠留运桥，杀伤叛军几尽。官军郭子仪、王思礼合兵于渭桥，进屯潏西，叛军安守忠、李归仁驻军于京城西清渠，彼此相隔里许对峙七日，均未寻获战机。

困于长安的杜甫听闻朝廷大军已至长安城外、皇帝驻跸凤翔，趁乱由城西金光门逃出，夜间偷越叛军，投奔肃宗，见到皇帝时麻鞋磨穿、衣服破烂，被任为从七品左拾遗。杜甫任职不久，宰相房琯兵败后多称病不上朝，整日高谈释老，门客董庭兰行纳贿关说事，被御史奏举并弹劾房琯。肃宗本对房琯不满，遂罢其相，任谏议大夫张镐为中书侍郎、同平章事。杜甫任拾遗有谏诤讽喻之责，乃以"罪细，不宜免大臣"上疏救琯，肃宗大怒，拟诏三司鞫问处置杜甫。幸得新相张镐劝谏道："若治甫罪，将绝言者路，且损圣誉。"肃宗闻言怒解，收回处置杜甫之命，却从此疏远，不听其言。杜甫见疏，又因先前为避寇移家鄜州，所留钱财不多，恐妻子乏食，请归家探望，筹措些救急钱物离开凤翔。

再说官军、叛军在长安城西相峙不进，安守忠施狡计假意退兵，郭、王大军尾蹑追攻，至数里后，叛军以骁骑万人为长蛇阵击溃官军，郭子仪退保武功，凤翔内外戒严。

祸不单行，叛军又多路齐发，集兵攻打南阳、灵昌、睢阳等地，欲拔除冲要，南侵江汉。河南都知兵马使、灵昌太守许叔冀被攻，弃城率部奔守彭城。

叛将尹子奇则增兵大攻睢阳，张巡率士卒数次却敌。许远百计筹备军粮，本已积至六万石，被虢王强令分半与濮阳、济阴两郡。济阴郡得粮反而献城投贼，睢阳坚守年余，已然粮尽。将士每人日分米一勺，不能果腹，无奈煮树皮、纸絮为食；且战亡者不得补充，又无人救援，士卒减至一千六百人，亦多饥饿、伤病，不堪冲锋，张巡殚精竭虑，百计强守。叛军多方攻打不遂，也惧张巡智勇谋略，不敢再强攻，知城中粮绝兵少，乃于城外掘深壕三重，并立木栅围城，围困睢阳，静待城中守兵饥饿疲弱。

当是时，都知兵马使许叔冀逃至彭城，贺兰进明已代李巨为河南节度使驻于临淮（今江苏泗洪），皆拥兵不救睢阳。睢阳被围日久，不仅粮绝，树皮、纸絮也已煮尽，乃百计捕雀掘鼠，这些天上地下的小东西量少难获，将士不能果腹，勉强活命，均被饿得没有气力。

张巡见雀鼠亦被搜罗一空，再无粮援势将饿死，乃令将军南霁云率三十骑突围而出，至临淮向节度使贺兰进明告急求援。节度使大人道："今日睢阳不知存亡，兵去何益！"

南霁云苦苦哀求，贺兰进明一则忌张巡功高，二则因许叔冀自恃将卒精锐，且与其均为御史大夫，不受其节制，恐出兵为许叔冀所乘，因此拒不救援睢阳，然爱南霁云勇壮，待之以酒食。南霁云恸哭道："霁云来时，睢阳之人不食月余矣！霁云虽欲独食，又何能下咽！大夫坐拥强兵，观睢阳陷没却无救意，此岂忠臣义士之所为乎！"说罢，南将军气急咬下自己一截手指，将断指扔于地上对贺兰节度使道："霁云既不能达主将之意，请留一指以归报。"

闻此，座中人皆掩面而泣。霁云见贺兰进明终无出师之意，愤然离去，至宁陵收罗步骑三千人，夜间突围至睢阳城下，南将军率兵血战，伤亡两千，杀透叛军重营，仅剩千人入城。城中将卒知无救，皆恸哭，叛军见救援不至，围城更固。

叛军久围睢阳，城中可食之物将尽，众议是否弃城东走，张巡与许远相商道："睢阳乃江、淮之保障，若弃之而去，贼必乘胜长驱，是无江、淮也。且我部将士饥羸瘦弱，已无力远走，出城后亦将为贼追杀尽绝。古者战国诸侯尚相救助，况我大唐相邻州郡乎！朝廷亦不愿失睢阳之城，应会设法救之，不若坚守以待之。"睢阳将卒遂决意苦守待援，城中粮食、树皮、纸絮、雀鼠均已食尽，无奈煮食倚之冲锋的军马，战马食尽，为保命守城，流泪先从张巡家人开始，杀妇人老弱含泪食之，人知其必死，而无怨言，后城中仅剩六百余人，均饿得皮包骨头，没有气力。至此，睢阳守兵困饿至极，已无战力，睢阳城岌岌可危，到了十万火急的程度。

朝廷固不愿失睢阳，亦知睢阳势危，然除太原、南阳、灵昌、睢阳战事外，叛军田乾真进击安邑，安武臣攻陷陕郡，蔡希德围困上党，各地战事此起彼伏。尤其叛军进逼凤翔行在，只能先顾腹心。朝廷一时焦头烂额，直到八月底方命宰相张镐兼河南节度、采访等使，都统淮南诸道将卒急救睢阳。然调兵遣将、筹集粮草、大军行进均需时日，凤翔距睢阳近一千五百里，到得睢阳最快也需月余。张镐恐睢阳难以久待，因谯郡距睢阳仅一百七十里，便一面加速行军，一面派遣三拨快马昼夜疾驰，飞檄谯郡太守闾丘晓出兵急援睢阳。

李白不知上情，困在狱中愁闷焦急，漫翻《史记》以破寂寥，读到《李将军列传》，感慨万千。李白家中谱牒虽失，父祖曾交代凉武昭王李暠是李白九世祖，而李暠又是李将军十六世孙，如此算来李广乃李白二十五世祖。祖先李广自结发起，凡与匈奴大小七十余战，击胡之战无不参加，冲陷折敌立功无数，部属校尉以下乃至士卒封侯者数十人。然李广不仅未获封侯，在年已六旬从大将军卫青再征匈奴时，终因受命迁回东路而迷道。大将军遣使责李广赴幕府问责，李广不愿见辱于刀笔吏，遂引刀自戕，抱恨而亡。李将军自杀后全军尽哭，百姓闻之皆垂泪下涕。

先祖军功赫赫，仍不免死于非命，李白触景生情，正伤感时，宗煜离开月余后，终在九月中回到浔阳。李白得知北地战况吃紧，听说杜甫逃出长安投归朝廷，又获知崔相应允为自己缓颊，忧中生喜，恨不得立时插翅飞出狱外。李白赞叹道："张巡中丞智勇双全、忠义无双，困守孤城实屈其才，若付以大军委之征讨，当克敌制胜，所向披靡。我朝多几个如张中丞、南将军一般的将帅，何愁叛军不平！祈望朝廷及地方不惟念睢阳之要冲，更思张中丞干城之才，火速救之，莫生不测。"

有了希望，等待起来更分外难耐，李白又苦等月余，煎熬到了十月份天气转凉之时。这一天，牢门大开，数人簇拥着一位年约五旬、三缕长须的紫袍高官进来。李白不知缘故，才站起欲行礼问询，为首的高官止住李白道："太白先生勿要多礼，晚辈来迟了！请即出狱再详谈。"

李白并不认识来人，见其如此客气，当是好事，希冀中带着懵懂随来人到了狱中签押房。那位官员斥退闲杂人员，拱手道："我乃宋若思，现任御史中丞、江南西道采访使兼宣城郡太守，太白先生可知晓？"

　　李白又端详了来人一番，似乎有些面熟，但确实想不起来，迟疑道："恕我眼拙，想不起与中丞相识。"

　　"楚水清若空，遥将碧海通。人分千里外，兴在一杯中。谷鸟吟晴日，江猿啸晚风。平生不下泪，于此泣无穷。"

　　宋若思吟诗一首，问道："此诗是何人所作？"

　　李白笑道："这是二十余年前，我于江夏送别宋之悌总管远赴交趾，感于老友远谪而作。"

　　宋若思肃然道："您所送别的老友正是先父。先父从交趾返回后曾对我言，患难见真情，彼时远谪，许多亲友对他冷落，唯在江夏与太白先生依依泣别，此诗先父始终吟咏不忘。如此说来，您与先父为友，我尚要称您为世叔。"

　　李白恍然大悟，此人乃老友宋之悌之子，长相酷肖其父，因此觉得有些面熟。宋之悌于开元年间历任右羽林将军、益州长史、剑南节度使及太原尹等要职，其人身高力大、神勇过人，开元十年（722）前后在蜀地任益州长史时，李白年方二十许，两人意气相投，结为忘年之交。开元二十年（732）宋之悌在太原尹任上因断狱不当，被远谪安南都护府骧州（今属越南）任总管之职，赴交趾途中与李白在江夏相逢。交趾距长安七千余里，宋之悌时年已六十许，李白感其暮年远谪，不知何时得还，甚至不知能否得还，为之泣下，因有此诗相赠。

　　李白听后连忙道："不是如此说。令尊年长我三十余岁，我们本是忘年交，我执子侄之礼事之。你我年龄相仿，只能以平辈论交。听说令尊远谪后不久即立功而归，归后不久即逝，惜乎未能再谋一面。"

宋若思道："先父到得骧州后数日，蛮人七百余众聚集作乱，谋进攻州城。先父率招募壮士八人逼近贼兵，一马当先，将贼首挑死，贼众胆寒，皆伏地请降，以九人而平七百众乱。捷报朝廷后，上皇赏先父勇武，诏先父归京授职。奈何父亲年高，从极南湿热之地返程中受风寒，大病一场，归京数月后竟不治身亡。"

说罢，宋若思眼角含泪，李白也唏嘘不已。稍顷，宋若思又道："说起陈年旧事，忘了正事了。想来太白先生也颇悬望，且请先生宽心，阁下之事已然澄清，我即是来开释君兼请君参赞军务，勠力讨叛，克服东都的。"

侍从奉上茶饮，宋若思请李白对坐品茗，细述了最近战事及李白获释缘由。李白方知闾丘晓抗命拒不发兵，张镐驰援不及，朝廷已痛失睢阳，张巡等忠臣殉难。

到至德二载（757）九月底，睢阳城已被围困十月余，张巡等将士先以七千人艰守孤城，先后四百余战，杀敌十二余万众，然苦等救援不至，粮食、纸絮、雀鼠直至老弱病残均已食尽，最后仅剩四百军卒，皆饿得奄奄一息，连行走都困难，守城时需要靠于垛堞，否则不能久立。张镐严令闾丘晓发谯郡之兵疾救睢阳，然闾丘晓性格桀骜，为自保而置之不理。张巡勉强困守至十月初九，数万叛军全力总攻睢阳，守城的四百军卒因伤病饥饿已无力作战。

城破，张巡、许远等众将士拼尽余勇杀敌，终因力竭被擒。贼将尹子奇问张巡："闻君每战眦裂齿碎，何故也？"张巡厉声道："吾志吞逆贼，但力不能耳！"尹子奇乃以刀割破张巡之口视之，牙齿仅余三四枚，余皆咬碎。尹子奇敬张巡节义，以富贵诱降不遂，又持刀迫降，张巡不屈，骂贼而已。尹子奇又持刀逼迫南霁云投降，南霁云默然不语。张巡恐南将军降敌，急得高呼南将军小字道："南八，人固有一死耳，男儿死则而已，岂能降贼堕汝英名！"

南霁云听后，展颜微笑道："我不欲遽死，乃思效姜维姜伯约，欲诈降有所作为。今恐公不能安心，从公赴死，固所愿也！"

于是，张巡以四十九岁之年，与南霁云、雷万春等三十六人一同被害；许远因系文官，被执送洛阳，迫降不屈，被囚。

张镐率大军一路疾行，于十月十二日到达睢阳时，城陷已然三日。张镐见状，既怒且痛，遣骁将持节将闾丘晓召至中军大帐，以抗命拒救邻郡、坐失要冲之罪，命军卒将闾丘晓用棍棒敲死。

闾丘晓未料到张相竟要处死他，听到军令后不禁体若筛糠抖成一团，跪地哀告道："求丞相念我一体为官，家中老幼皆有，饶我一命！"

张镐须发皆张，拍案怒斥道："你既知是官，何以不听上命，救援危城？你是官，家有老幼，你所害死的王昌龄不是官，家中无老幼乎！"

闾丘晓听后面如土色，在哀求声中被执法军卒乱棍打死，也算是为朝廷除了一害，为王昌龄报了仇。

崔涣已然鞫讯李台卿等知情人，并从台卿处录得李白所作《永王东巡歌》，审明李白并无建言割据江东之言行，反而力劝永王北上击胡。正拟开释李白时，朝廷以崔涣备战调度不力、在江南选补不当，罢其相职，谪为余杭（今浙江杭州）太守及江东采访、防御使，即刻赴任。崔涣接到朝命时已是九月底，无暇处置李白之事，匆匆赴任。恰宋若思受张镐派遣，到余杭等地募兵，崔涣遂将开释李白之事委托于宋若思。宋若思忆起父亲与李白情谊，欣然受托，募集三千军卒先至浔阳，并拟聘李白入幕，共同北上平叛。

李白听闻张巡等忠义将士艰苦卓绝直至殉难，伤痛不已；又听说闾丘晓伏诛，也算出了口气。正在心潮起伏之际，宋若思又请他入幕参谋军事，李白一时心神大乱，无法决断，乃回道："此事容我思量一番，还要与内子相议，请宋公稍等一两日。"

宋若思道："请先生为参谋，不惟是借君大才，且您这番入永王幕，虽经崔相推覆，还君清白。然先生名播天下，众人不知内情，各种说法皆有，甚或有认为您是永王谋主者。先生能入朝廷军幕，既可为国家出力，亦可堵上悠悠之口，望君允之。"

李白请周典狱遣人去告知宗煜，自己前思后想，一者叛军荼毒四方，颜杲卿、张巡等能够舍弃身家性命忠烈报国，自己若能为平叛尽力亦当义不容辞，早日平叛亦可与平阳、伯禽团聚；二者崔涣、宋若思均有恩于己，他们诚意相请，自己却之不义；三者宋若思所言亦有理，入朝廷军幕，可以洗刷前辱，自证清白。

次日一早，宗煜匆匆赶来，抱住李白喜极而泣，又想到李白还要再入宋若思军幕，转喜为怒，气道："莫非你不记得因何入狱了？我断然不允你再从军！"

李白见宗煜恼怒，也知她担心自己，是一番好意，温言将自己的思量告诉了宗煜。宗煜依然气恼，数落道："你从来没有考虑过我，我们婚后离多聚少，若能共隐于庐山，做神仙眷侣，是何等逍遥。你一意东奔西跑，竟置我于何地？你心里还有我这个妻子吗？"

李白嗫嚅道："此番是张相和宋若思中丞聘我为参谋，他们刚搭救我出狱，我却之不义。且天下动荡，生灵涂炭，多少忠臣烈士为国捐躯，我实在不能安心隐居。战局稍定，我们即可团聚，并非一去不返，你不要焦躁。"

宗煜跺脚道："我不管，我不让你去，你要不听我们就恩断义绝！"

李白坚欲从军，宗煜坚决不让，两人婚后首次争吵，竟然吵了一整天。最后，宗煜流泪道："妾慕李郎风度文采，祈望侍执巾栉随君左右。然李郎心怀四海，非能囿于家室者；妾亦潜心向道，无意于俗尘久矣。今既如此，各行其道也好。与君缔姻十二年，虽离多聚少，然得亲近郎君风采，妾有憾而无悔矣。今请两分，然妾不忘旧情，终身不适他人，唯修道求真而已！"

李白听宗煜说得凄婉决绝，意稍为之动，迟疑一番后脑海中却浮现明月和平阳、伯禽的笑脸，终于还是决定从军辅佐宋若思平叛，以期早与子女相见。不知为何，如此决断后他反觉心中有些轻松。李白扪心自问，自己其实始终没有忘怀明月，并未真正将宗煜放在心中，想到此不由潜生愧疚之感。

李白向宗煜郑重行礼道："扪心自问，我确乎愧对于你。想我何德何能，得你青眼相加、倾心相待。婚后我并未给你帮助，反是你无怨无悔，对我探视子女、各地出游、南奔避乱、从军入幕、下狱求援均帮助良多。你既决意向道，而我决意再度从军，我们就此分开也好。我对夫人始终感念，只有谢意、愧意而无怨言，我也再无意于婚事，待平叛事了亦归隐匡庐，再守望相伴。"

话说至此，两人皆泣下，算是做了决断，洒泪而别。李白望着宗煜独自归山的落寞身影，感慨万千，又觉怜惜，强行按下追赶宗煜的想法。宗煜也频频回首，直到渐行渐远，孤零零的身影慢慢模糊，终不可见，唯有秋风吹起的落叶在天地之间飘飞。

李白决意从军，与宋若思商讨方略，商定从浔阳沿长江西行武昌，然后转汉江水路北上，在南阳附近登陆北攻洛阳，与南下主兵形成合攻之势。然后固守中原要冲，阻叛军南下，分兵与朔方大军北捣幽燕叛军巢穴，再图收复西京长安，则天下可定。宋若思心忧凤翔行在被贼逼近，乃修表奏请肃宗移都金陵以保万安，并附奏请起复李白委以重职。奏章发出后，宋若思提兵沿江西上，行至武昌又募兵，修整近一月，时间已至十一月份。这时，从北地传来消息，朝廷已然收复东西两京，纠治从逆官员，诛杀、谪贬、宽宥者皆有之。据说李白不在宽宥之列，且被定为死罪，传高适竟以"诛逆不避友"之态，附议杀李白以警天下从逆之人。

宋若思闻讯大惊，与李白商议："若君居幕中，缉捕文书一至，吾亦无法庇护，断不能在我手中害了先生性命。不若趁此文书未至之机，先生称病辞幕，暂避山野，留此有用之身，再设法回旋，以待转机。"

第三十六章

流　放

宋若思将自己所知转告李白，肃宗为速克长安，向回纥借兵并相约"克城之日，土地、士庶归唐，金帛、子女皆归回纥"。因此，朝廷遣张镐率军急救河南后，回纥怀仁可汗遣其子叶护等率兵至凤翔。九月中旬，天下兵马元帅广平王李俶、副元帅郭子仪率兵十五万余，由凤翔向长安推进；二十七日，唐军进至长安城西香积寺北沣水之东，叛军十万列阵于官军之北。唐将李嗣业脱去盔甲袒肉执刀，率前军各执长刀大呼奋击，勇突向前，所向摧靡。叛军埋伏精骑欲袭官军之后，官军侦知，由仆固怀恩引回纥兵突击剪灭。李嗣业又与回纥兵转战贼阵之后，与郭子仪大军前后夹击，自午时激战，至傍晚酉时击杀贼军六万余人，叛军溃败，混乱中喧嚷至半夜。翌日清晨，朝廷细作谍报：叛将安守忠、李归仁、张通儒、田乾真等率溃兵于夜间弃城东遁。于是朝廷大军入城，于至德二载（757）九月二十八日收复长安。

朝廷大军入长安后，回纥叶护欲如约劫掠子女、金帛，广平王劝阻道："今始得西京，若遽俘掠，则东京之人皆为贼固守，不可复取矣，愿至东京再如约。"如此方保长安民众免遭回纥劫掠。

收复长安后，广平王与郭子仪率主力东进追贼至潼关，杀敌五千余众，克复华阴、弘农二郡；另以兴平军攻破武关（今陕西丹凤）、上洛，迂回合击洛阳。

叛军张通儒等则收拾残兵退保陕郡，严庄率洛阳兵卒赶赴陕郡会合，集步骑十五万共拒官军。官军与回纥两面夹击，叛军惊溃大败，被杀得尸体蔽野，严庄、张通儒无奈弃陕郡东逃。

严庄先以轻骑入洛阳，将败状告于安庆绪，因洛阳守兵驰援陕郡，城空难守，十月十六日夜，安庆绪率亲卫自苑门逃河北，出逃前并杀所俘唐将哥舒翰、程千里等三十余人。哥舒翰被杀前，跪地哭喊饶命，愿统军与官兵作战，安庆绪叱道："尔乃败军之将，有何德何能统兵再战？留你这贰臣何用！"

郭子仪元帅闻叛军弃洛阳而逃，遣兵攻取河阳、河内，严庄见大势已去，归降唐廷。陈留郡人闻两京克复，杀贼将尹子奇反正归朝廷。

安庆绪退保邺城（今河南安阳），部下诸将分别逃归常山、赵郡、范阳，蔡希德、田承嗣、武令珣各率部下投靠，安氏在河北诸郡招募军卒，又敛聚六万步骑，割据河北，与唐廷复成对峙之势。安庆绪任史思明为范阳节度使，封妫川王兼领恒阳军事。因两京珍货悉输贮于范阳，史思明坐拥强兵富财，日益骄横，渐不从安命，安庆绪因有除之之意。

广平王李俶、郭子仪元帅率兵于十月十八日入洛阳，唐廷受伪燕官职者陈希烈、张垍等三百余人皆跪伏悲泣请罪，被勒送长安收系大理、京兆两狱。回纥依前约入府库收财帛，在市井村坊剽掠所获财物不可胜计，并虐杀老弱，凌辱妇人，劫掠少壮男丁和青年女子，广平王等想再以缓兵之计阻止，回纥将兵已然不听。洛阳妇孺恐惧中拥入圣善寺和白马寺避难，回纥兵将大怒，竟纵火焚烧两寺，大火绵延数日不灭，烧死一万多人，焦肉气味弥漫数十里。洛阳居民惊恐忧惧，乡绅父老乃募罗锦万匹请赂，回纥得了万匹罗锦方才停止劫掠。

肃宗在闻报收复长安后，起驾入京居大明宫，御丹凤楼，大赦天下，唯与安禄山同时反者及李林甫、杨国忠子孙不在免列。朝廷封广平王为楚王，加郭子仪司徒并封代国公，拜李光弼为司空，其余扈从立功之臣皆进阶赐爵加食邑。李憕、卢奕、颜杲卿、袁履谦、张巡、许远、蒋清等皆予追赠，荫封子孙；并封回纥叶护为司空、忠义王，岁馈回纥绢二万匹。因太子少师房琯罢相后多称疾不朝，肃宗乃下制细数房琯罪状，贬为幽州刺史；目京兆尹严武为房党，亦贬为绵州刺史。对诸降贼官吏以六等定罪，重者刑杀于市，次者赐自尽，再次重杖一百，又次分三等或流或贬。于是斩达奚珣等十八人，赐陈希烈等七人自尽，应受杖者于京兆府门行刑，命百官、百姓观之。肃宗因在潜邸时张说对其有惠，后赐死其子张均，将张垍长流岭南。

处置附伪燕官吏期间，朝廷收到宋若思请都金陵的奏章和起复李白的附奏，肃宗不悦道："宋若思乃上皇所用之人，不思进取，一意避贼，以至欲迁都金陵，其视朕不能克两京乎？那李白附废永王，不罪也罢，竟也欲荐举重职，其糊涂若此！"

此时朝廷改授高适太子少詹事，高适入京觐见，肃宗问道："闻卿与李白交好，卿镇广陵，可曾查访他是否为废永王心腹？今宋若思又举荐李白，其应罪乎？可用乎？卿可持正说与朕听。"

高适略一沉吟，想起李白在宋城时对自己的冷落和投诗奚落，奏对道："臣闻之，诛恶不避亲爱，举善不避仇雠，唯其人其事而论之。李白虽与臣曾有交游，若其附逆亦当处以极刑，臣不应以私谊害律法。据臣查访，李白虽反状不彰，然永王攻官军，其在叛军中确实，且李白名声播于天下，若不处刑恐不足以为附逆者警。至于如何处置，唯陛下圣裁之。"

肃宗乃将李白之事发大臣众议，此时正当斩、绞、杖、流、谪处置降叛官吏之际，且李白原结交的玄宗所用朝臣多为肃宗疏远，新晋重臣以"附逆"欲定李白死罪，唯争论是斩是绞。

此时杜甫闻朝廷收复长安，亦赴京朝见，听闻欲定李白死罪，大惊，上疏以李白才高名大、反状不著，乞留李白性命。疏上，肃宗大怒，罢杜甫左拾遗朝官，出贬为华州司功参军。杜甫情急中想起李白说过，开元年间游邠州时曾搭救过时为折冲府校尉的郭子仪，现郭公战功赫赫，出帅入相，朝廷倚为干城，若他能为李白缓颊，定然有效。杜甫与郭子仪不熟，无奈之下只得修书一封，不提李白救助郭公之事，但言对李白惜才伤遇之情，恳请他奏请对李白轻处。因郭帅现驻节洛阳，杜甫托人将书信急送洛阳后方赴华州之任。

  李白听罢宋若思所言，如五雷轰顶，心中恐惧不安，无奈之下为保命匆匆辞别宋中丞，再次踏上逃亡之路。他凄惶向东奔逃，一路上寒风萧瑟、触目荒凉。这一天黄昏时行至同安郡宿松县境，广袤的大地上草木凋零，苍黄的莽莽原野夹杂着斑驳老绿，半轮血红的残阳即将落下，寒风吹动草叶发出簌簌之声。暮色苍茫中天地广阔无边，李白竟不知何去何从，在荒原上孑孑独行。路边一座古墓没于荒草中，他摩挲着残留的半截墓碑，辨识出是汉代县令的坟茔。斯人久已逝，唯留一堆黄土、半截石碑，无论帝王将相、高官名士、三教九流、贩夫走卒，皆不免于走向无边的黑暗。安禄山、永王、杨贵妃有其亡命之因，颜杲卿、张巡等忠臣烈士是为国捐躯死得其所，哥舒翰、达奚珣、陈希烈等降敌被诛是咎由自取，尚有数十万乃至上百万军卒和无数百姓丧命于这场战乱，个人在天灾人祸中竟如风中之枯叶，不知何时被吹落，又被吹向何处。人从何而来，为何而来，生而为何，去往何方，归于何所？就是自己，自觉满腹才华，一意报国，却成了附逆重犯，前途凶险莫测。再听传言，高适竟对己落井下石……李白伫立于荒原寒风中感伤不已，思及与高适意气相许、诗酒相交、惺惺相惜，对传言感到难以置信。汉民间尺布之谣曰："一尺布，尚可缝。一斗粟，尚可舂。兄弟二人不相容。"文人高士尚不如尺布斗粟，李白悲从中来不可排解，乃以乐府杂歌谣辞吟《箜篌谣》道：

    ……
    汉谣一斗粟，
    不与淮南舂。
    兄弟尚路人，

吾心安所从。

……

李白本来是以患病辞幕之由奔逃,日暮时分行至荒野,错过宿头,在一处避风的沟渠中胡乱铺了些干草,和衣半宿,受了风寒,寒热交作,却真的患了病。李白挣扎起来无处可去,亦难以再长行,彷徨中突然想起自己开元二十一年(733)游同安时,与姓闾丘的宿松县令曾有交往。闾丘县令贤良爱民,深受宿松人敬爱,听说他致仕后隐居在宿松城东沙塘陂。两人虽非至交亦为朋友,当此困顿之际,也只有暂寻闾丘县令落脚了。

李白一路相访,幸喜路人听说是寻访闾丘老县令,皆热情指引,一个多时辰即找到其住处。乃是一个修竹为篱的幽静院落,虽简朴却宽敞齐整,院外一片树林,林边一方池塘、数亩菜地。闾丘县令见李白一身风尘、满面病容,大吃一惊。李白请他屏退从人后,详细告知了前因后果。闾丘县令不禁扼腕叹息,对李白道:"老弟尽管放心,你落难至此,我定然尽力相助。我这里闲杂人等一般不来,可以放心将养些时日,待康复后再定行止。"

闾丘县令请来当地名医为李白诊疗,但他因外感风寒内伤情志,服过几服药后病情虽有好转,竟不得痊愈。李白抱病与闾丘县令商量善后之策,闾丘县令道:"张相镐现驻节河南,且与君妻族有旧,依我看老弟之事只有托请张相缓颊,目今情急之下,亦无他人可托。"李白乃修书一封请张相施以援手,并附诗两首详述了自己的身世、生平、抱负、冤屈,祈望能够打动张镐。

闾丘县令遣一勤谨家人快马加鞭将李白的书信呈交张镐,

十余日返回后告知张镐统率鲁炅、来瑱、李祗、李嗣业、李奂五节度使，至十一月间已克复河南、河东诸郡县，唯有北海、大同仍为叛军占据。李白听闻张相立下战功，觉其说情当能成功，颇抱希望，但令他没有想到的是，肃宗实际上对玄宗所用包括张镐在内的重臣，心内疏远，并不信重，张镐虽上奏章为李白说情，却并未奏效。

间丘县令打探到张镐的奏请无果，内心忧虑，遂在城南南台山修筑草堂两间，安排李白暂避山中，以防闲杂人等泄露李白行踪。李白避居山中草堂，先是恓惶等待，后来索性将此事置之度外，寄情山水，听天由命。

到了十二月中，间丘县令匆匆赶来，对李白道："老弟之事已有确论，一喜一忧，好中有坏，且请镇定！"

李白听得没头没脑，挥手道："此身如浮萍，总被风浪打。无论朝廷如何区处，我只有无奈受之，兄但讲无妨。"

"我到县衙访问确实，本来朝廷诸公欲拟老弟死罪，幸得代国公郭子仪为您说情。郭元帅从洛阳觐见圣上，虽不知案情，但愿以司徒之职和国公爵位赎您死罪。郭公平叛厥功至伟，圣上谓其有再造国家之功，乃采郭公建言，亦未收回郭公爵位，对君改处长流黔中道夜郎郡夜郎县，非赦不还；且应郭公之请，并不加役，特许于一年半内至配所，路途无须急迫。现公文已至浔阳郡，亟须到案领凭后赴程。"

李白本来已有赴死准备，听到免死长流夜郎却愈加愁闷。当时流放之地多为剑南、黔中、岭南三道，流放黔中（夜郎属黔中）类流三千里，按唐律均加役一年，由流放地都督府发遣所辖诸州安置劳役，役满一年、流满三年可放还，满六年后方准出仕。自己免于劳役、宽限行期虽是宽宥，然反逆免死配流属长流，非特赦不还，不在满三年放还之列。对李白而言，如无特赦，则要终于夜郎这一西南蛮夷之地，虽非生不如死，亦等同于半死之刑。

闾丘县令见李白闷闷不乐，宽解道："老弟无须过于烦恼，留得青山在，总有绿水流。这次郭元帅入朝援手，亦是意外之事，不知老弟与郭帅是何等交情？郭帅先后光复河北、收复两京，平叛居功第一，圣上极为信重，若你再设法托请郭帅缓图援救，定能早日放还。"

李白的思绪回到开元十八年（730）游邠州时与郭子仪相识的情形。当时李白年方三十，是年春赴长安干谒宰相张说，因张相病重而无果，是年秋即转去邠州探访担任长史的族弟李昭。州长史职在别驾之下、司马之上，与别驾均为上佐，乃刺史左膀右臂，在刺史出缺、抱病时，均可代行刺史职权管理州务。李白到邠州时恰逢刺史抱病，邠州人口不满两万，为下州，未设别驾，李昭乃以长史代行州事。这一日两兄弟正在闲谈，一个孔目官前来禀报：折冲府校尉郭子仪押运官粟，中途被焚，交割官仓时扣除厘定损耗尚缺七百石，依律应杖责六十，请李昭区处。

李昭即去升堂发落，李白左右无事，亦跟随前去。到了公堂，见堂内站立着一个身长八尺的汉子，年三十许，器宇轩昂、意态自如，竟不似受审之人。

李昭依例问道："堂下之人报上行状、事由！"

那人答道："小将郭子仪，年三十四岁，华州郑县人，武举出身，现任并州折冲府八品宣节校尉，受委派押运库粮到邠州交割，途中失察，火焚七百石，来领责罚。"此人答话声音洪亮，不疾不缓，侃侃而谈，如宾主相晤，李白听之，顿生好感。

李昭道："依律，押运库粮失盗、火焚七百石，监守者应杖责六十，解职为卒，你有何话说？"

郭子仪拱手道："深夜寒冷，脚夫生火取暖，余灰未灭，被风吹于粮包而燃，途中缺水，扑救困难，致多车粟米被焚，俱有人证物证。然主管者不能免失察之责，我愿依律受杖，唯请上官能酌虑确属失察，又系初犯，能予宽处。"

听罢此话，李昭略一思索，道："念你是疏忽失察，又系初犯，本官酌减杖责四十，褫汝校尉之职，你可服判？"

"小将情愿领责！"杖责四十亦会皮开肉绽，往往伤及筋骨；解职为卒，再复起为八品校尉更为困难。但郭子仪坦然自若，并不因杖处及褫职而有所忧惧。

"请缓处杖责，容再商议。"李白起身，对李昭道，"吾观郭校尉器宇不凡，今后定能为国出力。降为军卒再杖责四十，若伤及筋骨岂不损我一员猛将？请贤弟免其杖责！"

郭子仪深深看了李白一眼，拱手行礼，也不言语。

李昭皱眉道："兄长有言，弟亦思从，奈何朝廷法度在此，弟只有减半之权，那就杖责二十？"

李白沉吟一番，道："据我所知，过失之犯向有赎刑之例，七百石粟米价约十二万钱，加赔倍价再有保人应可免刑。吾处尚有一宗银子，愿代郭校尉缴银二十四两，抵钱二十四万，我并可具保郭兄不再犯，如此可免刑乎？"

其时李白刚从长安来邠州，在长安时银钱耗尽，典当冬衣等获银四十两，虽在长安斗鸡被不良少年围堵，幸经陆调赴御史台请人营救，原银未失，除去花费，尚余近三十两。

"此亦是一法，只是让兄破费了，兄是否已想好？"李昭未料到李白能对从无交集的郭子仪耗财援救，沉吟一番问道。

李白不以为意，道："钱财乃身外之物，能免郭校尉灾祸，正是用得其所。"

李白急回寓所取出存银，具保开释了郭子仪。郭子仪对李白行礼道："李先生厚意小将铭记在心，我随身已无余财，山高水长或有相见，容当后谢！"说罢，拜别李白，飘然而去。

李白又在邠州逗留一段时间，辞别李昭时已身无分文，无奈对李昭说明，李昭笑道："兄长虽豪爽重义，也须自留余地。"李昭反再赠银，李白方得返回安陆。

闾丘县令听罢颔首道："太白弟识郭公于微末之时，援其于危困之际，郭公闻弟危难，无请而愿以爵赎弟之命，诚可解也。如此，若弟修书一封致郭公，请郭公再予援手，得免流刑亦未可知。"

李白摇首道："不然。在我而言，郭公已为我说情，我若再请援，岂不为市恩贾义、挟恩望报？汉之朱家当朝廷赏捕季布时，慨然匿之，暗脱其罪，又在季布富贵后终身不见，吾岂能不如古人哉？此事终羞为之！"

"兹事体大，不宜以常情度之，望弟三思！"闾丘县令又劝道。

李白仍然摇首道："再则，吾闻郭公忠诚谦抑，不以功业自矜，此番为我说情已超其本性，我复以旧事请托，徒令他作难，此非君子所为！"

闾丘县令见李白意决，叹道："贤弟所虑亦有道理，一来不欲挟恩望报，二来不欲郭公为难，吾亦不再相劝矣。"

辞别闾丘县令后，李白到浔阳投官领刑，未至郡府即看到宗璟与宗煜、娇鸾、丹砂在府门外徘徊。宗煜抱住李白哽咽不语，宗璟悲伤含泪，娇鸾流泪不止，丹砂牵着李白的衣襟依依不舍，诸人悲怆，倒引得李白也流下泪来。原来宗璟听闻李白被处长流之刑，牒文发至浔阳执行，急从溧阳赴浔阳来见李白。宗煜在庐山听闻此事，亦携娇鸾、丹砂至浔阳。两日前四人在浔阳郡府门口相遇，连日来皆在此等待李白。

李白执宗煜、宗璟之手道："我命运多舛一至于斯，幸已与宗煜说定断夫妻之情，存朋友之谊，不然将拖累宗煜。"

宗煜泣道："妾非薄情寡义、见难抽身之人，今请与君合，随君前往夜郎！"

"此事断然不可！此去山高水长，路途遥远，夜郎又是蛮荒之地，你还有娇鸾、丹砂需要照料；长流竟不知何时得归！你之情谊我素所知，你我已无夫妻之分，此乃时也、命也、缘也！"

"妾本望李君退出军幕后再偕隐庐山，不做夫妻亦为良友，不意世事难料，君竟被罪远流，偕隐修道看来已无望……"说到这里，宗煜已哽咽难语。

宗璟劝道："祸福相依，风云翻覆，安知李兄不再有奇遇复归复起？现有娇鸾弱女年少，你确乎不宜随李兄去夜郎。"

李白在案具结后领凭远行，周典狱与同僚设宴为他送行。翌日依舟出行，宗煜还欲相伴，经诸人相劝、李白坚拒，只得与李白依依惜别，娇鸾、丹砂随归庐山。宗璟坚持要随船送李白一程。到了历阳县乌江镇渡口，腊月寒风呼啸，分外凛冽，吹得江水波涛汹涌，李白击舟高歌："力拔山兮气盖世，时不利兮骓不逝。骓不逝兮可奈何？虞兮虞兮奈若何？"

此歌曲调苍凉、音色悲壮，宗璟闻之不禁涕下。原来此地正是霸王项羽不肯过江自刎之处，李白触景生情，倍感悲怆。歌罢，他对宗璟道："送君千里，终有一别，我们就此别过吧。过江即是金陵，弟可取道回溧阳。只是我与令姊结婚十余年，离多聚少，我深愧非东床之人，辜负宗煜赤心相待。我们二人并无子女，你再去庐山可与令姊说，吾二人前已两断，听凭令姊改适，毫无怨言。"

宗璟气得微微发抖："李兄此言差矣，此事我已听家姐说过，是你二人争执，言语相激，遂有两离之说。今兄落难远流，情势变易，此事不能再作数。"

李白长揖道："十八弟勿恼。前番说定两离，实是我与宗煜志趣相异，应有此果，非是意气相激之言。她一心隐居修道，而我当此板荡之际不能安心隐居，虽遭此祸殃亦不悔初心。我长流不知何年得归，与宗煜空有夫妻名分，徒然相累，吾心亦不得安。"

见宗璟怒气稍解，李白又道："我亦知宗煜本来慕道，现经离乱更是决意修真，前番改适之语我收回。就此两别，宗煜安心隐居修道，若有机会相见，再谢过宗煜。"

宗璟尚有些不快，叮嘱李白到夜郎后书信告知，然后告别而归。李白在寒冬溯江西上，向夜郎而去，终是盼望朝廷能够收回成命，免罪放归，因而走走停停，行程极其缓慢。

次年二月，朝廷改元乾元，复以"年"代"载"。乾元元年（758）三月，李白听闻王安远升任沔州汉阳县令，因汉阳恰在前去夜郎途中，乃修书一封寄与王安远，告诉他"预拂青山一片石，与君连日醉壶觞"，自己却且行且止，直到五月底方至汉阳。王安远悬望已久，颇怨李白行迟，李白道："弟不知愚兄之心，真不愿流于夜郎，朝廷又开恩缓期，因此途中徘徊，却让贤弟久等了。"

王安远听后长叹不已，乃引孟子语意道："齐相管仲拔于囚犯，秦大夫百里奚举于奴隶，天将降大任于斯人也，必先苦其心志，行拂乱其所为。兄素负大才，虽当此战乱沉郁至斯，然总有拨云见日、重上青霄之时。"

李白听后苦笑道："此镜花水月，亦是老弟之愿，愚兄之望，目今唯有随遇而安，听天顺命而已，不然亦是徒增烦恼。"

王安远虽主政一邑，事务繁忙，但因李白是落难老友，分外热情，以祖居本地的县尉丁越为向导，请他陪同李白游览山水、品茗饮酒，消解苦闷。

第三十七章

获　赦

李白才到汉阳数日，恰巧吏部郎中史钦赴毗邻汉阳的武昌县公干，到汉阳探访同乡王安远。李白天宝初在长安时亦与史钦交好，两人异地重逢结伴游览。史钦在长安及途中见闻颇多，李白因之获悉了最近的时局状况。

至德二载（757）腊月，玄宗自蜀返京至咸阳，肃宗备法驾迎于望贤宫，玄宗入居兴庆宫，肃宗累次表请避位，玄宗皆不许。然后，玄宗加肃宗尊号曰"光天文武大圣孝感皇帝"，肃宗上玄宗尊号为"太上至道圣皇天帝"，一派父慈子孝、推贤礼让的局面。

至德三载（758）二月，肃宗改元乾元，立李俶（后更名李豫）为太子，以殿中监李辅国兼太仆卿、判元帅府行军司马，又以张良娣为皇后。李辅国本是奸宦，再勾结张后互为表里，遂势倾朝野，俨然又是李林甫、杨国忠之流。

叛军方面，安庆绪败北后，其大将李归仁及精兵数万溃归范阳，史思明厚待之，收为己用。安庆绪因此更忌史思明兵强难制，乃遣阿史那承庆、安守忠以征兵之名前往范阳，密图诛杀史思明。

史思明初起时曾为平卢军使乌知义部下，乌知义待之极善。史思明随安禄山反叛后，乌子承恩降贼，史因旧情颇厚待之。及安庆绪败逃，乌承恩劝史思明降唐以保富贵，判官耿仁智亦说之。史思明乃听两人之言，定议降唐。

阿史那承庆、安守忠率五千精骑至范阳后，史思明诈引其入内厅饮酒，发伏兵执禁之，遣人收其部下甲兵。然后奉表以河北十三郡及军卒八万归降朝廷。肃宗接报大喜，封史思明为归义王、范阳节度使，史子七人皆任显官，并遣内侍与乌承恩宣慰河北，招降叛军。乌承恩宣布唐室诏旨，沧、瀛、安、深、德、棣诸州皆归降，河北率为唐有，只余相州未下。

史思明归降，朝臣多额手称庆，张镐不以为然，上奏道："思明凶险，因乱窃位，力强则众附，势夺则人离，心如野兽，难以德怀，愿勿假以威权。"肃宗以张镐不切事机，难任中枢，罢其相位，任其为荆州都督府长史。后李光弼司空亦虑史思明终将反复，进言对史思明预为筹备，肃宗方虑之。

李白向史钦探听长安焦遂、崔宗之等友消息，史钦叹道："听闻焦遂为避乱逃离长安，不知去向；崔宗之不幸殁于乱军中，令人不胜唏嘘。"

李白获知老友宗之不幸亡故，想起两人在邓州、长安、金陵的交游情谊，追怀宗之的飘逸风采，心中苦痛，流下泪来，一时难以言语。又获知朝廷光复河北，东鲁可通音信，记挂起平阳和伯禽，奈何自己是戴罪之人，无法前去东鲁，只能写信将近年来从军、下狱、流放之事简述一番，因自己不知何时得返，拜托刘医师为平阳择婿缔姻，督促伯禽勿废诗书，自立图强。修书完毕，李白托请王安远遣一老成家人，到泗水南陵或柘沟寻刘医师投书。

史钦见李白郁郁不乐，又与他谈古论今。言及史思明归降之事，李白议道："吾终以张镐、李光弼两人之见为确。彼史思明者非忠烈豪义之士，乃反复小人也，饥则来附，饱将扬去，今因贼自相倾轧，又见朝廷胜势，归降非其本心素愿；若朝廷势弱或其人坐大，势将复叛，不可无备。要之，阳为羁縻，暗加防范，外松内紧，不予倚重，此为待其之策。"

史钦道："吾亦以兄言为是，然叛乱已起三年，哀鸿遍野，民不聊生。当此纷乱之际，贼军内乱、贼将挈兵献地归降，总是我长彼消之善事。两京克复，史思明归降，河北光复，平叛可期，形势大好，你我久别重逢，且暂放怀抱，饮酒消遣。"

两人相约去黄鹤楼观览、饮酒，时值午后，王安远忙于公事，无暇抽身，安排仆役携酒食相伴而去。到得城西南已近黄昏，落日缓缓而下，大江滚滚奔流，只见黄鹤楼拱檐如翼飞展，高耸江边，气象壮丽，李白叹道："白云苍狗，此楼依然如故，而物是人非。开元十六年（728）我曾与孟浩然、王昌龄、吴指南同游洞庭，吴指南、孟浩然先后病故，王昌龄竟为谯郡闾丘晓所害，长安饮中八仙李相适之、贺监知章早已凋零，连小友宗之也不幸遇难，我亦成获罪之身，妻离子散，前路渺茫，思之令人伤感。"

"天有不测风云，世无不终宴席，覆巢之下难有完卵。经此战乱，河北、河东十室九空，人民死难逃亡，诸多王公大臣或死或陷贼获罪，太白兄所遇固然凄恻，然总有云开日出之时，望收伤怀，且饮今日美酒，赏眼前佳景。"史钦边开解李白，边欲登楼赏景。

此时，黄鹤楼上响起清幽的笛声，见李白驻足谛听，史钦亦止步静听。笛声恍如轻云淡雾笼罩心间，泣诉着细微却无边的感喟，时断时续、低徊婉转，又摇曳浮动、不绝如缕，一线悲声起伏飘荡不已，似思慕良人，如感怀往事，然思而不言，哀而不伤，悲而不怨，恍惚间微风起于远林、掠过树梢，片片梅花如雪花飘落，孤鸿飞向天边，渐渐消失。李白听得潸然泪下，忘记擦拭，笛声轻颤，逐渐消散于风中，史钦取手巾为李白拭去泪痕。李白道："此汉李延年所作《梅花落》也，当此远流之际，闻之令人落泪。"

　　李白暂留汉阳，经王令介绍，与沔州长史李斐结识，论行辈李斐为叔，李斐又介绍他与江夏太守韦良宰相识，韦太守既闻李白大名，又感其遇、赏其才，与李白倾心相交，竟如老友。李白近年来辛苦奔波，现有老友安远和本家族叔在此，又得韦良宰太守礼遇，江夏、沔州毗邻，新朋旧交皆有，且丁越县尉汉阳城南的家中闲房颇多，邀李白居其家并热情相待，李白即在汉阳城南淹留至仲秋。

　　史钦返回长安后，又有两路友人来访李白。七月初，太府寺丞王昔来到江夏，受张镐委派，给李白捎来罗衣两件及书信一封。张镐因谏史思明归降事罢相出镇荆州，史思明反状渐明，肃宗乃召还张镐，拜为太子詹事。张镐返长安途中，遇太府丞王昔于半途。张镐因收到李白多封诗书未及回复，听闻他现淹留江夏，乃委王昔携回书及罗衣往访，以示宽慰。信中说自己虽再建言对李白宽宥，然未被采用，赠诗勉励道："月有盈亏云聚散，古来万事谁能全。白云苍狗寻常过，柳暗花明有洞天。难涉激流可勇退，通幽曲径再朝前。风吹浪打皆身外，百炼火烧钢始坚。"张相事务繁杂，仍然挂念自己，李白感动之余亦庆张相归朝，回书致谢并作诗以赠：

张衡殊不乐，应有《四愁诗》。
惭君锦绣段，赠我慰相思。

> 鸿鹄复矫翼，凤凰忆故池。
> 荣乐一如此，商山老紫芝。

八月间，尚书郎张谓出使夏口，李白在天宝初待诏翰林时即与他诗酒相酬。王安远为东道，邀张谓泛湖赏月，沔州刺史杜励相陪。张谓听闻李白流放途中经此，乃邀李白宴集于城南南湖。泛舟南湖中，诸人谈及史思明归降，平叛可期，张谓叹道："安庆绪悖乱妄行，此獠覆灭也必。然史思明复反之状渐明，让人心忧！"他向众人介绍了平乱近况。

安庆绪兵败，北走邺城，收拾军卒犹据七郡六十余城，其部凡有谋归唐室者，皆诛及族亲、部曲、官属，连坐死者不可计数，人心惶惧不安。安庆绪又不亲政事，专以营建楼台池沼、酣饮行乐为事。安氏左膀右臂高尚、张通儒争权夺利，明争暗斗，政令混乱，其大将蔡希德有才略，为张通儒所谮杀，复以崔乾祐为天下兵马使，而崔刚愎暴戾，将卒往往因琐事被笞被杀，诸将寒心，士卒多怨。

李光弼听闻安庆绪人心离散，又度史思明终当叛乱，遂思先除史思明，再伐安庆绪。因乌承恩为史思明信重，乃劝上以乌为范阳节度副使，赐阿史那承庆免死铁券，密嘱乌承恩联络阿史那承庆共图史思明。乌承恩以钱财招募部曲，趁间至诸将营寨讽喻除史事，有以之告史思明者，史思明尚半信半疑。值乌承恩至范阳宣慰，史思明假意留他宿于府中，而预以布帷潜伏二壮士侦其隐情，并遣乌承恩在范阳的少子陪侍。夜间父子两人密语，乌承恩低声对其子言："吾受命除此逆胡，后当以吾为节度使。"潜于床下的两壮士大呼而出，执乌承恩父子见史思明，搜检行囊，得免死铁券及李光弼密牒，牒云："承庆事成则付铁券，不然不可付也。"

史思明怒叱道："我何负于汝，汝乃为此？"乌承恩磕头不已："王爷恕小人死罪，此皆李光弼之谋也！"

史思明大怒，笞杀乌承恩父子，然后上表朝廷，自辩其屈，肃宗遣中使慰谕道："此非朝廷与光弼之意，皆承恩所为，杀之甚善。"

史思明并不罢休，再上表请诛光弼以雪己冤，并狂言道："陛下不为臣诛光弼，臣当自引兵就太原诛之。"

说到这里，张谓道："诸位，李光弼司空为朝廷股肱之臣，立下赫赫战功，圣上岂能为一归降叛将而诛杀重臣？史思明亦知此请不能得遂，上此表无非是为再反寻找借口。他既提出此不情之请，将事置于不可开解，其复叛也必，翻云覆雨，让人心忧！"

秋月如同皎洁冰轮悬于碧天，丝丝缕缕的白云缭绕于明月周边。南湖浩渺宁静，湖水在月光映照下清澈如空，舟行水面，好似凌虚乘风。风光虽好，李白却无心观赏，见在座诸公皆默然不语，他接话道："李司空冀望一举平叛弭乱，其心良苦，不可谓不善，唯操之过急。当今之计，宜对贼势分而化之，不宜两边为敌，若安史联手，平叛恐尚需时日。"

张谓叹道："成事不说，遂事不谏，说也无益。总之平叛可期，唯时日长短而已。我等幸会于此浩渺之境，且饮酒叙旧。"

送别张谓后，李白自觉久留江夏亦非长法，多次向江夏诸公辞行。迁延至九月初，韦太守等设宴送别启程南下的李白。

李白辞别韦太守、王安远等，骑马行至江夏北市门，才欲加鞭催马前行，听到后面有人高喊："前面可是太白弟？请留步！"

李白止马回首，见后方疾驰过来五匹快马，当先者乃是自己北上范阳途中在博平结交的太守郑文刚,不知何故亦至江夏。郑太守赶到李白身边翻身下马,李白亦连忙下马行礼。郑太守气喘吁吁道:"幸亏我赶到得还及时!"

气息稍定,郑太守才说明来意,他已于天宝十四载(755)挂冠归隐乡野,这几年因战乱避往山中,着实惊惧不安,现河北暂定,本望平安度日,听说朝廷又命中书令兼朔方节度使郭子仪、侍中兼河东节度使李光弼、镇西兼北庭节度使李嗣业、关内及泽潞节度使王思礼、淮西节度使鲁炅、兴平节度使李奂、滑濮节度使许叔冀、郑蔡节度使季广琛、河南节度使崔光远共九节度,及平卢兵马使董秦共集步骑五十余万赴河北讨安庆绪。眼看北地战事又起,郑文刚决心南奔避乱,途中寻访李白,到得庐山,获知李白长流夜郎,追踪至江夏,知李白刚起行离开,连忙追至北市门,遥见前方骑客身形似李白,乃出言呼唤。

李白把住郑文刚之臂叹道:"弟何德何能,兄乃千里相寻至此!"

"你我君子之交,老弟满腹才华、一片忠心,竟沦落至此!哥哥相寻也是老友相慰之意,且我致仕后左右无事,不见弟弟总觉缺憾。"

李白已然辞别江夏诸公,不好再返回,欲与郑太守相别而去,郑文刚只是不依,急道:"吾千里至此,匆匆即别,殊无趣味,索性随君前行一程!"

盛情难却,李白即与郑太守及他随行的子弟、仆从一路南行。途中,李白问了宗煜、娇鸾、丹砂在庐山的近况,得知三人均隐居修道,生活无虞,才放下心来。谈及九节度共讨安庆绪一事,郑太守又转忧虑道:"听说圣上本欲以郭公子仪统率诸军,又虑李公光弼与郭公皆属元勋,功业略同,难相统属,故不置元帅,以内侍鱼朝恩为观军容处置使统协各军。想那鱼朝恩乃是宦官，既无威信亦不晓兵法，如何统率得了九节度数十万兵马？恐此番河北讨叛战局不定，我因此才决意南奔。"

李白道："然则圣上和诸臣公，乃至郭、李二公却无置帅建言？"

郑太守低声道："此又涉外战与内政之事，朝廷表面以郭、李两公难相统属而不置统帅，其中是否虑及若一人再立勋业则难酬功，或本意即由内侍监督诸军，均未可知。就郭、李而言，自然不宜自荐为帅；其余七节度使，显然不能居两公之上。故而，九路节度齐集大军，竟成了由宦官统协之局！"

想到永王因兄弟倾轧而落得兵败身亡，自己亦被连带下狱流放，以及去岁建宁王李倓被其父肃宗赐死，李白心知对皇帝而言内忧远超外患，郑太守所虑不为无据，唯有摇首叹息而已。

郑太守五人与李白昼行夜宿，一直走了十余日共七百余里，行至洞庭湖西的武陵县，李白道："感君千里相寻相送，盛情已愧不敢当。秋深天凉，兄不宜再奔波风尘，弟亦将泛舟去岳州，我们就此别过，唯望有缘再会！"

郑太守遂与李白依依惜别，李白赠诗《博平郑太守自庐山千里相寻入江夏北市门见访却之武陵立马赠别》，末二句珍重道：

去去桃花源，何时见归轩？
相思无终极，肠断朗江猿。

李白乘舟到岳州再登岳阳楼，想起前次与宗煜去庐山途中在岳阳楼解谜赋诗，不料世事变幻，今日却以流犯之身再登此楼，又是一番感伤。然后，李白在江陵度过腊月和元正，于乾元二年（759）正月溯江入三峡。行至瞿塘峡黄牛滩，水流湍急迂回，滩险石乱，从早行至晚，犹可望见南岸牵牛巨岩。李白深感赴夜郎之途迢遥无尽，亦不知到后有何遭遇，心中苦闷，吟诗《上三峡》道：

巫山夹青天，巴水流若兹。
巴水忽可尽，青天无到时。
三朝上黄牛，三暮行太迟。
三朝又三暮，不觉鬓成丝。

溯江入峡，一水曲折迂回，两岸悬崖峭壁，风光雄奇壮美，每至驻舟处李白均登山游览，再附后舟前行。至夔州奉节县，因县东白帝山白帝城乃刘备托孤于诸葛丞相之地，且此处山水绝佳又产美酒，李白结识了有文采、好饮酒的秀才息宁，两人结伴访古探幽、饮酒论文，一直到三月份李白尚留在奉节。息秀才与官府交往颇多，李白通过他也了解到北地战况：去年十月，郭子仪引兵东进，先于获嘉破伪燕，与鲁炅、李嗣业等合兵收复卫州（今河南卫辉），逐安庆绪至相州。安庆绪遂入邺城固守，郭公等九节度兵马至邺坚围。安庆绪途穷情急，向史思明求救，并情愿让位。史思明乃公开反叛，出兵攻陷魏郡，杀军民三万人，又遣范阳兵十三万往援邺城，然观望而未遽进，先由部将李归仁率军一万屯于滏阳（今邯郸磁县），遥为声势。

郭、李两公欲分两节度兵马往攻魏郡史军，怎奈宦官鱼朝恩不允，定要集兵先攻下邺城。各节度意见不一，竟成散沙之势。九节度大兵从乾元元年（758）十月围邺，至次年二月，不惟邺城未拔，连镇西、北庭节度使李嗣业也被毒箭射伤身亡。

乾元元年（758）十二月，群臣请上肃宗尊号"乾元大圣光天文武孝感皇帝"，帝从众意而许之。乾元二年（759）正月，史思明于魏州城北筑坛称王，自称大圣燕王。

　　河北方稍定，史思明复反，朝廷又在河北、河南交界处围攻邺城不克，战事胶着，让人心忧。李白滞留奉节，整日以酒浇愁。这一日他宿醉尚未醒，息秀才兴高采烈地来访，告诉李白因关内大旱，朝廷敕令赦免流罪以下犯人，李白已是免罪放归之身，无须再赴夜郎。李白初闻喜出望外，又疑道："弟莫非是与兄玩笑？此事却开不得玩笑，当与我一个准信。"

　　息秀才从袖中取出一纸，笑道："李兄却看，此可定准？这是我从县衙抄录的诏令。"

　　李白一把抓过来，见是《以春令减降囚徒敕》，敕令"其天下见禁囚徒，死罪从流，流罪以下一切放免"。

　　李白看到此处，不禁哈哈大笑，笑着笑着又流下泪来。他一路拖延，其实是不愿以流犯之身投到夜郎，此时真如久旱逢甘霖，拨云见青天，他悲喜交加，不能言语。

　　息秀才抚李白之背道："听说因关中大旱，朝廷于二月份即由中书门下定夺赦免囚犯事，诏令下于二月二十五日，今日才至县衙。我恰有事寻问县尊，得知后匆匆录下，向君报喜，今日我们却要不醉不休！"

　　李白草草收拾行装，再乘舟下三峡回返。上三峡时正是严冬时节，赴流路途漫漫，心情沉重；下三峡时已然春光烂漫，免罪之身分外轻快，沿途万山巍峨，重岩叠嶂，江水磅礴，奔涌不休，山环水曲，前路似被青山遮挡，近前却曲流婉转绕山而去，轻舟在两岸猿猴长啸互唤中顺流而下，日行一千二百里，朝发白帝，晚间即到江陵。

　　李白复至江夏后，朋友们见他终于获赦，免不得一番庆贺。此时朝廷下旨裁撤江夏郡，诏韦良宰太守入朝，据传将迁升为尚书。韦太守对李白本就激赏，询李白是否有出仕之意。当此战乱之际，李白心忧时局，本就不能安心归隐，虽年已六十，尚能为平叛助力，若再迁延数年，将有心无力。经韦太守一劝，又生复出之意。韦太守许入朝后向上进言荐才，要李白勿远离江夏，静候消息，约以一年为期。李白作八百三十字长诗呈韦太守，简述了自己的生平际遇、文才武略，陈说了出于报国忠心误入永王军幕，以及担忧国事仍欲建功立业的心志。韦太守阅后道："只此'中夜四五叹，常为大国忧'，已足见君心忧天下，吾为国揽才，义不容辞！"

韦太守匆匆赴京后，原任宣城南陵令的其族兄韦冰卸任甘州张掖令，赶到江夏来寻其弟。开元年间韦冰尚未出仕时即与李白相识，任职南陵期间还邀李白去游玩。韦冰不知族弟离任，寻人不遇本有些怏怏，在此突遇李白，故人相隔二十余年后异地重逢，却是意外之喜。韦冰十余年前因过远迁后未获升迁，终于一令，不免郁郁；李白先后入狱、流放，现虽获赦，亦不免耿耿。两人同病相怜，分外亲切，相聚数日。后韦冰欲转去长安寻韦良宰，李白邀丁越以船载酒，在长江中泛流聚饮，送别韦冰。相聚不多，离愁又起，三人醉后高歌乱舞。李白勉强睁开眼回顾身旁鹦鹉洲，指着远处的黄鹤楼对韦冰吟诗道：

  我且为君捶碎黄鹤楼，君亦为吾倒却鹦鹉洲。
  赤壁争雄如梦里，且须歌舞宽离忧。

韦冰尚未回答，丁县丞接道："醉里欲捶黄鹤楼，惊飞黄鹤再难求。楼高千仞不可撼，醒后大江依旧流。"丁越排行十八，李白瞪目以一首《醉后答丁十八以诗讥余捶碎黄鹤楼》回道：

> 黄鹤高楼已捶碎，黄鹤仙人无所依。
> 黄鹤上天诉玉帝，却放黄鹤江南归。
> 神明太守再雕饰，新图粉壁还芳菲。
> ……
> 待取明朝酒醒罢，与君烂漫寻春晖。

举舟之人闻之皆笑。

李白在汉阳等待近半年，到了九月初仍未等到韦良宰回信，倒是获知了不少北地陆续传来的消息。

郭子仪等九节度在邺城外筑垒两层围困之，眼看邺城可复，但因朝廷诸军没有统帅，不能决议全力一攻。从去冬至今春，邺城久围不下，九路唐军渐离心解体。史思明乘机自魏州引兵，在离邺城各五十里处四面安营扎寨，屡出轻骑，骚扰得官军日夜不安。其时天下饥馑，军粮赖于输运，史思明又遣壮士扮作官军，随意杀戮运粮吏卒民夫，夜间纵火焚烧舟车，由是官军粮道受阻，诸军乏食，士气懈惰。

史思明察知唐军士气低迷，于三月六日齐发大军直抵邺城，官军齐出步骑六十万迎战，两军对垒时狂风忽起，拔木折树，漫卷沙土，天昏地暗，咫尺不辨。官军本来将老兵疲，士气不振，见状大惊，骇散南奔，叛军亦向北溃逃，两方皆乱成一团。郭子仪至河阳断桥欲保洛阳，检视辎重，战马万匹唯余三千，甲仗十万遗弃殆尽。洛阳士民见溃兵至，惊奔山谷，东京留守崔圆、河南尹苏震等弃城南奔襄、邓，诸节度使皆溃归本镇，士卒沿途剽掠，将官不能约束，一直乱了十余日方得收束。

因洛阳已是空城，郭子仪乃固守河阳。九节度各上表请罪，肃宗恐诸将离心，皆赦之，唯削崔圆之职、贬苏震之官，以郭子仪为东畿、山东、河东诸道元帅，权知东京留守。

史思明见官军溃退，收整士众屯于邺城之南。安庆绪遣兵收拾战场，得了六万余石军粮，乃与孙孝哲、崔乾祐谋闭城拒史军。张通儒、李庭望向安庆绪进言道："史王远来，臣等皆应迎谢。"那史思明既不与安庆绪通消息，亦不南追官军，唯屯军邺南，以示威吓并遣使责安。安庆绪不知所措，无奈上表称臣乞和。史思明看罢笑道："何至于此！"不受其表，封而还之，且手疏复安庆绪称："愿为兄弟之国，更作藩篱之援，鼎足而立，相为臂援。"

安绪庆喜出望外，请歃血为盟，史思明慨然应允。安庆绪至史营，史思明令军士执兵列阵，引庆绪入中军大帐礼拜。安庆绪此时不由自主，只能跪拜称臣，谢史大王来救之恩。史思明听罢拍案震怒，喝道："尔弃失两都尚不足言。然为人子，杀父夺位，天地不容！吾为太上皇讨贼，岂受尔媚惑乎！"即命左右牵出安燕帝，并其四弟及高尚、孙孝哲、崔乾祐皆杀之，唯张通儒、李庭望授以官职。可恨安禄山父子为一己野心反叛，三年间相继被僭杀暴亡，却搅动得天下动荡、哀鸿遍野！

杀安庆绪等后，史思明勒兵入城，收其士马，安氏所有州县及兵民皆归于史氏，史思明留其子朝义守河南，自己引兵归范阳"登极建元"，称大燕皇帝，改元顺天，封其子朝义为怀王，以周挚为相，改范阳为燕京、诸州为郡，俨然成一北朝。

内政方面，李辅国自肃宗在灵武时即为元帅行军司马，外宣诏命，内掌禁兵。及归长安后，所有制敕必经李辅国押署方得颁发，宰相百司奏事皆经其转达皇帝。他权倾朝野，横行禁中外廷，其骄横恣意较李林甫、杨国忠有过之而无不及。肃宗颇为不悦，竟无可奈何。后肃宗任京兆尹李岘为相，李岘于帝前叩首切陈，称制敕皆应由中书出，并具言李辅国专权乱政行状，肃宗方罢其制敕等事。李辅国由此深忌李相，进谗李岘欲结党专权，肃宗又贬李岘为蜀州刺史，总算为辅国除去了眼中之钉。

九节度溃于邺城，观军容使鱼朝恩为推卸败责，对肃宗谮言郭子仪败绩应予处分，肃宗听信心腹内宦之言，乃召郭公还京师，以李光弼代朔方节度使、兵马元帅，朔方将卒不安，后朝廷封仆固怀恩为朔方节度副使、大宁郡王，怀恩乃郭帅旧部、前锋，朔方军心始安。

第三十八章
外患内乱

乾元二年（759）九月初，李白原在长安结识的朋友、侍御史裴隐来书，说自己年老致仕，南游来访左迁岳州司马的朋友贾至，约李白九月十五日在岳阳楼边同泛洞庭赏月。贾至是李白在天宝初待诏翰林院时的同僚，天宝末从玄宗入蜀后升任中书舍人，李白听闻他出任岳州司马，亦有相访之意，遂暂别江夏诸公，附舟南下。

九月十五日黄昏，明月冉冉升起于东方，圆大如盘，色似古铜，在西天余晖辉映下，浩渺无际的洞庭湖波光粼粼。一叶扁舟在岳阳楼前的湖面轻缓滑行，李白倚在船舷边举目寻找裴隐，然四望皆商货行舟，并无故人踪影。李白撮唇长啸呼唤，从东岸边传来回应啸声。李白度为朋友相召，让船家移舟靠岸。

岸边小山旁有十亩竹林，竹林边有数间草庐。草庐前，裴隐布衣草履，手持竹杖，笑容满面地向李白招手。两人已然二十年未谋面，把臂相望，见皆已须发斑白，欢喜中不胜感伤。

裴隐道："长安一别，世事翻覆，战火连绵，故交零落，太白弟亦蹭蹬至斯！恰贾幼邻左迁岳州司马，吾亦挂冠无事，索性来此赏玩洞庭风月，听闻弟客居江夏，动我思念之情，遂以书请，方得再晤君之风采。"

李白笑道："老兄不诚实，说是湖边泛舟相待，却在岸上逍遥，让我好一番寻找！"

裴隐掀髯大笑："此虽怪我，亦有其故。去书时吾尚在途中，本拟与幼邻以舟载酒，湖上相待。到后爱此湖光山色，又生长住之意，幼邻即张罗代我构草堂数楹，近湖临竹远眺君山，倒是深孚我意。故这两日忙于督责洒扫，未及寻舟入湖。却是幼邻去筹备舟船，定于明晚与我等同泛洞庭，共赏湖月。吾意太白若至，当吟啸以寻，故在岸边静候雅音。"

说话间，缕缕酒香飘过，李白道："看来兄长已煮酒相候，弟正饥渴，我们边饮边谈。"

两人相熟，也就不拘俗礼，自斟自饮，互不相劝，边谈论旧游故交边随意饮酒。裴侍御酒量狭窄，酒过三巡，已有醉意，即离席取琴鼓之，琴声悠扬冲远，与眼前无边浩波相呼应。李白边听琴曲赏湖月边自斟自饮，心中茫然无绪，又连饮十余杯，曲尽而人醉，即宿于裴隐草庐。

次日下午，贾至偕原刑部侍郎李晔来访。天宝初李晔尚任外州司马，故与李白不熟。天宝末他任刑部郎中后与贾舍人、裴侍御交好，现因李辅国构陷，被贬为岭南道桂州临源县尉，不仅官由四品直降至九品，且从中枢远迁至南荒。他赴桂州途经岳州，来寻贾至，获知贾至拟与裴隐、李白泛湖赏月，因此一并前来。李晔与李白一番交谈后得知二人均为凉武昭王之后，论行辈他高出李白，遂叔侄相称，这也是当时风俗。他们在竹林中寻一空地，稍作清理，摆设案几毡毯，四人席地而坐，赏湖饮酒。因均系贬谪或致仕之人，有了几分酒意后自然谈及贬谪之故。

李晔是因李辅国受托出人之罪、构陷朝臣被累而远谪。贾至乃从玄宗奔蜀而迁为中书舍人，既不为肃宗信用，更非李辅国之党，于李晔等被贬前即出为岳州司马。

谈论起贬谪之故，李晔道："朝中人事更易，无论是否公允，乃至圣聪受奸佞蒙蔽，皆出于上意，吾等均应受之。"他摇首长叹一声，道："然让人深为忧惧者，乃节度军政操于军士之手，吾不知其可也！"

李白奇道："政自朝廷而出，权操于一柄，岂有以下制上之说？"

裴隐答道："此事我所知之。前平卢节度使王玄志病故，圣上遣中使赴营州抚慰，察军中将领可为节度者授以旌节，初意荫王玄志之子伯高。平卢军裨将李怀玉拟推其表兄副兵马使侯希逸为节度，乃聚心腹杀玄志之子王伯高，朝廷竟从军士之意，任侯希逸摄节度使！"

"军者，国之重器也；节度者，国之大事也。节度重职竟从作乱军士之意废立，无论贤愚不肖，唯遂其所欲姑息之，吾恐此为启乱之因！"贾至不禁摇首感叹。

李晔又道："两公所论其一也，此中尚有法度废弛之患。裨将竟至杀逐主帅，本应治其作乱之罪，不罪反以帅位授之，是赏爵以劝恶。此道若行，何以惩恶除暴？以何赏功劝善？"

诸人议论纷纷，心绪沉重，饮至日落月升，皆有七八分醉，又携酒登舟泛流赏月。李白醉中远望君山，灰蒙蒙一片，胸中憋闷，喊道："如此浩渺湖水，却被此山遮去一片。何时推平此山,平铺湘水,荡尽妖氛,只留美景?"

贾至笑道:"君山乃洞庭点睛之景,恐不易推平!"

"不然,我有诗说。"李白长啸一声,高吟《陪侍郎叔游洞庭醉后》其三道:

> 划却君山好,
> 平铺湘水流。
> 巴陵无限酒,
> 醉杀洞庭秋。

众人大笑,纷纷道:"太白醉矣,此事谪仙人亦不易为。"

此时月上中天,万里无云,宛若凝碧,湖水清澈浩渺,宛若碧空,月华如霜,映照碧空澄湖,小舟如同树叶,浮于水天之间,天空明如虚无,恍惚间不知身在何处。时有凉风吹过,将近平明时,众人逐渐酒醒,贾至又吟李白"划却君山好"之诗,对李白道:"谪仙人力有不及也,君山青碧,仍在湖中!"

"此为醉中戏言,我还有赏此碧山之句。"李白略一思索,吟《陪族叔刑部侍郎晔及中书贾舍人至游洞庭》其五道:

> 帝子潇湘去不还,
> 空余秋草洞庭间。
> 淡扫明湖开玉镜,
> 丹青画出是君山。

众皆鼓掌而笑,裴侍御评道:"前诗豪放,后诗婉约,总是谪仙风范!"

两天后李晔即辞别赴南迁之地;贾至任职不久,也需处理手头事务，李白即暂居于裴侍御处陪他四处游览；然裴侍御毕竟年高体弱，周游数日后不愿再外出，依湖山休憩。李白因数至岳阳，已经熟悉，乃自行出游，却意外遇到了李台卿。

　　李台卿因"从逆"被判绞刑，拘于狱中待决，因战事连绵，未覆审行刑，幸得乾元二年（759）二月朝廷下《以春令减降囚徒敕》，以"死罪从流"改处流放江南西道永州（今湖南零陵），赴流途经岳州时巧遇李白。台卿小李白六岁，在永王军幕时尚须发乌黑，经此磨难后鬓须全白，与此前相较判若两人，俨然老去二十岁。两人谈起在永王军幕交往，如同一梦，梦醒后台卿几乎丧命，李白亦遭长流，遇赦后台卿虽死里逃生，亦不能免流。时命至此，李台卿不免心灰意冷。李白感念他在难中保存《永王东巡歌》诗草，成为自己先被开释、后得免死的凭据，殷勤招待李台卿，以修身养性、著书立说开解他，然后依依送别。李台卿别去后，李白总觉心中有事，又茫然无绪，想不起到底是何事，怏怏不乐。

　　贾至见李白送别台卿后抑郁不乐，在一日雨后相约同游岳阳龙兴寺，此寺前眺湿湖、后依龙山，湖光山色，风景绝佳。前相张说曾出任岳州刺史，游龙兴寺所作《湿湖山寺》颈联"云间东岭千寻出，树里南湖一片明"，正是眼前景色。两人至寺中藏经阁第三层饮茶赏景，江南得地气之暖，深秋时节梧桐仍枝叶舒展，虽叶片泛黄，但鲜有脱落者，一枝梧桐横斜窗外，枝繁叶茂，遮住了远处的湖山风光。贾至请寺僧拿来修整花木的长剪，将梧桐枝剪落，青碧的龙山蜿蜒而来，明净的湖水如镜展开，好一幅天然图画。李白谈起张相诗作极为赞赏，贾至挥掇道："眼前美景若不赋诗，岂非负兄之文采？"

　　李白绕室凭窗四望一番，道："张相所作乃七律，我以五律追前贤风采吧。"阁中恰有纸笔，贾至亲为李白磨墨，李白提笔写下《与贾至舍人于龙兴寺剪落梧桐枝望洞湖》之诗。

李白边写贾至边看，看罢评道："张相之诗以禅意为主，写景静中有动。兄诗颔颈两联'雨洗秋山净，林光澹碧滋。水闲明镜转，云绕画屏移'以摹景为主，动中写静，让人忘俗，与张相之诗可称双璧，真是'千古风流事，名贤共此时'！"

两人从龙兴寺步至岳阳楼前洞庭湖边，见有三个大铁枷置于岸边，皆方一丈、厚尺半，风吹雨淋，已锈蚀斑驳，稍用力摩挲即纷然剥落，显为古物。贾至不识此物，李白道："弟为东道，却不若我这客寓之人？"

贾至笑道："我迁此地时日不长，哪得尽知地方之事？兄数游岳州，博闻于我亦情理之中，请为我道来。"

"开元年间，我与朋友夏若冰首登岳阳楼时，见此询之土著，知为东吴拒西晋战船之枷，用于锚固铁索，纯以生铁铸成，重达千五百斤。"说到这里，李白摇头叹息道，"春秋无义战，何代有义战？除抵御外侮、平乱安邦不得不战外，历代战乱多为欲称王称霸而致生灵涂炭，何时方得永久太平耶！铁索横江，耗费多少人力物力，终被一场大火烧毁，空余此物，令人感慨！"

"'楼观岳阳尽，川迥洞庭开'，此为兄《与夏十二登岳阳楼》之句，弟至此即听土人传诵，端的写出了洞庭气象。"说罢，贾至又接李白之语道，"战乱之祸我等亲历，然树欲静而风不止，却恨总有枭雄大恶搅动天下，宵小之辈也借机祸乱地方。上月襄州军将康楚元、张嘉延据州作乱，康楚元自称南楚霸王，聚众万余人，本月已然袭破荆州，荆南节度使杜鸿渐逃走，澧、朗、郢、峡、归等州官吏皆潜窜深山险谷，此乱已成地方大患！听闻叛军有东进江夏、南窥洞庭之意，一时之间兄却不宜北归了。"

李白听后更增苦闷，高吟《荆州贼乱临洞庭言怀作》末二句：

关河望已绝，氛雾行当扫。
长叫天可闻，吾将问苍昊。

北归江夏有险，李白无奈滞留岳州，这一日在裴隐草堂闲坐无聊，猛然想起流人至配所要劳役一年，然可以钱赎刑。自己遇到李台卿时两人均感伤身世，未及问询台卿是否携有金银，恐他到配所要吃一番苦头，无怪乎送别台卿后总觉心中有事未了。又想到天宝初在长安所交朋友校书郎卢象，他于天宝中外放郡司马，天宝末入为膳部员外郎，安禄山叛乱陷贼中授伪署，因被贬为永州司户参军。虽管户税仓廪，不干预配流事，毕竟为永州佐官，托请他当能对台卿予以照拂。李白计较完毕，决意南下永州去寻台卿和卢象，以了心事。

贾至听说此事后劝道："此去永州须先沿水路南行五百余里至潭州，再由潭州沿陆路南行四百余里至衡州，复从衡州向西南行六百里至永州，总计行程千五百里许，至少也要月余方能至。山高水长，舟车劳顿，兄不若修书一封与卢司户，何至往返三千余里？"

李白道："不然！朋友有难当施以援手，况台卿存我诗稿，脱我于难，诗云'投我以木桃，报之以琼瑶'，吾有此力，若不能回报总觉不安。北归江夏不得，此间亦无他事，不如南下潇湘探望台卿，看能否帮忙。"

到了永州，果然李台卿因被囚多年，钱财耗尽，正面临劳役之苦。李白尽出所携金银，卢司户亦从中帮衬，才为台卿办好赎免劳役之事。忙碌完毕已是深冬，李白就在永州过了元正。

听闻商州刺史韦伦发兵讨伐叛将康楚元、张嘉延,阵斩张嘉延、生擒康楚元,叛卒溃散。荆襄之乱已平,乾元三年(760)春,李白方从永州折返。回到江夏,又闻襄州守将张维瑾等杀节度使据州造反,真是一波未平一波又起。韦伦此前平乱大捷,朝廷下制乃以韦伦为山南东道节度使再讨叛军,奈何其时李辅国把持朝政,节度使皆出于其党,韦伦既非李党又不拜谒李辅国,李遂授意罢其节度使,改为秦州防御使,以来瑱为山南东道节度使,后也招降了张维瑾等。两处叛乱皆平且讨贼连捷,肃宗乃于闰四月改元上元。

李白在江夏等了年余,上元元年(760)十月,韦良宰方遣家人韦芳来汉阳,转告李白请托之事不遂,其中种种意外不便书信,乃使韦芳面谈告知。原来韦良宰虽得任吏部侍郎参与朝政,然外乱内患更迭而生,肃宗无心顾及起用废退文人之细事,韦良宰虽呈李白之诗进言,奈何皇帝不以为意,此事看来一时无望。

韦芳向李白转达了家主所交代诸事。去岁九月康楚元作乱后,史思明命其所辖诸郡太守皆发兵三千集攻汴州。李光弼闻警讯赶至汴州,亲嘱汴滑节度使许叔冀道:"大夫能守汴州十五日,我则带兵来救。"许叔冀允诺,李光弼方还东京部署守御并调军援汴。

那许叔冀本是不忠不义、无勇无节之小人,前番睢阳危急时就拥兵不救张巡,此番与史思明一战不胜,即与其将田神功等献城降贼。史思明大喜,封许为中书令,命其与贼将共守汴州;以田神功为平卢兵马使,命其与南德信等南攻江淮。后田神功与南德信生隙,又杀南德信归降朝廷。

史思明自率主军西攻郑州,郑、滑等州相继陷没,叛军西进,拟再攻洛阳。李光弼整众至洛阳,与东京留守韦陟商议,以洛阳孤城难守，定议移军河阳，北连泽潞，如此可攻可守。史思明入洛阳后见城已空，惧李光弼从河阳反攻，未敢入宫室，退屯于白马寺南，引兵攻河阳，为李光弼大败，仓皇退走。

乾元三年（760）正月，肃宗闻李光弼大捷，任其为太尉兼中书令。二月，李光弼乘胜率军往攻怀州，史思明闻讯率兵救之，唐军逆战其于沁水旁，杀贼三千余，大败之。三月，李光弼在怀州城下又击败叛军守将安太清。

岂料外乱才得平息，奸佞小人兴风作浪又生内隙。玄宗居兴庆宫，左龙武大将军陈玄礼、内侍监高力士、玉真公主、内侍王承恩多侍左右。上皇有时登兴庆宫长庆楼，父老过者往往瞻拜高呼万岁；又尝召将军郭英乂等上楼赐宴。

李辅国管马出身，虽有拥立之功，为肃宗信重，然玄宗左右皆轻之。李辅国怀恨在心，欲立奇功以固己宠，乃进谗于肃宗道："上皇居兴庆宫与闾阎相参，日与外人交通，陈玄礼、高力士谋不利于陛下。陛下为天下主，当为社稷大计，消乱于未萌，岂得徇匹夫之孝！大内森严，不若迁上皇居之，得杜绝小人荧惑圣听。"

肃宗听后不愿落下不孝之名，未许李辅国之言。兴庆宫先有马三百匹，李辅国揣上意自作主张，矫敕取走，仅留十匹。玄宗谓高力士曰："吾儿为辅国所惑，不得终孝矣！"

上元元年（760）六月，肃宗患病，李辅国假帝意迎玄宗游西内，至睿武门率铁骑五百露刃遮道奏道："皇帝以兴庆宫湫隘，迎上皇迁居大内。"玄宗忧恐，几乎惊堕马下，还是高力士呵止李辅国。然李辅国终与亲卫挟玄宗入西内居甘露殿，陈玄礼、高力士及旧宫人皆不能留左右，仅余老太监与宫女数人而已。李辅国迁玄宗于西内后，复与六军大将往见肃宗"请罪"。肃宗道："南宫、西内亦复何殊！卿等恐小人荧惑上皇，防微杜渐以安社稷，何所罪也！"

刑部尚书颜真卿上表请问上皇起居，触怒李辅国，奏贬为蓬州长史，一并以朋党谋乱流高力士于巫州，流王承恩于播州，勒令陈玄礼致仕，命玉真公主出居玉真观。玄宗初迁时，肃宗尚时诣西内探望，后为张皇后所阻，肃宗惧张后不喜，遂绝足西内。玄宗心中不安，起居不如意，渐忧闷成疾。

韦芳说罢嘱道："以上皆家老爷耳授之言，尤其涉上皇细事，不宜泄于人。方今李辅国当路，上皇幽居大内，圣上亦龙体有恙，太白先生之事竟无从置喙了。我离京前，朝臣建言天下未平，不宜置郭子仪于散地。圣上命郭公出镇邠州，党项闻而遁去。后朝命郭公统诸道兵取范阳，制下旬日，竟为李辅国、鱼朝恩所沮，兵不得发，事竟不行。一时间，正事均无望了。"

说完这些，韦芳又道："这几年战乱不断，百姓流离失所，丁男尽被征发从军或劳役，加之旱涝相继，天灾人祸，自去岁十月以来物价腾贵，现今米价从开元年间一斗十文涨到了七千文，暴涨七百倍！百姓饿死者遍地！江淮以南还好些，河北、关中饥荒之地至于人相食，一路上人烟稀少，没有叛军的地方也不太平。诸位若出行，务拣官道而行，莫孤身去荒凉之处！"

李白听后，心中忧愤激荡，拟《临江王节士歌》高吟道：

……
壮士愤，雄风生。
安得倚天剑，跨海斩长鲸？

然激愤一番，终无补于事，李白复出济世之愿不能得遂，已在江夏淹留年半，因黄河南北仍有叛军，北归泗水受阻，他即辞别王安远等江夏诸友，东去匡庐探望宗煜。

陆路既不太平，李白拟东至豫章，后沿赣江泛彭泽，沿水路先去浔阳再登庐山。他在赣江渡口乘船时，官府正在征发壮丁北上鲁阳（今河南鲁山）抵御叛军，渡口乌泱泱的满是衣衫褴褛的送行百姓，一个校尉带领数十军卒横刀持枪警戒，更多的衙役在旁看管。

此时，水上舟船连绵，岸边哭天喊地。军卒有的已经上船，与家人隔水相望，摇手呼唤；有的正在登船，一步一回首，依依不舍；有的犹在待舟，父母妻子把臂牵衣，哭成一团。李白身旁一白发苍苍的老妇，看到儿子所在的行舟远去，终不可见，倒在荒草之中哭天抢地。李白赶紧将她扶起，老人却已哭得全身发软立不住脚，又坐在地上悲泣道："可怜我的小儿子，不知道还能不能再见到他！我三个儿子已经战死一双，老天爷要给我留下老三啊！老伴走得早，撇下我好苦也！"时值深秋，老人身着破衣瑟瑟发抖，李白脱下外衣披在老人身上，老人陷于悲痛中浑然不觉，只是悲泣哀号。旁边过来几个年轻些的妇人，当是来送别丈夫或兄弟的村邻，虽也在哀哀哭泣，见老人痛极反来劝解。

寒风呼啸，落叶翻飞，直追征人，枯萎的荒草在风中鸣咽不已，几匹战马被满岸哭号惊扰得声声悲嘶。此情此景，令李白潸然泪下。

到了浔阳弃舟登山，才知宗煜已于三月前离开。宋城老家来人先到溧阳找到了宗璟，言宗家兄弟姊妹思念宗煜姐弟，且宗璟从叔病重，渴欲见子侄一面，嘱其急返。宗煜离乡已然五年，获悉宋城屡经战乱，十室九空，原编户万余，现已降至不足二百，已残破得不成样子。她挂念家人，亦思归探亲，且五年间生活加上李白之狱花费，囊中已然空乏，故与宗璟匆匆而去，回家处置些田产以为用度。因知李白遇赦，留下丹砂在庐山等待李白，告知他若路途太平，她至多年余仍返庐山。

李白在庐山与丹砂度过元正，各处故地重游，已然物是人非。上元二年（761）正月，李白挂念家人亲友，拟先去金陵访友，探听路途可通，再北上泗水。李白前番去永州已经尽出金银帮助台卿，身边只余些许零碎银两，丹砂身边也已无用度，只靠在道观帮佣吃口饭。李白分碎银多半与丹砂，仅留去金陵路费离去，打算寻到杨利物县令后再定行止。

李白下山后到浔阳顺路探访故人周刚典狱时，周刚道："此时金陵却去不得了！"

原来江淮、东南一带发生大乱，几近横溃。淮西节度副使、都统刘展有大将才，然性情刚强，不顺上意，故为节度使王仲升所恶且嫉。王节度使与监军使邢延恩上奏，以展倔强不受命，恐其为乱，请除之。肃宗听用两人之言，明升刘展淮南东、江南西、浙西三道节度使，暗解其兵权，并密敕原都统李峘及淮南东道节度使邓景山在其赴任途中予以捕杀。此事被刘展识破，他于上元元年（760）十一月造反，举兵七千先攻广陵。

刘展素有威名，江淮军卒皆望风畏之。邓景山与邢延恩一战即溃，弃广陵奔寿州，广陵失陷；刘展复攻润州，李峘未战先溃，出奔宣城，润州失陷；叛军又攻下升州，金陵落入展手；刘展遣将至宣州再攻李峘，李峘弃城再奔洪州，宣城失陷。此后，刘展聚兵万人，乘胜分兵，先后攻陷苏、湖、杭、濠、楚、舒、和、滁、庐等十余州，一时间江淮动荡、东南大乱。

李白听罢觉得难以置信，气恼道："此非逼刘展造反乎？且江淮有数十州府之兵将，据三江五湖之险固，刘以万人之军，竟也能所向摧靡、横行无阻？"

"再多的兵将，不战即溃，望风而逃，又有何用！"

见李白愁闷气恼，周典狱又道："听上官说知，去年外患内乱此起彼伏，烽烟四起，朝廷主军抽不出手，州府兵疲弱畏战,这也是江淮失利另因。今金陵被叛军占据,因此一时间去不得了。"

李白怏怏归山,因战乱已至兖州近泗水,心中忧虑,过数日即下山到浔阳探听消息。到了二月间,才传来江淮平乱的消息。

江淮乱起时,平卢兵马使田神功率精兵五千屯于任城防备史军,邓景山败走后乞神功救援,并许以田部可尽掠淮南金帛子女。田神功及部将大喜,边上报朝廷,边率众南下。刘展迎战不利,首败于都梁山,次败于天长县。田神功部入广陵及楚州,大掠富豪,杀胡商千余人。田神功遣将又攻克杭州,收降常州,在丹徒斩杀刘展,刘众或溃或降,诸州皆复,江淮之乱得于上元二年(761)二月平息。然平卢军各处大掠十余日,百姓稍富饶者即掘地穿室搜掠尽遍。可怜江淮之地未受安史乱兵骚扰,却在刘展之乱中受此蹂躏,更遭官军荼毒,现又大旱,百姓困极矣!

待到平卢军退走,地方稍安后,李白才于暮春赶到金陵,此时身上只剩百十个钱,不足一饱之资。江宁县已于乾元元年(758)裁撤,改为升州属地,杨利物也迁升京畿道华州华阴令。李白欲北上泗水,一则囊中空乏,二则黄河南北及兖州一带仍有战乱,路途不通,他一时愁苦无绪。幸老友崔侍御致仕隐居金陵,与李白相遇,并介绍他和升州刺史王忠臣、长史窦运相识,李白靠诸友接济,暂居金陵。金陵经乱兵蹂躏、官军劫掠,繁华市井不复存在,即是崔侍御亦因物价飞涨,囊中日渐空乏,只能算计着度日。李白见金陵不可久居,又转赴宣州去寻找李昭。

到了宣城,他却扑了个空,李昭虽非主官,然宣城失守有责,亦去职,已然致仕归家。李白再去敬亭山探访纪叟,获知纪叟在平卢军劫掠富家时，因驳斥军卒被殴，病发，已去世月余，葬于敬亭山下。虽与纪叟交往不多，但李白深感他推心相交，乃携樽酒到纪叟墓前祭奠，赋诗《哭宣城善酿纪叟》：

纪叟黄泉里，
还应酿老春。
夜台无李白，
沽酒与何人？

李白想起汪伦相待之情，乘舟到访泾县桃花潭。到了汪伦家只见院墙倒塌，房屋门窗也被拆下，室内家什被搬运一空。原来是朝廷认为江淮虽经兵乱，较诸道之民尚有资产，乃按籍加征租调，并择豪吏为县令严督，不问资产多少，查有余粟财帛者，皆发军卒围之，按其资产半余至八九成取之，是谓之"白著"。有不服者即严刑拷掠，民有蓄谷十斛不献者甚至毙于杖下。百姓不胜荼毒，或各处逃亡，或啸聚山林为盗。汪伦是本地富户，恐被拷掠送命，闻讯携家眷潜逃他处，官府破其门而尽收其财。

宣城再无故人，李白复游南陵五松山兼访荀媪，荀媪一家已然绝户。荀大虽近四十，亦未免于征发从军，与其弟荀二双双战死；荀媪本就年老病弱，承受不了两子双亡的重创，撒手西去。李白看着寒风中荀媪破败倒塌的房屋，唯有洒泪长叹。

第三十九章
陨　落

　　李白转了一圈，越看越惊心，愈看愈伤心，无奈折返金陵。回到金陵向崔侍御等说知前事，崔侍御叹道："覆巢之下，安有完卵哉！河北、河南、关中受战乱最重，已不止于十室九空，潼关与虎牢关之间数百里内，竟仅剩编户千余！余本意江东安定，来此度晚年，岂料先遭刘展乱军蹂躏，再遭平卢官军洗劫，复有白著绝户之政，开春以来大旱无雨，天灾人祸，此地已不宜居，然又有何地可安居？战乱不平息，四海不得安！"

　　物价腾贵，金陵诸友虽不至于困窘亦不宽裕，李白不欲连累朋友，思北归泗水，又听闻朝廷大败于史思明军，北归之路依然受阻。

　　奸宦鱼朝恩急于邀功，以叛卒皆北人、久戍思归可破为由，屡次怂恿肃宗命李光弼等收复洛阳。李光弼奏以"贼锋尚锐，未可轻进"，然肃宗向来听信心腹宦官之言，遣中使相继督促出师，李光弼无奈，集兵出攻洛阳。两军在邙山列阵时，仆固怀恩不听李太尉依险之言，反列阵于平原，史思明乘官军阵势未定，驱兵急进，官军大败，死伤数千人，尽弃军资器械溃逃。李光弼、仆固怀恩渡河退保闻喜，鱼朝恩奔还陕州，官军尚未至洛阳，原有的河阳、怀州已陷没。朝廷大惧，增兵屯陕以御叛军西进。李光弼上表固求谪贬，朝廷乃去其太尉之衔，制以侍中，领河中节度使。

亏得叛军势涨后亦生内乱。史思明残忍好杀，动辄诛杀部下，以致人人自危。其长子史朝义自反叛以来带兵冲锋，然无宠于其父。史思明爱其后妻所出少子史朝清，让朝清留守范阳，有废长立次之意，史朝义亦有风闻。史朝义为先锋攻打陕城，然数次进兵皆为陕兵所败。上元二年（761）三月十三日史思明领大军至，以史朝义怯懦误事，扬言在克陕后斩之及麾下将尉。

至晚间，史思明宿于鹿桥驿（今河南洛宁东北），史朝义宿于客舍，其部将骆悦等劝朝义杀父自立，史朝义模糊应之。骆悦等率三百甲士突入驿中，擒史思明，囚至柳泉，恐众心不一，缢杀之。史朝义遂即帝位，改元显圣，密使人至范阳杀其异母弟史朝清及后母辛氏等数十人。

史朝义虽得称帝，然久经战乱，洛阳四面数百里州县皆为废墟，不能得租税人力，且史部节度皆安禄山旧将，本与史思明相差无几，史朝义僭立后更不服气，"显圣皇帝"召之多不从命，仅名义上羁縻而已。唐廷闻叛军内乱，于五月间以李光弼为河南副元帅、太尉兼侍中，都统河南、淮南东西、山南东、荆南、江南西、浙江东西八道行营节度，出镇临淮，以寻战机。

上元二年（761）九月，李白听闻李太尉统兵数十万将赴临淮讨史朝义，又风闻郭公曾对李太尉推许自己，因此触动了他匡济天下之心，深感当此危难之际，抽身于平叛事外有负平生志向，且困居金陵不是长远之计。于是李白从金陵去彭城投李军，行至广陵突然腹肋剧痛，别说从军上阵，就是行走也有困难。李白寻医服了几日活血化瘀、行气止痛的药，仅有好转，眼见无力从军，只索垂头丧气回到金陵。此时，江淮、江左因刘展之乱及官军掠夺，官府在乱平后复行白著法，大搜民间，百姓家中已无积储，男丁或被征发，或逃匿他方，老弱妇孺本就不习农事，加之久旱不雨，夏秋歉收，遂蔓延成大饥荒，千文钱还买不到一斤粮食，病饿而亡者比比皆是，困极者以至于含泪以尸体为食。王刺史、窦长史等现任官员倒还生活优渥，然为新友，交情不深，虽也循常例帮补李白一二，但不能济事。崔侍御有心帮助，却已无力，他所携千金本意足以安度晚年，奈何形势剧变，物价飞涨数十倍，粮价更暴涨数百倍，六十多斤银子如雪向火，流水一般花出，眼见箱笼日空。李白知崔侍御行将力尽，自己患病后又久不愈，时轻时重，难以久行，用度不敷，当此饥荒乱世，坐困愁城，极其为难。

这一日与崔侍御对坐中谈及当世书法，共推贺公知章隶书、颜公真卿楷书、张公伯高草书，李白道："论起小篆之精妙，吾族叔李公阳冰当推第一，其篆书风骨爽朗、气韵翩然，人皆谓之'笔虎'。张伯高兄虽年长于李公，亦曾得其风骨之妙，对他推崇不已。"

崔侍御道："我尚不知阳冰与弟同族，李公曾刊定《说文解字》二十卷，功莫大焉。听说张旭兄两年前已然病逝，伯高狂草从此绝响矣！阳冰现由括州缙云令迁宣州当涂令，距此仅百五十里，惜乎无缘会面，求得一幅墨宝也是好的。"

虽知张旭年老多病，李白闻他去世亦感伤不已。听到李阳冰现任百里外的当涂令，两人虽未曾谋面，但他与自己同属凉武昭王后裔李翻支系，李阳冰亦应知自己之名。时重族望宗系，同宗之人相互奥援乃常情。李白思虑，金陵大邑百物腾贵，当下居之不宜，当涂县治应稍好些，且李阳冰宰当涂为主官，自己还有些幕僚之用，不若暂去当涂依族叔，待路途可通，再归返泗水。上元二年（761）九月，肃宗下制去年号，唯称元年。

次月，李白辞别金陵诸友去当涂。

李阳冰此前虽未见过李白，亦以同宗侄辈李白文才出众为荣，见到李白非常欢喜。李白虽为晚辈，却年长李阳冰近二十岁，两人惺惺相惜，对外叔侄相称，实以朋友相交。

李白近游泾县、南陵等地，复从金陵西来当涂路上，眼见田野荒芜、人烟稀少，到了当涂境才见百姓耕种、行人往来。李白赞叹李阳冰贤良善治，李阳冰长叹一声道："战火灾荒叠加，县令难做，百姓更难。江淮大行白著之策，无异于涸泽而渔，置民于火。吾官微言轻，不能废此酷政，唯有在当涂减其大半，视有宽裕者劝喻捐输，困苦者则豁免之，因此逃人归乡，农事复兴。然所收租庸全州殿末，已为上官不喜，刺史大人已斥我惰政疲弱。吾意兴萧然，更不愿责比衙役、勒逼平民，将挂冠而去也。"

本来李白欲依李阳冰暂居当涂，见他梳理公文、整顿行装，真正要辞官不做，不好再说知本意，无奈只能辞别，再返金陵。李阳冰居官清廉，亦无余财，赠绢两匹在渡口送别李白。李白已登舟欲行，李阳冰在岸边展阅李白辞别所留《献从叔当涂宰阳冰》一诗，最后七韵是：

> 小子别金陵，来时白下亭。
> 群凤怜客鸟，差池相哀鸣。
> 各拔五色毛，意重泰山轻。
> 赠微所费广，斗水浇长鲸。
> 弹剑歌苦寒，严风起前楹。
> 月衔天门晓，霜落牛渚清。
> 长叹即归路，临川空屏营。

李阳冰看罢大惊，方知李白困窘至极，连忙呼唤舟子靠岸，细询方知李白从金陵来时，诸友共赠三十两白银以为斧资。放在平素，这宗银子足可供两年花费，然当此饥荒之时，斤米即需白银两许，这些银子也就勉强支撑一月用度。

李阳冰埋怨李白不早说此事，李白苦笑道："看您既决意挂冠，复廉无余财，我也无从说起了。"

李阳冰计较一番，慨然道："如此，我继续做此令亦可。虽为上官不喜，然吾居心为公为民，又有何不安？且我去后，若新官厉行白著，民间更苦。太白大才我所素知，即暂屈你在此为我僚佐，助我处理些公事和文书，从户房支取些用度，于公于私均可两安，过此荒岁，俟战事稍平再做计较。"

李阳冰为助李白解困而易挂冠之意，且安排得颇为停当，李白也实在无他路可走，乃听其安排，暂在当涂佐理政务。公务之余，李白也从阳冰学习书法，想起崔侍御求想取法书之事，乃作七律一首，请阳冰以小篆书之，并写信将近况告知崔侍御，托人送去金陵。

李白身在当涂，心忧平乱诸事，多方探听，知道兖郓节度使能元皓在上半年击败攻兖州叛军，泗水一带稍安。从上元二年（761）底至三年（762）初，朝廷攻打叛军所踞河南一带诸州县，先后收复了渑池（今河南三门峡）、福昌（今河南宜阳）、长水（今河南洛宁）、许州（今河南许昌）等地。北方形势好转，李白意欲返泗找寻子女，然不惟囊中羞涩，且冬日严寒，腹肋病痛转剧，难以远行，只索无奈作罢。

当涂县城东南十五里处有青山，虽抱病未愈，李白亦按捺不住登览此山的念头。南齐诗人谢朓任宣城太守时，喜爱青山灵秀，筑室于山南，时常游览休憩于此，因是天宝十二载（753）敕改青山为"谢公山"，因改名未久，当地仍习称"青山"。

谢朓，字玄晖，诗文清新秀雅，性格恬淡孤傲，与其族伯谢灵运以文才并称"大小谢"，齐明帝时以中书郎出任宣城太守。李白素慕谢朓文章风采，称"一生低首谢宣城"：开元年间在宣城送别族叔李云时所作《宣城谢朓楼饯别校书叔云》称"蓬莱文章建安骨，中间小谢又清发"；《秋登宣城谢朓北楼》则称"临风怀谢公"；在金陵西楼远观长江，想起谢朓《晚登三山还望京邑》中"余霞散成绮，澄江静如练"的传神诗句，感叹"解道澄江静如练，令人长忆谢玄晖"。

上元三年（762）三月，下过一场桃花雪后天气晴暖，残雪尚未消融，李白扶杖去青山游览，因带病行走不健，走了半个时辰方至山下。青山东西南北均连绵十余里，虽算不上雄伟壮阔，然峭拔起于江南水乡，山势险峻，岭峦起伏，草木葱茏。登高后北望姑溪河、西望青山河，均蜿蜒如带；东眺丹阳湖，晶莹如镜；南望平野，直接天际，别是一幅山水图画。山麓谢朓别宅背依峰峦青松，周围林木奇石间流泉淙淙，房屋虽已颓坏，更让人发思古之幽情。李白扫除残雪，缓步松萝之间，抚摩残垣断壁，遥想谢公当年在此赏玩山水、雅集高朋的风采，一时忘记了时间。午间，他即在宅西池塘前以所带熟食为午餐。池广亩余，以奇石垒砌四壁，石间得水，野草萌生，绿意盎然，更映衬得池水清澈明净。掬而饮之，甘甜可口，唯冷凉，须含暖后方敢下咽。李白一直踟蹰到夕阳西下，在山前付给农家两串钱，饮着村酒，闲看余晖中的青山景致，至初月升起才回去。李县令担心李白的身体，已遣一童子相寻，恰在半途遇到。阳冰颇有些埋怨李白晚归，让他挂记，李白赔笑道："青山如画，谢公遗风，让人恋恋不忍去。待事了身闲，愿依此青山前谢公宅结庐而居，终老于斯！"

过了十余日，县衙后宅小花园草木生长，迎春花开，柳树枝条青青，叔侄两人在花园中对酌闲谈。李白饮过几杯，叹道："乱世生奇事！前几日我整理公文，见去岁八月朝廷竟任李辅国为兵部尚书，以太监任尚书且战乱时领兵部，真是闻所未闻！"

"你尚不知细节，我听宣州王长史说，李辅国去兵部赴任，宰相朝臣皆具礼恭送，御厨具馔、太常设乐为宴，俨然元勋出征或功臣还朝！"李阳冰停杯叹道。

"难道李辅国以太监之身，也望成宰辅把持朝政？"

"还真让你言中了！州府诸官私下谈论，均云李辅国骄纵至谋求宰相之位，而圣上既不愿授之又难以推却，阳对李辅国言若朝臣表荐即可，又密嘱同平章事萧华与朝臣暗阻其事，由是辅国之谋未成。"李阳冰满饮一杯，又道，"那李辅国因之深衔萧相，以萧华专权，固请圣上罢其相位，圣上竟从其意，罢萧华为礼部尚书，以李辅国所荐京兆尹元载为相，政事秉于权宦之意，夫复何言！"

李白听后摇头不已："圣上以九五至尊，既恐拂张皇后之意，又恐违李太监之愿，真正让人百思不得其解！"

"总是李辅国有拥立之功，复授以权柄，管领禁卫兵权，逐渐坐大，难以制之，圣上颇为不悦，却无可奈何。上年九月间，圣上祈佛天保佑，于宫中置道场，以宫人为佛菩萨、侍卫武士为金刚神王，召大臣围绕膜拜，思以此祈安。"

"圣上只要明令罢黜，或使将卒骤然拘捕，何人敢不承命？奈何坐视宦竖当道，而祈于缥缈之佛天！"李白哭笑不得，苦笑道。

李阳冰亦苦笑道："祈佛也非无用。佛事毕，楚州刺史奏称有尼真如，恍惚见上帝，赐以如意珠、红韎鞨、琅玕珠、玉印、皇后采桑钩两枚、雷公石斧两柄，上帝云中国有灾，以此镇之,群臣皆上表称贺。"

他长叹一声,正色道:"李辅国与张后深相勾连,外廷亦广布私人,仅去岁至今即有三地镇军哗变,圣上当是恐去李再生内乱。河东节度使王思礼病故,将士因干没钱粮事发,杀后使邓景山作乱;镇西、北庭行营兵杀节度使荔非元礼,推裨将白孝德为节度使;朔方绛州突将王元振惑众作乱,杀行营都统李国贞。三处虽经抚平,朝廷也是焦头烂额。另梓州刺史段子璋亦聚兵造反,自称梁王,攻陷绵州、遂州、剑州,后为两川节度使共灭;党项入侵好畤、奉天,奴剌入寇成固、梁州,奚人侵平卢,皆大掠而归。内忧外患,各镇将帅渐骄横不听朝命,此亦另一心腹大患。然平叛还赖诸军,朝廷无奈姑息,又助其跋扈,竟不知如何善解!"

李白沉思一番道:"火将燎原,当速灭之,为今之计,当内远奸佞、去小人,外用郭、李等忠诚有为将帅,有功者不吝封赏,有过者予以严责。乘史朝义篡立不稳,集大军兵分两部,一为合力拔城,一为设伏击援,克一城固一地,叛军势蹙,终能土消瓦解。"

李阳冰叹道:"此需圣明决断,臣工合心,诸将勠力。现今朝堂辅国当道,内宫皇后主导,外镇将士骄横,太白之议虽是正途,行之殊不易也。"

"冰冻三尺,非一日之寒;千里之行,乃积于跬步。今日之势亦是逐渐养成,只要用忠远奸、奖功罚过,终可致清明太平,若犹豫不行,恐将转剧,愈加难治。"

转眼到了四月间,玄宗、肃宗先后崩逝,李辅国行宫变,杀皇后及两位皇子,太子李豫即位(后庙号代宗),连举两次国丧,一时间外廷内宫动荡不宁。

玄宗皇帝幽居西内,郁郁寡欢,乃至累日不食,因此身体日衰，形同槁木，迁延至四月五日，溘然长逝。玄宗在位凡四十四年，前期任用姚崇、宋璟、张九龄等贤相，一度励精图治，开创开元盛世，唐朝至此极盛。然自开元末起宠爱杨妃，怠于朝政，内信李林甫、杨国忠等奸佞，外重安禄山等番将，一旦安史乱起，大好形势土崩瓦解，唐廷渐由盛转衰。

　　肃宗久羁病患，已数月不朝，闻玄宗崩逝，百味杂陈，兼治丧举哀，不免病情加重，竟致卧榻难起。此时，恰楚州将真如尼获上帝所赐宝玉贡至朝廷，肃宗乃于四月十五日改元"宝应"，以应祥瑞、起病体，并大赦放还流人。高力士在巫州遇赦，返至朗州，闻玄宗崩，呕血而亡。

　　奈何小人同而不和。李辅国与张皇后初为表里，后辅国势大，两人争权生隙。肃宗病笃，张后恐为辅国所制，乃召太子李豫谋诛辅国与其党飞龙厩副使程元振，太子泣而婉拒："现陛下疾甚危，若不告而诛其勋旧，必致震惊，恐伤病体。"太子出，张后复召越王李系，告以前谋，李系允之，命内监段恒俊选太监有勇力者二百人，于长生殿后授甲兵行事，却为程元振察知，密告辅国；两宦急召禁兵伏于凌霄门，于十六日夜收捕越王及段恒俊等百余人。时肃宗卧病在长生殿，由张后陪侍，李辅国率甲兵闯入，拉扯张后出殿，宦官宫人皆惊骇逃散，肃宗惊惧之下僵卧而亡。肃宗在位六年，改元四次，虽思进取，然内惧张皇后、外恐李辅国，因此乱政频出，却未想张、李二人之势皆自己养成，而不思振奋乾纲！李辅国见肃宗驾崩，乃勒毙张后，杀越王及张后幼子定王和恰巧进宫的兖王，诛段恒俊等数十人；翌日，挟太子素服见宰相，称张后勾连越王、兖王谋反伏诛，皇帝晏驾，以太子监国。四月二十日，太子李豫即位，是为代宗。

　　李辅国以再次拥立，愈益恃功骄横，明谓皇帝道："圣上可居禁中休憩，外事但听老奴处分。"皇帝心内愤怒，然因其掌握禁兵而忌之，外仍礼尊，任李辅国为司空兼中书令，称尚父，不呼其名，事无大小皆咨其意见，群臣出入须先礼见辅国，李亦安然受之。

程元振亦以拥立之功升左监门卫将军，权势渐增，思谋夺李辅国之权，密言于帝，请裁削李权。宝应元年（762）六月，罢李辅国元帅行军司马及兵部尚书，以程元振代行军司马。制下后朝野一片庆贺，代宗乘势又虚进李辅国王爵而罢其中书令实职，李辅国入见皇帝，怨愤不平，代宗表面抚慰，却已有诛其之心。

内乱外患中四季依然轮回，转眼又是炎夏时节，天气酷热，血气畅通，李白的病大为好转，只有疲累受凉时才发作。李阳冰即抽暇陪他在当涂附近游览，多至青山、龙山、横山、梁山、采石矶、姑孰溪等处一日游。秋风渐起，天气转凉后，李白的身体又时好时坏，腹肋病痛加重，多方寻医问药总不好转，以至难以久行。到了九月九日，时俗登高饮菊花酒，李县令虑及李白病体虚弱，乃邀他同登龙山。此山在城南十里许处，高不及青山之半，便于登览。李白本是坐不住的人，镇日困坐县衙，颇觉无聊，便欣然与李令等共登龙山。

龙山山势由北蜿蜒而来，形如卧龙，嶙峋怪石、葱郁草木好似鳞甲须发，山上遍植枫树，叶片已经转红，登高四望，红叶漫山遍野，秋风吹过，起伏摇曳如同火焰蒸腾。众人恍如立足火海之中，火龙须发飘扬欲飞，壮观景象颇能开解胸襟。虽时局依然动荡不宁，总是朝廷胜多败少，叛军日渐势蹙，李白也暂忘烦忧，开怀畅饮。晋代名士孟嘉在重阳节从大将军桓温游龙山时，风吹帽落而置之不理，文思敏捷，举座嗟叹，众人见景生情，不免说起此事，却与李白乘舟失落包裹并不寻找异曲同工。李白想起宣城故交皆星散零落，长叹一声："秋高气爽，景色壮丽，奈何战乱不息，亲友星散，登高怀远，让人不禁唏嘘。"

李阳冰拍了拍李白的肩头，笑道："吾处却有一个好消息！"

"快快请讲！"

"君所嘱托探听的杜甫已有消息。前几日去州城公干，恰遇蜀地来客，客曾与子美在成都交游，言子美于城西浣花溪畔营草堂而居，成都尹、剑南节度使严武待之颇善，总算安顿下来了。"

随行人员安排好冷菜果品和菊花酒，众人在山顶平整处取蒲团席地而坐，随意取饮闲谈。李白关心杜甫，详细询问李县令，方知杜甫近几年亦是蹭蹬困苦。

乾元元年（758）六月，杜甫被贬为华州司功参军，曾于年底暂离华州，到洛阳探亲。翌年返回华州途中，正值九节度讨叛军溃败于邺城后，途中满目疮痍，官吏大搜丁男，严责租庸，眼见百姓妻离子别，兄死弟继，叛乱不得平而民间困顿至极，感慨忧愤又茫然无绪。乾元二年（759）夏，华州及关中饥荒，斗米至千钱，他官俸微薄，难以赡家，挨至秋末，无奈弃官西去秦州寻亲友就食。杜甫与原中书侍郎严挺之交好，听闻其子严武出任绵州刺史，迁东川节度使，自己因上疏救房琯被贬，严武亦是房琯"党人"，因此到年底时辗转至成都，寻求严武接济。

严武见到杜甫，果以世交相待，助他在浣花溪畔营建草堂，杜甫一家才算安顿下来。上元元年（760）七月，严武入朝任侍御史、京兆尹，高适任蜀州刺史，杜甫因高适不救李白且讽帝重处，不愿与他相交，乃送严武至梓州，并在彼寻一住处，将家人接至梓州暂住。直到上元二年（761）年底，严武又被任为成都府尹兼剑南节度使，再镇蜀中，杜甫才重返成都，依草堂开辟园圃，课子耕种，俨然老农。"

李白听后心情开解，想起一事又道："前看驿传，今岁七月严节度又被召回，为太子宾客、京兆尹兼御史大夫，高适再领西川节度使。子美贤弟失一臂助，如不欲与高适论交，也是尴尬。"

李阳冰举杯饮罢，颔首道："杜子美重情重义，听说他将举家避居东川。"

李白听后感叹不已，他与杜甫、高适在宋城诗酒相酬、意气相交，十八年过去了，三人际遇不同。高适身居要职，虽非欲置己于死地，也是冷漠不救；子美官轻位卑，却请托郭令公援救自己，情谊可感可叹。

李白说起杜甫托请郭子仪前事，李阳冰道："郭公出将入相，乃朝廷重臣，战功赫赫也受制于内宦！现程元振以骠骑大将军兼内侍监，隐有越李辅国之势。朝廷本命郭公都知朔方等九节度行营、领兴平等军副帅，程元振忌郭公任重，数谮于上。郭公不能自安，从河东入京，奏请辞副帅、节度之职，圣上虽温言慰抚，郭公亦不得赴任而留京师。战乱尚未平定，元勋留京而不使其平叛，真不知其可也！"

李白获知杜甫消息后胸襟稍开解，听到宦竖用事、郭公被谮，复忧从中来，更挂念子女，转为愁闷，百味杂陈，与李令等饮至日落月升，以致大醉，不能行走，宿于山下农家。次日再登龙山，宿醉复饮，又受了些风寒，回到县衙后腹肋突如刀割针刺般剧痛，李县令赶紧寻医问药，连续医治了一月多才稍有好转。

李白卧床半月多，难以行走，能挣扎起来后又困于院落半月多，静养月余方有好转，然仅能在城内扶杖缓行。继续服药调养至十月底，他觉稍能远行，说知李县令，欲到城外消散一番，李令只是不允。

进入十一月，天气寒凉，李白也不再提及外出之事，但困于病体，无法任事，两个月来憋闷已极，无精打采，怏怏不乐。十一月中旬，天气多日晴好，温暖仿如春天，李白的病痛转轻，复欲到城外闲步消遣。李令见他困居愁闷，乃安排衙役老王驾牛车随行，千叮万嘱务于当日返回。

李白多次去城南青山、龙山等处游览，这次即向西北翠螺山而行。天气晴和，暖阳照在身上毫无寒意，李白如同出笼之鸟，乘车而行，三十余里的路程不觉即到。翠螺山依江突起，松柏竹木苍翠葱郁，大江即在山下十余丈处汹涌奔流，从极远而来又向极远而去。天蓝云白，日暖风和，山清水碧，松苍柏翠，葱郁林木中嶙峋怪石点缀，近处江水波涛澎湃，远望长江，襟流如带，李白拘束得久了，贪看风景，不忍离去，不觉红日逐渐西沉。随行的老王催促了两次，李白道："左右半个多时辰的路程，待明月升起，赏月后回去也不迟，休要再啰唆。"

夕阳坠落，暮色苍茫，李白移步采石矶，饮酒赏月。采石矶临江凸起十余丈，岩壁如刀削斧劈，突兀江干，水击浪拍，滚滚长江如在脚下，确是赏月观水的好去处。明月升起，清辉映照江天山水，李白让老王取出所携美酒，在江天月华下自斟自饮。他本来病体虚弱，又有两月余戒酒未饮，才喝了平素的七成，即酒意上涌，醉到了十分。

江上一艘客船行过，有歌声传来，恍如明月声音，李白侧耳细听，歌声曲调哀伤幽怨，唱道："自君行渐远，思念日增多。此生长悔憾，回首叹蹉跎。万物不圆满，天地亦残缺。风吹云聚散，何况人离合！"

曲终歌停，余音袅袅。李白想起与明月的相识相亲，不禁一时痴迷。客船渐渐远去，李白发狂一般从矶上沿小路跑到江边，对着客船的远影高呼："明月！明月！你停一下，你等等我！"

老王也是年近六旬之人，李白暴起疾走，他追赶不上，在后面气喘吁吁地喊道："先生慢些，小心！"李白恍若无闻，只是狂走追赶客船。客船继续东去，连帆影也不见了。

李白心中迷茫，一时不知身在何处，又是何时，追到此处，江水已然平缓，水面上倒映出一轮皎洁圆月。李白好像看到明月的如花笑颜，就像在南陵村问路时。明月在江面上深情地望着他，就像在桃林中两情相许。一阵风吹过，波澜微起，明月的眼神转为哀怨，似乎在思念远在长安的他。李白高声喊道："明月妹子，这些年你去哪里了？我想你想得好苦！"

水花迸溅，李白飞身扑入水中去寻明月，水中月影被搅碎，明月也随之消失，李白悲从中来，在江水中痛哭起来，也不知浮水游动，眼看要沉入水中。此时老王追上来，见状大惊，和衣跳入江中，将他拖上岸。李白被呛了几口江水，也逐渐清醒，只是心中一片惘然。

两人衣服皆已湿透，晚风吹过，寒冷如刀，别说病弱之李白，老王亦战栗不已。他赶紧扶着李白上了牛车，刚走上返程之路，前方数支火把相向而来，原来是李县令见李白天晚未归，带人前来寻找。

在路上，李白即寒热交作，浑身战栗，夜间更是高烧烫人，从此一病不起。李县令派人去州城请来的名医周医师，诊看完毕道："病人六十有二，近年来奔波风尘，心志不畅，本就体虚，去岁寒邪郁结于腹肋，未得祛除，久病之体气血两虚。这次先是饮酒过度，虚火上升，毛孔开张；又吃冷水，寒风劲吹，寒邪大侵。内外寒邪加于病弱之体，现脉搏紊乱，且有神志不清之状，只能尽人力听天命了。"

周医师开了扶正祛邪、固本培元、补气益血、活血化瘀的方药，李县令安排老王专门照看李白，服侍用药，自己也一日数次探望。怎奈李白病情逐日加重，寒冷时盖两层被褥亦颤抖喊冷，发热时又满身火烫，昏睡时多，清醒时少，清醒时腹肋剧痛，冷汗直出，连饮食也逐日减少，发病十余日后已不能自己进食，只能由老王喂些粥汤。

李白自觉病体难愈，时日无多，在病榻上将自己所存诗稿尽付李阳冰，托请他结集作序，李阳冰含泪应允。

宝应元年（762）十一月五日黄昏之时，李白突觉身体痛楚减轻，神志也非常清醒。他回首一生，少年时寒窗苦读，青年时漫游各地，壮年后大起大落，隐居、出仕、放还、漫游、从军、下狱、流放，直到今日缠绵病榻行将不起，往事历历，如同梦幻，只有在南陵村与明月在一起的时日难以忘怀，自己却一意应诏出仕，终致天人相隔。战乱起后，连子女也相隔千里，不知音讯。不知殁后能否得见明月，明月在另一世界是否还记得自己、等着自己？李白既悲且喜，让老王拿来纸笔，在病榻上俯身写下临终词付与李令，以托后事：

　　葬我于无何有之乡乎？何处是故乡？回首沧海之缥缈兮，欲觅而无向。极目远山之巍峨兮，拟归而苍茫。

　　纵浪于江河之滔滔，一去如斯夫，无可回溯也。返视今之犹在者，亦昨日之弃我者，悲明日之无多。

　　古来黄土今安在？昆仑之巅乎？大河之深乎？江海之水乎？太虚之风乎？

  我本万水之涓滴，万里长空一电闪，稍过何处觅其踪？长归于无尽之虚空，无觉且无识，无始亦无终，葬我于何皆无别，不葬且亦可。

  李阳冰听到李白好转，急忙前来看视，他见李白虽然眼睛恢复神采，但面色潮红，气喘急促，担心是回光返照，心中反转忧虑，连忙让李白静息。李白挣扎起身，头脑一阵眩晕，恍惚间离开此处，依稀看到了明月的身影，转眼又变成宗煜哀怨的双眸，耳边却听到平阳、伯禽的呼唤，直到此时仍不得见儿女，他心中痛楚难耐，悲吟《临终歌》道：

  大鹏飞兮振八裔，中天摧兮力不济。
  余风激兮万世，游扶桑兮挂石袂。
  后人得之传此，仲尼亡兮谁为出涕？

  李白的声音逐渐虚弱，重重摔落榻上。李阳冰上前看视，见他气息脉搏全无，唯有双眼圆睁，似有不甘。李阳冰泫然泪下，为李白抚上圆睁的双目。
  是夜，有大星如拳自南经天而来，光华耀空，坠于泗水伏羲山西，此地至今称为星村。
  远在蜀地梓州的杜甫心绪不宁，接连数日梦见李白，说是远来向他辞行，然后怏怏而去。杜甫心中忐忑不安，写诗道："千秋万岁名，寂寞身后事。"

尾 声

因龙山形如踞龙，风水绝佳，且离城较近，李白逝后当月，李阳冰将他安葬于龙山东麓。越年，坟茔四周丛生芦苇，形如笔管，并生青竹，斑斑点点，状若星辰。

让大唐由盛转衰，死伤两千万人，百姓流离失所、困厄至极的安史之乱，终在李白辞世的次年即宝应二年（763）平息。只是因之命运蹭蹬，饱受下狱、流放、妻离子散之苦，祈望乱平，并愿为之助力的李白没有看到。

宝应元年（762）十月，朝廷以雍王李适为天下兵马元帅，会合诸道节度使及回纥兵进讨史朝义。代宗欲以郭子仪为副帅，宦官程元振、鱼朝恩以恐"功高震主"而沮止，乃加朔方节度使仆固怀恩同平章事，为副帅领诸军节度行营。

此次唐军大败叛军，史朝义仅与轻骑数百逃走，唐军收复洛阳，乘胜追击。史朝义仓皇北渡黄河，伪睢阳节度使田承嗣等将兵四万余来援，被唐军击破，亦大败而走。于是，叛军邺郡节度使薛嵩领相、卫、洺、邢四州降唐，恒阳节度使张忠志以恒、赵、深、定、易五州亦降。

宝应元年（762）年底，史朝义败退至莫州，与田承嗣等合兵勉强度过残年。朝廷屡战屡捷，乃改元广德，命各路大军进讨叛军残部。唐军于广德元年（763）春陆续会集合围莫州，史部屡次出战皆败，乃由田承嗣留守莫州，史朝义选精骑五千从北门突围夜走，往幽州搬兵。史朝义方出，田承嗣亲送朝义母、妻、子至唐军献城以降。唐军集三万精兵逐史朝义，此时伪范阳节度使李怀仙已请降唐廷，遣将李抱忠守范阳，史朝义至范阳不得入，而官军衔尾将至。史皇帝饿极，哀求道："吾朝来未食，能以一餐相待乎？"李抱忠令人设食于城东，史朝义涕泪交流就食，食毕，仅与数十骑窜逃，东奔广阳又被拒，欲北逃附契丹，才至温泉栅，即被其反水之将李怀仙率兵追及，伪帝途穷末路，无奈自缢于林中。史氏父子僭立篡代凡四年，牵连士卒、百姓死伤无数，父子一被弑一自缢，均死于非命。

历时七年又两月的安史之乱告平后，关中畿内不满千户，郑州、汴州至徐州，覃州、怀州至相州，方圆千里内人烟断绝，一片荒凉。东京收复后，回纥兵入洛阳，肆行杀掠，死者上万，乱兵各处纵火，累旬不灭。官军亦以洛阳及郑、汴、汝等州为贼境，纵兵掳掠三月方止，至于各处房舍荡尽，士民衣被皆无，只能以纸絮御寒！

河北叛郡皆降，仆固怀恩恐乱平后不被用，奏留归降唐廷的安史旧将分率河北，以为党援。朝廷亦希冀无事，任降将薛嵩为相、卫等六州节度使，田承嗣为魏、博等五州都防御使，李怀仙为幽州、卢龙节度使，张忠志（赐名李宝臣）为成德节度使。此后逐渐形成藩镇割据、朝廷被架空的局面，以上方镇与淄青李正己、宣武李灵曜、淮西李希烈渐不从朝廷管理，自补官吏、不输租赋，乃至称王称帝，与唐廷分庭抗礼，直到唐亡。

再说朝堂，代宗嗣位后恶李辅国专横，密遣壮士潜入其宅暗杀之。诛李辅国后，皇帝转重用骠骑大将军、元帅行军司马程元振。程元振专权，忌害功臣过于李辅国，唐廷再受其害。

李白逝后八年，其挚友杜甫于大历五年（770）冬在困苦中去世，年仅五十九岁。李白逝去五十五年后的元和十二年（817），宣歙池观察使范传正寻访遗迹，遵其"志在青山"之愿，将李白墓从当涂龙山迁至青山西南；越二十年，唐文宗在大和末年，诏以李白歌诗、张旭草书、裴旻剑舞为"大唐三绝"。

魏万受李白鼓励，归王屋山研读经史，于上元元年（760）登进士第，更名魏颢。他未忘李白嘱托，登第任著作局校书郎后，搜集李白诗文凡一年，编为《李翰林集》两卷。《李翰林集》编成后在京畿广为流传，魏颢托请上官将文集进呈御览，皇帝阅后感李白为俊逸忠义之士，于宝应元年（762）底下诏任李白左拾遗之职，诏下后不知李白所在，遂搁置。翌年安史之乱平定，六月改元广德，九月间吐蕃由大震关入寇，边地陆续告急，程元振恐武将被重，妨其专权，竟阻匿不报，因此朝廷无备。直到吐蕃入寇京畿，进逼长安，皇帝仓皇出奔陕州，百官纷纷逃散，吐蕃得以兵入长安。魏颢随百官逃离后无从履职，乃去泗水寻访李白及其家人。他风尘仆仆到得泗水南陵，方知李白已经辞世一年，刘医师夫妇亦故去。泗水家人与李白近十年音讯不通，经姑父张志做媒，平阳嫁与泗水柳姓县尉，伯禽也娶了张里正的孙女为妻。家人多方查访，八月间方获知李白逝去，葬于当涂，柳县尉告假，与平阳和伯禽夫妻已去当涂三月。魏颢在泗水听说朝廷起用郭公为帅，吐蕃将卒惧郭令公威名，收府库而去，长安收复，百官佐吏归署。魏颢嘱伯禽岳父，若平阳姐弟有事可到长安相访，急归京城履职。

李白故去后四十余年，大唐经安史之乱后元气大伤，边地节度日益骄横，程元振因匿报吐蕃入寇，触犯众怒，流放途中被仇家杀死。宦官鱼朝恩、吐突承璀、仇士良又先后上位专权，朝政依然混乱不宁。北地战乱后满目疮痍,百姓流离失所,多有南迁者。

唐宪宗元和元年(806)秋,一个三十岁许的壮年男子出当涂县城,挑着空担步履轻快地向南而行,但他没有注意到有三个二十岁许的男子始终尾随其后。行至龙山北麓,三个青年人疾走追上挑担男子,喝道:"兀那汉子,停下来小爷有问!"

壮年男子缓步回望,见三人各持棍棒围上来,其中两人还从袖中掏出尖刀,知道他们不怀好意,赶紧发足奔逃,却被他们追上围住。三人中年龄较大者叱道:"识相的将铜钱把与小爷,我等也不害你性命,不然刀棍无情!"

"我一个小农何来铜钱?若好汉们不嫌,情愿将挑担送与好汉,也可换薄酒。"壮年人心中惶恐,但也不愿交出身上所携铜钱。

"你这厮却狡猾,爷们亲见你售卖草药得了两贯钱缠在腰上,已然跟了你一路,看来不吃些苦头不交!"说着,强盗中最小的一人上前一棍打在壮年人肩膀上,壮年人被打得一趔趄,担子掉落地上。

另一人持尖刀上前比画,"住手!"一声娇叱从后面传来,四人回头,见一女子骑驴而来。此女一身白衣,难掩绰约风姿,所骑毛驴也是通体雪白,唯四蹄乌黑,着实可爱。

三个强盗见喝止者是一弱女子,不惊反喜:"买卖来了!这头雪驴也能卖个好价钱,何不一并留下!"为首的强盗说着持棍迎上前就要捉驴。

"大胆狂徒!"那个看起来年仅双十、弱不禁风的女子随手挥动,一道白光从袖中奔出,眨眼间三个强盗手腕皆被刺伤,棍棒利刃均掉落地上。强盗大骇。女子又一挥手,路旁一株碗口粗细的柳树被齐腰斩断。女子冷笑道:"若取尔等性命,易如割草，只是怕污我飞剑，还不快滚！"

强盗抱头鼠窜，被劫的壮年人施礼致谢。女子略一点头本欲离开，又回首看了壮年人一眼，驻驴问道："郎君可是本地人？前翰林李太白先生之子伯禽可居此？"

壮年人大为疑惑，答道："我名李思，李公讳白，正是我祖父，先父讳伯禽，已经见背十五年，逝于贞元八年（792）。"

女子从白驴上一跃而下，站到李思面前仔细端详，说道："我乃聂隐娘，此番正是受师命来寻翰林后人，不意在此相遇！师父空灵尼师处有李公画像，我见你眉眼依稀与翰林公相仿，故迟疑相问。说起来，翰林公与我师父皆受业于清风尼师祖，有同门之谊，我与你父伯禽亦属同辈，你还要称我一声师叔。"

聂隐娘其实已然三十余岁，因修习剑道，容颜得葆，看似双十左右，她乃魏博节度府押牙将聂锋之女，十岁时被李白的同门师妹空灵尼师带入深山修习剑术，越五年而成，方得归家。空灵尼师因年老怀旧，云游各处，返回白云庵后寻访李白家人，获知李白故去，其子伯禽去当涂守墓，乃嘱徒弟聂隐娘择机到当涂寻访李白后人，授以剑术。

隐娘受师命与师弟许镜结为夫妻，居于母家，三年前父母先后去世，魏博节度使田季安知她剑术出神入化，聘其夫妻为左右卫。田季安为安史之乱叛将田承嗣之孙，性悖乱暴虐，隐娘受聘后察知其行，渐有离开魏博之意，因念及父谊，兼田处尚有精精儿、空空儿两剑师，技艺高超，空空儿剑术犹在己上，因此不得离开。恰田季安与陈许节度使、校检右仆射刘昌裔不和，于今春遣隐娘夫妻行刺刘节度。聂隐娘到许州境内访知刘节度乃是恤民之官，入见后刘节度又十分礼遇，因恐魏博再遣刺客，乃留刘节度处为之防备。果然，精精儿来刺，被隐娘击杀；空空儿复至，被隐娘夫妻合力击退。暂得平安后，隐娘留许镜在许州，自己来当涂寻访李白后裔，见强匪路劫李思，出手相救，恰好巧遇。

隐娘说罢前情，又问李思境况，李思道："父亲来当涂后即依祖父墓旁结庐而居，以守墓尽孝。姑母平阳在广德，年底随姑丈回泗水，后姑丈远迁边州县令，姑母一家随姑丈外任，已多年不通音讯。姑母去前所留南陵家产钱财，父亲在此置办薄田陋屋后已无剩余。先父见背时我年方十五，家无亲长，手无余财，勤力耕种，免于饥寒而已，因此未能婚娶。"

聂隐娘道："刘节度对我夫妻颇为礼遇，当能相助一二。据我所知，君南陵老家在石门山后尚有田产一宗，你不若随我先至许州，学些防身剑术，然后请刘节度相助，回南陵老家度日。"

李思沉吟一番道："我是外来之人，居此颇为不易，在此境况亦无计婚娶。绝嗣方为大不孝，我愿随师叔前去，再回南陵老家，如此还有婚娶之望。"

说罢，他又迟疑道："可是我有两妹，分别嫁与附近农户陈云、刘劝，皆有子女，当不能随我前去，却如何是好？"

隐娘道："君妹既已在此成家生子，断无抛家弃子离去之理。我还带了些许金银，就留与她们，你随我先到许州。只是我与魏博节度使结仇，你却勿说随我去许州一事，只说外出一番，再回泗水，以免泄露风声，惹祸上身。"

李思思前想后，依聂隐娘之嘱辞别两妹，随隐娘飘然而去，在许州学剑年余，略有小成，受刘节度使馈赠，回到泗水南陵，得娶当地农户之女。李思后裔在南陵村繁衍生息，后人追思先祖李白，乃更南陵村名为李白村，至今仍存。

后　记

　　伟大诗人李白的诗文在我国可以说是家喻户晓，笔者亦吟诵李白的诗文成长，对李白及其诗文深感兴趣。"顾余不及仕，学剑来山东。"此句出自李白约作于开元二十四年（736，李白时年约三十六岁）的《五月东鲁行答汶上君》。李白在中年后曾经久居山东，已经为史家、学者公认。他来山东后的后半生可谓跌宕起伏，先后隐居、修道，出仕长安、赐金放还，南游吴越、北上幽燕，后又受安史之乱牵连，应召入永王军幕，被目为附逆，因之下狱、流放，在困顿中病逝于安徽当涂。李白的后半生充满了"故事"，又与唐代大事件安史之乱有着深度牵连，但作者还没有看到以书写李白后半生为主题的文学作品，由此产生了讲述李白后半生故事的想法。

　　恰好，作者的家乡山东泗水有一依山傍水之村庄，名曰李白村，故老相传是李白来山东的隐居地，村民有李白后裔云。作者多次到该村探访李白遗迹，其村地属东鲁，背依石门，北望徂徕，南眺泗水，东窥大海，西邻鲁城，有李白学剑处，李白醉酒处，李、杜登临处等遗迹。通过寻访李白在此地学剑、婚恋等民间传说，考证史志诗文，李白后半生的故事逐渐成形。

　　本书在尊重基本历史框架的基础上，以李白经历的爱情、友情等为主线，以与李白后半生不幸遭遇有重大牵连的安史之乱为副线，讲述了李白从唐开元二十四年（736）至宝应元年（762）约二十六年间跌宕起伏、悲欢离乱的人生历程。对李白才华横溢、刚正不阿、豪爽好义，既欲佐君王、济苍生，又欲独善其身的矛盾挣扎做了深层次的探究，叙写了李白的爱情、友情，描绘了李白性格与时代的冲突——不愿阿附权贵而入仕不成，向往虚无的神仙之术而修道不成，终不被当世所重的悲剧命运；同时也揭露了封建帝王唐玄宗、唐肃宗的昏庸失政，鞭挞了杨国忠、李林甫、安禄山、史思明等奸佞枭雄的祸国殃民行径，讴歌了颜杲卿、张巡等忠烈报国的壮举，摹写了战争的残酷，对在战乱中饱受苦难的人民寄予了深切的同情。

另，因李白交游的多为文人，故小说中因应当时情景，有部分诗文系作者以李白及其友人名义拟作，特予说明，以免"鱼目混珠"。

有人说，历史是任人打扮的小姑娘；我想说，历史是过往的合理可能性或最大可能性。历史，特别是历史上的小事件、"细节"，是今人无法还原的。"横看成岭侧成峰"，也许，每个人心中都有一个面貌不同的李白。作者只是描写了自己心中的李白，与读者心中的李白可能不完全相同，这不是问题，而是我们这个世界如此丰盈的原因。李白已逝去一千二百余年，但他"安能摧眉折腰事权贵"的傲骨，"长风破浪会有时"的志向，"常为大国忧"的情怀，"清水出芙蓉"的诗文，却熏陶、激励着一代又一代的中华儿女。虽然"今人不见古时月"，但"今月曾经照古人"，重读李白的故事，我们庆幸生活在一个伟大的时代，相信一定能够"直挂云帆济沧海"。

孙建华

附录

李白在泗水居游活动简考

伟大诗人李白曾经长期在东鲁范围内生活、交游,已为各界所公认,需进一步研究的是李白在东鲁居游相对具体的时间、地点。为考证李白曾经居住于泗水县中册镇李白村,即故东鲁汶阳县汶阳乡石门一带,本文主要从东鲁内、东蒙边、汶阳川、龟阴田、登石门、鲁城东、泗水旁、望徂徕、观大海、思李白十个要素着手来综合考量,以下是简述。

一、坐标的确定依据

综合李、杜诗文对李白在鲁居地的描述,可以归纳出东鲁、东蒙、汶阳川、龟阴田、石门、鲁城东、泗水、徂徕、大海等坐标。

1. 关于东鲁与东蒙

李白曾长期居住于山东,史传亦以李白为山东人,对此向无争议,不再赘述。至于李白在山东居地范围,从李白始赴鲁地的《五月东鲁行答汶上君》、欲别鲁出游的《别东鲁诸公》、外出期间的《寄东鲁二稚子》等诗题,及《寄东鲁二稚子》中"我家寄东鲁,谁种龟阴田"等内容,可知李白在山东的居地属于东鲁范围。

另李白在其所作《任城县厅壁记》中自述"白探奇东蒙，窃听舆论，辄记于壁，垂之将来"，结合杜甫《与李十二白同寻范十隐居》中"李侯有佳句，往往似阴铿。余亦东蒙客，怜君如弟兄"诗意，知李白居处亦属东蒙范围；否则，李白不会自称其在东蒙听取舆论，杜甫亦不会对李称"余亦东蒙客"。故李白在鲁居地，当属习称东鲁兼属东蒙的区域。

2. 关于汶阳川与龟阴田

李白较为明确指称其在山东居地的诗作为《寄东鲁二稚子》，该诗与其居地有关的内容如下："吴地桑叶绿，吴蚕已三眠。我家寄东鲁，谁种龟阴田……双行桃树下，抚背复谁怜？念此失次第，肝肠日忧煎。裂素写远意，因之汶阳川。"

此诗中明确指出"我家寄东鲁"，并拟"裂素写远意，因之汶阳川"。由此可知，李白居地在东鲁范围，即鲁地、鲁郡、鲁国东部。具体而言，则地处汶阳川。汶阳可断为地名，且隋唐时实有其地（随后探讨）。再考"谁种龟阴田"之句，说明其东鲁住处有田可种。龟阴田亦属实有，地属春秋时鲁国范围。春秋时鲁定公十年（前500），齐景公因对孔子（时摄鲁相）"以君子之道辅其君"的严正表现感愧，"于是齐侯乃归所侵鲁之郓、汶阳、龟阴之田以谢过"，事见《史记·孔子世家第十七》，亦载于《孔子家语·相鲁第一》。

综上，李白在山东具体居住地，当为东鲁范围，在汶阳附近，有龟阴田可种。

3. 关于石门

李白诗多次提及其居住于石门附近，其中《答从弟幼成过西园见赠》有"拙薄谢明时，栖闲归故园。二季过旧墅，四邻驰华轩。衣剑照松宇，宾徒光石门。山童荐珍果，野老开芳樽。上陈樵渔事，下叙农圃言"句，《鲁郡东石门送杜二甫》有"何时石门路,重有金樽开?秋波落泗水,海色明徂徕"句,《下途归石门旧居》有"隐居寺,隐居山,陶公炼液栖其间""石门流水遍桃花,我亦曾到秦人家"等句。综上诗句可知,李白仕途不顺回家("栖闲归故园")后,故园名为"西园"。李白对西园宴集的描述是"衣剑照松宇,宾徒光石门。山童荐珍果,野老开芳樽",故知西园在石门。石门有山童荐珍果,能见"秋波落泗水,海色明徂徕",故该石门当为山名,在鲁郡以东。同时,在石门"上陈樵渔事,下叙农圃言",且李白曾经在此"隐居寺,隐居山",可断该石门在鲁郡以东汶阳范围,含有或临近龟阴田,且此处有山有寺,可渔可樵可耕。

4. 关于鲁城东、泗水

李白于天宝元年(742)应唐玄宗征召入京所作《南陵别儿童入京》中有"会稽愚妇轻买臣,余亦辞家西入秦"句,足见当时李白又居南陵。而从其《酬张卿夜宿南陵见赠》中"月出鲁城东,明如天上雪"句,可知此南陵位于鲁城东。而从其《鲁郡东石门送杜二甫》中"秋波落泗水"句又可知,该住处临近泗河,能见到水波。

5. 关于徂徕、大海

从前述《鲁郡东石门送杜二甫》中"何时石门路,重有金樽开?秋波落泗水,海色明徂徕"句,可知该石门登高可眺望徂徕,远观大海。

6. 关于李白村

这是从李白村与李白姓名契合的角度而言,相传该村为纪念李白得名,并有李白在此处居住的民间传说和遗迹。另有一说系李姓、白姓共同居此而得名。据多方考证,李白村之名见于明万历二十四年(1596)《泗水县志》,而白姓为回族同胞姓氏,白姓回民于清末才迁至李白村,白姓迁至前村名已为李白,故此说应不成立。

综上所述，李白山东居地，大的范围在鲁郡以东，其地兼有东鲁、东蒙之称，小的范围为汶阳、石门、龟阴田、鲁城之东一带，且其住处应综合可耕可渔可樵，有山有水有寺，从其住处登石门山可见"秋波落泗水，海色明徂徕"等因素分析考察。

二、坐标与泗水县中册镇李白村关系的考证

1. 东鲁与东蒙

泗水县从地理位置及历史传统上说属于东鲁范围，因泗河得名，并可以东鲁代称，兼属东蒙。

泗水县位于泰沂山区南麓，沂蒙山区西麓，县境西接鲁都曲阜市，北接宁阳县并邻徂徕山，南为邹城市，东至平邑县（有蒙山）；泗河由东向西贯流全境，是泗水县得名原因。在地理位置上，泗水县恰在鲁国、鲁都、鲁郡之东，系古鲁地东部区域，称之为东鲁完全恰当；泗水县又在沂蒙山西麓，以鲁地范围称为东蒙亦不失其当。由是，论李白居于泗水县，既未超东鲁之地，又兼属东蒙范围，从地域上说具可信性。

2. 汶阳县

泗水县从北魏起至隋朝曾长期置汶阳县。

泗水之地，在北魏时，县境西部为汶阳县（治所在今中册镇故县村），东部为卞县（"卞"通"卡"），均属兖州鲁郡；北齐、北周因袭北魏旧制；隋初，并入鲁县，又更名汶阳县，后析汶阳置泗水县，隶属鲁郡；唐，属河南道兖州鲁郡。由是观之，泗水县在北魏、北齐、北周、隋时，长期置汶阳县，且汶阳县治亦在中册镇（即今李白村所在镇）；唐去隋不远，循旧称泗水为汶阳，符合情理。

3. 汶阳乡与龟阴田

泗水县中册镇曾属汶阳乡，地含或地邻龟阴田。

泗水县中册镇在泗水县北部，龙门山南麓，南临泗河，区内有汶阳县城遗址，在故县村东北红石崖。明万历二十四年（1596）泗水知县尤应鲁主修《泗水县志》载"本县原有汶阳乡，前志不载，余考军册，坊廊、中册……柘沟俱属汶阳乡，俱在县治之西"，明天顺三年（1459）《重修龙门山灵光寺记》碑载"山东兖州府泗水县节义汶阳乡城北有地名中册社，自古龙门"，另中册镇有清雍正三年（1725）"汶阳乡"字样残碑，均足佐证故泗水县域内有汶阳乡，含中册社。

前已述龟阴田属鲁地，但约在何处？据唐地理志书《括地志》载："故谢城在兖州龚丘县东七十里，齐归侵鲁龟阴之田以谢鲁，鲁筑城于此以旌孔子之功。"唐龚丘县即今宁阳县，宁阳县东七十里为泗水中册附近，此地约为龟阴田范围。由是观之，仅中册镇亦得谓东鲁汶阳，且其地包含或邻近龟阴之田，故李白诗"谁种龟阴田""因之汶阳川"指向泗水中册，有迹、有据。

4. 能见"秋波落泗水，海色明徂徕"之石门

泗水县中册镇李白村北有龙门山，亦称石门山，山有寺，近水，且可兼见鲁城之月、泗水、东海、徂徕，均与李白诗相印证。

李白诗中"石门"的指向，前述明万历年间知县尤应鲁主修《泗水县志》载"龙门山在县西北三十里，两峰相峙，有石镌李杜诗中所称石门也"。清光绪十八年（1892）《泗水县志》亦载"鲁郡东石门送杜二甫，石门即龙门山"。

据龙门山灵光寺碑文记载，"其殿创自汉时，旧制无梁，历晋、隋、唐、宋、金、辽、元、明"，说明唐代李白居鲁时

该山已有寺并续存,与李白诗《下途归石门旧居》中"隐居寺,隐居山"可相佐证。

唐鲁郡治所在兖州,但包括曲阜、泗水均属鲁郡辖区。若以范围指称,现泗水中册龙门山恰为唐鲁郡东汶阳石门。即以治所指称,泗水在兖州之东,亦属鲁郡东。且龙门山南,有小型平原,兼临中册河及泗河。由龙门山向西十余公里,即为鲁都故城曲阜,与在此处可见"月出鲁城东"相符。登龙门山,近可观泗水,远可望东海、徂徕;且地名多有转音,石门山(形态之名)在后来转称龙门山(吉祥之意)亦合情理。该龙门山即李、杜所称石门,不仅有明清史志记载,且与李白诗中所描述该石门有山有水、可樵可渔且有平原农圃可种,登高可望见泗水、东海、徂徕山等具体特征相符,足以确认。

综上所述,泗水县中册镇李白村,背依石门(龙门山),登高可北望徂徕、南察泗水、东窥大海,自古为海岱名川,且地属东鲁,兼称东蒙,古名汶阳,西邻鲁城,北接龟阴,又名涉李白,地名、地貌均与李白诗对其东鲁居处的描述相符,该处并有李白居停、学剑之民间传说,故该处系李白东鲁故居的论断,有充分的理由和依据。

三、李白居鲁的时间范围(包括中间离鲁出游)

1. 入鲁

从李白作于开元二十四年(736)的《五月东鲁行答汶上君》"鲁人重织作,机杼鸣帘栊。顾余不及仕,学剑来山东。举鞭访前途,获笑汶上翁",可推李白于736年前后始赴鲁地。

2. 在鲁

入鲁后,李白虽曾赴河南、江苏、安徽等地游历,但未长期离鲁。理由是至开元二十八年（740）间，李白与韩准、裴政、孔巢父、张叔明、陶沔交好，并在汶阳、徂徕之间往来，六人结为"竹溪六逸"，此期间有诗《送韩准裴政孔巢父还山》可考。

天宝元年（742），李白应玄宗征召赴京城长安（有诗《南陵别儿童入京》为证，南陵在鲁城东，与李白村符），离鲁近三年，入翰林院。天宝三载（744）被赐金放还，临行留有《还山留别金门知己》等诗为证。返鲁途中，先后与杜甫、高适相会，晚秋至鲁，到单父，李白留诗《秋猎孟诸夜归置酒单父东楼观妓》。杜、高离去后，李白曾赴齐州，请道士高如贵授道箓，留诗《奉饯高尊师如贵道士传道箓毕归北海》。此后李白还家至南陵，有天宝四载（745）所作《送范山人归太山》等诗可考。天宝四载（745）夏末，李、杜复会于东鲁，有李白诗《戏赠杜甫》及杜甫酬答诗可证。二人至秋方别，有诗《鲁郡东石门送杜二甫》可考。

天宝五载（746），李白多次游于鲁郡，有多篇涉及鲁郡的诗作可证，如《鲁郡尧祠送张十四游河北》等。是年春，李白有南游之念，有诗《别东鲁诸公》为证，并于当年秋末启程，临行留诗《别中都明府兄》。天宝八载（749）李白还金陵，因怀念子女，写诗《寄东鲁二稚子》，此时离鲁三载。至天宝九载（750）李白归鲁居地，有该年在金乡所作《金乡送韦八之西京》、在单县所作《单父东楼秋夜送族弟沈之秦》、归汶阳所作《答从弟幼成过西园见赠》可证。天宝十一载（752）李白经博平，留诗《观博平王志安少府山水粉图》。次年夏，游曹南（今山东菏泽），留诗《留别曹南群官之江南》。由此可知，在此期间李白虽曾离鲁出游，但仍居鲁地。

后李白又去江苏一带游历,于天宝十五载(756)冬至金陵,获安禄山叛乱消息,遂委托门人武谔赴鲁接其子女南下,有诗《赠武十七谔》为证。

至德二载(757)正月,李白附永王入军营,作组诗《永王东巡歌》等;二月,永王兵败丹阳,李白自丹阳南逃,途中留诗《南奔书怀》等。此后,李白逃亡、下狱、获释、流放、遇赦,直至病卒当涂,未能再返山东。

综以上李白诗文,结合年表,李白居鲁时间至少为开元二十四年(736)至天宝十二载(753)间,在鲁约十七年,加上天宝十五载(756)委托武谔赴鲁接其子女(是否接走不详),包括其家人在内前后居鲁共二十年左右。

四、李白在鲁活动

1. 亲友

兄(姓名待考)中都县令,族弟李凝单父主簿,从祖李邕北海太守,近世族祖李辅兖州都督,族弟李幼成、李令问鲁地游宦或随任(待考),六叔(姓名待考)任城县令。

2. 家人

开元二十四年(736)李白至东鲁,与一"鲁地妇人合",女平阳、子伯禽均生活于东鲁,有天宝元年(742)所作《南陵别儿童入京》、天宝八载(749)所作《寄东鲁二稚子》、天宝十五载(756)所作《赠武十七谔》为证。

3. 创作

据不完全统计,在李白传世的九百八十余首(篇)诗文中,作于齐鲁或作于他地但涉及齐鲁自然人文的计一百八十余首(篇),约占其诗文总数的百分之十八。

4. 游历

李白在鲁游历之处有诗文为据的有中都、单父、齐州、济南、任城、鲁郡、曲阜、金乡、博平、曹南、徂徕等地。上述地点均在汶阳附近，范围为方圆数十里至百余里，古时由泗水出行，亦可在一两日内到达。李白居鲁期间，以此为中心遍游鲁中、东、西，广交朋友，从州县官佐至文人隐士，再至道士僧侣，均有交接。